THE EXPANSE

익스팬스: 깨어난 괴물 2

THE
EXPANSE

익스팬스: 깨어난 괴물 2

LEVIATHAN
WAKES

제임스 S. A. 코리 지음 **최용준** 옮김

아작

일러두기

1. 이 책은《The Expanse: Leviathan Wakes》를 두 권으로 나누어 옮긴 것입니다.
2. 모든 주석은 옮긴이의 것입니다.

우주선에 대한 백일몽을 꿀 수 있게 용기를 준

제인과 캣에게

차례

29
홀던

"좆됐군." 홀던이 말했다. 그리고 잠시 뒤 말했다. "모두가 우릴 두고 떠났어."

아니었다. '나오미'가 '홀던'을 두고 떠난 것이었다. 나오미는 그렇게 하겠노라고 말했지만, 막상 현실에 부닥치고 나니 홀던은 자신이 사실은 나오미의 말을 믿지 않았다는 것을 깨달았다. 하지만 이제 나오미의 진심이 증명되었다. 나오미가 있던 텅 빈 공간. 홀던은 심장박동이 빨라졌고 목구멍이 조여들고 숨이 가빠졌다. 절망 때문인지 아니면 내장 안쪽이 벗겨지기 때문인지는 모르겠으나 속이 뒤틀리는 느낌이 들었다. 홀던은 에로스의 싸구려 호텔 밖에 앉은 채 죽고 말 운명인 듯했다. 나오미가 자신이 그렇게 하겠노라고 말한 그대로 행동에 옮겼기 때문에. 나오미에게 그렇게 하라고 홀던이 명령했기 때문에. 홀던의 분노는 이성의 목소리를 듣기를 거부했다.

"우리는 죽은 목숨이야." 홀던이 양치류로 가득한 화분 가장자

9

리에 앉으며 말했다.

"시간이 얼마나 남았지?" 밀러가 초조하게 총을 만지작거리고 복도 양쪽을 살피며 말했다.

"모르겠어." 홀던이 붉게 빛나는 자기 터미널의 방사능 표시를 대충 가리키며 말했다. "우리가 뭔가를 진짜 느끼기까지는 몇 시간 정도 남았겠지만, 모르겠어. 휴, 쉐드가 여기 있으면 좋았을 텐데."

"쉐드?"

"내 친구야." 홀던이 대충 설명했다. "훌륭한 의료요원이었지."

"그 여자에게 연락을 해봐." 밀러가 말했다.

홀던은 자기 터미널을 보며 몇 번 정도 툭툭 쳐 보았다.

"네트워크가 여전히 작동 안 해." 홀던이 말했다.

"좋아." 밀러가 말했다. "그러면 당신 우주선으로 가지. 아직 부두에 있는지 보자고."

"떠났을 거야. 나오미는 승무원들의 목숨을 구하려는 거야. 내게 경고를 했지만 나는…."

"그러니 어쨌든 가지." 밀러가 말했다. 밀러는 한쪽 발에서 다른 쪽 발로 무게 중심을 옮기며 복도를 바라보고 있었다.

"밀러." 홀던이 말하더니 말을 멈췄다. 밀러는 확실히 신경이 곤두서 있었고, 이미 네 명을 쏴 죽였다. 홀던은 이 전직 경찰이 점점 더 두려워졌다. 그런 홀던의 마음을 읽은 듯이, 2미터 키의 밀러가 가까이 다가오더니 앉아 있는 홀던을 내려다보았다. 밀러는 침울한 웃음을 지었고, 눈빛은 당황스러울 정도로 부드러웠다. 홀던은 오히려 밀러의 위협적인 눈빛이 더 마음에 들 정도였다.

"생각해봤는데, 세 가지 방법이 있어." 밀러가 말했다. "첫째로, 부두에 아직 당신 우주선이 있다면 거기로 가서 필요한 치료를 받고, 그러면 아마도 살 수 있을 거야. 둘째로, 당신 우주선까지 가려고 애쓰다가 그 과정에서 마피아 깡패들과 내내 붙는 거야. 그리고 총알 세례를 받으며 영광스럽게 죽는 거지. 셋째로, 여기 앉아서 눈알과 똥구멍으로 피를 쏟으며 죽는 거야."

홀던은 아무 말도 하지 않았다. 그냥 경찰을 물끄러미 보더니 얼굴을 찡그렸다.

"나는 처음 두 제안이 마지막보다 맘에 들어." 밀러가 말했다. 밀러의 목소리는 사과하는 듯이 들렸다. "당신은 어느 쪽을 고르겠어?"

홀던은 자신도 모르게 웃음을 터뜨렸지만, 밀러는 그 웃음에 맘 상한 듯 보이지 않았다.

"좋아." 홀던이 말했다. "잠시 실망할 시간이 필요했을 뿐이야. 가서 마피아랑 맞짱을 뜨다가 죽자고."

말이 생각보다 더 허풍스럽게 나왔다. 사실, 홀던은 죽고 싶지 않았다. 심지어 해군에서 복무했던 시절조차, 근무 중에 죽는다는 개념은 늘 저 멀리 비현실적으로 느껴졌다. '홀던'의 우주선은 절대로 파괴되지 않을 것이며, 만약 파괴가 된다 할지라도 '홀던'은 탈출용 셔틀로 도망칠 수 있다고 생각했다. 홀던이 없는 우주는 말이 안 되었다. 홀던은 위험을 무릅썼다. 홀던은 다른 사람들이 죽는 모습을 보았다. 심지어 자신이 사랑하던 사람들이 죽는 모습도 보았다. 이제 처음으로, 홀던은 자신이 죽을 수 있다는 생각이 진심으로 와 닿았다.

홀던은 경찰을 쳐다보았다. 홀던은 이 남자를 안 지 하루도 되지 않았고, 믿지 않았고, 맘에 드는지 아닌지도 헷갈렸다. 그리고 이 남자는 홀던이 함께 죽을 사람이었다. 홀던은 어깨를 으쓱하고 일어서서 허리띠에서 권총을 꺼냈다. 공황상태와 두려움 속에서도 마음속 깊이 침착함이 느껴졌다. 홀던은 계속 이렇게 침착할 수 있기를 바랐다.

"앞장서." 홀던이 말했다. "만약 우리가 성공하면, 나에게 어머니들에게 전화하라고 상기시켜줘."

카지노는 성냥불을 기다리는 화약통이었다. 소개 작전이 적당히만 성공했어도 스테이션의 세 레벨에는 백만 명 이상의 사람들을 욱여넣어져 있었다. 폭동 진압 장비를 갖춘 자들은 도끼눈을 뜨고 사람들 사이를 다니며 모두 방사능 대피소로 안내될 때까지 꼼짝 말고 있으라고 외치고 사람들을 계속해 겁주었다. 가끔, 작은 무리들이 안내되어 사라졌다. 그 사람들이 어디로 가는지 아는 홀던은 속에서 열불이 났다. 홀던은 경찰들이 가짜이며 놈들이 사람들을 죽이고 있다고 외치고 싶었다. 하지만 이렇게 좁은 장소에 이렇게 많은 사람이 있는 상황에서 폭동은 자살행위였다. 폭동이 피할 수 없는 상황일지라도, 홀던은 자신이 기폭제가 되고 싶지는 않았다.

다른 누군가가 그 일을 했다.

홀던의 귀에 고성이, 폭도의 화난 목소리가 들렸고, 뒤이어 폭동 진압용 헬멧을 쓴 누군가가 확성기를 통해 사람들에게 물러서라고 외쳐대는 소리가 들렸다. 이윽고 총성이 한 발 들렸고, 잠시 조용하더니 일제 사격이 시작되었다. 사람들은 비명을 질렀다. 홀던과 밀러 주위의 모든 사람이 이리저리 도망쳤고, 일부는 총소리가 나는 쪽으로 달려갔지만, 대부분은 그 반대쪽으로 달아났다. 사람들의 흐름에 휩쓸려 홀던의 몸이 돌아갔다. 밀러가 손을 뻗어 홀던의 셔츠 뒤쪽을 잡은 뒤 꽉 움켜쥐었고, 자신에게 가까이 붙어 있으라고 외쳤다.

복도를 따라 십여 미터 떨어진 곳에 커피숍의 테이블과 의자들이 있었고, 허리 높이의 검은 철제 울타리를 친 그곳에는 마피아 깡패 한 명이 동료들 없이 홀로 십여 명의 민간인에게 둘러싸여 있었다. 그자는 총을 뽑아 들고 물러서며 민간인들에게 옆으로 비키라고 소리쳤다. 민간인들은 폭도의 격한 광기가 어린 얼굴로 계속 앞으로 나아갔다.

마피아 깡패가 총을 한 발 쏘았고, 체구가 작은 한 명이 앞으로 비틀거리더니 깡패의 발치에 쓰러졌다. 쓰러진 자가 소년인지 소녀인지는 알 수 없어도 기껏해야 열서너 살 정도로 보였다. 깡패는 발치에 쓰러진 작은 아이를 내려다보며 앞으로 나아갔고, 총으로 민간인들을 다시 겨냥했다.

너무 심한 행동이었다.

홀던은 자신도 모르게 총을 뽑아 들고 복도를 달려 깡패에게 다가가며 사람들에게 옆으로 비켜서라고 고함을 쳤다. 7미터 정도 거리까지 가자, 사람들은 홀던이 총을 쏠 수 있게끔 양쪽으로 비켜섰다. 홀던은 총알 중 반은 아무렇게나 막 쏘았고, 총알들은 커피숍 카운터와 벽을 맞추었다. 한 발은 사기 접시가 쌓인 곳에 맞았고, 접시들이 공중에 튀어 올랐다. 하지만 몇 발은 깡패를 맞추었고, 그자는 비틀거리며 뒤로 물러섰다.

홀던은 허리 높이의 금속 울타리를 뛰어넘었고, 가짜 경찰과 희생자에게서 3미터 정도 떨어진 곳에서 미끄러지며 멈추어 섰다. 홀던의 총이 마지막으로 불을 뿜었고, 이윽고 슬라이드가 열린 위치로 고정되며 탄창이 비었음을 알렸다.

깡패는 쓰러지지 않았다. 그자는 자신의 상체를 내려다보며 몸을 세웠고, 이윽고 시선을 들어 총으로 홀던의 얼굴을 겨냥했다. 그동안 홀던은 자신이 쏜 총알 세 발이 깡패의 두꺼운 가슴 장갑복에 부딪혀 으깨진 흔적을 보았다. '총알 세례를 맞으며 영광스럽게 죽자.' 홀던은 생각했다.

깡패가 말했다. "뭐 이런 좆같은…." 그리고 그자의 고개가 갑자기 뒤로 꺾이며 빨간 피를 흩뿌렸다. 깡패가 바닥에 요란하게 쓰러졌다.

"목 사이 빈틈이라니까, 기억나?" 밀러가 홀던 뒤에서 말했다. "권총으로는 가슴막이판을 뚫을 수 없어."

갑자기 어지러워진 홀던은 허리를 굽히고 심호흡을 했다. 목 뒤쪽에서 레몬처럼 시큼한 맛이 느껴졌고, 넘어오는 구토를 두 번 삼켰다. 홀던은 그게 피와 위의 살점이 아닐까 궁금했다. 하지만 확인하고 싶지는 않았다.

"고마워." 홀던이 밀러 쪽으로 고개를 돌리고 헐떡이며 말했다.

밀러는 그저 홀던 쪽으로 슬쩍 고개를 끄덕이고는 쓰러진 경비원 쪽으로 가서 그자를 한 발로 쿡 찔러 보았다. 홀던은 일어나 복도 주위를 둘러보며 복수심에 불타는 마피아 깡패들이 성난 파도처럼 자신들에게 달려들기를 기다렸다. 하지만 아무도 보이지 않았다. 홀던과 밀러는 아마겟돈의 한가운데에서 조용한 평정의 섬에 서 있었다. 둘 주위로 폭력은 그 촉수를 뻗어 거칠게 채찍질을 해대고 있었다. 사람들은 사방으로 뛰어다녔다. 마피아 깡패들은 확성기로 소리를 지르고, 주기적으로 총을 쏘며 위협을 해댔다. 하지만 깡패들은 겨우 몇백 명이었고, 화나고 공황상태에 몰린 민간인들은 수만 명이었다. 밀러가 혼돈을 향해 몸짓을 했다.

"이런 일이 벌어질 수밖에 없지." 밀러가 말했다. "자신들이 무슨 짓을 하는지도 모르는 멍청이들에게 도구를 쥐여줬으니 말이야."

홀던은 쓰러진 아이 옆에 쪼그려 앉았다. 열세 살 정도 되어 보이는 남자아이로, 동양인 외모였으며, 머리털은 검었다. 아이 가슴에는 커다란 상처가 입을 벌리고 있었는데, 피가 콸콸 쏟아져 나오는 대신 찔끔찔끔 흘러나왔다. 홀던이 확인해 보았지만 맥박이 느껴지지 않았다. 그래도 홀던은 그 아이를 안아 올렸고, 그 아이를 올려놓을 곳을 찾아 주위를 둘러보았다.

"그 아이는 죽었어." 빈 탄창을 교체하며 밀러가 말했다.

"입 닥쳐. 아직 몰라. 만약 이 아이를 우주선으로 데려간다면, 어쩌면…."

밀러는 고개를 저었다. 홀던의 팔에 안긴 아이를 보는 밀러의 표정은 슬프지만 초점이 없었다.

"그 아이는 대구경 탄환을 몸 중앙에 맞았어." 밀러가 말했다. "죽었어."

"좆됐군." 홀던이 말했다.

"계속 그 말을 하는군."

카지노 레벨이 끝나고 부두행 경사로가 시작되는 복도의 위쪽에서 네온사인이 환하게 번쩍이고 있었다. '게임을 해주셔서 감사합니다. 에로스의 승자는 늘 여러분입니다.' 네온사인에는 이렇게 쓰여 있었다. 그 아래로 중무장을 한 남자들이 두 줄로 길을 막고 있었다. 그자들은 카지노의 군중을 통제하는 것을 포기한 모양이지만 대신 누구도 그곳을 빠져나가지 못하게 막고 있었다.

홀던과 밀러는 군인들에게서 100미터 정도 떨어진, 뒤집힌 커피 카트 너머에 쪼그리고 앉았다. 둘이 지켜보는 동안, 십여 명 정도 되는 사람들이 군인들에게 돌진했다가 자동 화기에 간단히 제압되었고, 이전에 달려들었던 사람들 옆으로 쓰러졌다.

"세어보니 놈들은 서른네 명이야." 밀러가 말했다. "당신이 몇 명이나 맡을 수 있어?"

홀던은 놀라 고개를 돌려 밀러를 보았지만, 전직 경찰의 표정을 보고 그 말이 농담임을 알았다.

"농담은 그만두고, 어떻게 해야 여기를 지나갈 수 있을까?" 홀던이 말했다.

"기관총을 든 자가 서른 명, 그리고 놈들 시선을 가로막는 건 아무것도 없어. 마지막 20미터는 몸을 숨길 곳이 전혀 없고." 밀러가 말했다. "우리는 저길 못 지나가."

30
밀러

둘은 바닥에 앉아 아무도 사용하지 않는 파칭코 머신에 등을 기댔고, 주위에서 밀물처럼 밀려왔다가 썰물처럼 사라지는 폭력을 축구 경기라도 되는 듯이 지켜보았다. 밀러의 모자는 무릎 위에 놓여 있었다. 파칭코 머신 하나가 호객 행위를 반복했고 밀러는 등으로 그 진동을 느꼈다. 불빛들이 번쩍이고 이글거렸다. 밀러 옆에서는 홀던이 마치 달리기 경주를 한 듯이 거친 숨을 몰아쉬었다. 그 둘 뒤 저편으로는 마치 히에로니무스 보스의 그림에서처럼 에로스의 카지노 레벨들이 죽음을 준비하고 있었다.

이제 폭동의 순간이 아주 무르익었다. 남녀들이 몇 명씩 무리지어 모여들었다. 경비원들은 사람들 사이를 다니며 너무 인원이 많아졌거나 사납게 날뛰는 무리를 위협해 흩뜨렸다. 뭔가가 빠르게 타고 있었기에 공기 재생기는 플라스틱 녹는 냄새를 없앨 수 없었다. 배경으로 들리는 방그라 음악에 절망의 비명과 통곡 소리가 섞여 들렸다. 어떤 멍청이가 소위 경찰 가운데 한 명에게 소리 지르고 있었다. 그 멍청이는 변호사였다. 그 변호사는 말하길, 이 모든 상황이 비디오로 녹화되고 있으며, 이 상황의 책임자가 누구인지는 모르겠지만 그자는 엄청난 곤경에 처하게 될 거라고 소리쳤다. 밀러는 대립 중인 이 둘의 주위로 사람들이 잔뜩 몰려드는 모습을 지켜보았다. 폭동 진압 장비를 갖춘 자가 뭔가를 듣고 고개를 끄덕이더니 변호사의 무릎에 총을 한 발 쏘았다. 여자 한 명만 빼고 모든 사람이 흩어졌다. 아마도 변호사의 부인이거나 여자친구인 듯한 그 여자는 비명을 지르며 남자 위로 몸을 숙였다. 그리고 밀러의 두개골 속 깊숙한 곳에서 모든 것이 천천히 분해되기 시작했다.

밀러는 자신의 마음이 둘로 나뉘어 있는 것을 느꼈다. 하나는 밀러 자신의 마음, 자신이 익숙한 마음이었다. 여기를 빠져나가면 무슨 일이 벌어질까, 포에베 스테이션과 세레스와 에로스와 줄리 마오 사이에서 점들을 잇기의 다음 단계는 무엇이 될까, 사건을 어떻게 해결할까 하는 마음이었다. 그 마음속에서 밀러는 범죄 현장에서 범죄 수법을 살펴보는 방식으로, 뭔가 자세한 것이 드러나길, 뭔가 자신의 주의를 사로잡을 만한 변화가 보이길 기다리며 군중을 살펴보았다. 미스터리를 해결할 수 있게 자신을 올바른 방향으로 이끌어줄 변화가 눈에 들어오길 기다리고 있었다. 근시안적이고 멍청한 마음이었다. 이 마음은 몸이 죽어간다는 걸 알아차리지 못했으며 당연히, '당연히' 다음 단계가 있을 거라고 생각하고 있었다.

또 다른 밀러는 달랐다. 더 조용했다. 어쩌면 슬플지도 몰랐지만, 평화로웠다. 오래전에 밀러는 '죽음-자아'라는 시를 읽은 적이 있었다. 그리고 이제야 그 내용을 이해했다. 밀러의 정신 한가운데를 묶어놓은 매듭이 풀리고 있었다. 모든 것, 즉 세레스, 결혼 생활, 직업, 자신을 하나로 묶어두기 위해 쏟고 있던 힘이 스르르 풀려버렸다. 밀러가 경찰로 일하던 내내 죽였던 사람보다 오늘 죽인 사람들 수가 더 많았다. 밀러는 자신이 찾던 대상이 죽은 걸 확실히 알고서야 자기가 그 여인과 사랑에 빠져 있음을 깨닫기 시작했다. 밀러는 일생을 바쳐 혼돈을 억눌러 두려 했지만, 제아무리 안간힘을 써봤자 그 혼돈이 자신보다 더 강력하고 더 넓고 더 강하다는 것이 확실하게 보였다. 그가 할 수 있는 그 어떤 타협도 충분하지 않아 보였다. 죽음-자아가 밀러의 내면에서 몸을 일으키고 있었고, 어두운 꽃망울은 아무 어려움 없이 피어났다. 그것은 안도이자 휴식이자 수십 년을 참은 뒤에 내쉬는 길고 느린 날숨이었다.

밀러는 폐허 속에 있었지만 괜찮았다. 죽어가고 있었기 때문이다.

"어이." 홀던이 말했다. 홀던의 목소리는 밀러의 예상보다 더 힘찼다.

"왜?"

"어렸을 때 '미스코와 마리스코'를 본 적이 있어?"

밀러가 얼굴을 찡그렸다. "애들 프로그램?" 밀러가 물었다.

"공룡 다섯 마리랑 커다란 분홍 모자를 쓴 악당이 나오는 프로그램 말이야." 홀던이 말하더니 밝은 재즈 가락을 흥얼거리기 시작했다. 밀러는 두 눈을 감고 함께 노래하기 시작했다. 원래는 가사가 있는 음악이었다. 하지만 이제는 단지 고음과 저음이 있고 주요 음이 올라갔다 내려갔다 하며 마디마다 불협화음이 녹아들어 있었다.

"본 거 같아." 노래가 끝나자 밀러가 말했다.

"난 그 프로그램을 좋아했어. 마지막으로 그걸 본 게 아마 여덟 살인가 아홉 살 때였을 거야." 홀던이 말했다. "당신이 아직도 그걸 기억하다니 재밌네."

"그래." 밀러가 말했다. 밀러는 기침을 했고, 고개를 돌려 뭔가 붉은 것을 뱉었다. "당신 상태는 어때?"

"난 괜찮은 듯해." 홀던이 말했다. 이윽고 곧바로 덧붙여 말했다. "일어서 있지만 않으면 말이야."

"욕지기가 나?"

"응. 약간."

"나도."

"이게 뭐지?" 홀던이 물었다. "내 말은, 대체 이게 뭐하자는 짓이냐 이거야. 놈들이 대체 왜 이런 짓을 하는 거야?"

나옴 직한 질문이었다. 에로스의 사람들을 학살하는 건 (소행성대의 어느 스테이션이든 간에 거기 사람들을 학살하는 건) 아주 쉬웠다. 궤도 역학을 1년만 공부한 정비공 수준이라면 스테이션을 반으로 쪼갤 만큼 빠르고 커다란 바위를 던질 방법을 알아낼 수 있었다. 프로토젠이 들인 노력 정도라면 공기 재생기를 고장 내든 약품을 타든 뭐든 원하는 대로 해서 사람들을 죽일 수 있었다. 그러니 이건 살인이 아니었다. 대량 학살조차 아니었다.

그리고 사방에 관측 기계들이 있었다. 카메라, 통신 어레이, 공기와 물 센서들. 이런 엄청난 일을 저지를 만한 이유는 단 두

가지뿐이었다. 프로토젠의 미친놈들이 사람들이 죽는 걸 관찰하고 싶어하거나 아니면….

"놈들은 몰라." 밀러가 말했다.

"뭘?"

밀러는 고개를 돌려 홀던을 바라보았다. 밀러의 첫 번째 자아, 형사이며 낙관주의자인 자아, 알아야 할 필요가 있는 바로 그 자아가 지금 주도를 하고 있었다. 밀러의 죽음-자아는 싸우지 않았다. 물론 그건 죽음-자아가 싸우지 않기 때문이다. 죽음-자아는 그 무엇과도 싸우지 않았다. 밀러는 풋내기 형사에게 강의를 하듯이 손을 들어 올렸다.

"놈들은 지금 이 일의 실상을 몰라. 혹은… 적어도 놈들은 무슨 일이 일어날지를 모르고 있어. 여긴 심지어 고문실처럼 지어지지도 않았어. 모든 게 관찰되고 있어, 안 그래? 물과 공기 센서. 이건 배양용 접시야. 놈들은 줄리를 죽인 게 뭔지 몰라. 그래서 이런 방식을 써서 그걸 알아내려는 거야."

홀던은 얼굴을 찡그렸다.

"놈들에게는 실험실이 없어? 동물이나 뭐 그런 거에 그 쓰레기 덩어리를 실험해볼 곳이 없단 말이야? 실험을 하기에 여기는 꽤 난장판처럼 보이는걸."

"어쩌면 샘플 크기가 아주 커야 하나 보지." 밀러가 말했다. "아니면 대상이 사람이 아니거나. 스테이션에 무슨 일이 일어나는지를 보려는 것일 수도 있어."

"그것참 유쾌한 생각이군." 홀던이 말했다.

밀러의 마음속에서 줄리 마오가 눈으로 흘러내린 머리칼을 쓸

어울렸다. 줄리는 생각에 잠긴 듯이, 흥미롭다는 듯이, 걱정된다는 듯이 얼굴을 찡그리고 있었다. 그 모든 것이 이치에 닿았다. 너무나 복잡하고 제멋대로라고 보이던 궤도 역학 기본 방정식에서 갑자기 모든 변수가 제자리에 딱 맞아들어가는 것과 비슷했다. 설명할 수 없는 것처럼 보이던 것이 논리적으로 당연해졌다. 줄리는 밀러를 향해 싱긋 웃었다. 줄리는 전과 다름없었다. 밀러가 상상해왔던 그 모습 그대로였다. 죽음에 굴복하지 않은 밀러가 줄리를 보며 함께 웃었다. 그리고 줄리는 사라졌고, 밀러의 마음은 파칭코 머신의 소음과 사람들의 낮지만 격분한 항의 소리로 옮아갔다.

다른 무리, 마치 미식축구의 수비수처럼 몸을 낮춘 남자 스무 명이 항구의 공터에서 경비를 서던 무장 경찰들에게 달려들었다. 경찰들은 그 사람들을 총탄으로 쓸어 버렸다.

"만약 우리에게 사람들이 충분하다면." 홀던이 두 번째 자동화기 소리가 사라진 뒤에 말했다. "우리는 성공할 수 있을 거야. 놈들이 우리 모두를 죽일 수는 없어."

"순찰대들이 그래서 있는 거야." 밀러가 말했다. "달려들 만큼 많은 무리를 이루지 못하게 하려고 말이야. 계속 도가니를 휘젓는 거지."

"하지만 만약 폭동이 일어난다면, 내 말은 정말로 큰 폭동이 일어난다면, 아마도⋯."

"어쩌면." 밀러가 동의했다. 좀 전까지만 해도 아무렇지도 않던 가슴에서 뭔가가 뚝 하는 느낌이 들었다. 밀러는 천천히 심호흡을 했고, 다시 뚝 하는 느낌이 들었다. 그 느낌은 왼쪽 허파 깊숙이에서 왔다.

"최소한 나오미는 빠져나갔어." 홀던이 말했다.

"다행이지."

"나오미는 놀라워. 상황이 허락하는 한 절대로 에이모스와 알렉스를 위험에 빠뜨리지 않을 거야. 내 말은 나오미는 진지하다는 거야. 프로지. 강인하고. 무슨 말인지 알아? 내 말은, 나오미는 정말로 정말로…."

"예쁘기도 하고." 밀러가 말했다. "머리털이 멋지더군. 눈은 사랑스럽고."

"아니, 내 뜻은 그게 아니었어." 홀던이 말했다.

"그 여자 외모가 멋지다고 생각하지 않는 거야?"

"나오미는 내 부선장이야." 홀던이 말했다. "나오미는… 알잖아…."

"손댈 수 없는 존재라 이거군."

홀던이 한숨을 쉬었다.

"나오미는 떠났어. 그렇지?" 홀던이 물었다.

"거의 확실하지."

둘은 조용해졌다. 수비수 한 명이 콜록거리며 일어서더니 흉곽의 총구멍에서 피를 흘리며 카지노 쪽으로 쩔룩쩔룩 걸어갔다. 방그라 음악이 끝나고, 낮고 관능적이며 밀러가 알아들을 수 없는 언어의 노래가 시작되었다.

"나오미는 우리를 기다릴 거야." 홀던이 말했다. "나오미가 우리를 기다릴 거라고 생각 안 해?"

"거의 확실히 그럴걸." 밀러의 죽음-자아는 그게 거짓이든 아니든 별로 신경 쓰지 않고 말했다. 밀러는 잠시 그 점에 대해 생각해보았고, 이윽고 다시 홀던 쪽으로 고개를 돌렸다. "어이, 그 거 알아? 난 지금 최상의 컨디션이 아니야."

"알았어."

"알았으면 됐어."

레벨 건너편의 튜브 정거장에서 이글거리며 봉쇄를 알리던 오렌지색 불빛이 녹색으로 바뀌었다. 앉아 있던 밀러가 흥미를 보이며 몸을 앞으로 기울였다. 등이 끈적거렸지만 아마도 그냥 땀 때문일 수도 있었다. 다른 사람들 역시 변화를 알아차렸다. 물탱크 속의 흐름처럼, 근처 군중의 관심은 항구로 가는 길을 막은 무장 병들로부터 튜브 정거장의 무광택 처리한 강철 문으로 옮아갔다.

문이 열리고 첫 번째 좀비들이 나타났다. 남자와 여자들이었으며, 눈은 번들거렸고 근육은 축 늘어져 있었고, 열린 문을 비틀비틀 통과해 나왔다. 밀러는 세레스 스테이션에서 훈련 과정의 일부로 출혈열 다큐멘터리 피드를 본 적이 있었다. 좀비들의 움직임은 그와 똑같았다. 느른하고 조종되는 듯, 인형 같은 느낌이었다. 병 때문에 이미 제정신이 아니게 된 광견병 걸린 개 같았다.

"어이." 밀러가 홀던의 어깨에 손을 올리며 말했다. "어이, 일이 벌어지고 있어."

응급실용 병원 가운 차림에 나이 지긋해 보이는 남자 한 명이 휘청거리며 새로이 나타난 자들에게 다가갔다. 그 사람은 마치 의지력만으로 좀비들을 가두어 둘 수 있다는 듯이 두 손을 앞으로 뻗고 있었다. 무리의 첫 번째 좀비가 초점 없는 눈을 돌려 그 남자를 보더니 아주 눈에 익은 갈색 점액질을 뿜어내듯 토했다.

"저거 봐." 홀던이 말했다.

"봤어."

"아니. '저걸' 보라고!"

카지노 레벨 전체에서 튜브 정거장 봉쇄를 알리는 빛이 꺼졌다. 문들이 열렸다. 헛된 탈출의 희망을 품고 열린 튜브로 몰려들었던 사람들은 튜브에서 걸어 나오는 죽은 남녀들을 보고 뒤로 물러섰다.

"토하는 좀비들이군." 밀러가 말했다.

"방사능 대피소에서 나온 거야." 홀던이 말했다. "그거. 그 유기체. 그건 방사능 속에서 더 빨리 번식해, 안 그래? 이름은 모르겠지만, 그 여자도 그 때문에 빛과 우주복에 그렇게 유난을 떨었던 거고."

"그 아이 이름은 줄리야. 그리고 맞아. 인큐베이터들은 이걸 위한 거였어. 바로 여기가 그 인큐베이터지." 밀러가 말하고 한숨을 쉬었다. 밀러는 이만 일어날까 하는 생각을 했다. "흠, 어쨌든 우리는 방사능 피폭으로 죽지는 않겠군."

"왜 그냥 그 빌어먹을 걸 공기 중에 뿌리지 않은 걸까?" 홀던이 물었다.

"혐기성. 기억 안 나?" 밀러가 말했다. "산소가 너무 많으면 놈들은 살아갈 수가 없어."

구토물을 뒤집어쓴 응급실 의료요원은 비틀거리는 좀비들을 여전히 환자인 듯이 치료하려 안간힘을 쓰고 있었다. 그자들이 여전히 사람이라는 듯이 치료하려 애쓰고 있었다. 사람들의 옷과 벽에 갈색 점액이 배어들었다. 튜브 문들이 다시 열렸고, 밀러는 튜브로 달려들던 대여섯 명이 갈색 점액을 뒤집어쓰는 모습을 보았다. 폭도는 동요를 일으켰고, 어찌할 바를 몰랐으며, 군중심리가 한계에 도달했다.

폭동 진압 경찰 한 명이 앞으로 튀어나오더니 좀비들을 향해 총을 쏘기 시작했다. 좀비 몸으로 총알이 들어간 자리와 나온 자리에서 검고 가는 필라멘트들이 마구 쏟아져 나왔고, 좀비들은 쓰러졌다. 밀러는 그게 재밌다는 사실을 깨닫기도 전에 킥킥거리기 시작했다. 홀던이 밀러를 바라보았다.

"저놈들은 몰랐어." 밀러가 말했다. "폭동 진압 장비를 갖춘 저 깡패들 말이야. 저놈들은 여기서 빠져나가지 못할 거야. 죽은 목숨이야. 우리랑 같은 신세야."

홀던은 동의한다는 소리를 작게 냈다. 밀러는 고개를 끄덕였지만, 뭔가 마음에 걸렸다. 세레스에서 훔친 장비를 한 저 깡패들은 희생되고 있었다. 하지만 그게 모두가 희생될 거란 뜻은 아니었다. 밀러는 몸을 앞으로 기울였다.

항구로 향하는 아치길에는 여전히 경비원들이 있었다. 무장병들이 대열을 이루고서 언제든 총을 발사할 준비를 하고 있었다. 다른 점이 있다면, 그자들은 그 전보다도 훨씬 더 훈련받은 느낌을 풍겼다. 밀러는 장갑복에 계급 표지가 하나 더 있는 자가 마이크를 통해 뭔가를 으르렁대는 모습을 지켜보았다.

좀 전까지 밀러는 희망이 없다고 생각했었다. 자신이 가졌던 모든 기회를 써버렸으며 이제는 무덤으로 질질 끌려가는 일만 남았다고 거의 포기했었다.

"일어나." 밀러가 말했다.

"뭐?"

"일어나라고. 놈들이 물러갈 거야."

"누구?"

밀러가 무장병 쪽을 향해 고개를 끄덕였다.

"저놈들은 알고 있었어." 밀러가 말했다. "놈들을 봐. 놈들은 겁에 질리지 않았어. 혼란스러워하지도 않아. 놈들은 이 일이 일어나길 기다리고 있었어."

"그런데도 놈들이 물러설 거라고 생각한다는 거야?"

"놈들이 여기서 어슬렁거릴 이유가 없지. 일어나."

마치 자신에게 명령했다는 듯이, 밀러는 신음을 토한 뒤 삐걱거리며 일어났다. 무릎과 등뼈가 지독히 아팠다. 허파의 뚝뚝거리는 느낌은 점점 더 심해졌다. 뱃속에서는 다른 상황에서라면 걱정되었을 복잡하고 나직한 소리가 났다. 움직이기 시작하자마자, 밀러는 손상이 얼마나 심각해졌는지를 깨달았다. 피부는 아직 아프진 않지만 심각한 화상을 입은 뒤 물집이 생기기 전처럼, 곧 통증이 따르리란 가벼운 예감이 들었다. 만약 여기서 살아난다 할지라도 아주 고통스러운 삶이 되리라.

설사 여기서 살아나간다 할지라도 '모든 것'이 고통스러우리라.

밀러의 죽음-자아가 그를 잡아당겼다. 밀러는 해방감, 안도, 안식을 느꼈고, 예전에 잃어버렸던 귀중한 무언가를 되찾은 느낌이라고 생각했다. 기계 같은 자아가 끊임없이 떠들고 부산을 떨며 밀러에게 어서 계속 움직이라 죄치고 죄치고 또 죄쳤지만, 부드럽고 상처 입은, 마음속 깊은 곳의 영혼은 밀러에게 잠시 문제를 잊고 물러앉아 쉬라고 이야기했다.

"우리가 뭘 찾는 거야?" 홀던이 말했다. 홀던은 이미 서 있었다. 홀던의 왼쪽 눈에서 혈관 하나가 터졌고, 흰자위는 밝은 선홍색으로 바뀌어 있었다.

'우리가 뭘 찾는 거야?' 죽음-자아가 따라 물었다.

"놈들은 물러설 거야." 밀러가 첫 번째 질문에 대답했다. "우리는 따라갈 거고. 맨 뒤에 가는 놈이 우리를 쏠 필요가 없다고 느낄 정도로 적당히 거리를 두고 따라가는 거야."

"모두가 그렇게 하면? 내 말은, 일단 놈들이 물러서면 여기에 있는 모두가 항구로 따라가지 않겠느냐 하는 거야."

"그렇겠지." 밀러가 말했다. "그러니 사람들이 몰려들기 전에 한발 앞서가자고. 봐, 저기야."

큰 변화는 아니었다. 무장병들의 자세가 살짝 바뀌었고, 태도에 작은 변화가 있었을 뿐이었다. 밀러는 콜록거렸다. 가벼운 기침치고는 고통이 아주 심했다.

'우리가 뭘 찾는 거야?' 밀러의 죽음-자아가 다시 물었고, 이번 목소리는 더 끊겼다. '답? 정의? 우주가 우리를 다시 한 번 골탕 먹일 기회? 저 아치길을 가는 것보다 차라리 우리 총으로 해결하는 게 더 빠르고, 깨끗하고 고통도 덜한 방법이지 않아?'

용병 대장은 아무 일도 아니란 듯이 한발 뒤로 물러나더니 바깥 복도를 성큼성큼 걸어 시야에서 사라졌다. 그자가 있던 곳에 줄리 마오가 앉아 그자가 가는 모습을 지켜보았다. 줄리는 밀러를 보았다. 밀러에게 손을 흔들었다.

"아직은 아니야." 밀러가 말했다.

"그럼 언제?" 홀던이 말했고, 그 목소리에 밀러는 깜짝 놀랐다. 밀러의 머릿속에 있던 줄리가 순식간에 사라졌고, 밀러는 현실로 돌아와 있었다.

"곧 때가 올 거야." 밀러가 말했다.

밀러는 홀던에게 경고를 해야 했다. 이건 공정하지 않았다. 나쁜 상황에 빠지면 최소한 동료에게 사실을 알려주는 친절은 베풀어야 했다. 밀러는 목청을 가다듬었다. 그것 역시 통증을 수반했다.

'내가 헛것을 보기 시작하거나 자살행위를 시작할 수도 있어. 그럴 때면 당신은 나를 쏴야만 해.'

홀던이 밀러를 힐긋 보았다. 파칭코 머신들이 파란색, 빨간색으로 번쩍이며 인공 환호성을 질러댔다.

"뭐?" 홀던이 말했다.

"아무것도 아니야. 그냥 중심을 좀 잡은 것뿐이야." 밀러가 말했다.

둘 뒤에서 어떤 여자가 비명을 질렀다. 밀러가 힐긋 뒤를 돌아다보니 그 여자는 토하는 좀비 하나를 밀쳐내고 있었다. 미끌거리는 갈색 점액이 이미 그 여자를 뒤덮고 있었다. 아치길에서는 용병들이 조용히 뒷걸음질 치며 복도를 내려가기 시작했다.

"우리도 가지." 밀러가 말했다.

밀러와 홀던은 아치길을 향해 걸어갔고, 밀러는 모자를 썼다. 시끄러운 목소리들, 비명, 낮고 액체 같은 사람들 소리가 아주 신경에 거슬렸다. 공기 재생기는 고장 났고, 공기에서는 고깃국물과 산성 물질에서 나는 듯한 짙고 코를 톡 쏘는 냄새가 났다. 밀러는 신발에 돌이 들어간 느낌이 들었지만, 신발 안을 들여다봤자 발의 살갗이 벗겨지고 쓸려서 빨갛게 되었을 뿐 돌 따위는 없으리라고 거의 확신했다.

둘에게 총을 쏘는 이는 아무도 없었다. 멈추라고 말하는 이도 전혀 없었다.

아치길에 이르자 밀러는 홀던을 데리고 벽에 붙어서 모퉁이 너머를 훔쳐보았다. 길고 넓은 복도가 텅 비었다는 사실을 아는 데는 1초도 걸리지 않았다. 용병들은 여기에서 할 일을 마쳤고, 에로스를 운명의 손에 맡긴 채 떠난 것이다. 기회가 생긴 것이다. 길은 비어 있었다.

'마지막 기회야.' 밀러가 생각했다. 살 수 있는 마지막 기회이자 죽을 수 있는 마지막 기회라는 의미였다.

"밀러?"

"그래." 밀러가 말했다. "좋아 보여. 가지. 모두가 우리와 같은 생각을 하기 전에 말이야."

31
홀던

홀던의 뱃속에서 뭔가가 꿈틀했다. 홀던은 그걸 무시하고 밀러의 등만 계속 바라보았다. 비쩍 마른 형사는 종종 교차로에서 멈추어 모퉁이 너머로 아무 문제가 없는지를 살피며 항구를 향해 빠르게 걸어갔다. 밀러는 기계처럼 움직였다. 홀던이 할 수 있는 일은 다만 그 뒤를 계속 쫓아가려 애쓰는 것뿐이었다.

밀러는 카지노에서 출구를 지키던 용병들과 계속 일정한 거리를 두고 뒤따라갔다. 그자들이 움직이면 밀러도 움직였다. 그자들이 걸음을 늦추면 밀러도 걸음을 늦추었다. 용병들은 방해물을 제거하며 항구로 나아가고 있었고, 만약 민간인들이 너무 가까이 다가오는 것 같으면 아마도 사격을 할 터였다. 용병들은 거치적거리는 존재는 무조건 쐈댔다. 이미 자신들에게 덤벼든 두 명에게 총을 쏜 상태였다. 그 둘은 갈색 점액을 토해댔었다. '이렇게 토악질을 해대는 좀비들이 대체 어디서 이렇게 빠르게 나타나는 거야?'

"이렇게 토악질을 해대는 좀비들이 대체 어디서 이렇게 빠르게 나타나는 거야?" 홀던이 밀러 뒤에서 말했다.

형사는 왼손을 으쓱했다. 오른손으로는 여전히 권총을 움켜쥐고 있었다.

"줄리에게서 나온 것만으로는 스테이션 전체를 감염시킬 수 없을 거야." 걸음을 늦추지 않고 밀러가 말했다. "내 생각에 지금 좀비들은 1차로 만들어진 걸 거야. 방사능 대피소의 사람들을 전염시키기에 충분한 점액을 얻기 위해 배양한 자들일 거라고 생각해."

말이 되었다. 그리고 실험에서 통제 가능했던 부분이 엉망이되었을 때 그냥 그 좀비들을 사람들에게 풀어버린 것이다. 사람들이 상황을 알게 될 즈음에는 이미 반 정도가 감염되었을 확률이 높았다. 그러고 난 뒤는 시간문제였다.

둘은 복도 교차로에서 잠시 멈추었고, 100미터 앞에 있는 용병무리의 지휘자가 무전기로 잠시 이야기하는 모습을 지켜보았다. 홀던이 헐떡이며 숨을 고르려 애쓰고 있는데 용병들이 다시 출발했고, 밀러는 뒤를 따라 움직였다. 홀던은 손을 뻗어 형사의 허리띠를 잡고 밀러에게 의지하며 걸어갔다. 이 비쩍 마른 벨트인은 대체 어디서 힘이 나는 걸까?

형사가 걸음을 멈추었다. 형사의 얼굴에는 아무런 표정도 없었다.

"놈들이 말다툼을 하고 있어." 밀러가 말했다.

"응?"

"저 무리의 지휘자하고 누군가가, 뭔가에 대해 말다툼을 하고 있어." 밀러가 대답했다.

"그래서?" 홀던이 물었고, 이윽고 기침하며 손에 뭔가 축축한 것을 토해냈다. 홀던은 그것을 바지 뒤쪽에 닦아냈다. 그게 피인지는 알고 싶지 않았다. '피가 아니었으면 좋겠는데.'

밀러가 다시 손을 으쓱했다.

"여기 있는 놈들 모두가 같은 팀은 아닌 거 같군." 밀러가 말했다.

용병 지휘자는 다시 다른 복도로 들어섰고, 밀러는 홀던을 끌며 그 뒤를 따랐다. 이곳은 외곽 레벨로, 창고와 우주선 수리 및 재보급 창고로 가득 차 있었다. 평소에도 사람들 왕래가 잦은 곳이 아니었다. 이제 그 복도는 마치 능묘처럼 용병들의 걸음 소리가 메아리쳤다. 앞쪽에서 용병 무리는 다시 방향을 바꾸었고, 용병들을 따라 교차로로 가던 밀러와 홀던의 눈에 홀로 걷는 누군가가 보였다.

그 남자는 무장을 한 것 같지 않았고, 그래서 밀러는 조심스레 그 남자에게 다가가면서 얼른 뒤쪽으로 손을 뻗어 홀던의 손을 자기 허리띠에서 떼어냈다. 이제 밀러는 완전히 경찰 같은 태도로 왼손을 들어 올렸다.

"여기는 이렇게 다니기에 위험한 지역입니다." 밀러가 말했다.

그 남자는 15미터도 채 앞에 있지 않았으며, 한 번 비틀거리더니 몸을 돌려 둘에게 다가오기 시작했다. 그 남자는 프릴 셔츠와 반짝이는 빨간 나비넥타이, 싸구려 턱시도 차림으로, 파티에 참여하는 복장이었다. 한 발에는 반짝이는 검은색 구두를 신었으며, 다른 한 발은 빨간 양말만 신고 있었다. 입가에서는 갈색 토사물이 흐르고 있었으며, 하얀 셔츠에도 자국이 남아 있었다.

"젠장." 밀러가 말하더니 총을 들었다.

홀던이 밀러의 팔을 잡더니 거칠게 내렸다.

"저 사람은 아무 죄가 없어." 홀던이 말했다. 다치고 감염당한 사람의 모습을 보니 눈이 시큰거렸다. "저 사람은 아무 죄가 없어."

"하지만 여전히 따라오고 있어." 밀러가 말했다.

"그러면 더 빠르게 걸어." 홀던이 말했다. "그리고 만약 당신이 누군가를 쏜다면 승선을 허락하지 않겠어. 당신을 내 우주선에 태우지 않겠어. 알겠어?"

"날 믿어." 밀러가 말했다. "저 사람에게 오늘 일어날 수 있는 최선은 죽는 거야. 당신은 지금 저 사람에게 호의를 베푸는 게 아니라고."

"그걸 정하는 건 당신이 아니야." 홀던이 대답했고, 그 목소리에는 진정한 분노가 담겨 있었다.

밀러는 대답을 하려 했지만, 홀던이 한 손을 들어 그 말을 막았다.

"로시난테 호에 타고 싶어? 그러면 내가 대장이야. 질문은 안 돼. 쓸데없는 짓도 안 되고."

밀러의 선웃음이 진짜 웃음으로 바뀌었다. "네, 알겠습니다, 선장님." 밀러가 말했다. "우리 용병들과 점점 거리가 멀어지고 있어." 밀러가 복도 쪽을 가리켰다.

밀러는 고갯짓한 뒤 다시 기계처럼 꾸준히 걷기 시작했다. 홀던은 뒤를 돌아보지 않았지만 밀러가 거의 죽일 뻔한 사람이 복도에서 오랫동안 비명을 지르는 소리가 들려 왔다. 그 소리를 막기 위해, 아마도 둘이 복도 모퉁이를 몇 번 더 돈 뒤에는 오직 머릿속에서만 존재할 그 소리를 막기 위해, 홀던은 '미시코와 마리스코'의 주제가를 다시 흥얼거리기 시작했다.

홀던이 아주 어렸을 때 여러 엄마 중 집에 남아 밀러를 돌봐준 엄마인 엘리제는 홀던이 그 프로그램을 보는 동안 늘 뭔가 먹을 것을 가져다주었고, 홀던의 머리에 손을 얹고 머리카락을 만지작거리며 그 프로그램을 같이 보았다. 엘리제는 공룡이 장난치는 장면이 나오면 공룡보다도 더 크게 웃었다. 그리고 언젠가 할로윈 때에는 홀던이 사악한 멍고 백작으로 분장할 수 있도록 커다란 분홍색 모자를 만들어주기도 했다. 그런데 그 백작은 왜 공룡들을 잡으려 그렇게 애를 썼을까? 명확히 이해할 수가 없었다. 어쩌면 그 백작은 그냥 공룡을 좋아했을 수도 있었다. 한 번은 백작이 축소 광선을 써서….

홀던은 밀러의 등에 부딪혔다. 형사가 갑자기 멈추었고, 이제 복도 한쪽으로 재빨리 움직여 그늘 속에서 몸을 낮추었다. 홀던도 밀러를 따라 했다. 30미터 정도 앞에서, 용병 무리는 훨씬 더 커졌으며, 두 패로 나뉘었다.

"그렇군." 밀러가 말했다. "엄청나게 많은 사람이 오늘 운이 없군."

홀던은 고개를 끄덕였고 얼굴에서 뭔가를 닦아냈다. 피였다. 홀던은 코피가 날 정도로 밀러의 등에 세게 부딪혔다고 생각하지 않았고, 코피가 저절로 멈출 것 같지 않다는 느낌이 들었다. 점막이 점점 더 약해지고 있었다. 이것도 방사능 피폭 때문인가?

홀던은 복도 끝의 장면을 보면서 셔츠를 찢어 콧구멍을 막았다.

저 앞에는 확연히 나뉜 두 패가 뭔가에 대해 열을 내며 논쟁을 벌이는 듯했다. 평소라면 아무래도 좋았다. 홀던은 용병들의 사회생활에 관해서 관심이 없었다. 하지만 백 명 가까이 되는 이 용병들은 중무장했고, 홀던이 가고자 하는 우주선으로 통하는 복도를 가로막고 있었다. 따라서 그자들의 논쟁은 지켜볼 가치가 있었다.

"프로토젠에서 온 놈들이 모두 떠나지는 않은 듯해." 밀러가 두 패 가운데 하나를 가리키며 조용히 말했다. "오른쪽 패거리는 이곳 사람들 같아 보이지 않아."

홀던은 그쪽을 보며 고개를 끄덕였다. 확실히 그자들은 좀 더 프로 같아 보이는 군인들이었다. 장갑복도 몸에 잘 맞았다. 왼쪽 패는 대부분이 경찰용 폭동 진압 장비 차림이었고, 전투용 장갑복을 갖춰 입은 이는 몇 명뿐이었다.

"뭐에 대해 논쟁하는지 추측해보지 않겠어?" 밀러가 물었다.

"'어이, 우리도 같이 타고 가면 안 될까?'" 홀던이 세레스 악센트를 흉내 내 말했다. "'음, 안 돼. 당신들은 여기에 있어야 한다고. 그것들을 주시해야 해. 전혀 위험하지 않다고 했잖아. 당신들이 토하는 좀비로 바뀔 일도 절대 없고.'"

홀던의 말에 밀러가 정말로 킥킥거렸고, 그때 복도에서 총격전이 벌어졌다. 논쟁을 벌이던 양측이 근접 거리에서 서로를 향해 자동 화기를 발사하고 있었다. 고막이 찢어질 것 같은 소리였다. 사람들은 비명을 지르며 뿔뿔이 흩어졌고, 복도와 서로를 향해 피와 신체 일부분들이 마구 튀었다. 홀던은 복도에 납작 엎드렸지만, 총격전을 계속 지켜보았다.

최초의 총격전 이후, 양쪽 무리의 생존자들은 반대쪽으로 물러서기 시작했고, 이동하면서도 계속 사격을 해댔다. 복도 교차로 바닥에는 시체들이 널브러져 있었다. 홀던은 최초의 총격전에서 스무 명 또는 그 이상이 죽은 거로 추측했다. 양쪽 무리는 사격하며 계속 서로 복도 반대쪽으로 움직였고, 총성은 점점 더 멀어졌다.

교차로 중앙에 쓰러져 있던 이 가운데 한 명이 갑자기 꿈틀거리더니 머리를 들었다. 하지만 그 부상자가 일어서기도 전에 총알구멍이 쓰고 있던 면갑 한가운데에 나타났고, 그자는 최후를 맞이하며 다시 천천히 바닥에 쓰러졌다.

"당신 우주선은 어디에 있지?" 밀러가 물었다.

"이 복도 끝에 리프트가 있어." 홀던이 대답했다.

밀러가 피가 섞인 가래 같아 보이는 것을 바닥에 뱉었다.

"그리고 저기 교차로 복도는 지금 전투 지역이야. 양쪽에서 무장한 무리가 서로를 향해 총질하고 있어." 밀러가 말했다. "뛰어서 저길 통과해보려고 시도는 해볼 수 있어."

"다른 방법은 없을까?" 홀던이 물었다.

밀러는 자기 터미널을 바라보았다.

"우리는 나오미가 정한 데드라인보다 53분이 늦었어." 밀러가 말했다. "얼마나 더 시간을 낭비하고 싶은 거야?"

"이봐, 난 늘 산수에 젬병이었어." 홀던이 말했다. "하지만 저쪽 복도 양쪽에는 각각 40명 정도 되는 놈들이 있어. 복도 폭은 3미터는 족히 돼. 어쩌면 3.5미터까지 될 거야. 즉, 우리는 80명에게 '우리를 쏘아주십쇼' 하며 3미터를 간다는 거지. 아무리 운이 좋아도 우리가 저기에 갔다가는 난사를 당하고 죽게 될 거야. 그러니 플랜 B를 생각하자고."

홀던의 주장을 증명이라도 하듯 교차로에서 다시 일제 사격이 시작되면서 총알들이 고무 재질의 벽 절연체를 뜯어내고 바닥에 누워있는 시체들을 씹어댔다.

"놈들은 계속 후퇴하고 있어." 밀러가 말했다. "저 사격은 훨씬 더 멀리에서 오는 거야. 놈들이 물러설 때까지 기다리면 될 듯해. 내 말은, 우리가 그럴 수 있다면 말이야."

홀던이 콧구멍을 틀어막았던 헝겊은 출혈을 멈추지 못했다. 그냥 피로 흥건하게 젖었을 뿐이다. 홀던은 목구멍으로 계속해 피가 넘어가는 것을 느꼈으며, 그 때문에 속이 거북해지며 욕지기가 났다. 밀러가 옳았다. 이제 조금만 더 있으면 둘에게 남은 능력이라곤 여기서 누가 먼저 죽을지를 기다리는 게 전부였다.

"젠장. 연락해서 나오미가 아직 거기에 있는지라도 알 수 있으면 좋겠군." 홀던은 '네트워크 사용 불가'라고 번쩍이는 터미널을 보며 말했다.

"쉿." 밀러가 손가락 하나를 입술에 가져다 대며 속삭였다. 밀러는 자신들이 왔던 복도 쪽을 가리켰고, 이제 홀던은 둔탁한 걸음 소리를 들었다.

"파티에 늦은 손님들이야." 밀러가 말했고, 홀던이 고개를 끄덕였다. 둘은 뒤로 돌아 복도로 총을 겨냥하고 기다렸다.

경찰용 폭동 진압 장비를 갖춘 네 명이 모퉁이를 돌았다. 그자들은 총을 빼 들고 있지 않았으며, 둘은 헬멧을 벗고 있었다. 방금 일어난 총격전에 대해 전혀 아는 바가 없는 게 분명했다. 홀던은 밀러가 총을 쏘기를 기다렸고, 밀러가 총을 쏘지 않자 그를 돌아보았다. 밀러는 홀던을 물끄러미 바라보았다.

"난 아직 마지막 결제가 안 떨어져서 말이지." 밀러가 거의 사과하듯이 말을 했다. 홀던은 잠깐 생각하고 나서야 그 말이 무슨 뜻인지 이해했다.

홀던은 사격을 허락하는 표시로 먼저 총을 쏘았다. 홀던은 헬멧을 쓰지 않은 마피아 깡패 가운데 한 명을 조준하더니 얼굴을 쐈고, 이윽고 탄창이 비고 권총 슬라이드가 열릴 때까지 상대방 무리에게 계속해 사격했다. 밀러는 홀던 뒤를 따라 곧바로 사격을 시작했고, 역시 탄창이 빌 때까지 계속 총을 쏘았다. 사격이 끝나자 깡패 네 명은 복도에 얼굴을 대고 쓰러져 있었다. 홀던은 길게 숨을 내쉬다가 이윽고 한숨을 쉬었고, 바닥에 주저앉았다.

밀러는 쓰러진 사람들에게 걸어가더니 발로 한 명씩 건드려 보면서 탄창을 교체했다. 홀던은 재장전을 하지 않았다. 이제 총싸움이라면 신물이 났다. 홀던은 탄창이 빈 권총을 주머니에 넣고 일어나 밀러에게 갔다. 그리고 몸을 숙이더니 자신이 찾을 수 있는 것 가운데 가장 멀쩡한 장갑복을 끌렀다. 밀러는 한쪽 눈썹을 치켰지만 도우려 움직이지는 않았다.

"우리는 저기를 달려 통과할 거야." 홀던은 피 맛이 섞인 구토물을 다시 삼키며 말했고, 첫 번째 남자의 가슴막이판과 등판을 풀었다. "하지만 이걸 입으면 도움이 될 거야."

"그럴지도." 밀러가 말하며 고개를 한 번 끄덕이더니 두 번째 남자의 장갑복을 벗기기 시작했다.

홀던은 죽은 이의 장갑복을 입었고, 등판을 따라 흘러내린 분홍색의 뭔가가 죽은 이의 뇌수가 아니라고 생각하려 애썼다. 끈을 푸는 건 힘들었다. 손가락에 감각이 없어졌고 어색하게 움직였다. 홀던은 허벅지 보호대를 집었다가 다시 내려놓았다. 서둘러야 했다. 밀러는 장갑복을 다 입고 손상되지 않은 헬멧을 골라 집었다. 홀던은 살짝 찌그러지기만 한 헬멧을 골라 머리에 썼다. 안쪽이 기름으로 미끌거리는 느낌이 들었지만 냄새가 안 나서 다행이라는 생각만 들었다. 홀던은 헬멧의 전 소유자가 목욕을 자주 하지 않았을 거라고 생각했다.

밀러는 무선 신호가 나올 때까지 헬멧의 옆면을 만지작거렸다. 밀러가 말을 하자 0.5초 정도 뒤에 헬멧의 작은 스피커에서 그의 목소리가 메아리쳐 들렸다. "어이, 우리는 복도로 간다! 쏘지 마! 우리가 합류하러 간다!"

엄지손가락으로 마이크를 끄고 홀던은 홀던을 돌아보며 말했다. "어쩌면 한 쪽은 우리에게 당장은 총을 쏘지 않을 수도 있어."

둘은 복도로 돌아와 교차로에서 10미터 정도 떨어진 곳에서 걸음을 멈추었다. 홀던은 셋부터 거꾸로 세어나갔고, 이윽고 온 힘을 다해 달려나갔다. 실망스러울 정도로 느린 동작이었다. 홀던은 다리가 마치 납으로 온통 채워진 듯한 느낌이 들었다. 마치 물이 꽉 찬 수영장에서 달리기를 하는 것 같았다. 악몽을 꾸는 느낌이었다. 홀던은 밀러가 바로 뒤에서 따라오는 소리를, 그의 신발이 콘크리트 바닥을 때리는 소리를, 거칠게 숨을 몰아쉬는 소리를 들을 수 있었다.

이윽고 오로지 총성만이 들렸다. 홀던은 밀러의 계획이 먹혀들었는지 알 수 없었다. 총탄이 날아오는 방향이 어느 쪽인지 알 수 없었다. 홀던이 교차로 복도에 들어서자마자 귀청을 찢는 총성이 끊임없이 계속되었다. 반대쪽까지 3미터 남은 거리에 오자, 홀던은 고개를 낮추고 앞으로 펄쩍 뛰었다. 에로스의 낮은 중력에서 홀던은 마치 나는 것처럼 보였으며, 거의 반대편에 다다랐을 때 총탄들이 흉곽 위의 장갑을 때려 대면서 홀던을 복도 벽으로 내쳤고, 그로 인해 등뼈가 으스러지는 듯한 고통을 느꼈다. 홀던은 몸을 끌면서 남은 거리를 나아갔고, 총탄들이 계속해 다리 주위로 쏟아졌으며, 그중 한 발은 허벅지의 근육을 관통했다.

밀러가 홀던의 몸에 발이 걸렸고 몇 미터 떨어진 곳으로 날아가 쓰러졌다. 홀던은 밀러 쪽으로 기어갔다.

"아직 살아있어?"

밀러가 고개를 끄덕였다. "한 방 맞았어. 팔이 부러졌어. 계속 움직여." 밀러가 헐떡이며 말했다.

홀던은 힘겹게 일어났다. 벌어진 상처 주위의 장딴지 근육이 움찔할 때마다 왼쪽 다리가 불에 타는 듯한 느낌이 들었다. 홀던은 밀러를 일으켜 세웠고, 밀러에게 기댄 채 절룩거리며 엘리베이터 쪽으로 갔다. 밀러의 왼팔은 마치 뼈가 없는 것처럼 흔들거렸고, 손에서는 피가 철철 흘렀다.

홀던은 리프트를 부르기 위해 버튼을 눌렀고, 밀러와 서로 기댄 채 리프트가 오기를 기다렸다. 홀던은 '미스코와 마리스코' 주제가를 흥얼거렸고, 몇 초 뒤, 밀러도 같이 따라 했다.

이윽고 리프트에 탄 홀던은 로시난테 호가 정박한 장소의 버튼을 눌렀고, 리프트가 삭막한 잿빛 에어록 문앞에 서길 기다렸다. 그리고 마침내 그 문 너머에 우주선이 없는 것까지 확인하고 나면 홀던은 바닥에 누워 죽음을 기다릴 생각이었다. 홀던은 고달픔이 끝나고 안식이 찾아올 그 순간을 고대했다. 아직도 놀랄 기력이 남았다면 그 안식이 주는 달콤함에 깜짝 놀랄 그 순간을. 밀러는 홀던을 놓고 리프트 벽에 기대어 미끄러지듯 주저앉았고, 반짝이는 금속 벽에 생겨난 혈흔은 바닥에 쓰러진 밀러의 몸이 있는 곳까지 이어졌다. 밀러의 눈은 감겨 있었다. 마치 잠자는 듯한 표정이었다. 홀던은 형사의 가슴이 힘없이 오르락내리락하는 것을 지켜보았다. 고통스러워하는 호흡은 점점 골라졌고, 더 얕아져 갔다.

홀던은 그런 밀러가 부러웠지만 에어록 문이 닫힌 걸 보기 전에는 절대로 누울 수가 없었다. 홀던은 리프트가 그렇게 오래 걸리는 점에 슬슬 화가 나기 시작했다.

리프트가 멈추었고, 경쾌한 종소리와 함께 문이 열렸다.

맞은편의 에어록 안에 에이모스가 두 손에 각각 반자동 소총을 들고 어깨에는 소총용 탄창 벨트를 두르고 서 있었다. 에이모스는 홀던을 위아래로 훑어보았고, 이윽고 밀러를 힐긋 살피더니 다시 홀던에게로 시선을 돌렸다.

"맙소사, 선장님, 완전히 만신창이로군요."

32
밀러

밀러의 정신이 천천히 재조립되었고 몇 번인가 부팅에 실패했다. 꿈에서 밀러는 모양이 계속해서 변하는 조각으로 퍼즐을 맞추고 있었고, 전체 구조를 파악하려는 순간마다 꿈은 다시 시작되었다. 밀러가 처음으로 깨달은 건 엉덩이 바로 윗부분의 통증이었다. 그리고 팔다리가 무겁고 욕지기가 났다. 의식이 선명해질수록 밀러는 의식이 드는 걸 미루려 애썼다. 가상의 손가락들이 퍼즐을 완성하려 애썼지만, 모든 조각을 다 맞추기 전에 밀러는 눈을 떴다.

밀러는 머리를 움직일 수가 없었다. 뭔가가 목에 있었다. 검은색의 두꺼운 튜브 다발이 밀러에게서 뻗어 나와 시야가 미치지 않는 곳으로 사라졌다. 두 팔을 들어서 자기 몸을 침범한 뱀파이어 같은 물건을 치우려 했지만 팔을 들어 올릴 수가 없었다.

'끝장난 거로군.' 등골이 오싹해지며 밀러가 생각했다. '난 감염됐어.'

밀러의 왼쪽에서 여자가 나타났다. 밀러는 그 여자가 줄리가 아니라는 사실에 깜짝 놀랐다. 짙은 갈색 피부, 몽고주름의 흔적이 살짝 있는 검은 눈. 여자는 밀러를 보며 싱긋 웃었다. 검은 머리털이 그 여자의 얼굴 옆쪽으로 흘러내렸다.

흘러내렸다. '흘러내렸다'. 중력이 있다는 뜻이었다. 추진력이 작용하고 있었다. 그 점은 아주 중요해 보였지만 밀러는 그게 왜 중요한지 알지 못했다.

"어이, 형사." 나오미가 말했다. "잘 돌아왔어."

'여기가 어디지?' 밀러는 말을 하려 애썼다. 목이 통째로 굳어버린 느낌이었다. 튜브 정거장에 너무 많은 사람이 있을 때처럼 뻑뻑했다.

"말을 한다거나 움직이려 하지 마." 나오미가 말했다. "당신은 36시간 동안 의식을 잃고 있었어. 좋은 소식은, 우리에게는 군용 수준의 전문가 시스템이 딸린 의료실과 화성 군인 15명을 치료할 수 있는 보급품이 있다는 거지. 내 생각엔 우리가 가진 보급품의 절반을 당신과 선장님에게 쓴 거 같아."

선장. 홀던. 그랬다. 둘은 전투를 했다. 복도에서 사람들이 사격을 했다. 그리고 누군가가 아팠다. 갈색 토사물에 뒤덮이고 흰자위만 보이던 여자가 기억났지만, 그게 악몽의 일부인지는 알 수가 없었다.

나오미는 여전히 말을 하고 있었다. 플라스마 세척과 세포 손상에 대한 내용이었다. 밀러는 한 손을 들어 올려 나오미에게 뻗으려 했지만 끈에 묶여 그렇게 할 수 없었다. 등의 통증은 콩팥 쪽이었고, 밀러는 대체 피에서 뭘 걸러내는 건지 궁금했다. 밀러는 눈을 감았고 더 쉴지 말지 결정하기도 전에 잠이 들었다.

이번에는 그 어떤 꿈도 밀러를 괴롭히지 않았다. 밀러는 목구멍 깊숙이에서 뭔가가 움직이며 후두를 잡아당겼다가 놓는 바람에 잠에서 깼다. 밀러는 눈을 뜨지 않고 옆으로 돌아누워 기침을 하고 토하고 다시 바로 누웠다.

깨어났을 때, 밀러는 혼자 숨을 쉬고 있었다. 목은 아팠고 칼칼했지만 두 손은 묶여 있지 않았다. 배액관들이 배와 옆구리에 꽂혀 있었고, 성기에는 연필 굵기만 한 도뇨관이 연결되어 있었다. 특별히 아픈 곳은 없었기에 밀러는 자신이 마취약에 거의 절어 있을 거라고 생각했다. 옷은 입고 있지 않았고 얇은 종이 가운만 대충 걸쳤으며, 깁스가 왼팔을 단단히 감싼 채 움직이지 못하게 했다. 누군가가 그의 모자를 옆 침대에 올려 두었다.

이제 의료실이 눈에 들어왔다. 고품질 오락 피드에 나오는 병동 같아 보였다. 그냥 단순한 병원이 아니었다. 병원이라면 으레 떠오르는, 무광택의 검은색과 은색으로 멋들어지게 꾸며진 그런 곳이었다. 모니터들이 온갖 복잡한 모니터암에 걸려 공중에 매달려 있으면서 밀러의 혈압, 핵산 농도, 산소 처리, 체액 균형을 알렸다. 카운트다운을 알리는 것도 두 개가 보였다. 하나는 다음번 자가포식까지 남은 시간을, 다른 하나는 통증 치료까지 남은 시간을 알렸다. 통로 건너편에도 똑같은 장비들이 설치되어 있었고 그 기계들이 알리는 홀던의 상태는 밀러와 얼추 비슷해 보였다.

홀던은 유령처럼 보였다. 피부는 창백했고, 흰자위는 수백 개의 작은 출혈로 새빨갰다. 얼굴은 스테로이드 때문에 부어 있었다.

"어이." 밀러가 말했다.

홀던은 한 손을 들어 가볍게 흔들었다.

"해냈군." 밀러가 말했다. 밀러의 목소리는 발을 질질 끌면서 통로를 가로지르는 것처럼 들렸다.

"그래." 홀던이 말했다.

"끔찍했어."

"그래."

밀러는 고개를 끄덕였다. 그것만으로도 온몸의 기운이 다 빠졌다. 밀러는 누워 곯아떨어졌다. 잠이 든 게 아니라면 최소한 의식이 없는 상태였다. 의식이 망각의 세계로 다시 돌아가기 직전, 밀러는 싱긋 웃었다. 해낸 것이다. 밀러는 홀던의 우주선에 타고 있었다. 그리고 줄리가 그들을 위해 남겨 놓은 것의 정체도 곧 알게 되리라.

대화 소리에 밀러는 잠이 깼다.

"그럼 그러지 마십시오."

여자였다. 나오미. 밀러의 마음 한구석에서는 잠을 깨운 나오미에게 욕이 나왔지만, 나오미의 목소리에는 감정이 담겨 있었고 (공포나 분노가 아니었다), 꽤 흥미가 갔다. 밀러는 꼼짝하지 않았고 완전히 정신을 차리지도 않았다. 다만 귀를 기울였다.

"아니, 그래야 할 필요가 있어." 홀던이 말했다. 마치 기침을 해야 할 것처럼 가래가 낀 목소리였다. "에로스에서 일어난 일… 덕분에 난 많은 일들을 다른 시각으로 보게 됐어. 나는 감추는 게 있었어."

"선장…."

"아니, 내 말 들어. 이제 내가 할 수 있는 건 30분 동안 사기 파칭코 게임을 하다가 죽는 것뿐이라는 생각이 들자, 그제야 나는 후회가 됐어. 무슨 말인지 알겠어? 하고 싶었지만, 용기가 없어서 하지 못한 모든 일을 깨달았어. 이제 나는 알아. 그리고 이제 더는 그걸 무시할 수 없어. 더는 모르는 척할 수가 없다고."

"선장님." 나오미가 다시 말했고, 그 목소리에 담긴 감정은 더욱 강해져 있었다.

'말하지 마, 이 바보야.' 밀러는 생각했다.

"널 사랑해, 나오미." 홀던이 말했다.

침묵은 심장이 한 번 뛸 정도밖에 지속되지 않았다.

"아닙니다, 선장님. 그렇지 않습니다." 나오미가 말했다.

"사랑하는 거 맞아. 네가 무슨 말을 하는지 알아. 내가 큰 트라우마를 경험했기 때문에 내가 살아있다는 걸 확인하고 다른 삶과 연결되고 싶어 한다는 거지. 그리고 아마 일부는 그런 이유도 있을 거야. 하지만 난 내 감정을 알고, 너는 내 말을 믿어야 해. 그리고 저 아래에 있을 때 난 내가 가장 원하는 게 너에게 돌아가는 거란 걸 알았어."

"선장님. 우리가 함께 일한 지 얼마나 되었죠?"

"응? 글쎄 정확히는 모르겠는데⋯."

"대충 계산해 보십시오."

"여덟 번 반을 왕복했으니까 거의 5년이군." 홀던이 말했다. 밀러는 홀던의 목소리에 배인 혼란스러운 기색을 알아차렸다.

"좋습니다. 그리고 그 기간 동안 같이 잔 승무원들이 몇 명이죠?"

"그게 상관있나?"

"아주 약간요."

"몇 명 되지."

"한 다스 이상인가요?"

"아니야." 홀던이 말했지만 자신 없는 목소리였다.

"그러면 열 명이라고 해두죠." 나오미가 말했다.

"오케이. 하지만 이건 달라. 난 심심풀이로 우주선에서 잠시 로맨스를 꽃피우잔 이야기를 하는 게 아니라고. 난…."

밀러는 나오미가 손을 들거나 홀던의 손을 잡거나 또는 단지 홀던을 노려보는 모습을 상상했다. 뭔가가 홀던의 말을 가로막았기 때문이다.

"그리고 제가 언제 선장님에게 빠졌는지 아십니까?"

슬픔. 나오미의 목소리에는 바로 그게 배어 있었다. 슬픔. 실망. 후회.

"언제… 언제 네가…."

"전 정확하게 그 날을 말할 수 있습니다." 나오미가 말했다. "선장님이 처음 비행을 하고 7주 정도 되었을 때였습니다. 저는 여전히 어디서 듣지도 보지도 못한 지구인이 나타나 제 부선장 자리를 빼앗은 것에 화가 나 있었죠. 처음에 저는 선장님을 그리 좋아하지 않았습니다. 선장님은 너무 멋졌고, 잘생겼고 제가 앉아야 할 의자에서 너무나도 편해 보였습니다. 하지만 엔진실에서 포커 게임이 벌어졌습니다. 선장님과 저, 루나 출신 공학자 두 명, 그리고 카말라 트라스크가 있었죠. 트라스크를 기억하십니까?"

"통신 담당이었지. 덩치가…."

"냉장고 같았죠? 얼굴은 새끼 불독 같고요?"

"기억나."

"트라스크는 선장님에게 푹 빠져 있었습니다. 그 항해 내내 밤에 혼자 울곤 했죠. 트라스크는 게임에 끼지 않았습니다. 선장님과 함께하기에는 포커를 너무 좋아했기 때문이죠. 트라스크는 그냥 선장님과 함께 있고 싶어 했고, 모두가 그걸 알았습니다. 심지어 선장님까지도요. 그날 밤 내내 저는 선장님과 트라스크를 지켜보았습니다. 그리고 선장님은 트라스크에게 한 번도 틈을 주지 않았습니다. 선장님은 트라스크가 자신에게 기회가 있을 수도 있다는 생각을 할 여지를 전혀 주지 않았습니다. 하지만 그러면서도 트라스크를 정중하게 대했습니다. 그때 저는 이 사람이라면 훌륭한 부선장이 될 수도 있겠구나 하고 처음으로 생각했습니다. 그리고 근무가 끝나고 선장님 침대에 함께 있는 여자였으면 좋겠다고 처음으로 생각했습니다."

"트라스크 때문에?"

"그리고 선장님의 엉덩이가 아주 멋지기도 했고요. 요점은, 우리는 4년 이상을 함께 있었고, 선장님이 요구만 했다면 언제라도 함께할 생각이었다는 겁니다."

"무슨 말인지 모르겠어." 홀던이 말했다. 홀던의 목소리는 약간 억눌린 듯이 들렸다.

"선장님은 요구하지 않았습니다. 선장님의 시선은 늘 어딘가 다른 곳에 가 있었습니다. 그리고 솔직히, 전 선장님이 소행성대 여자들에겐 매력을 못 느낀다고 생각합니다. 캔터… 우리가 다섯 명만 남게 되었을 때까지는 말입니다. 저는 선장님이 저를 보는 걸 알았습니다. 저는 그 눈길이 무슨 뜻인지를 정확히 압니다. 왜냐하면 지난 4년 동안 저는 선장님이 저 말고 다른 이들에게 주는 눈길을 쭉 보아왔기 때문입니다. 하지만 제가 승선한 유일한 여자가 되었기 때문에 선장님의 주목을 끈다는 건 저로서는 만족스럽지가 않습니다."

"무슨 말인지 모르겠어…."

"네, 선장님은 모르십니다. 그게 제 요점입니다. 저는 선장님이 여자들을 유혹하는 걸 많이 보아왔고, 선장님이 어떻게 하는지를 압니다. 선장님은 여자에게 꽂히고 흥분합니다. 이윽고 자신과 상대방이 특별한 연관이 있다고 스스로를 설득하고, 선장님이 그 사실을 믿게 될 때쯤이면 대개 상대방 여자도 그게 진짜라고 생각하게 됩니다. 그리고 한동안 둘은 함께 자고, 그러면서 연결은 점차 희미해집니다. 둘 가운데 한 명이 '프로페셔널'이나 '적절한 경계' 또는 다른 승무원들이 어떻게 생각할까에 대해 이야기를 꺼내기 시작하고, 결국 둘은 갈라서죠. 그리고 난 뒤에도 여자들은 선장님을 여전히 좋아합니다. 모든 여자들이요. 선장님은 그 과정을 너무나도 잘하기 때문에 여자들은 자신들이 선장님을 싫어해야 한다는 사실조차 알지 못합니다."

"그건 진실이 아니야."

"진실입니다. 그리고 함께 자는 사람들을 모두 사랑할 필요가 없다는 사실을 선장님이 깨달을 때까지 저는 선장님이 저를 사랑하는지 아니면 그냥 자고 싶어 하는 건지 절대로 알 수 없을 겁니다. 그리고 '선장님'이 자신의 감정이 어느 쪽인지 알기 전까지 저는 선장님과 자지 않을 겁니다. 중요한 건 사랑이 아닙니다."

"난 다만…."

"저와 자고 싶다면," 나오미가 말했다. "솔직하게 그렇다고 말하십시오. 그러고 싶으시면 저를 충분히 존중하시라는 겁니다. 아셨습니까?"

밀러가 기침을 했다. 일부러는 아니었고, 기침하기 직전까지도 기침이 나올 줄 몰랐다. 배가 팽팽해졌고, 목구멍이 조여왔으며, 축축하고 짙은 기침이 나왔다. 일단 기침이 시작되자 멈출 수가 없었다. 밀러는 일어났고, 기침 때문에 눈물이 났다. 홀던은 침대에 누워 있었다. 나오미가 그 옆 침대에 앉아서 마치 밀러가 아무것도 엿듣지 않았다는 듯이 웃음 짓고 있었다. 홀던의 모니터들이 맥박과 혈압의 상승을 알렸다. 밀러는 그 불쌍한 친구의 성기가 도뇨관이 꽂힌 채 발기하지 않았기를 바랄 뿐이었다.

"어이, 형사." 나오미가 말했다. "좀 어때?"

밀러는 고개를 끄덕였다.

"이보다 더 심한 적도 있었어." 밀러가 말했다. 그리고 잠깐 있다가 말했다. "아니, 없었군. 하지만 괜찮아. 얼마나 상태가 안 좋았지?"

"둘 다 거의 죽다 살았어." 나오미가 말했다. "정말로, 둘을 치료하는 과정에서 필터를 몇 번이고 갈아야 했다고. 전문가 시스템은 계속해서 호스피스 단계로 들어가야 한다고 알리면서 둘을 모르핀에 거의 절여놓다시피 했어."

나오미는 가볍게 말했지만 밀러는 그 말을 믿었다. 밀러는 일어나 앉으려 애썼다. 몸은 여전히 끔찍이도 무거웠지만 밀러는 그게 몸이 약해져서인지 아니면 우주선의 추진 때문인지 가늠이 되지 않았다. 홀던은 턱을 앙다문 채 조용했다. 밀러는 눈치채지 못한 척했다.

"장기적 예측은?"

"둘 다 남은 평생 매달 암 검사를 받아야 할 거야. 선장님은 갑상선이 있던 곳에 새로 임플란트를 했어. 원래의 갑상선은 거의 구워져 버렸거든. 그리고 출혈이 멈추지 않던 당신 소장을 거의 50센티미터 정도 끄집어냈어. 한동안은 둘 다 쉽사리 멍이 들 거고, 만약 아이를 원한다면 어딘가의 은행에 정자를 맡겨 둔 상태였으면 좋겠어. 둘 모두의 꼬마 병정들은 이제 머리가 두 개거든."

밀러가 킥킥거렸다. 그의 모니터들이 경고 모드를 알리며 깜박였다가 다시 조용해졌다.

"당신은 마치 의료요원 훈련을 받은 것처럼 말하는군." 밀러가 말했다.

"아니. 난 공학자야. 하지만 나는 날마다 인쇄물들을 읽기 때문에 전문 용어에 익숙하지. 쉐드가 아직 여기에 있으면 좋았을 텐데." 나오미가 말했고, 처음으로 슬픔이 담긴 듯한 목소리였다.

쉐드라는 이름을 들은 게 두 번째였다. 뭔가 얽힌 이야기가 있겠지만 밀러는 모르는 척했다.

"머리털이 빠질까?" 밀러가 물었다.

"아마도." 나오미가 말했다. "전문가 시스템은 그걸 막으려고 둘에게 약을 퍼부어댔지만, 모낭이 죽으면 모발도 죽을 거야."

"음. 뭐 아직 내게 모자가 있으니 그나마 다행이군. 에로스는 어때?"

나오미의 명랑한 척하던 태도가 무너졌다.

"죽었어." 홀던이 침대에서 밀러에게로 고개를 돌리며 말했다. "내 생각에 우리가 마지막으로 그곳을 빠져나온 우주선인 듯해. 스테이션은 호출에 응답하지 않고, 모든 자동 시스템이 그곳을 봉쇄했어."

"구조선은?" 밀러가 물었고 다시 콜록거렸다. 여전히 목구멍이 아팠다.

"그런 일은 없을 거야." 나오미가 말했다. "스테이션에는 150만 명이 있었어. 그만한 구조 작전을 펼칠 정도로 자원이 있는 곳은 어디에도 없어."

"어쨌든," 홀던이 말했다. "전쟁 중이니까."

우주선 시스템이 밤을 알리며 조명을 낮췄다. 밀러는 자기 침대에 누워 있었다. 전문가 시스템은 새로운 단계의 치료를 시작했고, 지난 3시간 동안 밀러는 치솟는 고열과 이가 덜덜 떨리는 오한 사이를 오갔다. 치아, 손톱과 발톱 밑동이 아팠다. 잠을 잘 수가 없었기에 어둑어둑함 속에 누워 몸을 추스르려 애썼다.

밀러는 자신의 옛 파트너라면 에로스에서 어떻게 했을지를 생각해보았다. 해브록. 머스. 밀러는 그 둘이 자기 입장이었다면 어떻게 했을지 상상해보려 애썼다. 밀러는 사람들을 죽였으며, 냉철하게 그 일을 해치웠다. 에로스는 도살장이 되었으며, 법을 담당하던 자들이 민간인을 죽이고 싶어 할 때 법은 더 이상 적용되지 않았다. 그리고 죽은 자들 가운데 일부는 줄리를 살해한 악당들이었다.

그러니 복수를 위한 살인이었다. 밀러는 정말로 복수심에 불타 살인을 한 것인가? 그 생각을 하니 슬퍼졌다. 밀러는 나오미가 홀던에게 했던 식으로 줄리가 자기 옆에 앉아 있는 상상을 해보려 애썼다. 줄리는 마치 초대해주기만 기다리던 사람처럼 순식간에 나타났다. 줄리 마오, 밀러가 정말로는 전혀 알지 못하는 사람. 줄리가 한 손을 들어 인사를 했다.

'그리고 우리는?' 밀러는 줄리의 검고 비현실적인 두 눈을 보며 물었다. '난 너를 사랑하는 건가? 아니면 단지 너를 너무나도 사랑하고 싶어서 그 차이를 알지 못하는 걸까?'

"어이, 밀러." 홀던이 말했고, 줄리가 사라졌다. "깼어?"

"응. 잠을 잘 수가 없어."

"나도 그래."

둘은 한동안 조용히 있었다. 전문가 시스템이 윙윙거리는 소리를 냈다. 깁스한 밀러의 왼팔 세포들이 다시 한 번 강제 재생 과정을 거치며 간질거렸다.

"당신, 괜찮은 거지?" 밀러가 물었다.

"안 괜찮을 이유가 있겠어?" 홀던이 날카롭게 물었다.

"사람을 죽였잖아." 밀러가 말했다. "스테이션에서. 사람을 쐈어. 전에도 사람을 쏜 적이 있다는 건 나도 알아. 호텔에서. 하지만 떠나기 직전에 당신은 말 그대로 누군가를 정면으로 쐈어."

"그래, 그랬지."

"괜찮은 거야?"

"그럼." 홀던이 너무 빠르게 대답했다.

공기 재생기가 윙윙거렸고, 깁스하지 않은 쪽 팔의 혈압 측정띠가 손처럼 밀러의 팔을 움켜쥐었다. 홀던은 말을 하지 않았지만, 실눈을 뜬 밀러는 혈압이 상승하고 두뇌 활동이 활발해지는 것을 보았다.

"우리는 늘 한동안 일을 쉬어." 밀러가 말했다.

"뭐?"

"경찰이 누군가를 쏘면, 상대방이 죽든 살든, 총을 쏜 당사자는 한동안 휴가를 내야 해. 그리고 그 당사자는 무기를 반납하고. 정신과 의사를 만나 상담을 받아."

"관료주의로군." 홀던이 말했다.

"나름대로 일리가 있었어." 밀러가 말했다. "누군가를 쏘면 쏜 사람도 영향을 받아. 상대가 죽으면… 그건 더욱 심각하지. 상대가 자초했든 아니면 나에게 선택의 여지가 있었든 없었든 그건 상관이 없어. 어쩌면 살짝 차이가 있을 수도 있지. 하지만 그렇다고 영향이 없지는 않아."

"하지만 당신은 극복한 거 같은데."

"아마도." 밀러가 말했다. "있잖아, 에로스에서 사람을 어떻게 죽이는지에 대해 내가 말했던 것들 있지? 그 사람들을 살아있게 하는 게 전혀 호의를 베푸는 게 아니라던 거? 일이 그렇게 돼서 유감이야."

"당신이 틀렸다고 생각하는 거야?"

"내가 틀린 건 아니야. 하지만 그래도 나는 일이 그렇게 돼서 유감이야."

"알았어."

"맙소사. 난 그 일로 당신이 괴로워하는 게 좋은 거라고 말하는 거야. 당신이 그것을 보거나 듣는 것을 멈출 수 없는 것이 좋

은 일이라고 말하는 거라고. 당신을 괴롭히는 그 부분? 원래 그
런 거야."

홀던은 잠시 가만히 있었다. 다시 입을 연 홀던의 목소리는 음
울하기 그지없었다.

"알겠지만, 난 전에도 사람을 죽인 적이 있어. 하지만 그때 그
사람들은 레이더상에서 삑삑거리는 점에 불과했어. 그….."

"그건 달라. 그렇지?" 밀러가 말했다.

"그래. 다르지." 홀던이 대답했다. "이 느낌이 가실까?"

'가끔은.' 밀러가 생각했다.

"아니." 밀러가 대답했다. "영혼이 있다면 계속 그럴 거야."

"그렇군. 고마워."

"한 가지 더."

"응?"

"내가 신경 쓸 일이 아니라는 건 알지만, 나라면 그 여자를 포
기하지 않겠어. 그리고 당신은 섹스와 사랑과 여자를 이해하지
못해. 당신은 그냥 좆을 달고 태어났다는 의미라고. 그리고 그 여
자? 나오미? 그 여자는 노력을 들일 만한 가치가 있어 보여. 알
겠어?"

"그래." 홀던이 말했다. "이 문제를 다시는 언급하지 않으면
안 될까?"

"알았어."

우주선이 삐거덕거렸고, 중력이 밀러의 오른쪽으로 약간 옮겨
갔다. 진로 수정. 흥미로운 건 없었다. 밀러는 두 눈을 감고 잠
을 청해보았다. 머릿속은 죽은 사람들과 줄리와 사랑과 섹스로

가득했다. 홀던이 전쟁에 대해 말한 것이 중요하다는 생각이 들었지만, 그 조각들을 하나로 꿰맞출 수가 없었다. 조각들이 자꾸만 변했다. 밀러는 한숨을 쉬었고 몸을 뒤척이다가 배액관 하나를 막는 바람에 경고음이 삐삑거렸고, 그래서 다시 몸을 움직여야만 했다.

혈압 측정띠의 경보가 다시 꺼졌을 때, 이번엔 줄리가 밀러를 잡고 있었다. 너무나도 가까이 있었기에 줄리의 입술이 그의 귓가를 스쳤다. 밀러가 눈을 뜨자 가상의 여자 그리고 만약 그 여자가 진짜로 그곳에 있었다면 가려서 보이지 않았어야 할 모니터들이 보였다.

'저도 당신을 사랑해요.' 줄리가 말했다. '그리고 제가 당신을 돌보겠어요.'

밀러는 자신의 심장박동이 빨라지면서 숫자가 바뀌는 모습을 보며 싱긋 웃었다.

33
홀던

홀던과 밀러가 닷새를 더 의료실에 누워있는 동안, 태양계 곳곳이 잿더미로 변했다. 에로스가 끝장났다는 소식과 함께 그 원인으로는 전쟁으로 인한 물자부족 때문에 대규모로 생태계가 붕괴했다는 주장부터 화성이 비밀리에 공격했다는 주장, 그리고 OPA가 비밀리에 운영하던 생체 무기 실험실에서 사고가 났다는 주장까지 다양한 설들이 제기되었다. 내행성들의 뉴스는 이 일이 OPA 그리고 그와 비슷한 테러리스트들이 죄 없는 민간인들에게 얼마나 위험한 존재가 될 수 있는지를 마침내 보여준 예라고 주장했다. 소행성대는 이 사태를 막지 못했다는 이유를 들어 화성 또는 에로스를 운영하던 이들, 또는 OPA를 비난했다.

그리고 화성 프리깃함들이 팔라스를 봉쇄했고, 가니메데에서 일어난 반란은 16명의 사상자를 내며 끝났으며, 세레스의 새로운 정부는 항구에 정박한 화성 소속의 모든 우주선을 징발한다고 선언했다. 인류에게 한 번도 멈춘 적이 없던 전쟁의 북소리를 배경으로 위협과 비난의 목소리가 점점 더 높아졌다. 에로스는 비극이자 범죄였지만 그것은 이미 끝난 일이었고, 인류가 거주하는 우주 곳곳에서 새로운 위험이 솟아오르고 있었다.

홀던은 뉴스피드를 끄고 침대에서 안달복달하다가 밀러를 노려봄으로써 그를 깨워보려 시도했다. 효과가 없었다. 엄청난 방사능 피폭을 당했는데도 초능력 따위는 생기지 않았다. 밀러는 코를 골기 시작했다.

홀던은 일어나 중력을 확인해 보았다. 0.25g보다 적었다. 즉, 알렉스는 서두르지 않는다는 뜻이었다. 나오미는 수수께끼에 싸인 줄리의 마법의 소행성에 도착하기 전에 홀던과 밀러에게 치유될 시간을 주고 있었다.

'제길.'

'나오미.'

나오미가 의료실에 들어온 지난 몇 번은 어색했다. 나오미는 홀던의 실패한 구애에 대해 두 번 다시 이야기하지 않았지만, 홀던은 둘 사이의 장벽을 느끼고 한없이 후회했다. 그리고 나오미가 의료실을 떠날 때마다, 밀러는 홀던에게서 시선을 돌리고 한숨을 쉬었으며, 그 때문에 자신의 행동이 더욱더 후회되었다.

하지만 나오미를 영원히 피할 수는 없었다. 제아무리 자신이 바보같이 느껴져도 계속 나오미를 피할 수는 없었다. 홀던은 침대에서 다리를 내려 바닥을 디뎠다. 다리에 힘이 없었지만 고무처럼 휘어지지는 않았다. 발바닥이 아팠지만, 몸의 다른 부분들에 비하면 훨씬 덜 아팠다. 홀던은 한 손으로 여전히 침대를 짚은 채 일어섰고, 균형을 잡을 수 있는지 시험해 보았다. 비틀거리기는 했지만 똑바로 설 수 있었다. 두 걸음을 걸어본 홀던은 작은 중력에서라면 걸을 수 있겠다는 결론을 내렸다. 팔의 정맥주사 줄이 걸리적거렸다. 홀던에게는 희미한 파란색 액체가 담긴 주머니한 개만이 연결되어 있었다. 내용물이 뭔지는 몰라도, 자신이 죽음의 문턱까지 다녀왔단 걸 이미 나오미에게 들었기에 홀던은 이게 중요하다는 것은 알았다. 홀던은 그 주머니를 벽의 고리에서빼내 왼손에 들었다. 실내는 방부제와 설사 냄새 같은 것이 났다. 홀던은 여기서 나갈 수 있어 기뻤다.

"어디 가?" 밀러가 물었다. 목소리에 힘이 없었다.

"바깥." 홀던은 갑자기 열다섯 살 때로 돌아간 것 같은 기분이 들었다.

"그렇군." 밀러가 말하더니 모로 누웠다.

의료실에서 중앙 사다리까지는 4미터 거리였다. 홀던은 천천히, 조심스레 발을 끌며 걸었고, 몸에 걸친 종이 가운이 천으로덮인 금속 바닥에 스치며 사각거렸다. 홀던에게는 사다리 자체가장벽이었다. 갑판 하나만 위로 올라가면 관제실이었지만, 3미터를 올라가는 건 1천 미터를 올라가는 것과 맞먹었다. 홀던은 버튼을 눌러 리프트를 불렀고, 몇 초 뒤, 바닥 해치가 열리면서 전기음과 함께 리프트가 올라왔다. 홀던은 뛰어오르려 했지만, 슬로모션으로 추락하는 듯한 자세를 취하며 사다리를 잡고 리프트바닥에 무릎을 꿇는 게 고작이었다. 홀던은 리프트를 멈추고 몸을 일으킨 뒤 다시 리프트를 작동시켰고, 리프트가 위층 갑판으로 올라가는 동안 호흡이 좀 진정되고 좀 더 선장답게 보일 수 있기를 기대했다.

"맙소사, 선장님. 완전히 만신창이로군요." 리프트가 멈추자 에이모스가 말했다. 정비사는 센서 스테이션의 의자 두 개에 널 브러져서 가죽 조각 같은 것을 씹고 있었다.

"계속 그 말을 하는군."

"계속 그런 상태잖습니까."

"에이모스, 해야 할 일이 있지 않아?" 나오미가 말했다. 나오 미는 컴퓨터 스테이션 가운데 하나 앞에 앉아서 화면에서 반짝이 는 뭔가를 지켜보고 있었다. 나오미는 홀던이 갑판에 들어왔어도 시선을 주지 않았다. 나쁜 신호였다.

"아뇨. 제가 타본 가운데 가장 심심한 우주선입니다, 보스. 부 서지지도, 새지도, 심지어 어딘가 느슨해서 덜커덩거리는 소리조 차 나지 않습니다." 에이모스는 마지막 간식 조각을 꿀꺽 삼키고 는 입술을 닦으며 말했다.

"바닥은 늘 닦아야 하지 않나 싶은데." 나오미가 말하더니 자 기 앞 화면의 뭔가를 톡 쳤다. 에이모스는 나오미에게서 홀던 쪽 으로 시선을 돌렸다가 다시 나오미를 바라보았다.

"아, 그 말을 들으니 생각났습니다. 엔진실에 가서 살펴보는 게 낫겠… 살펴보려던 게 있습니다." 에이모스가 말하더니 벌떡 일어났다. "실례합니다, 선장님."

에이모스는 홀던 옆의 좁은 공간을 비집고 지나가 리프트에 올 라타더니 선미 쪽으로 갔다. 에이모스가 나가자 바로 갑판 해치 가 닫혔다.

"안녕." 에이모스가 나가자 홀던이 나오미에게 말했다.

"안녕하세요." 나오미가 돌아보지 않으며 말했다. 그것 역시 좋은 신호가 아니었다. 나오미가 에이모스를 내보냈을 때, 홀던은 나오미가 자신과 대화를 하고 싶은 것이기를 바랐다. 하지만 그런 게 아닌 듯했다. 홀던은 한숨을 쉬더니 다리를 끌며 나오미 옆의 의자로 갔다. 홀던은 무너지듯 의자에 앉았고, 겨우 스무 걸음 남짓 걸었음에도 마치 1킬로미터는 달린 것처럼 다리가 욱신거렸다. 나오미는 흘러내린 머리카락을 그냥 두었고, 그 덕분에 홀던에게서 얼굴을 가릴 수 있었다. 홀던은 그 머리카락을 쓸어 올려 주고 싶었지만, 그랬다간 나오미가 소행성대 쿵후로 팔꿈치를 쳐낼까 봐 겁이 났다.

"있잖아, 나오미." 홀던이 말을 시작했지만, 나오미는 홀던을 무시하고 패널의 버튼을 눌렀다. 프레드의 얼굴이 나오미 앞 화면에 떴고, 홀던은 말을 멈췄다.

"저거, 프레드야?" 홀던이 말했다. 홀던은 말을 하면서도 자신이 참으로 멍청한 말을 한다고 생각했다.

"보면 알잖습니까. 제가 우리 상황을 알려줬더니 좁은광선을 통해 몇 시간 전에 보내온 겁니다."

나오미가 재생 버튼을 누르자 프레드의 얼굴이 살아났다.

"나오미, 듣자 하니 그쪽 팀이 꽤 힘든 시간을 보낸 듯하군요. 그곳 스테이션이 폐쇄되고 핵폭발이 있었다는 소문으로 사방이 시끌시끌합니다. 하지만 누구도 진상을 알진 못합니다. 계속 상황을 알려주십시오. 그리고 그동안 우리는 당신들이 주고 간 데이터 큐브를 열었습니다. 하지만 그리 큰 도움은 안 되는 듯합니다. 도나저 호의 센서 데이터이고, 대부분이 EM 자료인 듯합니다. 숨겨진 메시지가 있는지 찾아봤지만, 내 쪽의 가장 똑똑한 사람들도 아무것도 찾아낼 수 없었습니다. 그래서 당신들 쪽으로 데이터를 넘깁니다. 뭔가를 찾게 되면 알려주시길. 타이코 아웃."

화면이 빈 화면으로 바뀌었다.

"데이터가 뭐 어떻다는 건데?" 홀던이 물었다.

"방금 들은 대로입니다." 나오미가 말했다. "도나저 호가 6대의 우주선에 의해 쫓기고 전투를 벌이는 동안의 EM 센서 데이터입니다. 원래 데이터를 살펴보며 뭔가 숨겨진 게 있지 않은지 찾아보았지만, 아무것도 발견할 수 없었습니다. 심지어 로시난테 호에 몇 시간 동안 자료를 분석해보게 하면서 패턴을 찾아보았습니다. 로시난테 호에는 그쪽으로 아주 뛰어난 소프트웨어가 있거든요. 하지만 지금까지는 아무 수확도 없습니다."

나오미가 화면을 다시 톡 치자 가공하지 않은 데이터가 홀던의 눈이 따라잡을 수 있는 것보다 더 빠르게 화면을 지나갔다. 커다란 화면 안쪽의 작은 윈도우에서, 로시난테 호의 패턴 인식 소프트웨어가 의미를 찾기 위해 작업했다. 홀던은 잠시 그것을 지켜보았지만, 그의 눈은 빠르게 초점을 잃어갔다.

"켈리 대위는 이 데이터 때문에 죽었어." 홀던이 말했다. "켈리 대위는 자기 동료들이 아직 싸우고 있는데 우주선을 떠났어. 아주 중요한 일이 아니면 해병은 그런 짓 안 해."

나오미는 어깨를 으쓱하고는 포기했다는 듯이 화면을 가리켰다.

"저게 켈리 대위의 큐브에 있던 겁니다." 나오미가 말했다. "어쩌면 뭔가 은밀한 정보를 교묘하게 덧붙여놨을 수도 있지만, 저것과 비교해볼 수 있는 다른 데이터가 저에게는 없습니다."

홀던은 통증과 실패한 로맨스를 잠시 잊고 자기 허벅지를 툭

툭 치기 시작했다.

"그럼 저 데이터가 보이는 그대로라고 해보자고. 숨겨진 게 아무것도 없다고 말이야. 그러면 이 정보가 화성 해군에게 무슨 의미가 있는 거지?"

나오미는 의자에 기대어 앉아 눈을 감더니 손가락 하나로 관자놀이께의 머리카락을 꼬았다 풀었다 하며 생각에 잠겼다.

"대부분은 EM 데이터로, 엔진 특성 기록이 잔뜩 있습니다. 다른 우주선들을 추적하는 데는 드라이브 복사 에너지를 검사하는 게 최고니까요. 그걸로 전투 중에 우주선들이 어디에 있는지 알 수 있습니다. 전술 자료일까요?"

"어쩌면." 홀던이 말했다. "저게 켈리 대위가 가지고 나가야 했을 정도로 중요한 내용일까?"

나오미는 깊이 숨을 들이켰다가 천천히 내쉬었다.

"아니라고 봅니다." 나오미가 말했다.

"나도 그래."

뭔가가 홀던의 마음 가장자리를 똑똑 두드리며 들여보내 달라고 청했다.

"그때 에이모스는 무슨 일이었어?" 홀던이 물었다.

"에이모스요?"

"우리가 도착했을 때 총을 두 자루 들고 에어록에서 나타났어." 홀던이 말했다.

"우주선으로 돌아오는 동안 마찰이 좀 있었거든요."

"누구 때문에?" 홀던이 물었다. 나오미는 그 말에 정말로 웃었다.

"나쁜 놈들이 우리가 로시난테 호의 봉쇄를 푸는 걸 원하지 않더라고요. 에이모스가 그래서 총으로 점잖게 타일렀죠. 설마 우리가 선장님을 기다렸다고 생각하는 건 아니겠죠?"

나오미의 목소리에 웃음이 배어 있는 건가? 은근한 추파? 유혹? 홀던은 싱글거리던 웃음을 멈췄다.

"로시난테 호의 소프트웨어는 그 데이터에 대해 뭐라고 해?" 홀던이 물었다.

"여기 있습니다." 나오미가 말을 하더니 패널의 뭔가를 살짝 쳤다. 화면에 데이터가 텍스트 형태로 길게 나타났다. "EM과 빛 스펙트럼 내용이 잔뜩 있고, 뭔가 부서진 것에서….

갑자기 홀던이 날카롭게 외쳤다. 나오미가 그런 홀던을 바라보았다.

"난 정말 바보였어." 홀던이 말했다.

"인정합니다. 좀 더 자세히 설명해주시죠."

홀던은 화면을 만지더니 데이터를 위아래로 움직이기 시작했다. 홀던은 숫자들로 된 길다란 목록 하나를 치더니 싱긋 웃으며 몸을 뒤로 기댔다.

"저거, 저거야." 홀던이 말했다.

"저게 뭡니까?"

"외피 구조만이 유일한 인식법이 아니야. 그게 가장 정확하지만 대신 파악 거리가 가장 짧지. 그리고," 홀던은 로시난테 호를 빙 둘러 가리켰다. "가장 속이기도 쉽지. 그다음 방법은 드라이브 특성이지. 복사 에너지와 열 패턴을 속일 수는 없으니까. 그리고 정말로 멀리 떨어져 있어도 쉽게 인지할 수 있어."

홀던은 자기 의자 옆에 있는 화면 쪽으로 몸을 돌리더니 우주선의 친구/적 데이터베이스를 불러냈고, 그걸 나오미 화면의 데이터와 연결했다.

"이 메시지가 말하는 건 그거야, 나오미. 이건 드라이브 특성을 보여줌으로써 화성에 도나저 호를 파괴한 게 누군지를 알리는 거야."

"그렇다면 왜 그냥 알기 쉽게 문자로 '누구누구가 우리를 죽였다'라고 말하지 않는 겁니까?" 질문하는 나오미의 표정이 이해할 수 없다는 생각으로 일그러졌다.

홀던은 몸을 앞으로 숙이고 잠시 있다가 입을 열었지만, 이윽고 입을 다물고 다시 몸을 뒤로 젖히며 한숨을 쉬었다.

"모르겠어."

해치가 유압음을 내며 요란하게 열렸다. 나오미가 홀던 너머 사다리를 보더니 말했다. "밀러가 오고 있습니다."

홀던은 고개를 돌려 형사가 의료실 갑판에서 천천히 올라오는 모습을 끝까지 지켜보았다. 피부가 분홍빛 도는 회색으로 변하고 소름까지 돋은 밀러는 마치 털 뽑힌 닭처럼 보였다. 그리고 몸에 걸친 종이 가운은 모자와 전혀 어울리지 않았다.

"음, 리프트가 있는데." 홀던이 말했다.

"미리 알았으면 좋았을 텐데 말이지." 밀러가 말하더니 헐떡이며 관제 갑판으로 올라왔다. "아직 목적지에 도착 안 한 거야?"

"미스터리를 풀고 있었지." 홀던이 말했다.

"난 미스터리가 싫어." 밀러가 말하더니 발을 끌며 의자 쪽으로 갔다.

"그렇다면 이걸 풀어 줘. 당신이 누군가를 죽인 범인의 정체를 알아냈어. 하지만 당신은 범인을 직접 체포할 수 없어서 그 정보를 당신 파트너에게 보내지. 하지만 범인의 이름을 그냥 알려주는 대신 파트너에게 단서만 잔뜩 줘. 왜 그랬을까?"

밀러가 기침을 하더니 턱을 긁적였다. 그의 두 눈은 홀던이 볼 수 없는 뭔가를 읽는 것처럼 화면에 고정되어 있었다.

"왜냐하면 내가 날 믿을 수 없기 때문이지. 나는 내 파트너가 내 의견에 편향되지 않고도 나와 같은 결론을 내리길 원하는 거야. 나는 파트너에게 점들을 주고 파트너가 그 점들을 연결했을 때 그 모습이 어떨지를 알고 싶은 거야."

"잘못 추측했다간 여파가 대단할 때라면 더더욱 그렇지." 나오미가 말했다.

"엉뚱한 곳에 살인 혐의를 씌우면 안 되잖아." 밀러가 고개를 끄덕이며 말했다. "그건 아마추어 같은 짓이니까."

홀던의 패널이 신호음을 울렸다.

"제길, 왜 그 사람들이 신중했는지 알겠군." 홀던이 자기 화면을 읽으며 말했다. "로시난테 호는 이것들이 부시 조선소에서 제작한 표준 경순양함 엔진이라고 생각해."

"그건 지구 우주선들이잖습니까?" 나오미가 말했다. "하지만 그 우주선들은 아무런 표식도 없었고… 아 씨발!"

홀던은 나오미가 소리 높여 말하는 걸 처음 들었지만, 이해가 갔다. 만약 UNN 비밀 작전함들이 도나저 호를 파괴한 거라면, 그건 이 모든 일의 배후에 지구가 있다는 뜻이었다. 어쩌면 처음에 캔터베리 호를 파괴한 배후에도. 그리고 그건 화성 전함들이 엉뚱하게 소행성대인들을 죽이고 있다는 뜻이었다. 나오미 같은 벨트인들을.

홀던은 몸을 앞으로 숙이고 통신 화면을 호출했고, 이윽고 광범위 방송 기능을 선택했다. 밀러가 숨을 멈추었다.

"방금 당신이 누른 그 버튼이 설마 내가 생각하는 그건 아니겠지?" 밀러가 말했다.

"난 켈리 대위를 대신해 그 임무를 마쳤어." 홀던이 말했다.

"난 그 켈리인가 뭔가 하는 작자가 누군지 몰라." 밀러가 말했다. "하지만 그 사람의 임무가 그 데이터를 태양계 전역에 뿌리는 게 아니었다고 말해줘."

"사람들은 무슨 일이 일어나는지 알아야 해." 홀던이 말했다.

"그래, 그래야지. 하지만 우리가 사람들에게 말을 해주기 전에 진짜로 무슨 일이 일어나는지 제대로 알아야 해." 대답하는 밀러의 목소리에서는 피곤한 기운이 완전히 사라져 있었다. "대체 얼마나 더 속아야 정신을 차릴 거야?"

"어이." 홀던이 말했지만, 밀러의 목소리는 더욱 커졌다.

"당신은 화성 배터리를 발견했어, 그렇지? 그래서 태양계의 모든 사람에게 그 사실을 알렸고, 인류 역사상 가장 큰 전쟁이 일어나게 했어. 그리고서 어쩌면 그 배터리를 그곳에 놓은 게 화성인이 아닐 수도 있다는 사실이 드러났지. 그리고는 정체불명의 우주선들이 도나저 호를 파괴했고, 화성은 그걸 소행성대 소행이라고 비난했지. 그런데 정작 소행성대는 자신들에게 화성의 전투 순양함을 파괴할 능력이 있다는 사실조차 몰랐어."

홀던은 입을 열었지만 밀러는 에이모스가 콘솔 뒤에 놓고 간 커피 튜브를 집어 홀던의 머리에 던졌다.

"내 말 마저 들어! 그리고 이제 당신은 지구가 관련되었음을 나타내는 데이터를 발견했어. 그리고 가장 처음 하는 짓은 그걸 온 우주에 떠벌리는 거고. 그래서 화성과 소행성대가 지구를 이 일에 끌어들여 인류 역사상 가장 큰 전쟁이 일어나게 말이야. 여기서 뭔가 패턴이 안 보여?"

"그러네." 나오미가 말했다.

"그래서 무슨 일이 벌어질 거 같아?" 밀러가 말했다. "놈들은 이런 식으로 일을 꾀하는 거라고! 놈들은 캔터베리 호 사건의 범인이 화성처럼 보이게 만들었어. 하지만 아니었지. 놈들은 도나저 호 사건의 범인을 소행성대처럼 보이게 만들었어. 하지만 아니었어. 이제 이 모든 일의 배후가 지구처럼 보이지? 패턴을 따라가 봐. 아마도 아닐 거라고! 모든 걸 확실히 파악하기 전에는 절대로, '절대로' 그런 비난을 하면 안 되는 거야. 우선 관찰을 해. 들으라고. 조용히 있으면서 사태를 제대로 알아야 해. 그래야 사건을 해결할 수 있어."

형사는 완전히 탈진해 의자에 등을 기댔다. 그는 땀을 흘리고 있었다. 갑판은 조용했다.

"다 끝난 거야?" 홀던이 말했다.

밀러가 거친 숨을 쉬며 고개를 끄덕였다. "너무 무리한 거 같아."

"나는 뭐로든 그 누구도 비난하지 않았어." 홀던이 말했다. "나는 사건을 해결하는 게 아니야. 나는 데이터를 제시했을 뿐이야. 이제 그건 비밀이 아니야. 놈들은 에로스에서 뭔가를 하고 있어. 놈들은 그걸 방해받고 싶어 하지 않아. 화성과 소행성대가 서로 총질을 해대는 동안, 모두가 딴 데 정신이 팔려 에로스를 도울 여력이 없는 동안 말이야."

"그리고 당신은 방금 지구를 그 일에 끌어들인 거야." 밀러가 말했다.

"어쩌면." 홀던이 말했다. "하지만 살인자들은, 적어도 그들의 일부는 지구의 궤도 조선소에서 제작된 우주선들을 '사용'했어. 아마도 누군가가 그곳을 조사해 보겠지. 그리고 바로 '그게' 중요한 거야. 만약 모두가 모든 것을 안다면 그 무엇도 비밀로 유지되지 않아."

"그래. 아무렴." 밀러가 말했다. 홀던은 밀러를 무시했다.

"결국, 누군가가 상황을 파악하게 될 거야. 이런 종류의 일은 비밀리에 이루어져야 하기 때문에 모든 비밀이 드러나게 되면 결국 놈들은 피해를 보게 돼. 이 일을 정말로 영원히 끝내려면 이 방법밖에 없어."

밀러는 한숨을 쉬더니 고개를 끄덕였고, 모자를 벗고 정수리를 긁적였다.

"난 그냥 놈들을 에어록 밖으로 던져버릴 생각이었어." 밀러가 말했다.

BA834024112는 큰 소행성이 아니었다. 직경은 30미터가 될락 말락 했으며, 발견된 지 오래됐기에 쓸만하거나 귀중한 광물은 모두 채취된 상태였다. 그 소행성이 등록된 이유는 단지 우주선들이 충돌하지 않도록 경고를 하기 위해서였다. 줄리는 수십억 달러의 가치가 있는 재산을 그곳에 묶어둔 채 작은 셔틀을 타고 에로스로 향했다.

가까이 다가가니 스코풀라이 호를 파괴하고 승무원들을 훔쳐 간 그 우주선은 상어처럼 보였다. 길고 가늘고 완전히 검었으며, 검은 우주를 배경으로 한 탓에 육안으로는 거의 보이지 않았다. 레이더 편향성 곡선을 이루는 외형은 공기역학적이었고, 우주를 오가는 탈것과는 굉장히 거리가 있어 보였다. 그 모습에 홀던은 소름이 돋았지만, 그래도 아름다웠다.

"니미랄." 그 우주선을 보려고 모두가 로시난테 호의 조종실로 모여드는데 에이모스가 조용히 말했다.

"로시난테 호조차도 저 우주선을 보지 못합니다, 선장님." 알렉스가 말했다. "레이저 레이더를 잔뜩 쏘았지만, 우리가 볼 수 있는 건 소행성에 약간 더 따뜻한 지점이 하나 있다는 게 전부입니다."

"캔터베리 호가 파괴되기 직전에 레베카가 보았던 것처럼 말이지." 나오미가 말했다.

"줄리의 셔틀은 발사가 되었으니 이건 누군가가 바위 옆에 세워 둔 바로 그 스텔스 우주선일 겁니다." 알렉스가 덧붙였다. "어쩌면 한 척 이상일 수도 있습니다."

홀던이 조종사의 머리 쪽으로 날아가서 잠시 알렉스의 의자 등받이를 손가락으로 톡톡톡 쳤다.

"아마도 토악질하는 좀비들로 가득 차 있을 거야." 마침내 홀던이 말했다.

"가서 보고 싶어?" 밀러가 말했다.

"아, 당연하지." 홀던이 말했다.

34
밀러

우주복은 밀러가 쓰던 것보다 좋았다. 세레스에서 지낸 세월 동안 밀러는 바깥을 걸을 일이 얼마 없었고, 그때 쓴 스타 헬릭스 장비는 그 시절 기준으로도 낡은 것이었다. 관절부는 두껍고 골이 졌고, 산소통은 분리가 되었으며, 장갑을 끼면 두 손이 신체의 다른 부위보다 30도는 더 차가워졌다. 로시난테 호의 우주복은 군용이자 신형으로, 일반 폭동 진압 장비 정도 부피밖에 되지 않았으며, 손이 잘려나간 뒤에도 손가락을 따뜻하게 유지해줄 수 있을 만한 수준의 생명 유지장치가 우주복 안에 내재되어 있었다. 밀러는 한 손으로 에어록 끈을 잡은 채 둥둥 떠서 손가락을 굽히면서 우주복 손가락 관절의 상어 피부 패턴을 살펴보았다.

뭔가 부족한 느낌이 들었다.

"좋아, 알렉스." 홀던이 말했다. "우리는 준비됐어. 이제 로시난테 호가 움직일 차례야."

깊고 으르렁거리는 진동이 그들을 흔들었다. 나오미는 에어록의 굴곡진 벽에 한 손을 얹어 몸을 버텼다. 에이모스는 무반동 자동 소총을 들고 앞으로 나아가 선두에 섰다. 에이모스가 목을 굽히자 척추에서 우두둑 하는 소리가 났고, 밀러는 무선을 통해 그 소리를 들을 수 있었다. 무선 통신만이 소리를 들을 수 있는 유일한 방법이었다. 그들은 이미 진공 속에 있었다.

"오케이, 선장님." 알렉스가 말했다. "저쪽 시스템에 접근이 차단되어 있습니다. 표준 보안 오버라이드가 통하지 않습니다. 그러니 잠시만… 시간을…."

"무슨 문제라도 있는 거야?" 홀던이 말했다.

"됐습니다. 됐습니다. 연결이 됐습니다." 알렉스가 말했다. 그러더니 잠시 후 계속 말했다. "아. 그쪽에 숨 쉴 공기가 별로 없을 거 같군요."

"전혀?" 홀던이 물었다.

"전혀요. 완벽한 진공입니다." 알렉스가 말했다. "우주선의 양쪽 문이 전부 열려 있습니다."

"좋아. 여러분." 홀던이 말했다. "공기 잔량에 주의하도록. 가자고."

밀러는 숨을 깊이 들이마셨다. 외부 에어록이 부드러운 빨간색에서 부드러운 녹색으로 바뀌었다. 홀던은 에어록을 밀어 열었고, 에이모스가 앞으로 뛰쳐나갔고, 선장이 바로 그 뒤를 따랐다. 밀러는 나오미에게 고개를 끄덕였다. '숙녀분 먼저.'

연결 통로는 보강되어 있어서 적의 레이저 공격 또는 탄환을 막아낼 수 있었다. 로시난테 호의 해치가 밀러 일행 뒤쪽에서 닫혔을 때, 에이모스는 이미 다른 우주선에 도착해 있었다. 밀러는 한순간 현기증이 났다. 마치 그 속에 떨어지는 듯이, '앞'에 있던 우주선이 돌연 '아래'에 있게 되는 변화를 느꼈기 때문이다.

"괜찮은 거야?" 나오미가 물었다.

밀러는 고개를 끄덕였고, 에이모스가 스텔스 우주선의 해치를 통과했다. 한 명씩, 모두가 해치를 통과했다.

우주선 내부는 죽어 있었다. 그들의 우주복에서 나오는 조명들이 부드럽고 거의 유선형인 칸막이벽들의 곡선과 쿠션을 댄 벽과 회색 우주복 로커 위로 춤췄다. 로커 하나는 마치 누군가가 또는 무엇인가가 안에서 빠져나오려고 한 듯이 찌그러져 있었다. 에이모스는 천천히 나아갔다. 평범한 상황에서라면 완벽한 진공이라는 조건만으로도 누군가가 그들에게 덤벼들 염려 따위는 안 해도 되었다. 하지만 지금, 밀러는 조심하는 게 최선이라는 걸 깨달았다.

"전체가 동력이 끊겼군." 홀던이 말했다.

"엔진실에 예비 동력이 있을 겁니다." 에이모스가 말했다.

"그건 우주선 끝에 있을 텐데." 홀던이 말했다.

"그렇겠지요."

"조심하자고." 홀던이 말했다.

"저는 관제실로 가보겠습니다." 나오미가 말했다. "만약 뭔가 배터리가 떨어진 게 있다면 제가⋯."

"아니. 그러지 마." 홀던이 말했다. "현 상황을 완전히 파악할 때까지는 모두가 함께 있는다. 함께 있어."

에이모스가 움직이더니 어둠 속으로 사라졌다. 홀던은 서둘러 에이모스를 쫓아갔다. 밀러가 그 뒤를 따랐다. 밀러는 나오미의 몸짓을 보았지만, 나오미가 화를 내는 건지 안심하고 있는 건지 도무지 분간되지 않았다.

주방은 텅 비어 있었지만, 여기저기에 다툰 흔적이 있었다. 다리 하나가 구부러진 의자 하나. 뭔가가 페인트를 벗겨내며 벽에 길고 깔쭉깔쭉하게 남긴 상처. 조준이 빗나가며 칸막이벽 높은 곳에 난 총알구멍 두 개. 밀러는 한 손을 뻗어 탁자 하나를 잡고 천천히 방향을 바꾸었다.

"밀러?" 홀던이 물었다. "안 따라올 거야?"

"이걸 봐." 밀러가 말했다.

밀러가 손전등으로 비추자 바닥에 흐른 어두운 색의 뭔가가 얇게 켜를 뜬 호박색 유리처럼 반짝였다. 홀던이 밀러에게로 날아왔다.

"좀비 구토물?" 홀던이 말했다.

"그런 듯해."

"흠. 그렇다면 우리가 우주선을 제대로 찾아왔군. 제대로 찾아온 게 잘한 짓인지는 모르겠지만 말이야."

승무원 숙소들은 조용하고 텅 비어 있었다. 모든 숙소를 살펴보았지만, 개인적 흔적은 보이지 않았다. 터미널이나 사진은 물론이거니와 이 우주선에서 살고 숨 쉬고 아마도 죽었을 남녀의 이름 따위 그 어떤 단서도 없었다. 심지어 선장실마저 다른 숙소보다 조금 더 컸을 뿐이며 잠긴 금고가 하나 있는 게 전부였다.

육중한 중앙 격실은 로시난테 호의 선체만큼이나 높고 넓었으며, 좁은 통로와 발판으로 에워싸인 열두 개의 거대한 실린더들이 어둠 속에 자리 잡고 있었다. 밀러는 나오미의 표정이 굳어지는 걸 알아차렸다.

"저것들이 뭐지?" 밀러가 물었다.

"어뢰 튜브야." 나오미가 말했다.

"'어뢰' 튜브?" 밀러가 말했다. "'맙소사.' 몇 개나 들어 있는 거지? 백만 개?"

"열두 개." 나오미가 말했다. "열두 개뿐이야."

"주력함 파괴용이로군요." 에이모스가 말했다. "뭘 목표로 하든 첫발에 끝장낼 수 있도록 지어진 겁니다."

"도나저 호 같은 거?" 밀러가 물었다.

홀던이 밀러를 바라보았다. 헤드업 디스플레이의 이글거리는 빛이 그의 얼굴을 비췄다.

"아니면 캔터베리 호." 홀던이 말했다.

그들 넷은 침묵 속에서 넓고 검은 튜브들 사이를 지났다.

기계제작실에는 폭력의 흔적이 더욱 뚜렷했다. 바닥과 벽에는 피 그리고 금색으로 말라붙어 번쩍이는 토사물이 길게 줄을 이루고 있었다. 유니폼 한 벌이 동그랗게 뭉쳐져 있었다. 그 옷은 뭔가에 흠뻑 젖었던 상태에서 우주의 한기로 꽝꽝 얼어 있었다. 오랜 시간을 범죄 현장을 살피며 보낸 습관들 때문에 밀러는 사소한 것들도 눈여겨보았다. 바닥과 리프트 문들이 긁힌 형태. 피와 토사물이 번진 형태, 발자국. 이 모든 것이 당시 상황에 대한 단서를 주었다.

"그 사람들은 엔진실에 있어." 밀러가 말했다.

"누구?" 홀던이 말했다.

"승무원들. 누가 되었든, 이 우주선에 있던 사람들 말이야. 한 명만 빼고 모두." 밀러는 말하며 리프트 쪽으로 이어진 발자국 반 개를 가리켰다. "여자의 발자국이 다른 자국들 위에 찍힌 게 보이지? 그리고 저기, 여자가 저 피를 밟은 것도. 이미 말라 있었어. 번지는 대신 엷게 켜가 떨어졌다고."

"저게 여자 발자국인지 어떻게 알지?" 홀던이 물었다.

"줄리 거니까." 밀러가 말했다.

"뭐, 저기에 있던 게 누구였든 간에, 그 사람들은 오래전에 진공으로 빨려 나갔어." 에이모스가 말했다. "가서 보고 싶어?"

누구도 그러자고 말은 하지 않았지만 다 함께 그쪽으로 둥둥 떠갔다. 해치는 열려 있었다. 만약 그 너머의 어둠이 죽어버린 우주선의 다른 부분보다 더 짙고 으스스하고 더 은밀한 느낌이 들었다면 그것은 단지 밀러의 상상 때문이리라. 밀러는 그 앞에서 망설이며 줄리의 이미지를 불러오려 애써보았지만, 줄리는 나타나지 않았다.

엔진실 갑판을 둥둥 떠다니는 것은 동굴 속에서 수영하는 것과 비슷했다. 밀러는 다른 사람들의 손전등 빛들이 벽과 패널들을 훑으며 아직 작동하거나 아니면 작동시킬 수 있는 제어 장치를 찾는 것을 보았다. 밀러는 자기 손전등으로 방의 본체, 방을 집어삼킨 어둠을 비추었다.

"배터리를 찾았습니다, 선장님." 에이모스가 말했다. "그리고… 반응로가 꺼진 듯합니다. 일부러 끈 겁니다."

"다시 켤 수 있어?"

"먼저 진단을 좀 해야 합니다." 에이모스가 말했다. "반응로를 끈 이유가 있을 테니까요. 그리고 반응로를 켜는 방법으로 그 이유를 알아내고 싶은 마음이 안 드는군요."

"좋은 지적이야."

"하지만 적어도 제가 … 약간의… 아, 제발 좀 켜져라, 이 새끼야."

갑판 주위로 청백색 빛들이 너울거렸다. 갑작스러운 빛 때문에 밀러는 0.5초 정도 앞이 안 보였다. 그리고 시력이 돌아옴과 동시에 머릿속이 혼란스러워졌다. 나오미가 놀라 숨을 들이켰고, 홀던은 외마디 고함을 쳤다. 밀러의 마음 한편에서 뭔가가 비명을 지르기 시작했지만 밀러는 억지로 그 소리를 침묵시켰다. 이건 그냥 범죄 현장이었다. 단지 시체들에 지나지 않았다.

다만 온전한 시신이 아니었을 뿐이었다.

밀러 앞에는 반응로가 아무 반응 없이 죽어 있었다. 그리고 그 주위로는 인간의 살이 둘러져 있었다. 밀러는 팔이며, 아파 보일 정도로 손가락을 쫙 벌린 손들을 알아볼 수 있었다. 뱀처럼 굽은 긴 등뼈, 심술궂은 벌레의 다리처럼 벌려진 갈비뼈들. 밀러는 자신이 보는 게 현실임을 인정하려 안간힘을 썼다. 밀러는 전에도 내장을 적출한 시체들을 본 적이 있었다. 밀러는 왼쪽에 있는 길고 줄처럼 꼬여 있는 게 내장이라는 걸 알았다. 소장이 넓어지며 대장이 되는 걸 알아볼 수 있었다. 두개골의 낯익은 형태가 밀러를 바라보았다.

하지만 시체가 해부되고 분리된 낯익은 풍경 속에 뭔가 다른 게 있었다. 부드러운 검고 가는 필라멘트들로 이루어진 나선 모양들과 넓은 띠들, 원래는 피부였을 듯하나 이제는 아가미처럼 수십 개의 가는 틈들이 생겨난 창백하고 넓적한 그 무엇, 그리고 곧

충 같기도 하고 태아 같기도 하지만 그 어느 쪽도 아닌, 반쯤 생기다 만 팔다리. 얼어붙은 채 반응로 주위를 둘러싼 살들은 오렌지 껍질 같았다. 스텔스 우주선의 승무원들. 그리고 아마 스코풀라이 호의 승무원들도.

줄리를 제외한 모두였다.

"어," 에이모스가 말했다. "이거 생각보다 오래 걸리겠네요, 선장님."

"괜찮아." 홀던이 말했다. 무선을 통해서 들리는 그의 목소리는 떨렸다. "살릴 필요 없어."

"별거 아닙니다. '저' 기묘한 것들이 차단막을 망가뜨리지 않은 한, 반응로는 제대로 켜질 겁니다."

"저것들이… 둘러져 있는데 그래도 상관없겠어?"

"솔직히, 선장님, 저는 저것들에 대해선 생각하고 있지 않습니다. 20분만 주십시오. 그러면 동력을 얻을 수 있는지 아니면 로시난테 호에서 선을 끌어와야 하는지를 알려드리겠습니다."

"알았어." 홀던이 말했다. 그리고 다시 좀 더 힘이 들어간 목소리로 말했다. "알았어. 하지만 저것들을 만지지는 말라고."

"그럴 생각도 없었습니다." 에이모스가 말했다.

그들은 다시 둥둥 떠서 해치를 나왔고, 홀던과 나오미와 밀러가 마지막으로 나왔다.

"저게…." 나오미가 말을 하다가 기침을 하고 다시 말을 이었다. "저게 에로스에서 일어나는 일이야?"

"아마도." 밀러가 말했다.

"에이모스." 홀던이 말했다. "컴퓨터를 켤 수 있을 정도로 배터리 잔량이 충분해?"

침묵이 흘렀다. 밀러는 숨을 깊이 들이마셨고, 우주복의 공기 시스템에서 나는 플라스틱과 오존 냄새가 코를 가득 채웠다.

"그런 듯합니다." 에이모스가 모호하게 말했다. "하지만 만약 먼저 반응로를 켤 수 있다면…."

"컴퓨터를 켜."

"결정은 선장님이 하는 거니까요." 에이모스가 말했다. "5분 뒤에 켜집니다."

침묵 속에서 그들은 둥둥 떠서 에어록으로 돌아왔고, 그곳을 지나 관제 갑판으로 돌아왔다. 가장 뒤에서 따라오던 밀러는 홀던이 계속해 나오미 가까이 붙어 있다가 이윽고 거리를 두는 모습을 지켜보았다.

'보호를 해주면서도 엄청나게 부끄럼을 타는군. 좋지 않은 조합이야.' 밀러가 생각했다.

줄리는 에어록에서 기다리고 있었다. 물론 처음부터 있던 건 아니었다. 밀러는 어느새 다시 아까 그곳을 생각 중이었고, 마음속으로 자신이 본 모든 것을 뒤집어 보고 있었다. 그냥 사건을 다루듯이. 평범한 사건처럼. 밀러는 부서진 로커 쪽으로 시선을 돌렸다. 그 안에는 우주복이 없었다. 순간, 밀러는 에로스로, 줄리가 죽은 호텔로 돌아가 있었다. 그곳에는 우주복이 있었다. 이윽고 줄리가 나타났고, 로커를 밀고 나오려 안간힘을 쓰고 있었다.

'저기에서 넌 뭘 한 거니?' 밀러가 생각했다.

"영창이 없군." 밀러가 말했다.

"뭐?" 홀던이 말했다.

"방금 깨달았어." 밀러가 말했다. "우주선에 영창이 없어. 죄수를 수송할 목적으로 지은 우주선이 아니야."

홀던이 낮게 투덜거리며 동의를 표했다.

"스코풀라이 호의 선원들을 어떻게 할 생각이었는지 궁금하네." 나오미가 말했다. 나오미의 목소리에는 궁금한 기색이 전혀 담겨 있지 않았다.

"무슨 계획이 있었다고 생각하지는 않아." 밀러가 천천히 말했다. "이 모든 일을… 놈들은 즉흥적으로 한 거야."

"즉흥적이라고?" 나오미가 말했다.

"우주선은 확산 방지 시스템을 충분히 갖추지 못한 상태에서 감염 물질을 나르고 있었어. 그러다가 영창이 없는 상태에서 포로들을 수용하게 된 거지. 놈들은 계획에 없이 이런 짓을 한 거야."

"아니면 서둘러야 했거나." 홀던이 말했다. "무슨 일이 일어나서 놈들은 서두른 거야. 하지만 에로스에는 몇 개월에 걸쳐 준비했어. 어쩌면 몇 년 동안을. 그러다가 마지막 순간에 무슨 일이 일어난 게 아닐까?"

"무슨 일인지 알면 흥미롭겠군." 밀러가 말했다.

우주선의 다른 곳과 비교했을 때 관제 갑판은 평화로워 보였다. 정상이었다. 컴퓨터들은 자신들의 상태 점검을 마쳤고, 화면들은 평화로이 이글거렸다. 나오미가 컴퓨터 하나에 다가가 한 손으로 의자를 끌어와 앉으며 다른 한 손으로는 반발력에 자신이 밀려나지 않을 정도로 가볍게 화면을 건드렸다.

"뭘 할 수 있는지 한 번 알아보겠습니다." 나오미가 말했다. "다른 사람들은 함교를 확인해 보십시오."

심상찮은 침묵이 흘렀다.

"전 괜찮을 겁니다." 나오미가 말했다.

"알았어. 네가 괜찮을 거라는 건 나도… 난… 가지, 밀러."

밀러는 선장을 앞세우고 함교로 둥둥 떠 갔다. 화면을 통해 나오는 점검 내용은 너무나도 일반적인 것이라 밀러도 그 내용을 알아볼 수 있었다. 함교는 밀러의 예상보다 훨씬 넓었고, 누군가를 위해 맞춤 제작된 충격 흡수 소파 다섯 개가 있었다. 홀던은 그 가운데 하나에 앉아 안전띠를 했다. 밀러는 갑판 주위를 천천히 돌아보았다. 특별한 건 없었다. 피도 없었고, 부서진 의자나 찢어진 패딩도 없었다. 사건이 일어났을 때, 격투는 반응로 주위에서만 벌어진 것이다. 하지만 밀러는 아직 그게 무슨 의미인지 파악할 수가 없었다. 확신이 안 갔다. 밀러는 평소라면 보안 스테이션이었을 곳 앞에 앉아 홀던에게 개인 통신 채널을 열었다.

"특별히 찾는 거라도?"

"상황 설명. 개관." 홀던이 짧게 말했다. "뭐든지 유용한 거. 당신은?"

"내부 모니터로 갈 수 있는지를 보고 있어."

"뭘 찾으려고…?"

"줄리가 찾은 거." 밀러가 말했다.

보안 체계는 콘솔 앞에 앉는 사람은 로우 레벨 피드에 접근할 수 있다고 가정했다. 하지만 명령 구조와 질문 인터페이스를 분석하는 데에 30분이 걸렸다. 그래도 일단 구조를 파악하고 나자 그 이후는 어렵지 않았다. 일지의 시간 기록을 통해 밀러는 스코풀라이 호가 사라졌던 날의 피드를 찾아냈다. 에어록 베이의 감시 카메라는 승무원들이 (대부분은 벨트인들이었다) 호송되어 오는 모습을 보여주었다. 호송자들은 장갑복으로 무장을 했으며 면갑을 내리고 있었다. 밀러는 그게 자신들의 정체를 숨기기 위한 게 아닌가 하는 생각이 들었다. 즉, 포로로 잡은 승무원들을 살려줄 계획이었을 가능성이 컸다. 또는 마지막 순간의 저항에 지쳐버렸을 수도 있었다. 스코폴라이 호의 승무원들은 우주복이나 장갑복을 입고 있지 않았다. 심지어 몇 명은 승무원복조차 입고 있지 않았다.

하지만 줄리는 입고 있었다.

줄리가 움직이는 모습을 보니 기분이 이상했다. 밀러는 혼란스러운 느낌이 들었고, 줄리가 움직이는 모습을 본 적이 한 번도 없다는 걸 깨달았다. 세레스의 파일에 있던 줄리의 모습은 모두 정지 사진이었다. 이제 여기에 줄리가 자신이 고른 동료들과 함께 둥둥 떠서, 머리는 눈 위로 쓸어 올리고, 이를 앙다물고 있었다. 동료 승무원이나 장갑복을 입은 자들에 둘러싸인 줄리는 아주 작아 보였다. 억압받는 소행성대에 합류하기 위해 부와 지위를 버린 돈 많은 아가씨. 어머니의 감정적 협박에 굴복하는 대신 자신이 그토록 사랑했던 고래 호를 팔아버리라고 말했던 아이. 그런 줄리가 움직이는 모습은, 어깨를 펴는 방식 또는 무중력 상태인데도 바닥을 향해 발가락을 뻗는 버릇들은 밀러가 상상으로 그렸던 줄리와는 약간 달랐다. 하지만 기본 이미지는 같았다. 밀러는 줄리의 완전히 새로운 모습을 보기보다는 새로 알게 된 세부사항들로 빈 곳을 채운다는 느낌을 받았다.

경비원들이 뭐라고 말을 했고 (진공이라서 감시 피드의 소리는 들리지 않았다) 스코폴라이 호의 승무원들은 대경실색한 표정을 지었다. 이윽고, 머뭇머뭇 선장이 승무원복을 벗기 시작했다. 그들은 포로들 옷을 벗기기 시작했다. 밀러가 고개를 설레설레 저었다.

"안 좋은 계획이야."

"뭐가?" 홀던이 말했다.

"아무것도 아니야. 미안."

줄리는 움직이지 않고 있었다. 경비원 한 명이 두 다리로 벽을 밀더니 줄리 쪽으로 움직였다. 하지만 줄리는 아마도 강간을 당했거나 아니면 그보다 더 심한 일을 겪고도 버텨낸 사람이었다. 그 뒤 안전을 위해 유술을 배운 이였다. 아마도 경비원들은 줄리가 힘을 숨기고 있다고 생각한 듯했다. 또는 옷 안에 무기를 숨기고 있을까 두려워한 듯했다. 어느 쪽이든 간에, 그자들은 무력으로 자기들 뜻을 관철하려 했다. 경비원 한 명이 줄리를 밀었고, 줄리는 마치 자기 목숨이 달렸다는 듯이 상대방의 팔을 꽉 쥐었다. 밀러는 경비원의 팔이 이상한 방식으로 뒤틀리는 걸 보고 움찔했지만, 또한 싱긋 웃었다.

'그래, 잘한다.' 밀러가 생각했다. '놈들에게 따끔한 맛을 보여줘.'

그리고 줄리는 그렇게 했다. 거의 40초간, 에어록 베이는 싸움판이 되었다. 심지어 겁먹은 스코풀라이 호의 선원 일부도 합류하려 했다. 하지만 줄리는 어깨가 건장한 남자가 자기 뒤에서 달려드는 것을 보지 못했다. 단단한 장갑을 낀 손이 줄리의 관자놀이를 후려쳤을 때, 밀러는 그 충격을 공유했다. 줄리는 기절하지 않았지만, 비틀거렸다. 총을 든 남자들이 신속하게 줄리의 옷을 벗겼고, 무기나 통신 장비가 나오지 않자 줄리에게 점프슈트를 건네고 로커 안으로 밀어 넣었다. 그리고 다른 사람들은 우주선 안쪽으로 데려갔다. 밀러는 시간 기록을 확인하고 피드를 바꿨다.

포로들은 주방으로 안내되었고, 이윽고 식탁 앞에 앉혀졌다. 경비원 한 명이 1분 정도 이야기를 했지만 면갑을 쓰고 있었고, 밀러가 추측할 수 있는 건 포로들의 반응을 통해서가 전부였다. 의혹과 혼란과 분노와 공포로 눈을 휘둥그레 뜬 모습. 경비원이 뭔가를 이야기한 모양이었다.

밀러는 피드를 건너뛰기 시작했다. 몇 시간, 그리고 몇 시간 더. 우주선은 추진 중이었고, 포로들은 식탁 근처에 둥둥 떠 있는 대신 식탁 앞에 앉아 있었다. 밀러는 우주선의 다른 부분을 찾아보았다. 줄리의 로커는 여전히 닫혀 있었다. 뒤의 상황을 미리 알지 못했다면 밀러는 줄리가 죽었을 거라고 생각했을 것이다.

밀러는 피드를 건너뛰었다.

132시간 뒤, 스코풀라이 호의 승무원들은 대담해졌다. 밀러는 폭력이 시작되기 전부터 승무원들에게서 그 기색을 읽었다. 밀러는 전에도 유치장에 갇힌 자들이 봉기하는 걸 본 적이 있었고, 이 포로들은 그때와 똑같이 시무룩하지만 흥분한 표정이었다. 피드는 벽을 보여주었다. 밀러가 아까 보았던, 총구멍이 난 벽이었다. 피드에 보이는 벽에는 아직 총구멍이 없었다. 이제 곧 생기리라. 배급 식량이 담긴 쟁반을 든 남자 한 명이 화면에 나타났다.

'이제 시작이군.' 밀러가 생각했다.

싸움은 짧고 잔인했다. 포로들은 속절없이 패했다. 밀러는 포로 한 명이 끌려가는 모습을 보았다. 옅은 갈색 머리털의 남자로,

그자는 에어록 밖의 진공에 던져졌다. 다른 이들은 완전히 꽁꽁 묶였다. 몇은 흐느꼈다. 몇은 비명을 질렀다. 밀러는 피드를 건너뛰었다.

저기 어딘가에 있어야 했다. 정말로 정체가 무엇이든, 그것이 풀려나는 순간이 말이다. 하지만 승무원실 가운데 감시 카메라가 없는 지역에서 그 일이 일어났던가 아니면 처음부터 거기에 있었던 모양이었다. 줄리가 로커에 갇히고 정확히 160시간이 지났을 때, 하얀 작업복을 입은 남자가 눈을 번들거리고 불안한 자세로 승무원실 쪽에서 비트적거리며 나오더니 경비 한 명에게 토해댔다.

"씨발!" 에이모스가 외쳤다.

밀러는 무슨 일이 일어났는지 알기도 전에 의자에서 일어났다. 홀던 역시 일어났다.

"에이모스?" 홀던이 말했다. "무슨 일이지?"

"잠시만요." 에이모스가 말했다. "네, 괜찮습니다, 선장님. 그냥 놈들이 반응로 차폐막을 다 벗겨놓았을 뿐입니다. 이제 반응로는 껐지만 제가 생각보다 조금 더 방사능에 노출이 됐습니다."

"로시난테 호로 돌아가." 홀던이 말했다. 밀러는 벽에 몸을 기댔다가 벽을 밀어 그 반동을 이용해 컨트롤 스테이션으로 갔다.

"기분 상하게 할 생각은 없습니다만, 제가 피오줌을 싼다거나 뭐 그런 재미난 일이 일어날 것 같지는 않습니다." 에이모스가 말했다. "그냥 놀랐을 뿐입니다. 간지러운 느낌이 드는군요. 곧 다시 살펴보겠습니다만, 제게 몇 분 정도 시간을 더 주면 기계실에서 작업해서 공기를 얻을 수 있습니다."

밀러는 고민하는 홀던의 얼굴을 지켜보았다. 홀던은 돌아가라고 다시 명령할 수 있었다. 그냥 놔둘 수도 있었다.

"좋아, 에이모스. 하지만 현기증이 난다거나 조금이라도, 정말로 '조금이라도' 느낌이 이상하면 의무실로 가도록."

"네, 알겠습니다." 에이모스가 말했다.

"알렉스, 거기서 에이모스의 생체 신호 피드를 유심히 지켜봐. 뭔가 이상한 징후가 보이면 알려주고." 홀던이 일반 회선을 통해 말했다.

"네." 알렉스가 느릿하고 질질 끄는 악센트로 말했다.

"뭔가 발견했어?" 홀던이 개인 회선을 통해 밀러에게 물었다.

"뜻밖의 것은 없어." 밀러가 말했다. "당신은?"

"음, 있어. 이걸 봐."

밀러는 홀던이 작업하고 있던 화면 쪽으로 자기 몸을 밀었다. 홀던은 스테이션으로 몸을 도로 당긴 뒤 피드를 불러오기 시작했다.

"나는 마지막까지 버틴 누군가가 있을 거라고 생각했어." 홀던이 말했다. "내 말은, 그 병이 뭔지는 모르겠지만 그게 풀려났을 때, 가장 덜 아픈 누군가가 있었을 거라는 거야. 그래서 디렉토리들을 점검하면서 시스템이 정지하기 전에 각자 어떠한 활동을 했는지를 살펴보았어."

"그래서?"

"시스템이 정지하기 이틀 전에 많은 활동이 있었고, 이틀 동안에는 아무런 활동도 없었어. 그리고 약간의 활동이 있었어. 파일 액세스와 시스템 점검 활동이 많았어. 즉, 누군가가 공기를 없애는 코드를 취소하기 위해 해킹했다는 거야."

"그렇다면 그건 줄리야."

"나도 그렇게 생각했었지." 홀던이 말했다. "하지만 줄리가 접근한 피드 가운데 하나는… 제길, 그게 어디 있지? 바로 여기에 있어야 하는데… 아, 여기 있군. 이걸 봐."

화면이 깜박이더니 컨트롤들이 대기 상태가 되었고, 고해상도의 녹색과 황금색 문장이 나타났다. 프로토젠의 회사 로고였으며, 밀러가 전에는 보지 못했던 슬로건이 함께 있었다. '가장 먼저, 가장 빠르게, 가장 멀리.'

"이 파일의 시간 기록은 어떻게 돼?" 밀러가 물었다.

"원래 것은 2년 전에 생성된 거야." 홀던이 말했다. "이 복사본은 8개월 전에 구운 거고."

문장이 흐릿해지더니 유쾌한 표정의 남자가 책상 뒤에 앉아 있는 모습이 그 자리를 대신했다. 그 남자는 갈색 머리털에 관자놀이 부분이 살짝 희끗희끗했고, 입술은 웃는 데 익숙한 듯해 보였다. 그 남자는 카메라를 향해 고개를 끄덕였다. 그 웃음은 눈에까지 미치지 않았으며, 상어의 웃음처럼 공허했다.

'소시오패스로군.' 밀러가 생각했다.

남자의 입술이 소리 없이 움직이기 시작했다. 홀던이 말했다. "젠장." 그리고 스위치를 눌러 음성이 둘의 우주복으로 전송되도록 했다. 홀던은 비디오 피드를 되감은 뒤 다시 시작했다.

"저는 드레스덴이라고 합니다," 남자가 말했다. "이 정보를 살펴보기 위해 시간을 내주셔서 여러분과 이사회의 모든 분들에게 고마움을 표합니다. 여러분의 재정적 그리고 다른 여러 면에서의 지원에 힘입어 저는 이 프로젝트에서 놀라운 발견을 할 수 있었습니다. 제 팀이 첨병 역할을 한 것은 사실입니다만, 우리의 작업이 가능했던 것은 과학 발전을 향한 프로토젠의 끊임없는 지원 덕분이었습니다.

여러분, 솔직히 말하겠습니다. 포에베 프로토분자는 우리의 기대를 훌쩍 뛰어넘었습니다. 저는 이게 정말로 세상을 완전히 변화시킬 기술적 진보라고 믿습니다. 회사를 상대로 한 이런 식의 발표 내용에는 과장이 섞이기 마련이라는 건 저도 압니다. 하지만 제가 이 발표를 위해 많은 생각을 했으며, 한마디 한마디를 신중하게 골랐다는 사실을 유념해 주셨으면 합니다. 프로토젠은 인류 역사상 가장 중요하고 강력한 단체가 될 수 있습니다. 하지만 그러기 위해서는 진취적인 정신과 야심과 대담한 행동이 필요합니다."

"저자는 지금 사람을 죽이자는 말을 하고 있어." 밀러가 말했다.

"이미 본 거야?" 홀던이 말했다.

밀러는 고개를 저었다. 피드가 바뀌었다. 남자가 흐릿해지며 사라지더니 그 자리를 애니메이션이 대신했다. 태양계를 그림으로 나타낸 것이었다. 색깔을 띤 넓은 띠를 그리는 궤도들은 황도면을 보여주었다. 가상 카메라가 (아마도 드레스텐과 이사회 구성원들이 있을) 내행성들로부터 소용돌이치며 나오더니 거대 가스 행성들 쪽으로 다가갔다.

"이사회 분들 가운데 이 프로젝트를 잘 모르는 분들을 위해 말씀드리자면, 8년 전 포에베에 최초로 유인 우주선이 착륙했습니다." 소시오패스가 말했다.

애니메이션이 토성을 확대시켰고, 정교한 그래픽 디자인의 위업 덕분에 고리와 행성이 보는 이를 실감 나게 지나쳐갔다.

"포에베는 작은 얼음 위성으로, 처음 계획에 따르면, 그곳은 토성의 고리들과 마찬가지로 물을 채굴할 장소였습니다. 화성 정부는 경제적 이득을 기대한다기보다는 관료적 행정 업무를 완결한다는 의미에서 과학 조사를 허락했습니다. 핵의 샘플들이 채취되었고, 이형 규산염이 발견되자 프로토젠은 장기 연구 설비의 공동 후원자로 이 프로젝트에 참여하게 되었습니다."

위성인 포에베가 화면을 가득 채웠고, 싸구려 매음굴의 창녀처럼 천천히 돌면서 모든 면을 다 보여주었다. 포에베는 크레이터 자국이 난 바위 덩어리로, 밀러 눈에는 지금까지 보아온 수천 개의 소행성이나 미소행성체와 다를 바가 없어 보였다.

"그 유별난 타원형 궤도를 생각해볼 때," 소시오패스는 계속 말했다. "포에베는 원래 카이퍼 벨트에 있었다가 태양계를 통과하는 과정에서 토성에 잡혔다는 이론이 있습니다. 내부 얼음에서 발견된 복잡한 규산염 구조의 존재 그리고 그 포에베 자체의 구조 안에 충격-저항 구조물들의 존재를 시사하는 증거들로 인해 우리는 이 이론을 다시 살펴보게 되었습니다.

프로토젠의 지적 재산이자 아직 화성팀과는 공유하지 않은 분석 방법을 통해, 우리는 우리가 지금 보고 있는 것이 자연적으로 생긴 미소행성체가 아니라 무기라는 점을 확신하기에 이르렀습니다. 특히, 행성 간 공간을 넘어 지구까지 탄두를 안전하게 전달하기 위한 무기였으며, 그 시기는 생명이 아직 초기 단계인 23억 년 전이었습니다. 그리고 그 탄두는, 여러분 바로 이것입니다."

화면이 깜박이며 그림을 보여주었지만 밀러는 그것이 무엇인지 잘 이해할 수 없었다. 마치 바이러스의 의학용 자료 같아 보였지만, 넓은 고리 모양의 이 구조물들은 아름다우면서 동시에 비현실적으로 보였다.

"이 프로토분자가 처음 우리 관심을 끈 것은, 폭넓은 환경의 변화 속에서도 2차, 3차 변화를 통해 자신의 주요 구조를 유지하는 성질 때문이었습니다. 이것은 또한 탄소와 규소 구조물들과 유사점을 보였습니다. 이것의 활동은 이것 자체는 생명체가 아니지만 다른 복제 시스템을 순응시키고 인도하기 위해 설계된 광범위한 명령 모음임을 시사했습니다. 동물 실험에 의하면, 이것의 효과는 단순한 복제자에만 그 효과가 한정되는 것이 아니라 사실상, 그 이상까지도 가능함을 시사합니다."

"동물 실험이라니," 밀러가 말했다. "놈들이 저걸 고양이에게 쏟아부었다는 건가?"

"이것이 우선 의미하는 바는," 소시오패스가 계속 말했다. "우리 태양계는 단지 그 일부분에 지나지 않을 정도의 거대한 생물권이 존재하며, 이 프로토분자는 그 환경의 생성물이라는 점입니다. 그 점 하나만으로도, 아마 여러분도 동의하시리라 생각하지만, 인류가 우주를 이해하는 데 획기적인 발견입니다. 하지만 미리 말씀드리는데, 그건 시작에 불과합니다. 만약 우연하게도 궤도 역학이 포에베를 그 자리에 잡지 않았다면, 지금 우리가 아는 식의 생명체는 현재 존재하지 않았을 겁니다. 그리고 다른 어떤 생명체가 존재하게 됐을 겁니다. 지구 초기의 세포 생명체는 납치되었을 수도 있습니다. 그리고 프로토분자의 구조 안에 담겨 있는 명령 모음에 의해 재프로그래밍 되었을 수도 있습니다."

소시오패스가 다시 나타났다. 처음으로, 그자의 눈 주위로 웃는 걸 흉내 내는 듯한 주름이 나타났다. 밀러는 속에서 거친 혐오감이 이글거리는 것을 느꼈으며, 그 이유를 잘 알았다. 바로 공포 때문이었다.

"프로토젠은 진정으로 외계에서 기원한 최초의 기술을 유일하게 보유하고 있을 뿐 아니라, 또한 생명 시스템들을 조작하기 위해 미리 만들어진 메커니즘, 그리고 더 거대한 규모, 자신 있게 말하건대 '은하계' 규모인 생물권의 성격에 대한 최초의 단서를 보유하고 있습니다. 인간이 이것을 관리한다면, 그 응용 범위에는 끝이 없을 겁니다. 현재 우리가 발견한 이 기회를 통해, 우리뿐 아니라 생명체 전체가 지금까지 있었던 그 어떤 것보다도 더 심오하고 큰 형질 변환을 얻게 되리라고 저는 믿습니다. 그리고 그에 더해, 이 기술의 통제권은 이제부터 모든 정치적 경제적 권력의 기반이 될 것입니다.

제가 개괄한 것들의 자세한 기술 사항을 부디 첨부 자료에서 살펴봐 주시기 바랍니다. 프로토분자의 프로그래밍, 메커니즘, 의도를 이해하고 그것을 인류에게 직접 적용하기 위해 재빨리 행동하느냐 아니냐가 프로토젠이 이끄는 미래에 동참하느냐 아니면 뒤처지느냐의 차이를 낳게 될 것입니다. 저는 프로토분자의 배타적 통제와 거대 규모 실험을 위해 여러분이 즉각적이고 단호하게 행동해주시기를 여러분에게 촉구합니다.

귀한 시간 내주셔서 감사합니다."

소시오패스가 다시 싱긋 웃었고, 회사 로고가 다시 나타났다. '가장 먼저, 가장 빠르게, 가장 멀리.' 밀러의 심장이 빠르게 쿵쾅거렸다.

"오케이. 좋아." 밀러가 말했다. "터무니없군."

"프로토젠. 프로토분자." 홀던이 말했다. "놈들은 이게 뭔지 모르면서도 마치 자신들이 만든 것처럼 이름을 붙였군. 놈들은 외계 무기를 발견했는데 생각한 거라고는 '이름'을 붙이는 게 전부였어."

"이 친구들이 상당히 감명받았다고 생각할 이유가 충분해." 밀러는 고개를 끄덕이며 대답했다.

"난 과학자나 뭐 그런 건 아니지만," 홀던이 말했다. "내가 보기에 '외계 슈퍼 바이러스'를 가져와 스페이스 스테이션에 떨어뜨리는 건 좋은 생각이 아닌 듯한데."

"2년이 지났어." 밀러가 말했다. "놈들은 실험을 했어. 놈들은… 놈들이 대체 뭘 했는지 모르겠어. 하지만 놈들은 그걸 에로스에서 하기로 결정했어. 그리고 모두가 알듯이 에로스에서 그런 일이 벌어졌지. 사람들 정신을 딴 데 팔게 해놓고 다른 한편에서 그런 짓을 한 거야. 사람들은 서로 싸우거나 뭔가를 보호하는 데 정신이 없었고, 그래서 조사나 구조선은 없었어. 전쟁? 그건 연막이야."

"그리고 프로토젠은… 뭘 하는 건데?"

"자기 장난감들이 어떤 실험 결과를 내는지 지켜보는 거지." 밀러가 말했다.

둘은 한참 동안 침묵에 잠겼다. 홀던이 먼저 입을 열었다.

"그래서 도덕심은 부족해 보이지만 군사용 연구소를 거의 사적으로 쏠 수 있을 만큼 정부 연구 계약을 충분히 딴 회사를 선택한 거로군. 놈들이 성배를 찾아 어디까지 갈 거 같아?"

"가장 먼저, 가장 빠르게, 가장 멀리.'" 밀러가 대답했다.

"그러네."

"여러분." 나오미가 말했다. "여기로 와봐야 할 것 같은데요. 제가 뭔가 발견한 듯합니다."

35
홀던

"통신 일지를 발견했습니다." 등 뒤에서 홀던과 밀러가 실내로 둥둥 떠서 들어오자 나오미가 말했다.

홀던은 나오미의 어깨에 손을 얹었다가 도로 뗐고, 그렇게 손을 걷은 자신이 미워졌다. 일주일 전만 해도 그 정도 가벼운 애정 표현은 괜찮았고, 나오미의 반응이 두렵지도 않았다. 홀던은 자신과 나오미 사이에 생긴 새로운 거리감이 안타까웠지만, 그래도 아무 말을 하지 않았을 때보다는 덜 안타까웠다. 홀던은 나오미에게 그 점을 얘기하고 싶었다.

대신 홀던은 말했다. "뭔가 좋은 거라도 있었어?"

나오미는 화면을 톡톡 쳐서 일지를 불러왔다.

"놈들은 통신 규율에 관해 철저하더군요." 나오미가 날짜와 시간 기록이 적힌 기다란 기록을 가리키며 말했다. "무선으로 나간 건 하나도 없습니다. 모두가 좁은광선이었습니다. 그리고 모든 게 이중 의미이고 암호가 확실한 표현들이 많이 있습니다."

밀러의 입이 헬멧 안에서 움직였다. 홀던은 밀러의 면갑을 툭 쳤다. 밀러가 정나미 떨어진다는 듯이 눈을 굴리더니 턱 끝으로 통신 채널을 쳐서 일반 회선으로 바꾸었다.

"미안. 우주복을 입은 경험이 별로 없어서." 밀러가 말했다. "그래서, 좋은 소식은 뭐가 있는데?"

"별로 없어. 하지만 마지막 통신은 평범한 영어야." 나오미가 말하더니 목록의 마지막 줄을 툭 쳤다.

토트 스테이션

승무원 쇠약해짐. 100% 사망 예상. 재료는 확보. 진로와 속력을 일정하게 유지함. 벡터 데이터 이용 바람. 극도의 오염. 구조팀에게 아주 위험함.

히긴스 선장

홀던은 그 내용을 몇 번이나 읽으면서 승무원들 사이에 감염이 번져가는데도 속수무책으로 지켜보았을 히긴스 선장의 모습을 상상했다. 승무원들은 진공으로 에워싸인 금속 상자 여기저기에서 토해댔을 것이고, 피부에 그 물질의 분자 하나만 닿아도 사형 선고를 받는 상황이었다. 눈과 입에서 검은 필라멘트로 뒤덮인 촉수들이 튀어나오고… 그리고 그 액체가 반응로를 뒤덮고. 홀던은 자신도 모르게 몸이 떨렸으며 우주복 덕분에 밀러가 그걸 알아차리지 못해서 다행이라고 생각했다.

"그러니까, 이 히긴스라는 자는 자기 승무원들이 토해대는 좀

비로 변한 걸 깨닫고 자기 상관에게 마지막 메시지를 보낸 거로 군?" 밀러가 홀던의 생각을 깨며 말했다. "이 벡터 데이터는 뭐야?"

"히긴스는 자신들이 죽으리라는 것을 알았고, 그래서 자기 동료들에게 이 우주선을 찾을 방법을 알려준 거야." 홀던이 대답했다.

"하지만 그자들은 이 우주선을 찾지 못했어. 왜냐하면 이 우주선이 여기에 있으니까. 왜냐하면 줄리가 조종을 해서 이 우주선을 다른 곳으로 몰고 갔으니까." 밀러가 말했다. "그 말은, 그자들이 이 우주선을 찾고 있다는 거야. 맞지?"

홀던은 그 말을 무시했고, 이번에는 동료의 평범한 행동으로 보이기를 바라면서 나오미의 어깨에 손을 다시 올렸다.

"우리에게는 좁은광선 메시지와 벡터 데이터가 있어." 홀던이 말했다. "그 두 개가 모두 같은 방향이야?"

"그렇다고 볼 수 있습니다." 나오미가 오른손을 끄덕이며 말했다. "같은 장소는 아니지만 모두가 소행성대로 향하고 있습니다. 하지만 이자들이 보낸 방향과 시간을 고려해볼 때, 그곳은 안정적인 궤도가 아니라 여기저기로 움직이고 있습니다.

"그렇다면 우주선인가?"

나오미가 다시 한 번 끄덕였다.

"아마도요." 나오미가 말했다. "장소들을 찾아보았지만, 등록기록에서는 아무것도 찾을 수가 없었습니다. 스테이션이나 바위는 없었습니다. 우주선이라면 말이 되지요. 하지만?"

홀던은 나오미가 말을 마치기를 기다렸지만, 밀러가 성급히 몸을 앞으로 숙였다.

"하지만 뭐?" 밀러가 말했다.

"하지만 그자들이 그게 어디에 있는지 어떻게 알았지?" 나오미가 대답했다. "수신 일지에는 아무것도 없어. 만약 우주선이 소행성대 안에서 무작위로 움직이고 있었다면, 그 메시지를 어디로 보내야 하는지 어떻게 알았을까?"

홀던은 나오미의 어깨를 잡았고(두꺼운 우주복 안에서는 느끼지도 못할 정도로 가볍게였다), 이윽고 나오미의 어깨를 밀고 그 반동을 이용해 천장 쪽으로 둥둥 떠갔다.

"그렇다면 그건 무작위가 아닌 거지." 홀던이 말했다. "레이저 통신을 보낼 당시에 수신자가 어디에 있는지를 아는, 지도 같은 게 있는 거야. 어쩌면 수신자는 놈들의 스텔스 우주선일 수도 있어."

나오미가 의자를 돌려 홀던을 올려다보았다.

"스테이션일 수도 있고요." 나오미가 말했다.

"실험실이야." 밀러가 끼어들었다. "놈들은 에로스에서 실험을 하고 있어. 근처에 연구원들을 둬야 해."

"나오미," 홀던이 말했다. "'재료는 확보'했다고 메시지에 있었지. 선장의 숙소에 아직 잠긴 금고가 있어. 그걸 열 수 있겠어?"

나오미가 한 손을 으쓱했다.

"모르겠습니다." 나오미가 말했다. "가능할 지도요. 에이모스가 커다란 무기 상자에서 찾아낸 폭발물을 좀 써서 열 수도 있습니다."

홀던이 소리 내 웃었다.

"글쎄." 홀던이 말했다. "금고 속은 끔찍한 외계 바이러스들이 담긴 작은 병들로 가득할 수도 있으니 폭파하자는 제안은 못 들은 거로 하겠어."

나오미는 통신 일지를 접고 우주선의 종합 시스템 메뉴를 불러왔다.

"컴퓨터가 그 금고에 접속할 수 있을지를 찾아보겠습니다." 나오미가 말했다. "그리고 그 방법으로 열어보도록 하겠습니다. 시간이 좀 걸릴 겁니다."

"할 수 있는 한 해 봐." 홀던이 말했다. "방해하지 않을 테니까."

홀던은 천장을 밀고 관제실 해치를 통과해 그 너머 복도로 갔다. 몇 초 뒤 밀러가 뒤를 따랐다. 형사는 자석 부츠로 갑판에 발을 고정하더니 홀던을 물끄러미 바라보며 기다렸다.

홀던이 둥둥 떠 갑판으로 내려가 밀러 옆으로 갔다.

"어떻게 생각해?" 홀던이 물었다. "프로토젠이 배후의 전부일까? 아니면 지난번처럼 또 그냥 미끼에 불과한 걸까?"

밀러는 숨을 한두 번 쉴 정도의 시간 동안 침묵을 지켰다.

"이건 진짜 같아." 밀러는 거의 마지못해 내뱉는 듯한 목소리로 말했다.

에이모스가 아래쪽에서 커다란 금속 상자를 끌며 승무원용 사다리를 타고 올라왔다.

"어이, 선장님." 에이모스가 말했다. "기계실에서 반응로에 쓸 연료봉을 상자째 발견했습니다. 이걸 가져가면 좋을 듯합니다."

"잘했어." 홀던이 말했고, 밀러에게 기다리라는 표시로 한 손을 들어 올렸다. "그걸 옮겨 놓고, 이 우주선을 날려버릴 계획을 짜주었으면 좋겠어."

"잠깐만, 뭐라고요?" 에이모스가 말했다. "이 물건은 엄청난 값어치가 있습니다, 선장님. 스텔스 미사일 우주선? 이걸 가질 수만 있다면 OPA는 자기네 할머니라도 팔 겁니다. 그리고 어뢰 가운데 여섯 개에는 아직도 장전되어 있습니다. 이 우주선은 주력함을 날려버릴 위력을 갖추었다고요. 이것들을 쓰면 작은 위성쯤은 잿더미로 바꿀 수 있습니다. 좀 전에 말한 놈들 할머니는 잊어버리십시오. OPA는 이걸 위해서라면 자기 딸들이라도 팔아치울 겁니다. 그런데 대체 왜 이걸 날려버리자는 겁니까?"

홀던은 믿을 수 없다는 눈으로 에이모스를 바라보았다.

"엔진실에 뭐가 있는지 잊은 거야?" 홀던이 물었다.

"참 내, 선장님." 에이모스가 코웃음 쳤다. "그것들은 모두 꽝꽝 얼어붙었습니다. 플라스마 토치를 몇 시간만 쓰면 그걸 다 잘라내 에어록 밖으로 던져버릴 수 있단 말입니다. 할 수 있어요."

에이모스라면 한때 이 우주선의 승무원이던 시체들을 아무 거리낌 없이 플라스마 토치로 잘라내 그 덩어리를 에어록 밖으로 신나게 집어 던지고도 남았고, 홀던은 그 생각만 해도 욕지기가 나올 것만 같았다. 원치 않는 것은 뭐든지 그냥 무시할 수 있는 이 덩치 큰 정비공의 능력은 좁고 기름투성이인 엔진실 내부를 기어 다녀야 할 때 정말 편리할 듯했다. 홀던은 수십 명의 사람이 절단되어 쌓여있는 끔찍한 모습을 아무렇지도 않게 여길 수 있는 에이모스의 능력이 끔찍하다고 여겼지만, 그 느낌은 곧 분노로 바뀌었다.

"시쳇더미가 문제가 아니야." 홀던이 말했다. "진짜 중요한 건 그 시체들이 뭔가에 감염됐다는 거야. 또한 스텔스 기능이 있는 이 비싼 우주선을 누군가가 눈이 빠지라 찾고 있을 가능성이 아주 크고. 그리고 지금까지 알렉스는 이 우주선을 찾아다니는 듯한 우주선을 발견하지 못했어.”

홀던은 말을 멈추고 정비공이 자신의 말을 알아듣기를 기다리며 고개를 끄덕였다. 에이모스는 홀던의 말을 이해하려 애썼고, 분주하게 오가는 생각이 그의 넓적한 얼굴에 그대로 드러났다. ‘우리는 스텔스 우주선을 찾았어. 놈들도 이 스텔스 우주선을 찾고 있어. 하지만 이 스텔스 우주선을 찾아다니는 다른 스텔스 우주선을 우리는 볼 수 없어.’

‘젠장.’

에이모스의 얼굴이 창백해졌다.

“알았습니다.” 에이모스가 말했다. “반응로를 조작해 우주선을 날려버리도록 하겠습니다.” 그리고 에이모스는 우주복 팔뚝의 디스플레이를 내려다보았다. “제길. 여기에 너무 오래 있었습니다. 그만 나가는 게 좋겠습니다.”

“그러는 게 좋겠군.” 밀러가 동의했다.

나오미는 실력이 있었다. ‘아주’ 실력이 있었다. 홀던은 캔터베리 호와 계약을 하며 그 사실을 알게 되었고, 항해하는 내내 ‘우주는 차갑다’와 ‘중력의 방향은 아래쪽이다’는 것과 함께 ‘나오미는 아주 실력이 있다’를 자신의 ‘변하지 않는 진실 목록’에 올려 두었다. 물 수송선의 뭔가가 고장 날 때마다 홀던은 나오미에게 그걸 고치라고 말했고, 그러면 두 번 다시 신경 쓸 필요가 없었다. 나오미가 뭔가를 고칠 수 없다고 주장할 때도 가끔 있었지만, 그건 언제나 협상을 위한 전술이었다. 다음 항구에 들렀을 때 예비 부품을 구하거나 추가 승무원을 고용하기 위한 짤막한 대화였으며, 그게 전부였다. 전기전자 또는 우주선 부품에 관한 한, 나오미가 해결할 수 없는 문제는 없었다.

"전 이 금고를 열 수 없습니다." 나오미가 말했다.

나오미는 선장 숙소의 금고 옆으로 둥둥 떠 가더니 한 발을 선장의 침대에 가볍게 놓아 몸을 고정하고는 손짓을 했다. 홀던은 자석 부츠로 바닥에 몸을 고정하고 서 있었다. 밀러는 복도와 통하는 해치에 있었다.

"문을 열려면 뭐가 필요하지?" 홀던이 물었다.

"폭파하거나 잘라내는 걸 허락하지 않는다면, 저는 열 수 없습니다."

홀던은 고개를 저었지만, 나오미는 그걸 보지 못했거나 아니면 무시했다.

"저 금고는 앞면의 금속판에 아주 특수한 패턴의 자기장이 걸려야만 열리게 되어 있습니다." 나오미가 말했다. "누군가가 그걸 할 수 있는 열쇠를 가지고 있습니다만, 그 열쇠는 이 우주선에 없습니다."

"열쇠는 그 스테이션에 있어." 밀러가 말했다. "만약 그 스테이션에서 이 금고를 열 수 없다면 선장이 이 우주선 위치를 알렸을 리가 없지."

홀던은 벽의 금고를 잠시 응시하며 그 옆의 격벽을 손가락으로 톡톡 쳤다.

"이 안에 함정이 설치되어 있을 확률은?" 홀던이 말했다.

"좋나 높지요, 선장님." 에이모스가 말했다. 에이모스는 어뢰실에 있었는데, 남아 있는 여섯 개의 어뢰 가운데 하나에 동력을 제공하는 작은 융합 반응로가 임계점에 도달하도록 조작하면서 이쪽의 대화에 귀를 기울이고 있었다. 차폐막이 제거된 상태에서 우주선의 주 반응로를 만지는 건 너무나도 위험했다.

"나오미, 난 정말로 저 금고와 저 안에 든 연구 노트와 샘플을 원해." 홀던이 말했다.

"저 안에 뭐가 들었는지 모르잖아." 밀러가 말했고, 이윽고 소리 내 웃었다. "아니, 물론 그게 들었겠지. 하지만 저걸 날려버리면 전혀 도움이 안 돼. 아니, 그 점액질로 뒤덮인 파편이 우리의 이 멋진 우주복에 구멍이라도 뚫는 날에는 더 문제고."

"위험을 감수하겠어." 홀던이 대답하더니 우주복의 주머니에서 분필 조각을 꺼내 격벽의 금고 주위에 선을 그렸다. "나오미, 난 이 빌어먹을 물건을 통째로 격벽에서 잘라낼 생각이야. 그러니 격벽에 작은 구멍을 뚫어 혹시 방해물이 없는지 살펴봐."

"그러면 벽을 반은 들어내야 합니다."

"괜찮아."

나오미가 인상을 쓰더니 어깨를 으쓱하고는 싱긋 웃으며 한 손을 끄덕였다.

"알았습니다." 나오미가 말했다. "프레드 쪽 사람들에게 가져다줄 생각입니까?"

밀러가 다시 소리 내 웃었고, 메마르고 유머 감각 없는 그 소리에 홀던은 신경이 날카로워졌다. 나오미와 에이모스가 맡은 일을 마치는 동안 형사는 줄리 마오가 자신을 잡으려는 자들을 상대로 싸우는 비디오를 계속해 보고 또 보았다. 그 모습을 본 홀던은 밀러가 그 비디오를 통째로 머릿속에 박아 넣고 있다는 불길한 느낌을 받았다. 나중에 하려고 계획한 일들을 위한 연료로 삼으려는 듯이.

"이걸 준다고 하면 화성은 당신들을 다시 사람답게 살게 해줄걸." 밀러가 말했다. "돈이 많으면 화성이 살 만한 곳이라고 들었어."

"좆나 부자가 되겠지." 에이모스가 아래쪽에서 뭔가를 작업하며 투덜거렸다. "아마 우리 동상도 세워줄걸."

"우리는 다른 계약이 들어올 경우 그보다 비싸게 입찰할 기회를 프레드에게 주겠노라고 약속했어." 홀던이 말했다. "물론 이건 사실상 계약이라 할 수는 없지만…."

나오미가 싱긋 웃더니 홀던에게 윙크를 했다.

"그래서 뭡니까, 선장님?" 나오미가 은근슬쩍 조롱하는 목소리로 말했다. "OPA 영웅? 화성의 억만장자? 직접 생명공학 회사를 차리기? 이제 우리는 뭘 하는 겁니까?"

홀던은 금고를 밀고 발을 굴러 에어록 쪽으로 가더니 다른 도구들과 함께 준비되어 있던 절단용 토치를 집었다.

"아직 모르겠어." 홀던이 말했다. "하지만 다시 선택권을 갖는다는 게 기분 좋은 것만은 확실하잖아."

에이모스는 다시 버튼을 눌렀다. 어둠 속에서 새롭게 이글거리는 별은 보이지 않았다. 복사 센서와 적외선 센서들은 계속 침묵했다.

"폭발이 있어야 하는 거 맞지?" 홀던이 물었다.

"제길. 네." 에이모스가 말하더니 손에 든 검은 상자의 버튼을 세 번째로 눌렀다. "이건 정교한 과학이나 뭐 그런 게 아닙니다. 저 미사일들의 드라이브는 단순하기 그지없습니다. 한쪽 벽이 없는 반응로에 지나지 않는다고요. 정확히 예측할 수가…."

"그건 로켓 과학이 아니야." 홀던이 소리 내 웃으며 말했다.

"뭐라고요?" 놀림을 당한 게 아닌가 하는 생각에 발끈할 준비를 하며 에이모스가 물었다.

"알잖아, '그건 로켓 과학이 아니야.'" 홀던이 말했다. "'어려운 게 아니야'라는 말과 같은 뜻이야. 넌 로켓 과학자야, 에이모스. 진짜로. 넌 융합 반응로와 우주선 드라이브 일을 하며 생계를 꾸려가지. 몇백 년 전이라면 지금 네가 아는 걸 배우기 위해 사람들은 자기 아이들이라도 기꺼이 바치면서 네 앞에 줄을 섰을 거야."

"대체 무슨 개소…." 에이모스가 입을 열었지만, 조종실 창 너머로 새로운 태양이 밝게 빛났다가 빠르게 어두워져 가는 모습을 보고 입을 다물었다. "봤죠? 제대로 될 거라고 말했잖습니까."

"결코, 의심한 적 없어." 홀던이 말하더니 에이모스의 근육질 어깨를 툭 치고는 승무원용 사다리를 통해 고물 쪽으로 내려갔다.

"대체 무슨 개소리를 한 겁니까?" 홀던이 멀어져가는 동안 에이모스가 특별히 누구에게랄 것 없이 말했다.

홀던은 관제실 갑판으로 갔다. 나오미의 의자는 비어 있었다. 홀던은 나오미에게 잠을 좀 자두라고 명령했었다. 갑판 안의 고리에 끈으로 묶어둔 건 스텔스 우주선의 금고였다. 금고는 벽에서 잘라내고 보니 더 커 보였다. 검고 무시무시하게 단단했다. 태양계의 종말을 보관하기에 딱 맞아 보이는 그런 금고였다.

홀던은 그 위로 둥둥 떠가서 조용히 말했다. "열려라, 참깨."

금고는 홀던을 무시했지만, 갑판 해치가 열리더니 밀러가 안으로 들어왔다. 밀러는 우주복 대신 냄새나는 파란 점프슈트로 갈아입은 상태였으며, 언제나 머리를 떠나지 않는 모자를 쓰고 있었다. 밀러의 표정을 보자 홀던은 왠지 꺼림칙한 느낌이 들었다. 평소에도 그랬지만 지금은 더욱더 그랬다.

"어이." 홀던이 말했다.

밀러는 그냥 고개를 끄덕이고는 워크스테이션 가운데 하나로 몸을 끌어당긴 뒤 의자에 앉아 버클을 채웠다.

"아직 목적지를 정하지 않은 거야?" 밀러가 물었다.

"응. 알렉스에게 몇 가지 가능성을 계산해 보라고 했지만, 아직 난 마음을 정하지 못했어."

"뉴스를 전혀 안 봤어?" 형사가 물었다.

홀던은 고개를 젓더니 실내 반대편에 있는 의자 쪽으로 움직였다. 밀러의 얼굴 뭔가에서 홀던은 서늘한 느낌이 들었다.

"응." 홀던이 말했다. "무슨 일이 일어났는데?"

"당신은 얼버무리지 않아, 홀던. 그 점은 존경할만해."

"그냥 말해." 홀던이 말했다.

"아니, 진심이야. 많은 사람이 뭔가를 믿는다고 주장하지. '가족이 가장 중요하다.' 하지만 그 사람들은 봉급날이면 50달러짜리 창녀를 사. '나라가 최우선이다.' 하지만 그 사람들은 세금을 속여. 하지만 당신은 아니야. 당신은 모두가 모든 것을 알아야 한다고 말하고, 정말로 자신이 한 말에 책임을 져."

밀러는 홀던이 뭐가 말하기를 기다렸지만, 홀던은 무슨 말을 해야 할지 알지 못했다. 밀러가 오래전부터 준비하고 있다가 말하고 있다는 느낌이 들었다. 그러니 끝맺게 하는 게 좋을 듯했다.

"그래서 화성은 지구가 비밀리에 우주선들을 건조했다는 것을 알게 되지. 그리고 그 우주선들 가운데 일부가 화성의 주력함을 파괴했을 수도 있다는 사실도. 나는 화성이 그게 사실인지 지구에 연락해본다는 데 걸겠어. 내 말은, 지구-화성 연합 해군은 아주 행복하게 주도권을 쥐고 있잖아. 거의 1백 년간 둘이 함께 태양계를 쥐락펴락하고 있어. 지휘관급은 사실상 함께 잔다고 해도 과언이 아니잖아. 그러니 그건 실수가 분명해, 그렇지?"

"오케이." 홀던은 이 말을 하고 기다렸다.

"그러니 화성은 연락할 거야." 밀러가 말했다. "내 말은, 나도 확실히는 모르겠지만, 그런 식으로 시작할 거라는 데는 걸 수 있어. 화성의 거물이 지구의 거물에게 연락을 한단 말이야."

"그럴듯해 보이는군." 홀던이 말했다.

"그러면 지구 측에서 뭐라고 할 거 같아?"

"모르겠어."

밀러는 손을 뻗어 화면 하나를 뒤집더니 날짜 기록이 한 시간도 채 안 된, 자기 이름으로 된 파일을 불러냈다. 화성 뉴스원의 비디오 녹화로, 화성 돔을 통해 밤하늘을 보여주고 있었다. 줄무늬와 섬광이 하늘을 가득 채우고 있었다. 피드 아랫부분에는 화성의 궤도를 도는 지구의 우주선들이 갑자기 아무 경고도 없이 화성의 전함들을 공격했다는 자막이 지나갔다. 하늘의 줄무늬는 미사

107

일들이었다. 섬광은 우주선들이 파괴되는 것이었다.

그리고 강력한 하얀 섬광이 화성의 밤하늘을 몇 초 정도 대낮처럼 밝혔고, 자막은 데이모스의 심우주 레이더 스테이션이 파괴되었다고 알렸다.

홀던은 자리에 앉아 생생한 색과 전문가의 해설이 곁들여진, 태양계의 종말을 알리는 비디오를 지켜보았다. 홀던은 빛줄기가 행성을 향해 내려오는 모습을, 핵 공격으로 돔들이 산산이 조각나는 모습을 지켜보았다. 하지만 지상 공격은 어느 정도 자제하는 듯이 보였고, 진짜 전투는 하늘에서 계속되었다.

하지만 영원히 이런 식일 수는 없었다.

"당신은 내가 이렇게 만들었다는 거로군." 홀던이 말했다. "만약 내가 그 자료를 방송하지 않았다면 저 우주선들은, 저 사람들은 여전히 살아있을 거라고 말이야."

"그래, 맞아. 그리고 만약 나쁜 놈들이 원한 게 사람들 눈길을 에로스에게서 돌리고 싶은 거였다면, 지금 딱 그대로 된 거라고 말하는 거야."

36
밀러

전쟁 이야기는 계속 이어졌다. 밀러는 한 번에 피드 다섯 개씩 보았으며, 터미널은 분할 화면으로 복작였다. 화성은 충격을 받았고, 놀랐으며, 휘청거렸다. 화성과 소행성대의 전쟁이라는, 인류 역사상 가장 크고 가장 위험한 충돌은 갑자기 뒷전으로 밀려났다. 지구 방위대를 대변해 피드에서 떠들어대는 자들은, 선제방어에 대한 침착하고 이성적인 논의부터 입에 거품을 물며 화성인들이 갓난아기를 강간하는 짐승 무리라고 매도하는 소리까지 생각할 수 있는 모든 반응을 보여주었다. 한때 화성의 위성이었던 데이모스는 공격을 받아서 옛 궤도를 천천히 도는 자갈 고리가 되어 화성의 하늘을 얼룩지게 했으며, 그와 함께 게임의 양상이 다시 바뀌었다.

화성이 지구의 공격을 막아내 중단시킬 때까지, 밀러는 열 시간 동안 피드를 지켜보았다. 태양계 전역에 퍼져있던 화성 해군들은 서둘러 고향으로 향했다. OPA 피드는 그것을 승리라고 불렀으며, 아마도 어떤 이들은 그게 진실이라고 생각할 것이다. 우주선들과 센서 어레이들이 사진들을 보냈다. 고에너지 폭탄에 옆구리가 찢어지고 파괴된 전함들은 이제 자신들의 무덤이 된 불규칙한 궤도를 따라가며 회전하고 있었다. 로시난테 호에 있는 것과 같은 의료실에서는 밀러의 나이 반 정도밖에 안 되는 젊은 남녀들이 피를 흘리고 화상을 입고 죽어가고 있었다. 새로운 피드가 들어올 때마다 새로운 자료 화면이 들어 있었고, 죽음과 학살에 대한 새로운 상세 정보가 담겼다. 그리고 새로운 소식이 들어올 때마다, 밀러는 몸을 앞으로 기울이고 손을 입으로 가져간 채들려올 소식을 기다렸다. 이 모든 것을 끝장낼 한 가지 사건을.

하지만 그 소식은 아직 오지 않았으며, 한 시간 한 시간씩 계속 시간이 흘러도 그 소식이 들리지 않자 어쩌면, '어쩌면' 그 일은 일어나지 않으리라는 실낱같은 희망이 생겼다.

"어이." 에이모스가 말했다. "전혀 안 잔 거야?"

밀러가 고개를 들고 에이모스를 보았다. 목이 뻣뻣했다. 뺨과 이마에 아직도 빨간 베게 자국이 남은 정비공은 밀러 선실의 열린 문가에 서 있었다.

"응?" 밀러가 말했다. "응, 맞아. 난… 이걸 보고 있었어."

"바위를 떨어뜨린 자는 없어?"

"아직까지는. 아직은 모두 궤도나 그보다 높은 곳에서 벌어지고 있어."

"그래서야 어디 세상의 종말이 제대로 찾아오겠어?" 에이모스가 말했다.

"좀 봐 줘. 쟤들도 처음 하는 일이잖아."

정비공은 커다란 머리를 설레설레 흔들었지만, 밀러는 짐짓 혐오스러운 척하는 태도에 숨은 안도감을 볼 수 있었다. 화성에 돔들이 서 있는 한, 지구의 중요 생물권들이 직접적인 위협을 받지 않는 한, 인류는 멸망하지 않았다. 밀러는 벨트인들이 과연 뭘 바라고 있는지가 궁금했다. 또한, 고립되고 거친 소행성대의 환경에서 생명이 영원히 이어질 것이라고 믿게 되는 건지 궁금했다.

"맥주 하겠어?" 에이모스가 물었다.

"넌 아침으로 맥주를 마신단 말이야?"

"당신에게는 저녁일 듯한데." 에이모스가 말했다.

그 말이 옳았다. 밀러에게는 잠이 필요했다. 스텔스 우주선에서 허둥지둥 달아난 이후 밀러는 선잠을 한 번 잔 게 전부였고, 그나마 이상한 꿈 때문에 설쳤다. 밀러는 졸린다는 생각을 하며 하품을 했지만, 그의 육감은 지금은 쉬기보다는 뉴스피드를 보는 게 낫다고 말하고 있었다.

"아마도 다시 아침 식사일 걸." 밀러가 말했다.

"아침 식사로 맥주를 좀 하겠어?" 에이모스가 다시 물었다.

"좋지."

로시난테 호 안을 걷는 건 초현실적인 느낌이 들었다. 공기 재생기가 조용히 윙윙거리는 소리, 공기의 부드러움. 줄리의 우주선까지 가는 동안은 흐릿한 의식 속에 통증 치료를 받고 구토하던 것밖에 기억나지 않았다. 그 전, 에로스에서의 시간은 엷어지지 않을 악몽이었다. 이제 추진으로 인한 중력에 의해 가볍게 바닥으로 끌어당겨지는 느낌 속에서 누군가가 자신을 죽일 확률이 거의 없이 검소하고 기능 위주의 복도를 걸으니 느낌이 이상했다. 밀러는 줄리가 자신과 함께 걷는 상상을 했고, 그건 그리 나쁘지 않았다.

식사하는 동안, 밀러의 터미널이 울렸다. 혈액 세척 시간을 알리는 자동 알람이었다. 밀러는 일어나 모자를 고쳐 쓰고 바늘과 압력 주사기들에 시달림을 당하러 갔다. 밀러가 도착해보니 선장은 이미 그곳에서 스테이션과 연결되어 있었다.

홀던은 잠이 든 듯했지만, 숙면은 아니었다. 밀러와 달리 홀던의 눈 밑에는 멍든 자국이 없었지만, 어깨는 긴장해 있었고, 이마 가장자리는 주름이 져 있었다. 밀러는 자신이 이 남자에게 조금 심하게 대한 게 아닌가 하는 생각이 들었다. '내가 그럴 거라고 말했잖아'는 중요한 메시지였지만 죄 없는 자들의 죽음과 문명의 붕괴와 혼란을 초래했다는 부담감은 한 인간이 지기에는 너무 큰 짐이었다.

아니면 아직도 나오미를 그리고 있을 수도 있었다.

홀던은 의학 장비에 연결되지 않은 팔을 들어 보였다.

"좋은 아침이야." 밀러가 말했다.

"어이."

"우리가 어디로 갈지 아직 안 정했어?"

"아직."

"화성으로 가는 건 점점 더 어려워지고 있어." 이제는 익숙해진 의료 스테이션의 품에 몸을 편히 누이며 밀러가 말했다. "만약 그곳이 목적지라면 빨리 가는 게 좋을 거야."

"아직 화성이 남아 있을 때 가라는 뜻인가?"

"예를 들면 그렇지." 밀러가 동의했다.

관절부가 매끄럽게 움직이는 기계팔에서 바늘들이 몸을 드러 냈다. 밀러는 주삿바늘들이 혈관으로 들어가는 동안 긴장하지 않 으려고 천장을 바라보았다. 아주 잠시 따끔함이 느껴졌고, 이윽 고 무지근한 통증이 찾아왔고, 무감각이 뒤따랐다. 밀러 위의 화 면은 올림퍼스 산 위 저 높은 곳에서 젊은 병사들의 죽음을 지켜 보던 의사들에게 그의 몸 상태를 보고했다.

"놈들이 멈추리라고 생각해?" 홀던이 물었다. "내 말은, 지구 가 이런 일을 하는 건 프로토젠이 장군이나 의원들이나 또는 다 른 누군가를 조종하기 때문이야, 안 그래? 이 모든 건 이걸 놈들 이 혼자만 갖고 싶어 해서야! 만약 화성도 이걸 가진다면 프로토 젠은 싸울 이유가 없어."

밀러가 눈을 끔벅였다. 밀러가 '놈들은 화성을 완전히 박살 내 려 하고 있어'와 '그러기에는 너무 멀리 왔어'와 '당신 참 순진 그 자체야, 선장.' 가운데에서 대답을 고르기 전에 홀던이 말을 이 었다.

"망쳐버려야겠어. 우리에게는 데이터파일이 있어. 난 그걸 방 송하겠어."

밀러의 입에서 거의 반사적으로 대답이 튀어나왔다.

"아니, 그러지 마."

홀던은 얼굴을 잔뜩 찌푸린 채 몸을 일으켰다.

"당신이 나와 어느 정도 의견 차이를 보일 수 있다는 사실은 인정해." 홀던이 말했다. "하지만 이건 여전히 내 우주선이야. 당 신은 승객이고."

"맞아." 밀러가 말했다. "하지만 당신은 사람을 쏘는 걸 힘들어

하는데, 그 데이터를 방송하려면 먼저 나를 쏴야 해."

"먼저 '뭐'?"

새로운 피가 밀러의 몸으로 들어오며 마치 얼음물 한 방울이 심장으로 기어들어가는 느낌이 들었다. 의료 모니터들은 새로운 패턴으로 바뀌었으며, 비정상 세포들이 필터를 통과할 때마다 그 개수를 헤아렸다.

"나를 쏴야만 할 거라고." 밀러는 이제 천천히 말했다. "지금까지 당신은 태양계를 박살 낼지 말지 선택할 기회가 두 번 있었고, 그 두 번의 기회 모두를 날렸어. 난 당신이 삼진 아웃당하는 꼴을 보고 싶지 않아."

"아무래도 장거리 물 수송선 부선장의 영향력을 너무 과대평가하는 듯하군. 맞아, 전쟁이 일어났어. 그리고 맞아, 전쟁이 시작되었을 때 난 거기에 있었지. 하지만 캔터베리 호가 공격받기 오래전부터 소행성대는 내행성들을 싫어했어."

"당신은 내행성들을 분열시키기도 했어." 밀러가 말했다.

홀던은 고개를 한쪽으로 기울였다.

"지구는 늘 화성을 싫어했어." 홀던은 마치 물은 축축하다는 사실을 말하는 듯이 말했다. "내가 해군에 있었을 때, 우리는 이번 일과 비슷한 상황을 예측해 봤었어. 만약 지구와 화성이 정말로 전쟁 상황에 돌입했을 때의 전투 계획 말이야. 지구가 졌어. 지구가 선제공격으로 화성에 아주 심한 타격을 입히고, 그 공세를 계속 유지하지 않는 한 말이야. 지구는 그냥 졌어."

어쩌면 그건 거리 탓일 수도 있었다. 혹은 상상력의 결함 탓일 수도 있었다. 밀러는 내행성이 분열된다는 생각을 한 번도 한 적이 없었다.

"진짜로?" 밀러가 물었다.

"화성은 식민지이지만 그자들의 장난감이 최고라는 건 모두가 다 알아." 홀던이 말했다. "지금 저기에 일어나는 모든 일은 백 년 전에 계획된 거야. 처음부터 계획되지 않았다면 아예 일어날 수가 없는 일이라고."

"그게 당신 변명이야? '내 화약통이 아니야. 난 그냥 성냥만 가져온 거야?"

"나는 변명을 하는 게 아니야." 홀던이 말했다. 홀던의 혈압과 맥박수가 치솟았다.

"우리는 얼마 전에 비슷한 일을 했어." 밀러가 말했다. "그러니 간단하게 묻지. 왜 이번에는 다를 거라고 생각하는 거지?"

밀러의 팔에 꽂혀 있던 바늘들이 거의 고통스러운 수준까지 뜨겁게 달아올랐다. 밀러는 이게 정상인지, 혈액 세척 과정은 늘 이런 느낌일지 궁금했다.

"이번에는 '달라'." 홀던이 말했다. "지금 저 밖에서 벌어지는 모든 헛발질은 정보가 불완전해서 생기는 일이야. 우리가 지금 아는 걸 화성과 소행성대가 처음부터 알았다면 서로 이렇게 치고받고 하지 않았을 거야. 전쟁이 누군가의 계략이란 걸 안다면 지구와 화성은 서로 싸우지 않을 거야. 사람들이 너무 많이 아는 건 문제가 아니야. 충분히 알지 못한다는 게 문제이지."

뭔가가 쉬잇 소리를 냈고, 밀러는 화학 안정제가 자신의 몸속으로 밀려오는 걸 느꼈다. 불쾌한 느낌이 들었지만 약을 되물릴 방법은 없었다.

"사람들에게 그냥 정보를 던져주면 안 돼." 밀러가 말했다. "그게 '무슨 의미'인지 알아야만 해. 그게 어떤 결과를 '불러올지를' 알아야 해. 세레스에 있을 때 맡은 사건이 하나 있어. 어린 소녀가 살해됐지. 사건 발생 후 처음 열여덟 시간 동안, 우리는 모두 아이 아버지가 그랬다고 확신했어. 아이 아버지는 중범죄 전과가 있었어. 주정뱅이였고. 그리고 아이가 살아있는 모습을 본 마지막 사람이었어. 모든 것이 전형적인 신호였지. 열아홉 시간이 흘렀을 때, 우리는 단서를 얻었어. 알고 보니 그 아버지는 지역 신디케이트 한 곳에 많은 돈을 빚지고 있더군. 돌연, 일이 복잡해졌어. 용의자가 확 늘어난 거야. 만약 내가 아는 모든 정보를 사람들에게 바로바로 알렸더라면, 마지막 정보가 들어왔을 때 아이 아버지가 살아있을 거라고 생각해? 아니면 당신이 예상하는 바로 그 일이 아이 아버지에게 일어났을까?"

밀러의 의료 스테이션이 알람을 울렸다. 새로운 암이 발견된 것이다. 밀러는 그 알람을 무시했다. 홀던의 치료는 이제 막 끝나려는 참이었고, 붉어진 뺨은 감정이 고조됐단 뜻이기도 하지만 피가 아주 건강하단 뜻이기도 했다.

"그게 바로 놈들의 사고방식이야." 홀던이 말했다.

"누구?"

"프로토젠. 당신은 다른 편에 서 있을지 몰라도, 하는 짓은 같아. 만약 모두가 자신이 아는 걸 말했다면 이런 일은 일어나지 않았을 거야. 만약 포에베의 실험실에서 뭔가 이상한 일이 일어난 걸 본 최초의 기술자가 '어이, 여러분! 이거 이상하네요'라고 말했다면 지금과 같은 일들은 일어나지 않았을 거라고."

"그렇지." 밀러가 말했다. "왜냐하면 침착함과 질서를 유지하려면 인간들을 모두 죽이려는 외계 바이러스가 있다고 모든 이들에게 말하는 게 좋은 방법이니까."

"밀러." 홀던이 말했다. "당신을 공황상태에 빠뜨리려는 뜻은 없지만, 이건 외계 바이러스야. 그리고 이 바이러스는 모두를 죽이고 싶어 해."

밀러는 고개를 젓더니 홀던에게 웃긴 말을 들었다는 듯이 싱긋 웃었다. "그러니 봐, 당신에게 올바른 일을 시키기 위해 내가 당신에게 총을 겨눌 수는 없을 거야. 하지만 내 질문에 답 정도는 해줄 수 있겠지, 응?"

"좋아." 홀던이 말했다. 밀러가 등을 기댔다. 약 때문에 눈꺼풀이 무거워졌다.

"무슨 일이 일어나지?" 밀러가 말했다.

긴 침묵이 찾아왔다. 의료 시스템에서 다시 알람이 울렸다. 밀러의 혹사당한 혈관을 통해 다시 한기가 밀려왔다.

"무슨 일이 일어나냐니?" 홀던이 되뇌었다. 밀러는 좀 더 정확히 말했어야 한다는 생각이 들었다. 밀러는 힘겹게 눈을 떴다.

"우리가 아는 모든 걸 방송으로 내보냈다고 쳐. 무슨 일이 일어나지?"

"전쟁이 끝나지. 사람들은 프로토젠을 쳐부수고."

"거기에는 허점이 있지만, 우선은 지나가고. 그다음에는?"

홀던은 심장이 몇 번 뛸 동안 조용히 있었다.

"사람들은 포에베 버그를 박멸하겠지." 홀던이 말했다.

"사람들은 실험을 하기 시작할 거야. 그걸 차지하기 위해 싸울 거야. 만약 그 꼬맹이 악마가 프로토젠이 생각하는 것만큼 값어치가 있다면 당신은 전쟁을 막을 수 없어. 당신이 지금 할 수 있는 것은 단지 전쟁의 목적을 바꾸는 것뿐이야."

홀던은 얼굴을 찡그렸고, 입과 눈 주위로 성난 주름이 생겼다. 밀러는 홀던의 이상주의의 한 조각이 죽어가는 것을 보았고, 그점에 기쁨을 느끼는 게 미안했다.

"만약 우리가 화성에 가면 무슨 일이 생기지?" 밀러가 낮은 목소리로 물었다. "우리는 평생 처음 보는 큰돈을 받고 프로토분자를 팔겠지. 아니면 놈들은 그냥 우리를 쏘아 죽이겠지. 화성은 지구와의 전쟁에서 승리하겠지. 그리고 소행성대와의 전쟁에서도. 아니면 우리는 소행성대의 독립을 바라 마지않는 OPA로 갈 수도 있겠지. 그리고 놈들은 미쳤다고 해도 과언이 아닌 열성주의자들이고, 그중 절반은 우리가 지구 없이도 생존할 수 있다고 생각하고 있어. 그리고 내 말을 믿어. 놈들 역시 우리를 아마 쏴 죽일 거야. 또는 당신은 모두에게 모든 것을 말한 뒤 그 뒤 어떤 일이 벌어져도 나 몰라라 하고 혼자만 깨끗한 척 살겠지."

"세상에는 꼭 해야만 하는 올바른 일도 있는 거야." 홀던이 말했다.

"올바른 일 따위는 없어, 친구." 밀러가 말했다. "좀 덜 그를 수도 있는 일들만 있을 뿐이야."

홀던의 혈액 세척이 끝났다. 선장은 팔에서 바늘들을 뽑자 가느다란 금속 촉수가 물러갔다. 홀던은 소매를 내리며 살짝 얼굴을 찡그렸다.

"사람들은 무슨 일이 일어나는지 알 권리가 있어." 홀던이 말했다. "당신 주장은 결국 사람들이 그걸 제대로 쓸 수 있을 정도로 영리하지 않다고 생각하는 거잖아."

"당신이 이미 방송한 내용을 가지고 사람들이 자기가 이미 싫어하는 상대를 향해 총을 쏘는 것 말고 다른 이유로 사용한 적이 있어?" 밀러가 말했다. "당신은 이 전쟁들을 시작했어, 선장. 하지만 그게 당신이 그 전쟁들을 멈출 수 있다는 뜻은 아니야. 하지만 적어도 시도는 해야지."

"내가 어떻게 하면 되는데?" 홀던은 고뇌 어린 목소리로 말했다. 하지만 이 고뇌는 분노 또는 간절한 기도의 또 다른 표현이었다.

밀러의 뱃속에서 뭔가 꿈틀하더니 활활 타오르는 장기들이 진정되고 제자리로 돌아갔다. 밀러는 갑자기 장기들이 정상화된 걸 느끼고서야 이제까지 장기들 때문에 불편한 느낌이 들었다는 걸 깨달았다.

"스스로에게 '무슨 일이 일어나지?'라고 물어봐." 밀러가 말했다. "나오미라면 어떻게 할지 자신에게 물어봐."

홀던이 웃음을 터뜨렸다. "당신은 그런 식으로 결정을 내리나?"

밀러는 눈을 감았다. 줄리엣 마오가 거기에, 세레스의 낡은 아파트의 소파에 앉아 있었다. 스텔스 우주선의 승무원들에게 맞서 마지막 순간까지 싸우고 있었다. 외계 바이러스에게 온몸을 해체당한 채 샤워 부스 바닥에 누워 있었다.

"그 비슷한 식이지." 밀러가 말했다.

세레스발의 그 뉴스는, 평소 방송국들이 서로 앞다투어 내보내던 뉴스와는 다른 그 뉴스는 그날 저녁에 나왔다. OPA의 정부 의회는 화성 스파이 무리를 발본색원했다고 선언했다. 비디오 피드는 3구역의 낡은 부두 같아 보이는 곳의 공업용 에어록 밖에 둥둥 떠 있는 시체들을 보여주었다. 멀리서 보니 그 희생자들은 거의 평화로워 보이기까지 했다. 피드는 이어서 보안 책임자의 모습을 보여주었다. 샤디스 서장은 더 나이 들어 보였다. 그리고 더 단호해 보였다.

"이러한 대응이 불가피했다는 점에 대해 실로 유감으로 생각합니다." 그녀는 모든 곳에 있는 모든 사람에게 말했다. "하지만 자유의 문제에 관해서는 그 어떤 타협도 있을 수 없습니다."

'이런 식인 거지.' 한 손으로 턱을 문지르며 밀러는 생각했다. '결국 대학살이 일어나는 거야. 백 명만 더 목을 자르면, 천 명만 더 목을 자르면, 만 명만 더 목을 자르면 우리는 자유로워진다 이거지.'

부드러운 알람이 울렸고, 잠시 뒤 중력이 밀러 왼쪽으로 몇 도 정도 이동했다. 경로가 바뀐 것이다. 홀던이 결정을 내린 것이다.

밀러는 관제실로 갔고, 혼자 앉아 모니터를 응시하는 선장을 보았다. 이글거리는 모니터 빛이 선장의 얼굴을 아래로부터 비추면서 눈 쪽으로 그림자를 드리웠다. 선장은 더 나이 들어 보이기도 했다.

"그 방송을 했어?" 밀러가 말했다.

"아니. 우리는 그냥 우주선 한 척에 불과해. 무슨 일이 일어나고 있는지, 우리가 무엇을 가졌는지를 모두에게 말하면 결과적으로 우리는 프로토젠보다도 먼저 죽게 될 거야."

"아마도 그 말이 맞겠지." 밀러가 신음과 함께 빈 스테이션 앞에 앉으며 말했다. 수평 유지장치가 된 의자가 조용히 움직이며 균형을 잡았다. "우리가 어디로 가고 있는 듯한데."

"난 그 문제에 관해 사람들을 믿지 않아." 홀던이 말했다. "그게 든 금고에 관한 한 그 누구도 믿지 않아."

"현명한 생각 같군."

"타이코 스테이션으로 갈 거야. 거기에는 내가… 믿을 수 있는 누군가가 있어."

"믿을 수 있다고?"

"그렇게 모조리 불신하지는 마."

"나오미는 그러는 게 맞는다고 생각해?"

"모르겠어. 묻지 않았거든. 하지만 나오미도 그럴 거라고 생각해."

"그 정도면 충분하지." 밀러가 말했다.

홀던은 처음으로 모니터에서 눈을 떼고 밀러를 바라보았다.

"당신은 어떻게 해야 맞는 건지 알아?" 홀던이 말했다.

"응."

"어떻게 해야 하는데?"

"그 금고를 태양과 충돌하는 장거리 궤도에 던진 다음, 그 누구도 에로스나 포에베에 절대로 다시는 가지 못하게 할 방법을 찾는 거지." 밀러가 말했다. "이 일이 일어나지 않은 척하는 거야."

"그렇다면 우리는 왜 그렇게 안 하는 거지?"

밀러가 천천히 고개를 끄덕였다. "어떻게 성배를 내던져 버릴 수가 있겠어?"

37
홀던

　승무원들이 저녁 식사를 준비해 먹는 사이, 알렉스는 로시난
테 호를 두 시간 동안 4분의 3g로 날게 했다. 휴식 시간이 끝나면
알렉스는 로시난테 호를 다시 3g로 날게 하겠지만, 그때까지 홀
던은 지구 중력과 그리 다르지 않은 상황에서 두 다리로 서 있는
시간을 즐겼다. 나오미와 밀러는 4분의 3g가 약간 부담스러웠지
만, 누구도 불평하지 않았다. 다들 서둘러야 한다는 걸 알았다.

　몸이 으스러지는 듯한 높은 가속을 벗어나면서 중력이 줄어들
자, 모든 승무원은 조용히 주방에 모여 저녁 식사를 만들기 시작
했다. 나오미는 합성 달걀과 합성 치즈를 섞었다. 에이모스는 토
마토 페이스트와 마지막 남은 신선한 버섯을 섞어 토마토소스를
만들었고, 이 '진짜'의 냄새는 더할 수 없이 근사했다. 당직이었
던 알렉스는 우주선의 관제 기능을 주방의 패널로 옮겨왔고, 그
옆 식탁 앞에 앉아서 요리 결과가 라자냐 비슷하게 나오길 고대
하며 넓적한 국수 위에 합성 치즈 페이스트와 토마토소스를 넓게

폈다. 홀던은 오븐을 담당했으며 다른 이들이 라자냐를 준비하는 동안 언 반죽을 구워 빵을 만들었다. 주방 안은 진짜 음식과 별반 다르지 않은 냄새로 가득 찼다.

밀러는 승무원들을 따라 주방으로 왔지만 뭔가 도울 일이 없는지 묻기가 불편한 듯했다. 대신, 밀러는 식탁에 식기를 놓고 의자에 앉아 사람들을 지켜보았다. 밀러는 홀던의 눈을 피하는 건 아니었지만 홀던의 주목을 받을 일은 하지 않으려 했다. 암묵적 동의 아래, 누구도 방송되는 뉴스에 대해 말하지 않았다. 홀던은 저녁 식사가 끝나면 모두가 현재의 전쟁 상황을 서둘러 확인하리라고 확신했지만, 당장은 모두가 좋은 분위기 속에서 말없이 일을 했다.

식사 준비가 끝나자 홀던은 오븐에서 빵을 꺼낸 뒤 라자냐가 든 그릇을 넣고 오븐에서 물러났다. 나오미가 알렉스 옆에 앉았으며 관제실 화면에서 본 뭔가에 대해 조용히 알렉스와 이야기를 나누기 시작했다. 홀던은 라자냐를 지켜보며 또한 틈틈이 나오미를 살폈다. 나오미는 알렉스가 말한 뭔가에 소리 내 웃었고, 자신도 모르게 한 손가락으로 머리카락을 꼬았다. 홀던은 뱃속이 조여드는 느낌이 들었다.

홀던은 눈가로 밀러가 자신을 응시하는 것을 보았다고 생각했다. 홀던이 고개를 돌려 밀러를 보았을 때, 형사는 슬며시 웃는 얼굴로 고개를 돌리고 있었다. 나오미가 다시 소리 내 웃었다. 나오미는 한 손을 알렉스의 팔에 올리고 있었으며, 조종사는 얼굴을 붉힌 채 화성인 특유의 늘어지는 말투로 최대한 빠르게 말을 하고 있었다. 둘은 친구 같아 보였다. 그 둘의 모습에 홀던은 행복했으며 또한 질투가 났다. 홀던은 나오미와 다시 친구가 될 수 있을까 생각했다.

나오미는 홀던이 자신을 보는 것을 알아차리더니 한패라는 듯이 윙크를 했다. 만약 알렉스가 말하는 것을 홀던이 들을 수 있었다면 많은 의미가 담겨 있었을 윙크였다. 홀던은 싱긋 웃으며 역시 윙크했고, 그 대화에 자신이 포함되었다는 사실만으로도 감지덕지했다. 오븐 안에서 지글거리는 소리에 홀던은 정신을 차렸다. 라자냐가 부글거리기 시작했고 그릇에서 넘치고 있었다.

홀던은 오븐 장갑을 끼고 오븐 문을 열었다.

"수프 나갑니다." 홀던이 첫 번째 요리를 꺼내 식탁 위에 놓으며 말했다.

"그게 라자냐지 어째서 수픕니까." 에이모스가 말했다.

"에, 그러네." 홀던이 말했다. "요리가 끝났을 때 타마라 엄마가 하던 말이야. 어디서 나온 말인지는 몰라."

"선장님의 어머니 '세 분' 가운데 한 분이 요리했어요? 아주 전통적이군요." 나오미가 부자연스럽게 웃으며 말했다.

"뭐, 그분은 우리 아버지 가운데 한 분인 케사르와 공평하게 나누어 요리했어."

나오미가 홀던에게 웃어 보였다. 이번에는 진짜 웃음이었다.

"아주 멋져 보이는군요." 나오미가 말했다. "그런 대가족이라니."

"그래, 정말 멋졌어." 홀던은 대답하며 머릿속으로 핵 화염이 자신이 자란 몬태나의 농장을 찢어발기고 자신의 가족을 재로 만드는 장면을 떠올렸다. 만약 그런 일이 일어난다면 밀러는 분명히 옆에서 홀던에게 그 모든 것이 당신 잘못이라고 말할 게 뻔했다. 홀던은 자신이 그 주장에 반박할 수 있을지 이제는 자신이 없었다.

사람들이 식사하는 동안, 홀던은 방안의 긴장이 천천히 풀리는 것을 느꼈다. 에이모스가 요란하게 트림을 했고, 그 소리에 모두가 한목소리로 항의하자 에이모스는 더욱 요란한 트림으로 대응했다. 알렉스는 나오미를 요란하게 웃게 했던 농담을 다시 했다. 심지어 밀러까지 분위기에 녹아들었고, 치즈 암시장 단속을 펼치다가 결국 불법 매음굴에서 벌거벗은 오스트레일리아 사람 아홉 명과 총격전을 벌인 사건에 대한 도저히 있을 것 같지 않은 이야기를 늘어놓았다. 이야기가 끝났을 때, 나오미는 너무나 요란하게 웃었기 때문에 셔츠에 침을 흘렸고, 에이모스는 '좆나 말도 안 돼!'라는 말을 마치 주문처럼 되뇌었다.

그 이야기는 무척이나 흥미로웠고, 형사의 건조한 화법은 그 이야기에 딱 들어맞았지만, 홀던은 듣는 둥 마는 둥 했다. 홀던은 자신의 승무원들을 지켜보았다. 그들의 얼굴과 어깨에서 긴장이 사라지는 걸 보았다. 홀던과 에이모스는 지구 출생이었지만, 홀던 생각에 에이모스는 처음 우주선을 타고 떠나는 순간에 자신의 고향 행성을 잊은 듯했다. 알렉스는 화성 출신이었고 그곳을 아직 사랑하는 게 분명했다. 어느 한쪽에서 뭔가 끔찍한 실수를 하면 양쪽 행성 모두 저녁 식사가 끝날 무렵에는 방사능 폐허로 변해버릴 수도 있었다. 하지만 지금은 모두가 그냥 친구로서 식사를 즐기고 있었다. 이게 옳은 것이었다. 이것이 바로 홀던이 싸워 지켜내야 할 대상이었다.

"사실, 난 그 치즈 부족 사태를 기억해." 밀러가 말을 멈추자 나오미가 말했다. "소행성대 전역에서 일어났지. 그게 당신 잘못이었어?"

"그래. 그게, 놈들이 정부 감사관 몰래 치즈를 들여오는 거로 그쳤다면 우리 쪽에서는 아무 문제도 없었을 거야." 밀러가 말했다. "하지만 놈들은 다른 치즈 밀수업자들을 쏴 죽이는 습관이 있었지. 그 때문에 경찰이 눈치를 챈 거야. 일을 제대로 못 하는 놈들이지."

"고작 그깟 '치즈' 때문에?" 에이모스가 달그락 소리가 나도록 포크를 자기 접시에 던지며 말했다. "진심이야? 내 말은, 마약이나 도박이나 뭐 그런 거면 몰라도, 치즈 때문에?"

"도박은 합법이야, 대부분의 지역에서." 밀러가 말했다. "그리고 화학 수업을 듣다 포기한 자라 해도 자기 집 욕실에서 원하는 마약을 만들기는 식은 죽 먹기야. 통제하는 건 불가능해."

"진짜 치즈는 지구나 화성에서 와." 나오미가 덧붙였다. "그리고 운반비에 연합이 부과하는 50% 세금을 더하면 연료봉보다도 더 비싸지지."

"우리는 증거물로 버몬트 체더 치즈 130킬로그램을 압수했어." 밀러가 말했다. "시세로는 아마도 우주선을 한 척쯤 살 수 있었을 거야. 그런데 그날로 그 치즈가 사라졌어. 우리는 손상되어 없앴다고 보고를 했지. 그 누구도 뭐라고 안 했어. 모두 집에 갈 때 한 덩어리씩 챙겼거든."

형사는 의자에 등을 기대고 먼 산을 바라보았다.

"휴. 정말 좋은 치즈였어." 밀러가 웃으며 말했다.

"그래. 음, 이 합성 치즈는 맛이 정말 구리네." 에이모스가 말하더니 서둘러 덧붙였다. "기분 상하게 하려는 건 아닙니다, 보스. 보스는 정말 아주 잘 섞었어요. 하지만 치즈를 두고 싸우다니 여전히 저는 이해가 잘 안 갑니다."

"그래서 놈들이 에로스를 파괴한 거야." 나오미가 말했다.

밀러는 고개를 끄덕였지만 아무 말도 하지 않았다.

"그걸 보스가 어떻게 압니까?" 에이모스가 말했다.

"얼마나 오랫동안 비행을 했지?" 나오미가 물었다.

"모르겠습니다." 에이모스가 대답했다. 머릿속으로 숫자를 헤아리면서 에이모스가 입술을 굳게 다물었다. "25년 정도?"

"벨트인들과 많이 비행을 했지, 그렇지?"

"네." 에이모스가 말했다. "비행 동료로 벨트인 만한 사람들이 없죠. 물론 저는 예외고요."

"너는 우리 벨트인들과 25년 동안 비행을 했고, 은어들을 배웠어. 장담하는데, 넌 소행성대 어디를 가도 맥주를 주문하고 창녀를 부를 수 있을 거야. 세상에, 만약 네가 조금만 키가 더 크고 덩치가 가냘팠다면 지금쯤은 벨트인이라고 해도 모두가 믿을 거야."

그 말을 칭찬으로 받아들인 에이모스가 싱긋 웃었다.

"하지만 넌 여전히 우리가 아니야." 나오미가 말했다. "그게 진실이야. 자유로운 공기 아래에서 자란 사람은 절대로 우리가 될 수 없어. 그리고 자기 버그의 정체를 알고 싶다는 이유로 150만 명이나 되는 사람을 죽일 수 있는 이유이기도 하지."

"어이." 알렉스가 끼어들었다. "지금 그거 진심입니까? 내행성과 외행성 사람들이 자신들을 다르게 본다고 생각하는 겁니까?"

"당연히 그렇지." 밀러가 말했다. "우리는 너무 키가 크고 너무 말랐고, 머리통 역시 너무 크고 관절은 울퉁불퉁해."

홀던은 나오미가 식탁 너머에서 자신을 힐긋 보는 걸 느꼈다. 생각에 잠긴 듯한 표정이었다. '난 당신 머리통이 좋아.' 홀던은 나오미에게 생각을 보냈지만 방사능 피폭은 홀던에게 텔레파시 능력 역시 주지 않았다. 나오미의 표정이 변하지 않았기 때문이다.

"우리는 사실상 우리만의 언어를 만들었지." 밀러가 말했다. "지구인이 소행성 깊숙한 곳에서 길 안내를 받는 모습 본 적 있어?"

"외전 바앙 뜨부, 그게 부두로 감다." 나오미가 짙은 소행성대 악센트로 말했다.

"회전 방향으로 가면 튜브 정거장이 나오고, 그걸 타면 부두로 갈 수 있습니다." 에이모스가 말했다. "그게 뭐가 어렵다는 겁니까?"

"내 파트너는 세레스에서 2년을 지냈지만 그 말을 못 알아들었을 거야." 밀러가 말했다. "그리고 해브록은 멍청이가 아니야. 그 친구는 그냥… 그곳 출신이 아닌 것뿐이야."

홀던은 그들이 하는 말을 들으면서 접시 위의 차가운 파스타를 빵 덩어리로 이리저리 밀었다.

"오케이. 무슨 말인지 알았습니다." 에이모스가 말했다. "벨트인들은 이상합니다. 하지만 골격이 다르고 은어를 쓴다는 이유로 150만 명을 죽인다는 건…."

"인간은 오븐을 발명한 이래 그보다 덜한 일로도 사람들을 오른에 넣었어." 밀러가 말했다. "기분이 좋아질까 해서 말해주자면, 우리 대부분은 네가 그냥 땅딸막하고 병적으로 머리가 작은 벨트인이라고 생각할 거야."

알렉스가 머리를 설레설레 흔들었다.

"아무리 그래도 난 도무지 이해가 가지 않아. 설사 에로스의 모든 사람을 증오한다 할지라도 그 버그를 풀어놓다니. 그게 나중에 어떤 결과를 불러올지 누가 알겠어?"

나오미는 주방 싱크대로 걸어가 손을 씻었고, 흐르는 물소리에 모두의 눈길이 쏠렸다.

"그 문제에 대해 생각을 해 봤습니다." 나오미가 말을 하더니 수건에 손을 닦으며 돌아섰다. "제 말은 그렇게 한 이유에 대해 말입니다."

밀러가 말을 하려 했지만 홀던이 재빨리 손짓해 말리는 바람에 밀러는 잠자코 나오미의 말을 기다렸다.

"어," 나오미가 말했다. "저는 그걸 컴퓨터 프로그램이라고 생각해 봤습니다. 만약 바이러스이든 나노머신이든 프로토분자든 뭐든 그게 만들어졌을 때는 목적이 있을 겁니다. 그렇지요?"

"당연하지." 홀던이 말했다.

"그리고 그건 뭔가를 하려고 하는 듯합니다. 뭔가 복잡한 걸요. 그냥 사람을 죽이기 위해 그렇게 복잡한 걸 만든다는 건 말이 안 됩니다. 그 변화는 의도적으로 보입니다. 단지… 완전하지 않아 보입니다. 제 눈에는요."

"무슨 말인지 알겠어." 홀던이 말했다. 알렉스와 에이모스가 함께 고개를 끄덕였지만 조용히 있었다.

"어쩌면 프로토분자가 아직은 충분히 똑똑하지 않아서일 수도 있습니다. 아주 많은 양의 데이터를 꽤 작은 곳에 압축해 담을 수는 있지만, 양자 컴퓨터가 아니고서는 프로세싱에는 공간이 필요합니다. 작은 기계에서 프로세싱을 하는 가장 쉬운 방법은 분산을 통해서입니다. 어쩌면 프로토분자는 아직 충분히 영리하지 않기 때문에 그 임무를 마치지 못하고 있는 걸 겁니다."

"아직 개체수가 충분하지 않다?" 알렉스가 말했다.

"맞아." 나오미가 싱크대 아래 통에 수건을 떨구며 말했다. "그러니 작업을 할 생물자원을 잔뜩 주고 나서 프로토분자가 최종적으로 만들어내는 게 뭔지를 보려는 거지."

"비디오에 나온 그자에 따르면, 그것들은 지구의 생명체들을 습격하고 우리를 쓸어버리려는 목적으로 만들어진 거야." 밀러가 말했다.

"그리고 그게 바로," 홀던이 말했다. "에로스가 완벽한 이유야. 진공으로 밀봉된 시험관에 생물자원이 잔뜩 담겨 있으니까. 그리고 만약 통제할 수 없어진다 할지라도 이미 전쟁이 진행되고 있어. 만약 위협이 사실로 밝혀진다면 엄청난 수의 우주선과 미사일로 에로스에 핵 폭격을 가할 수 있어. 우리 간의 의견 차이를 잊는 데는 새로운 적이 나타나는 것만 한 게 없지."

"와우." 에이모스가 말했다. "그건 정말, 정말로 좆같군요."

"오케이. 하지만 설사 진짜로 그런 일이 일어난 거라 할지라도," 홀던이 말했다. "난 여전히 그런 일을 저지를 정도로 악한 사람들이 한 곳에 잔뜩 모여 있다는 게 믿기지 않아. 이건 한 명이 할 수 있는 일이 아니야. 이건 아주 똑똑한 자들 수십 명 또는 수백 명이 관여해야 할 수 있는 일이야. 프로토젠이 태양계 전역을 돌며 스탈린이나 잭 더 리퍼 기질이 있는 자들을 모집하고 다니는 걸까?"

"드레스덴 씨에게 잊지 않고 꼭 물어보겠어." 밀러가 속내를 알 수 없는 표정을 지으며 말했다. "마침내 우리가 그자를 만나게 되면 말이야."

타이코의 거주 고리는 중심에 있는 둥그런 공 모양의 무중력 공장 주위를 차분히 돌고 있었다. 공장 위에서 뻗어 나온 육중한 건설용 기계팔들이 노부 호 옆면에 거대한 선체 조각을 붙이고 있었다. 알렉스가 도킹 과정을 마치는 동안, 홀던은 관제실 화면에서 타이코 스테이션을 보면서 안도감 비슷한 것을 느꼈다. 지금까지 타이코는 홀던 일행에게 총을 쏘거나 폭파해 날려버리거나 점액질을 토해 대려 하지 않은 유일한 곳이었으며, 그로 인해 사실상 집에 온 듯한 느낌이 들었다.

홀던은 갑판에 단단히 고정된 금고를 보면서 자신이 이걸 여기에 가져온 탓에 스테이션의 모두가 죽는 일이 생기지 않길 바랐다.

그때 마치 신호를 받았다는 듯이, 밀러가 갑판 해치를 통과해 금고 쪽으로 떠갔다. 밀러는 홀던을 보며 의미심장한 표정을 지었다.

"말하지 마. 이미 그걸 생각하고 있다고." 홀던이 말했다.

밀러는 어깨를 으쓱하더니 관제 스테이션 쪽으로 떠 왔다.

"크군." 밀러가 홀던의 화면에 나온 노부 호를 향해 고개를 끄덕였다.

"세대 우주선이야." 홀던이 말했다. "저런 것들이 우리를 별로 데려다줄 거야."

"아니면 길고 긴 여행 끝에 황량한 곳에서 죽음을 맞이하게 하거나." 밀러가 대꾸했다.

"있잖아," 홀던이 말했다. "어떤 종에게는 위대한 은하 간 모험이란 게 이웃들에게 바이러스로 가득한 총알을 날리는 거야. 우리 경우는 그에 비하면 꽤 고상하다고 생각해."

밀러는 그 말을 생각해보더니 고개를 끄덕였고, 알렉스가 로시난테 호를 접근시킴에 따라 모니터에서 점점 커지는 타이코 스테이션을 지켜보았다. 조종사는 필요에 따라 이리저리 사방으로 추진 분사를 했고, 형사는 한 손을 계속해 콘솔에 올려 두고 상황에 따라 변해가는 중력에 몸의 균형을 맞추었다. 홀던은 의자에 앉아 안전띠를 하고 있었다. 집중을 해도 홀던은 무중력 그리고 간헐적인 분사로 인한 중력에 밀러의 반만큼도 잘 대처할 수 없었다. 홀던의 두뇌는 중력이 일정했던 곳에서 보낸 이십몇 년의 경험을 지울 수가 없었다.

나오미가 옳았다. 벨트인을 외계인으로 보는 건 너무나 쉬웠다. 제길. 만약 아주 효율적이고 신체 이식 가능한 산소통과 재생기 그리고 열에 견딜 수 있는 정도로만 기능을 최소화한 우주복을 개발하기만 하면, 벨트인들은 우주선이나 스테이션 안보다 밖에서 더 오래 시간을 보내게 될 터였다.

어쩌면 바로 그 때문에 벨트인들이 가혹한 대우를 받게 되었을 것이다. 새가 새장 밖에 나왔지만 날개를 너무 활짝 펼치게 하면 자기 주인이 누구인지 잊을 수도 있기 때문에.

"당신은 이 프레드라는 자를 믿어?" 밀러가 물었다.

"그런 셈이지." 홀던이 말했다. "지난번에 프레드는 우리에게 잘 대해줬어. 다른 자들은 우리를 죽이거나 가두고 싶어 했는데 말이야."

밀러가 고작 그 정도 근거로 어떻게 믿느냐는 듯이 투덜거렸다.

"그 사람은 OPA야. 맞지?"

"응." 홀던이 말했다. "하지만 내 생각에는 진짜 OPA인 듯해. 내행성인들에게 총질을 해대고 싶어 하는 카우보이들 말고. 그리고 라디오로 전쟁하자고 주장하는 미치광이들에 속하지도 않아. 프레드는 정치인이야."

"세레스의 치안을 맡은 사람들은?"

"모르겠어." 홀던은 말했다. "난 그 사람들을 몰라. 하지만 프레드는 우리가 선택할 수 있는 최선이야. 잘못될 가능성이 가장 적은 선택이지."

"그랬군." 밀러가 말했다. "알겠지만, 프로토젠에 대해 정치적 해결법을 찾을 순 없을 거야."

"알아." 홀던은 말하더니 로시난테 호가 연속해 금속음을 내며 정박지에 닿자 안전띠를 풀었다. "하지만 프레드는 '그냥' 정치인이 아니야."

프레드는 자신의 커다란 나무 책상 뒤에 앉아서 홀던이 에로스, 줄리 수색 작업, 스텔스 우주선 발견에 대해 쓴 보고서를 읽고 있었다. 밀러는 그 너머에 앉아서 마치 곤충학자가 새로운 종의 곤충을 보며 이게 침이 있는지 없는지를 살필 때처럼 프레드를 살폈다. 홀던은 프레드의 오른쪽으로 좀 더 멀리 떨어져서 자신의 핸드터미널의 시계를 연신 보면서도 그 모습을 들키지 않으려 애썼다. 책상 뒤편의 거대한 화면에서는 노부 호가 죽어서 썩어가는 거대한 괴물의 금속 골격처럼 흘러갔다. 홀던은 인부들이 선체와 골격에서 용접용 토치를 쓰는 곳에서 밝은 파란색 불꽃들이 작게 보이는 걸 알아차렸다. 홀던은 뭔가에 정신을 집중하기 위해 그 불꽃이 몇 개인지를 세기 시작했다.

홀던이 마흔세 개까지 셌을 때, 육중한 조작팔 한 쌍이 달린 작은 셔틀 한 척이 시야에 나타났다. 조작팔은 강철빔을 한가득 움켜쥐고 있었으며, 셔틀은 반쯤 완성된 세대 우주선으로 날아갔다. 셔틀이 멈추었을 때 그 모습은 펜 끝 정도로 작아져 있었다. 홀던의 마음속에서 노부 호가 별안간 근처에 있는 커다란 우주선에서 저 멀리에 있는 거대한 우주선으로 자리바꿈했다. 그리고 그로 인해 홀던은 잠깐 현기증이 일었다.

홀던의 핸드터미널이 밀러의 것과 거의 동시에 울렸다. 홀던은 그것을 보지 않고 그냥 화면을 가볍게 두드려 알람을 껐다. 이제 홀던은 그게 무슨 의미인지 알았다. 홀던은 작은 병을 꺼내 푸른 알약 두 개를 꺼내 물 없이 삼켰다. 홀던은 밀러 역시 병에서 알약을 꺼내는 소리를 들을 수 있었다. 로시난테 호의 전문가 의료 시스템은 매주 약을 주며 시간 맞춰 약을 먹지 않으면 끔찍한 죽음을 맞을 거라는 경고를 함께 날렸다. 홀던은 약을 먹었다. 평생을 그래야 했다. 약 먹는 걸 몇 번만 잊어도 그 평생이 그리 길지는 않을 터였다.

프레드가 다 읽은 뒤 핸드터미널을 책상에 던지더니 손꿈치로 몇 초간 눈을 문질렀다. 홀던의 눈에, 프레드는 지난번에 보았을 때보다 더 늙어 보였다.

"대체 이게 뭐로 만들어졌는지 모르겠다는 말밖에 할 말이 없군요." 마침내 프레드가 말했다.

밀러는 홀던은 보며, 입 모양으로 '짐'이라고 말하며 얼굴에 의문스런 표정을 지었다. 하지만 홀던은 밀러를 무시했다.

"나오미가 끝부분에 덧붙인 내용을 읽었습니까?" 홀던이 물었다.

"프로세스 능력을 높이기 위해 나노버그들이 네트워크를 이룬다는 부분 말입니까?"

"네, 그 부분입니다." 홀던이 말했다. "말이 됩니다, 프레드."

프레드는 마른 웃음을 웃더니 한 손가락으로 자기 터미널을 쿡쿡 찔렀다.

"그 부분." 프레드가 말했다. "그건 정신병자에게나 말이 되지요. 멀쩡한 사람은 그걸 말이 된다고 생각하지 않습니다. 어떤 결과가 나올 거로 생각하든 말입니다."

밀러가 목청을 가다듬었다.

"뭔가 더하고 싶으신 말이 있습니까, 뮬러 씨?" 프레드가 물었다.

"밀러입니다." 형사가 대답했다. "네, 우선, 결례를 범하고 싶진 않습니다만, 애써 모르는 척 자신을 속이지 마십시오. 대학살은 예로부터 있어온 일입니다. 둘째로, 그 사실에는 의심의 여지가 없습니다. 프로토젠은 외계에서 온 치명적인 질병으로 에로스 스테이션을 감염시켰고, 그 결과를 녹화하고 있습니다. 왜 그런 짓을 하는가는 중요한 게 아닙니다. 우리는 놈들을 막아야 합니다."

"그리고," 홀던이 말했다. "우리는 놈들의 관측 스테이션이 어디 있는지 찾아낼 수 있다고 생각합니다."

프레드가 의자에 몸을 기대자 3분의 1g 속에서도 그 몸무게에 가짜 가죽과 금속 프레임이 삐걱거렸다.

"어떻게 막는다는 겁니까?" 프레드가 물었다. 프레드는 알았다. 단지 누군가가 큰소리로 그걸 말하는 것을 듣고 싶을 뿐이었다. 밀러가 그에 동조했다.

"우리가 놈들 스테이션으로 날아가 그걸 날려버릴 겁니다."

"'우리'라니 누구 말입니까?" 프레드가 물었다.

"지구인과 화성인들에 총질을 해대고 싶어 안달인 OPA들이 많습니다." 홀던이 말했다. "우리는 그런 사람들에게 진짜 악당을 제공하는 겁니다."

프레드는 고개를 끄덕였지만, 그게 밀러나 홀던의 말에 동의한다는 뜻은 아니었다.

"그리고 당신의 샘플은? 선장의 금고는?" 프레드가 말했다.

"그건 제 것입니다." 홀던이 말했다. "그에 대해서는 협상하지 않습니다."

프레드가 다시 소리 내 웃었다. 하지만 이번에는 진짜 웃음이었다. 밀러는 놀라서 눈을 끔벅이다가 싱긋 웃고 싶은 걸 간신히 참았다.

"왜 제가 당신 말대로 금고를 포기해야 합니까?" 프레드가 물었다.

홀던은 턱을 치켜 들고 싱긋 웃었다.

"만약 제가 그 금고를 어느 미소행성체에 숨겨두었고, 설사 누군가가 그걸 찾아내도 건드리는 즉시 그자를 원자 단위로 분해해 버릴 만큼의 플루토늄 폭파 장치를 해두었다면 어쩔 겁니까?"

프레드가 잠시 홀던을 응시하더니 말했다. "하지만 당신은 그러지 않았습니다."

"네, 그러지 않았죠." 홀던이 말했다. "하지만 제가 그렇게 했다고 말할 수도 있었습니다."

"당신은 너무 정직하지요." 프레드가 말했다.

"그리고 당신은 이렇게 중요한 것에 대해서는 아무도 신뢰할 수 없고요. 당신은 이미 제가 그걸로 뭘 할지 압니다. 바로 그 때문에 우리가 서로 제대로 의견일치를 볼 때까지 당신은 그걸 제가 갖고 있게 놔두는 거고요."

프레드가 고개를 끄덕였다.

"맞습니다." 프레드가 말했다. "그런 것 같군요."

38
밀러

전망용 갑판에서는 괴수처럼 천천히 다가오는 노부 호가 내려다보였다. 밀러는 부드러운 소파 가장자리에 앉아 무릎 위에 두 손을 깍지 끼고 거대한 우주선이 건조되고 있는 장관을 물끄러미 바라보았다. 홀던의 우주선, 그리고 그 전에는 에로스의 비좁은 구식 건축물에서 시간을 보낸 뒤라 지금처럼 탁 트인 풍경은 오히려 부자연스럽게 느껴졌다. 이 갑판 하나만 해도 폭이 로시난테 호보다 더 넓었으며, 부드러운 양치류와 조각처럼 정돈한 담쟁이로 장식되어 있었다. 공기 재생기는 으스스할 정도로 조용했으며, 비록 회전 중력은 세레스와 거의 비슷했지만 코리올리 힘이 미묘하게 달랐다.

밀러는 평생을 소행성대에서 살았고, 부와 권력의 참맛을 이토록 정교하게 드러낼 수 있도록 설계된 곳에는 처음이었다. 그것에 대해 너무 많이 생각하지 않는 한은 그저 즐거웠다.

타이코의 열린 공간에 마음을 빼앗긴 이는 밀러만이 아니었다.

스테이션 인부 수십 명이 떼를 지어 여기저기 앉아 있거나 함께 걸어 그곳을 지나갔다. 한 시간 전, 에이모스와 알렉스도 대화에 몰두한 채 이곳을 지나갔다. 그래서 일어나 부두 쪽으로 다시 걸어가던 밀러는 옆의 쟁반에서 음식이 식어가는데도 그냥 앉아 있는 나오미를 보고도 놀라지 않았다. 나오미는 자신의 핸드터미널에 시선을 고정하고 있었다.

"어이." 밀러가 말했다.

나오미가 고개를 들고 밀러를 알아보았고, 정신이 딴 데 팔린 듯한 웃음을 지었다.

"어이." 나오미가 말했다.

밀러는 나오미의 핸드터미널을 보며 고개를 끄덕이더니 어깨를 으쓱하는 동작으로 질문을 대신했다.

"그 우주선에서 보낸 통신 데이터야." 나오미가 말했다. '언제나 '그 우주선'이라고 하는군.' 밀러는 알아차렸다. 끔찍한 사건 현장을 '그곳'이라고 말하는 것과 같은 방식이었다. "모두가 좁은 광선이야. 그러니 삼각 중계를 하는 게 그리 어렵지는 않았을 거라고 생각해. 하지만….."

"그럴 가능성이 크지는 않다?"

나오미는 눈썹을 치키더니 한숨을 쉬었다.

"궤도들을 찍어 보았어." 나오미가 말했다. "하지만 아무것도 들어맞지를 않아. 물론 중계 드론들이 있을 수 있어. 우주선의 시스템이 움직이는 목표물에 메시지를 보내고, 그 목표물이 진짜 스테이션에 메시지를 전달하는 거지. 아니면 다른 드론에 보내고, 그 드론이 다시 스테이션에 보내거나. 진짜로 어떤지는 알

방법이 없지."

"에로스에서 보내는 데이터는?"

"있겠지." 나오미가 말했다. "하지만 그쪽을 조사한다고 해서 이것보다 더 알기 쉬울 것 같지는 않아."

"당신네 OPA 친구들이 뭔가를 할 수 없어?" 밀러가 물었다. "그 친구들의 연산 능력이 이런 핸드터미널보단 훨씬 낫잖아. 아마도 소행성대 활동에 대해서도 더 많은 정보가 있을 거야."

"아마도." 나오미가 말했다.

밀러는 홀던이 자신들을 맡긴 프레드라는 인물을 나오미가 믿지 않는 것인지 아니면 이 조사를 나오미 자신이 할 일이라고 여기는 것인지 분간할 수가 없었다. 밀러는 나오미에게 그 일을 잠시 잊고 다른 사람들에게 맡기라고 할까 생각했지만, 자신에겐 그런 말을 할 권한이 없다고 생각했다.

"왜?" 나오미가 입술에 애매한 웃음을 머금고 말했다.

밀러가 눈을 끔벅였다.

"당신은 가볍게 소리를 내며 웃었어." 나오미가 말했다. "전에는 당신이 소리 내 웃는 걸 본 적이 없어. 내 말은, 뭔가 재미있는 게 아니면 말이야."

"사건에 깊숙이 연루됐는데 그만 손을 떼려 할 때에 관해 내 파트너가 했던 말이 방금 떠올랐거든."

"그 파트너가 뭐라고 했는데?"

"똥을 누다 마는 것과 비슷하다고 했지." 밀러가 말했다.

"말 한번 멋지게 하는군."

"지구인치고는 괜찮은 친구였어." 밀러가 말했고, 마음속에서 갑자기 뭔가가 간질거렸다. 이윽고 다음 순간 밀러는 말했다. "아, 이런. 뭔가 할 일이 생각났어."

해브록은 가니메데의 서버에 설치된 비밀 우편 교환소를 통해 밀러를 만났다. 통신에 걸리는 시간 때문에 실시간 대화는 불가능했다. 만남이라기보다는 쪽지를 주고받는 것에 가까웠지만, 그래도 목적을 이루기엔 충분했다. 밀러는 초조하게 답을 기다렸고, 3초마다 화면이 갱신되게 해놓고 앉아 있었다.

"다른 걸 더 하시겠습니까?" 여자가 물었다. "버번 한 잔 더 드릴까요?"

"그거 좋겠군요." 밀러가 말하고 옆을 돌아보며 혹시 해브록이 대답을 했는지 다시 확인했다. 아직이었다.

비록 약간 다른 각도이기는 하지만, 전망용 갑판과 마찬가지로 술집에서도 노부 호가 내려다보였다. 거대한 우주선은 거리 때문에 작아 보였으며, 세라믹이 단련되는 층에서는 불꽃이 원호를 그리며 튀었다. 다수의 열렬한 신도들이 저 육중한 우주선 겸 작은 자급자족 세계에 몸을 싣고 별들 사이 어둠으로 떠날 예정이었다. 몇 세대가 저 안에서 살고 죽을 것이며, 만약 터무니없을 정도로 운이 좋아 여행을 끝내고 정착해 살 만한 행성을 발견한다면, 저 우주선에서 내린 사람들은 지구나 화성이나 소행성대에 대해서는 전혀 모를 운명이었다. 그 사람들은 이미 외계인이었다. 그리고 프로토분자를 만든 것이 무엇이든 간에, 만약 그것들이 그 사람들을 맞이한다면, 그런다면?

그 사람들 모두 줄리처럼 죽게 될까?

저 멀리 어딘가에는 생명이 있었다. 이제 그 증거가 있었다. 그리고 그 증거는 무기의 형태로 왔으며, 거기엔 시사하는 바가 있었다. 그리고 저 우주선에 탈 몰몬교도들은 승선 계약에 서명하는 순간 자신의 증증손주들이 어떤 미래를 맞게 될지에 대해 살짝 경고받을 자격이 있었다.

밀러는 지금 이 생각이 딱 홀던이 했을 법한 얘기란 사실을 깨닫고 실소했다.

버번이 도착함과 동시에 밀러의 핸드터미널의 알람이 울렸다. 암호를 푸는 데 거의 1분 정도 걸리는 비디오 파일이 도착해 있었다. 그것만으로도 좋은 신호였다.

파일이 열렸고, 화면에서 해브록이 이를 드러내고 웃었다. 해브록은 세레스에 있을 때보다 몸이 더 좋아 보였다. 벌써 턱선부터가 달랐다. 피부는 전보다 더 검어졌지만 그게 순전히 화장의 효과인지 아니면 가짜 태양 광선에 몸을 그을리는 것을 즐겨서인지 알 수가 없었다. 상관없었다. 덕분에 지구인 옛 파트너는 더 풍요롭고 멋져 보였다.

"어이, 선배." 해브록이 말했다. "다시 보니 반갑네요. 샤디드와 OPA가 일을 벌인 뒤에 저는 우리가 서로 다른 편에 선 건 아닐까 하고 걱정하고 있었습니다. 여하튼 똥덩어리가 환풍기를 후려치기 전에 선배가 거기서 나왔으니 다행입니다.

네, 전 여전히 프로토젠에서 일하고 있습니다, 그리고 이 사람들은 무시무시하다는 말을 꼭 해야겠습니다. 제 말은, 제가 전에도 치안대 일을 한 적이 있고, 그러니 누가 지나치게 세게 행동하는데 그걸 모르고 지나가는 초짜는 아니란 겁니다. 이 사람들

은 경찰이 아닙니다. 이 사람들은 군인입니다. 제 말이 무슨 뜻
인지 아십니까?

공식적으로 저는 소행성대 스테이션에 대해 좆도 모르는 걸로
되어있습니다만, 선배는 여기 일이 어떤 식으로 돌아가는지는 아
시잖습니까. 저는 지구 출신입니다. 그리고 이곳의 많은 사람들
이 제가 세레스에서 일했다고 거슬려 합니다. 골빈 애들과 일하는
건 똑같네요. 하지만 여기서 일하는 한은 나쁜 놈들이라도 비위를
맞춰주는 게 좋겠지요. 뭐, 직장이니 그러려니 해야죠."

해브록의 얼굴에는 사과하는 기색이 배어 있었다. 밀러는 이해
했다. 어떤 회사에서 일하는 건 감옥에 가는 것과 비슷했다. 자기
주위 사람들의 관점을 받아들이게 되는 것이다. 벨트인은 직업을
얻을 수는 있어도 결코 그 집단의 일원이 될 순 없었다. 세레스와
마찬가지였다. 단지 이번에는 방향이 반대로 바뀌었을 뿐이다.
만약 해브록이, 근무 시간이 끝나고 술집 밖에서 벨트인들을 두들
겨 패고 다니는 내행성 용병들과 친구가 되었다면 그건 진짜였다.

하지만 친구가 된다는 것이 그 사람들의 일원이 된다는 뜻은
아니었다.

"그리고 우리 사이에서만 하는 말인데, 네, 소행성대에 비밀
임무를 수행하는 스테이션이 있습니다. 그곳을 토트라고 부르는
지는 모르겠지만, 그렇게 부를 수도 있지요. 아주 무시무시한 연
구 개발이 진행되는 실험실이랍니다. 전문 과학자들로 구성되어
있지만 큰 곳은 아닙니다. 신중을 기하는 곳이라는 표현이 더 맞
는다고 생각합니다. 자동 방어 시스템이 잔뜩 되어 있지만, 지상
방위 병력은 많지 않습니다.

그곳의 좌표를 발설하면 이곳에서 제 처지가 난처해지리라는 건 굳이 말 안 해도 아실 겁니다. 그러니 다 보시면 파일을 지우고 아주 오랫동안은 서로 연락을 주고받지 말아야 합니다."

데이터파일은 작았다. 평범한 문자로 궤도 좌표 석 줄이었다. 밀러는 그걸 핸드터미널에 저장하고 가니메데 서버의 파일을 지웠다. 버번은 여전히 밀러의 손 옆에 있었고, 그는 그걸 단숨에 마셨다. 가슴 속이 따뜻해지는 느낌은 알코올 때문이거나 아니면 승리감 때문이리라.

밀러는 핸드터미널의 카메라를 켰다.

"고마워. 큰 빚을 졌어. 약간의 보답을 할게. 에로스에서 일어난 일 말인데, 프로토젠이 그 일부를 담당했어. 그것도 아주 큰 몫을. 만약 자네가 그자들과의 계약을 파기할 수 있다면 그렇게 해. 그리고 만약 비밀 임무 스테이션으로 순환 근무를 보내려 하면 가지 마."

밀러는 얼굴을 찡그렸다. 슬픈 진실은 밀러에게 마지막으로 남은 진짜 파트너는 해브록 뿐이라는 것이었다. 자신을 동등한 존재로 보는 유일한 인물이었다. 밀러 자신이 상상하는 대로 형사 밀러로 봐주는 유일한 인물.

"몸조심해 파트너." 밀러가 말하고 파일을 끝냈고, 암호를 건 다음 전송했다. 밀러는 앞으로 다시는 해브록과 이야기를 나누지 못하리라는 예감을 뼛속 깊이 느꼈다.

밀러는 홀던에게 접속 요청을 했다. 선장의 솔직하고 매력 넘치고 애매하게 순진해 보이는 얼굴이 화면을 가득 메웠다.

"밀러," 홀던이 말했다. "별문제 없지?"

"그래, 끝내줘. 하지만 당신의 그 프레드라는 사람과 이야기를 해야 해. 주선을 좀 해주겠어?"

홀던이 얼굴을 찡그렸지만 동시에 고개를 끄덕였다.

"물론이지, 왜?"

"토트 스테이션이 어디인지 알아." 밀러가 말했다.

"뭘 안다고?"

밀러가 고개를 끄덕였다.

"대체 그걸 어디서 알아냈지?"

밀러는 이를 드러내며 싱긋 웃었다. "만약 내가 그 정보를 당신에게 알려주고, 그 정보가 새어나가면 선한 사람이 죽게 될 거야." 밀러가 말했다. "어떤 식인지 알겠지?"

홀던, 나오미와 함께 프레드를 기다리는 동안, 밀러는 온갖 유형의 내행성인들이 고향 행성을 상대로 싸운다는 사실을 새삼 깨닫고 깜짝 놀랐다. 또는 적어도 고향 편을 들지 않았다. 아마도 OPA의 고위직인 듯한 프레드. 해브록. 로시난테 호 승무원의 4분의 3. 줄리엣 마오.

생각지도 못한 사실이었다. 하지만 이건 밀러가 근시안적이기 때문인 듯했다. 밀러는 이 일을 샤디드나 프로토젠과 같은 식으로 바라보고 있었다. 두 편이 싸우고 있었다(그건 사실이었다). 하지만 내행성들과 소행성대 사이의 싸움이 아니었다. 자신들과 관점이나 행동이 다른 사람들을 죽이는 게 좋은 생각이라고 여기는 사람들과 그렇지 않다고 여기는 사람들 간의 싸움이었다.

또는 이것 역시 엉터리 분석일 확률이 높았다. 왜냐하면 프로토젠과 한 패인 과학자들을, 이사회를, 그리고 드레스덴인지 뭔지 하는 자를 에어록 밖으로 던져버릴 기회가 주어진다면, 밀러는 자신이 그자들을 일단 진공으로 던져버리고 그다음에야 기껏 0.5초 정도 고뇌하리라는 걸 알았기 때문이다. 밀러 역시 천사 편은 아니었다.

"밀러 씨. 어쩐 일이십니까?"

프레드. 지구 출신 OPA. 그는 파란 버튼다운 셔츠에 깔끔한 평상복 바지 차림이었다. 프레드는 건축가 혹은 지천에 널린 건실한 여느 회사의 중간 관리자처럼 보였다. 밀러는 이 자가 전투를 지휘하는 모습이 쉽사리 상상이 가지 않았다.

"당신에게 프로토젠 스테이션을 박살 낼 능력이 있다는 걸 제게 입증해 보십시오." 밀러가 말했다. "그러면 그게 어디에 있는지 알려드리겠습니다."

프레드의 양 눈썹이 일 밀리미터쯤 올라갔다.

"제 사무실로 들어오시지요." 프레드가 말했다.

밀러가 들어갔다. 홀던과 나오미가 따라 들어갔다. 문이 닫히자 프레드가 먼저 말했다.

"당신이 제게서 정확히 뭘 원하는지 잘 모르겠습니다. 저는 제 전투 계획을 남들에게 알리는 버릇이 없어서요."

"우리는 스테이션을 공격하는 이야기를 하는 겁니다." 밀러가 말했다. "아주 방어력이 뛰어나고 아마도 캔터베리 호를 파괴한 것과 비슷한 우주선들을 더 갖추고 있을 그런 스테이션을 말입니다. 마음 상하게 할 생각은 없습니다만, OPA 같은 아마추어 무리가 수행하기에는 꽤 벅찬 작전입니다."

"어, 밀러?" 홀던이 말했다. 밀러는 한 손을 들어 올려 홀던의 말을 막았다.

"저는 당신에게 토트 스테이션의 위치를 알려 줄 수 있습니다." 밀러가 말했다. "하지만 제가 그렇게 했는데 당신이 이 일을 제대로 마무리하지 못하면 많은 사람이 헛되이 죽게 되는 결과를 불러옵니다. 저는 그런 일을 바라지 않습니다."

프레드가 마치 낯선 소리를 듣는 개처럼 머리를 꼿꼿이 들었다. 나오미와 홀던은 밀러가 그 뜻을 알 수 없는 눈빛을 교환했다.

"이건 전쟁입니다." 밀러가 본론을 꺼내며 말했다. "저는 전에 OPA와 일한 적이 있고, 솔직히 말해, 당신들은 진짜 전투 계획을 짜는 것보다는 소규모 게릴라 전에 훨씬 더 능합니다. 당신을 대변한다고 하는 자들 절반은 우연히 근처에 무전기가 있는 미치광이일 뿐입니다. 당신에게 돈이 많다는 건 압니다. 멋진 사무실이 있다는 것도 압니다. 하지만 제가 알지 못하겠는 건, 그리고 꼭 알아야 하겠는 건, 이놈들을 물리칠 능력이 당신에게 있는가 하는 점입니다. 스테이션을 점령하는 건 장난이 아닙니다. 당신이 전투 시뮬레이션을 얼마나 많이 해봤는가는 관심 없습니다. 이제 이건 실제 상황입니다. 당신을 돕기 전에, 당신이 이 일을 제대로 다룰 능력이 있는지를 먼저 알고 싶습니다."

긴 침묵이 흘렀다.

"밀러?" 나오미가 말했다. "당신은 프레드가 누군지 아는 거지, 그렇지?"

"OPA 소속 타이코 대변인." 밀러가 말했다. "하지만 그걸로는 충분하지 않아."

"이 사람은 프레드 '존슨'이야." 홀던이 말했다.

프레드의 눈썹이 다시 일 밀리미터 올라갔다. 밀러가 인상을 쓰더니 팔짱을 꼈다.

"프레데릭 루시우스 존슨 대령." 나오미가 확실히 알아들을 수 있게 말했다.

밀러의 표정이 멍해졌다. "앤더슨 스테이션의 학살자?" 밀러가 말했다.

"그게 접니다." 프레드가 말했다. "저는 OPA의 중앙 의회와 이야기를 했습니다. 저에게는 스테이션을 점령할 수 있는 군대를 이동시키고도 남을 만큼 큰 수송선이 한 척 있습니다. 항공 지원 선은 최신형 화성 어뢰 폭격기입니다."

"로시난테 호?" 밀러가 말했다.

"로시난테 호죠." 프레드가 동의했다. "그리고 비록 당신은 믿지 않을 수도 있지만, 저는 제 일에 꽤 능한 편입니다."

밀러가 자기 발을 내려다보다가 고개를 들고 홀던을 바라보았다.

"'그' 프레드 존슨?" 밀러가 말했다.

"난 당신이 아는 줄 알았어." 홀던이 말했다.

"흠, 나 진짜 바보가 아닐까." 밀러가 말했다.

"곧 괜찮아지실 겁니다." 프레드가 말했다. "그 밖에 더 요구하실 게 있습니까?"

"아니요." 밀러가 말했다. 그리고 덧붙였다. "네. 저는 지상 공격군에 참가하고 싶습니다. 우리가 스테이션 요원들을 공격할 때 저도 거기 있고 싶습니다."

"진심입니까?" 프레드가 말했다. "'스테이션을 점령하는 건 장난이 아닙니다.' 당신에게 그런 일을 할 '자격'이 있다고 생각하는 이유가 뭡니까?"

밀러가 어깨를 으쓱했다.

"한 가지 이유는 좌표입니다." 밀러가 말했다. "저에게는 좌표가 있습니다."

프레드가 소리 내 웃었다. "밀러 씨. 만약 당신이 스테이션에 내려가고, 거기서 우리를 기다리는 뭔가가 당신과 우리 측 사람들을 죽이려 든다 할지라도 저는 당신을 보호하지는 않을 겁니다."

"고맙군요." 밀러가 말했다. 밀러는 핸드터미널을 꺼내 일반 텍스트 좌표를 프레드에게 보냈다. "여기 있습니다. 제 정보는 확실합니다만, 제 정보원이 그 정보를 직접 담당하는 사람은 아닙니다. 그러니 작전을 펼치기 전에 먼저 확인을 해야 할 겁니다."

"저는 아마추어가 아닙니다." 프레드 존슨 대령이 파일을 보며 말을 했다. 밀러가 고개를 끄덕였고, 모자를 고쳐 쓴 뒤 사무실을 나갔다. 나오미와 홀던이 옆에서 나란히 따라 나갔다. 넓고 깨끗한 공공 복도에 이르자 밀러가 오른쪽에 선 홀던의 눈을 바라보았다.

"정말로, 난 당신이 아는 줄 알았어." 홀던이 말했다.

8일 뒤, 메시지가 도착했다. 수송선 가이 몰리나리 호가 OPA 군인들을 가득 태우고 도착했다. 해브록의 좌표는 맞는 것으로 확인되었다. 거기에 뭔가가 확실히 있으며 에로스로부터 좁은광선을 수신하고 있는 듯했다. 만약 밀러가 이 일에 참여하고 싶다면 움직여야 할 때였다.

밀러는 로시난테 호의 자기 숙소에서, 이제 그곳에서 보내는 마지막일 듯한 시간을 보내고 있었다. 밀러는 자신이 이곳을 그리워하리라는 생각에 약간은 마음이 아프고 섭섭했으며, 동시에 그런 마음이 드는 점에 놀랐다. 홀던은 결점이 많았고, 밀러는 그런 홀던에게 이제껏 이런저런 불만을 토해왔다. 하지만 그래도 홀던은 좋은 사람이었다. 홀던이 비록 그 진실을 제대로 알지 못하면서도 자기가 감당하기 어려운 일에 덤비는 경향이 있기는 하지만, 밀러는 비슷한 사람을 여럿 댈 수 있었다. 밀러는 알렉스의 기묘하고 축축 늘어지는 말투를, 그리고 에이모스가 입에 달고 사는 욕을 그리워할 듯했다. 밀러는 나오미가 결국 선장과 잘될지가 궁금했다.

떠남은 밀러가 이미 아는 사실을 상기하게 해주었다. 즉 밀러는 다음에 무슨 일이 일어날지 알지 못하고, 돈이 별로 없으며, 토트 스테이션에서는 확실히 살아 돌아오겠지만 그다음에 어디로 어떻게 갈지는 아직 정해지지 않았다. 어쩌면 밀러가 계약할 수 있는 다른 우주선이 있을 수도 있었다. 아마도 계약을 맺고 일을 하면서 그때부터의 의료비를 저축해야 하리라.

밀러는 자기 총의 탄창을 확인했다. 그리고 세레스에서부터 가져온 작고 낡은 배낭에 여벌의 옷을 쑤셔 넣었다. 밀러가 가진 모든 것이 그 가방에 다 들어갔다.

밀러는 불을 끄고 짧은 복도를 따라 사다리-리프트로 갔다. 홀던이 주방에서 초조한 듯 실룩이고 있었다. 홀던의 눈가에는 벌써부터 다가오는 전투에 대한 걱정이 어려 있었다.

"음," 밀러가 말했다. "이제 가는 건가?"

"그래." 홀던이 말했다.

"태워줘서 고마웠어." 밀러가 말했다. "편했다고 말할 수는 없겠지만 그래도…."

"그래."

"다른 친구들에게도 안부 전해 줘." 밀러가 말했다.

"알았어." 홀던이 말했다. 이윽고 밀러가 홀던을 지나 리프트 쪽으로 갈 때 홀던이 말했다. "만약 우리 모두가 이번 작전에서 살아남으면 어디서 만나면 좋을까?"

밀러가 돌아섰다.

"그게 무슨 말이야?" 밀러가 말했다.

"그래, 뭔 소린가 싶겠지. 있지, 난 프레드를 믿어, 그렇지 않으면 여기 오지 않았을 거야. 난 프레드가 고결한 사람이고 우리에게 올바른 일을 하리라고 생각해. 그렇다고 그 말이 내가 OPA 전부를 믿는다는 뜻은 아니야. 우리가 이 일을 마치고 나면 나는 승무원 전부가 한 곳에 모여 있기를 원해. 서둘러 빠져나와야 할 경우에 대비해서 말이야."

밀러는 가슴에서 뭔가가 울컥하는 걸 느꼈다. 날카로운 고통이 아니라, 갑작스러운 아픔이었다. 밀러의 목이 메어왔다. 밀러는 목청을 가다듬기 위해 헛기침을 했다.

"우리가 그곳을 점령하자마자 연락을 하겠어." 밀러가 말했다.

"오케이. 하지만 너무 오래 걸리지는 마. 만약 공격이 끝난 뒤에 토트 스테이션에 매음굴이 남아 있다면 에이모스를 거기에서 떼내기 위해 도움이 필요할 테니 말이야."

밀러가 입을 열었다가 닫았고, 다시 말을 하려 애를 썼다.

"네, 알겠습니다, 선장님." 밀러가 가벼운 목소리를 내려 애쓰며 말했다.

"조심해." 홀던이 말했다.

밀러는 우주선을 나왔고, 우주선과 스테이션 사이 복도에서 잠시 발을 멈췄다. 이윽고 울음이 완전히 가라앉자 밀러는 수송선과 돌격대를 향해 다시 나아갔다.

39
홀던

로시난테 호는 전후좌우, 그리고 상하를 가리지 않고 마치 망가진 물건처럼 이리저리 뒹굴며 우주 공간을 돌진했다. 로시난테 호는 반응로를 끄고 선실 공기를 모두 뺀 상태였고, 열이나 전자기 잡음을 방출하지 않았다. 만약 토트 스테이션을 향해 소총 탄환보다 빠르게 다가가는 속력만 아니었다면, 로시난테 호는 소행성대의 바위와 구별이 안 되었을 것이다. 거의 50만 킬로미터 뒤에서는 가이 몰리나리 호가 다가오는 물체들에 귀 기울이고 있을 그 누군가를 향해 로시난테 호의 결백함을 소리 높여 외쳤고, 역추진을 통해 천천히 오랫동안 감속을 했다.

무선을 껐기에 그 사람들이 하는 말을 직접 들을 순 없었지만, 홀던은 출발 전에 경고문 작성을 도왔고 그래서 머릿속으로 그 내용을 되새길 수 있었다. '경고한다! 수송선 가이 몰리나리 호에 폭발이 일어나서 커다란 화물이 실수로 방출되었다. 그 경로에 있는 모든 우주선들에 경고한다. 화물은 빠르게 움직이고 있으며 독립

조종 장치가 없다. 경고한다!'

방송을 아예 하지 않는 것이 낫지 않을까에 대한 토의가 있었다. 토트는 비밀 스테이션이기에 오로지 수동 센서만 쓰리라는 예상에서였다. 레이더나 레이저 레이더로 모든 방향을 스캔한다는 건 스테이션을 마치 크리스마스트리처럼 밝히는 것과 다름없었다. 반응로를 끄면 로시난테 호가 들키지 않고 스테이션으로 몰래 다가갈 가능성이 있었다. 하지만 프레드는 만약 그랬다가 상대에게 탐지되면 의심을 받아 즉각 공격을 당할 가능성이 크다는 결론을 내렸다. 그래서 그들은 조용히 다가가는 대신 요란하게 접근을 하면서 상대가 혼란스러워하기를 기대하기로 결론지었다.

운이 따른다면, 토트 스테이션의 보안 시스템은 로시난테 호를 스캔한 뒤, 작동하는 생명 유지장치가 없고 방향 또한 변하지 않으니 커다란 금속 덩어리라고 생각하고 아주 가까워질 때까지 그냥 무시할 수도 있었다. 멀리 떨어져 있을 때, 스테이션의 방어 시스템은 로시난테 호가 어찌해볼 수 있는 상대가 아니었다. 하지만 가까이 접근했을 경우, 기동성 좋은 이 소형 우주선은 스테이션 주위를 빠르게 움직이며 스테이션을 산산조각낼 수 있었다. 이들의 위장 전술은 스테이션의 보안 팀이 상황을 깨닫기 전까지 시간을 좀 벌어주기만 하면 되었다.

자신이 공격받고 있다는 확신이 들기 전까지 스테이션은 이쪽을 공격하지 않는다. 그게 프레드, 그리고 돌격대 모두의 생각이었다. 프로토젠은 소행성대에 연구소를 숨기기 위해 엄청난 노력을 기울였다. 하지만 이들이 첫 번째 미사일을 발사하는 순간, 그 익명성은 영원히 사라지게 된다. 전쟁이 진행되는 상황에서 사방의 모니터들이 융합 토치 흔적을 감지하고 그게 어디서 온 것인지 궁금해할 것이다. 무기를 발사하는 건 토트 스테이션의 최후의 선택이었다.

이론상으로는 그랬다.

약간의 공기가 든 헬멧을 쓰고 혼자 앉아 있으면서, 홀던은 설사 이게 잘못된 판단이라 해도 자신들은 그것을 결코 알아차리지 못하리라는 것을 알았다. 로시난테 호는 눈을 감은 채 비행 중이었다. 모든 무선 접촉이 꺼져 있었다. 알렉스는 기계식 야광 시계를 가지고 있었으며 초 단위까지 일정을 암기하고 있었다. 그들은 토트 스테이션의 첨단 기술을 이길 방법이 없었으며, 따라서 가능한 한 구식 기술로 비행했다. 만약 그들의 짐작이 틀리고 스테이션이 발포한다면 로시난테 호는 아무런 경고도 없이 박살이 날 것이다. 홀던은 불교 신자와 데이트를 한 적이 있었는데, 그 불교 신자는 죽음이 삶의 또 다른 상태일 뿐이며, 사람들이 죽음을 겁내는 건 그 건너에 무엇이 있는지를 알지 못하기 때문이라고 했다. 경고 없는 죽음이 차라리 나았다. 모든 공포를 제거하기 때문이었다.

이제 홀던은 그 주장이 틀리고 반대 측 주장이 옳다고 느꼈다.

딴생각을 하지 않기 위해, 홀던은 다시 한 번 계획을 점검했다. 엎어지면 코 닿을 정도까지 토트 스테이션과 가까워지면 알렉스가 반응로를 켜고 거의 10g의 가속도로 제동을 걸기로 되어 있었다. 그리고 가이 몰리나리 호는 로시난테 호가 공격 벡터에서 벗어날 수 있도록 스테이션에 몇 초 정도 전파 잡음과 레이저 산란 신호를 뿌려 조준 시스템을 혼란에 빠뜨릴 예정이었다. 로시난테 호는 스테이션의 방어 시스템과 교전을 벌이며 몰리나리 호에 해를 입힐 수 있는 것은 뭐든지 파괴하고, 그 사이 수송선은 스테이션의 갑판을 뚫고, 돌격대를 내려놓을 계획이었다.

계획과 달리 틀어질 가능성이 있는 부분들이 너무나도 많았다.

만약 스테이션이 일찍 발포하기로 결정한다면, 로시난테 호는 전투가 시작하기도 전에 파괴될 수밖에 없었다. 만약 스테이션의 조준 시스템이 몰리나리 호의 잡음과 레이저 산란 신호를 뚫는다면 로시난테 호가 아직 자리를 채 잡기도 전에 발포가 시작될 것이다. 그리고 설사 모든 것이 완벽하게 계획대로 진행된다 할지라도, 돌격대가 복도들을 통과하며 전투를 치르다가 전멸하고 결국 중앙 시스템을 차지하지 못할 수도 있었다. 내행성의 최정예 해병들조차 돌파 작전을 두려워했고, 그럴 만한 이유가 있었다. 교차로마다 적이 숨어 있는 상황에서 마땅히 숨을 곳도 없는 낯선 금속 복도를 이동한다는 건 사망자를 많이 내겠다는 소리와 다를 바 없었다. 지구 해군에 있을 당시 훈련 시뮬레이션을 할 때, 홀던은 해병대가 60% 이하의 사상률로 작전을 성공시킨 걸 한 번도 본 적이 없었다. 그리고 몰리나리 호에 탄 이들은 오랜 시간 동안 훈련을 받고 최첨단 장비를 갖춘 해병대가 아니었다. 그들은 갑작스레 대충 잡히는 아무 무기나 가지고 온 OPA 카우보이들이었다.

하지만 그런 것조차 홀던의 진짜 걱정거리가 아니었다.

홀던이 진짜로 걱정하는 것은 토트 스테이션에서 겨우 몇십 미터 정도 위쪽에 우주 공간보다 약간 더 따뜻하게 나타나는 넓은 지역이었다. 몰리나리 호는 이곳을 일찌감치 감지했으며, 홀던 일행을 내보내기 전에 미리 경고했다. 전에도 스텔스 우주선을 본 경험이 있는 로시난테 호의 승무원들은 모두 이것이 스텔스 우주선이라는 사실을 추호도 의심하지 않았다.

스테이션의 장점을 대부분 봉쇄할 수 있는 근접 거리에서 전투를 벌인다 할지라도 스테이션과의 전투는 벅찬 일이었다. 하지만 홀던은 자신들이 근거리 전투를 벌이는 동안 미사일 프리깃함에서 어뢰를 발사하지는 않을 거라고 예상했다. 알렉스는 만약 로시난테 호가 스테이션에 충분히 가까이 접근하면 스텔스 프리깃함은 토트에 피해를 줄까 봐 발포하지 않을 것이며, 프리깃함이 더 크고 중화기로 무장하긴 했어도 대신 로시난테 호가 더 잽싸게 움직일 수 있으니 이건 해볼 만한 싸움이라고 장담했다. 알렉스는 스텔스 프리깃함들이 전략 무기이지 전술 무기가 아니라고 했다. 홀던은 '그렇다면 저것들이 왜 여기에 있는데?'라고 묻지 않았다.

홀던은 자기 손목을 힐긋 보았고, 이윽고 관제실 갑판의 칠흑 같은 어둠에 좌절하며 강하게 콧숨을 내쉬었다. 홀던의 우주복은 시계와 조명 모두 전원이 꺼져 있었다. 홀던의 우주선에서 작동하는 것은 공기 재생기뿐이었으며, 그것 역시 오롯이 무전원 기계장치에 의해서였다. 만약 공기 재생기에 뭔가 잘못된다 해도 경고등은 켜지지 않을 것이다. 그냥 숨이 막혀 죽을 수밖에 없었다.

홀던은 어두운 실내를 둘러보고 말했다. "젠장. 얼마나 더 가야 하는 거야?"

대답이라도 하듯이 선실의 조명이 깜빡이기 시작했다. 홀던의 헬멧에 잡음이 요란하게 들렸다. 이윽고 알렉스가 질질 끄는 말투로 말했다. "내부 통신 작동."

홀던이 나머지 시스템을 작동시키기 위해 스위치들을 켜기 시작했다.

"반응로." 홀던이 말했다.

"2분." 에이모스가 엔진실에서 대답했다.

"주 컴퓨터."

"재부팅까지 30초." 나오미가 말하고 관제실 갑판 저편에서 홀던을 향해 손을 흔들었다. 서로를 알아볼 수 있을 정도로 조명이 밝아 있었다.

"무기?"

알렉스가 통신 채널 너머로 뭔가 진짜 즐겁다는 듯이 소리를 내어 웃었다.

"무기들도 전원이 들어오고 있습니다." 알렉스가 말했다. "나오미가 제게 조준 컴퓨터를 돌려주는 대로 언제든 한판 뜰 수 있습니다."

조용한 어둠 속에서 오랫동안 접근을 한 뒤 모두가 대답하는 소리를 들으니 홀던은 안심이 되었다. 그리고 방 저편에서 자기 일을 하는 나오미의 모습에 그간 느끼는 줄도 몰랐던 두려움이 가시는 걸 깨달았다.

"이제 조준이 가능할 거야." 나오미가 말했다.

"네." 알렉스가 대답했다. "스코프 작동. 레이더 작동. 레이저 레이더 작동. 젠장, 나오미, 이거 보입니까?"

"보여." 나오미가 말했다. "선장님, 스텔스 우주선의 엔진 특성을 잡았습니다. 놈들도 역시 동력을 넣고 있습니다."

"예상했던 일이잖아." 홀던이 말했다. "모두 맡은 위치를 지켜."

"1분." 에이모스가 말했다.

홀던은 콘솔로 몸을 돌려 전술 디스플레이를 불렀다. 스코프에서 토트 스테이션은 대충 원으로 바뀌었으며, 그 위로 약간 따뜻했던 지역은 이제 대충 외피 윤곽이 보일 정도로 뜨거워졌다.

"알렉스, 저건 지난번 프리깃함처럼 보이지 않는데." 홀던이 말했다. "로시난테 호가 아직 저걸 인식하지 못하는 거야?"

"아직입니다, 선장님. 하지만 지금 작업 중입니다."

"30초." 에이모스가 말했다.

"스테이션이 레이저 레이더 신호를 보냅니다." 나오미가 말했다. "방해 전파 발사합니다."

홀던은 화면을 통해 나오미를 지켜보았다. 나오미는 스테이션이 이쪽을 조준하기 위해 발사한 파장에 대응하려 애썼고, 이윽고 상대방의 반사 신호를 혼돈시키기 위해 레이저 통신 어레이로 방해 신호를 보냈다.

"15초." 에이모스가 말했다.

"오케이. 안전띠 착용." 알렉스가 말했다. "주스 주입."

알렉스가 말을 마치기도 전에, 홀던은 자기 의자에 설치된 주삿바늘 십여 개가 약물을 주사하는 것을 느꼈다. 앞으로 있을 감속 동안 죽지 말라는 약물이었다. 홀던의 피부가 팽팽해지고 뜨거워졌으며, 고환이 복부 안으로 밀려들어 갔다. 알렉스는 슬로모션으로 말하는 것만 같았다.

"5… 4… 3… 2…."

알렉스는 결코 '1'이라고 말하지 않았다. 대신, 로시난테 호의 엔진이 10g로 감속을 하자 500킬로그램의 무게가 홀던의 가슴 위에 앉았으며, 너털웃음을 웃는 거인처럼 으르렁거렸다. 홀던은 가슴이 짓눌리는 동안 진짜로 허파가 갈비뼈에 긁히는 느낌이 든다고 생각했다. 하지만 부드러운 젤로 가득한 의자가 홀던을 감쌌고, 약물은 심장이 뛰고 두뇌가 작동하게 했다. 홀던은 기절하지 않았다. 설사 고가속 회피 비행으로 인해 죽는다 할지라도, 홀던은 자신이 죽는 그 모든 과정을 멀쩡한 정신으로 똑똑히 볼 터였다.

홀던의 헬멧은 꾸르륵거리는 소리와 힘겹게 숨 쉬는 소리로 가득 찼다. 그 가운데 일부만이 홀던이 내는 소리였다. 에이모스는 턱을 꽉 다물기 직전에 간신히 욕설을 조금이나마 내뱉었다. 홀던은 로시난테 호가 경로를 급격히 바꾸면서 떠는 소리를 듣지는 못했지만, 대신 의자를 통해 느꼈다. 로시난테 호는 강했다. 그 안에 있는 그 누구보다도 강했다. 로시난테 호가 망가질 정도의 고가속까지 추진한다면 사람들은 그보다 훨씬 전에 죽어 있으리라.

고중력이 갑자기 풀어졌고, 덕분에 욕지기가 밀려왔다. 체내의 약물이 그것 역시 막아주었다. 홀던은 깊이 숨을 들이쉬었고, 툭 하는 소리와 함께 흉곽의 연골부가 고통을 안기며 제자리로 돌아갔다.

"확인." 홀던이 중얼거렸다. 턱이 아팠다.

"통신 어레이 조준." 알렉스가 즉시 대답했다. 토트 스테이션의 통신 및 조준 어레이는 홀던 일행의 제1차 조준 목표였다.

"모두 녹색입니다." 아래에서 에이모스가 말했다.

"선장님." 나오미가 경고하는 목소리로 말했다.

"젠장, 저도 보입니다." 알렉스가 말했다.

홀던은 자기 콘솔에 나오미의 콘솔 화면이 나오게 했고, 그래서 나오미가 본 것을 볼 수 있었다. 나오미의 화면에는 로시난테호가 왜 스텔스 우주선을 알아볼 수 없었는지 그 이유가 나왔다.

그곳에는 로시난테 호가 근거리에서 가지고 놀며 박살을 낼 수 있는 꼴사납고 커다란 미사일 프리깃함 한 대가 아니라, 두 대의 우주선이 있었다. 아니, 큰 우주선 두 대였다면 너무나 쉬웠을 것이다. 이 두 대는 너무나 작은 데다 서로 가까이 있어 적의 센서를 얼마든지 속일 수 있었다. 그리고 이제 이 두 대는 엔진에 점화를 하고 서로 반대 방향으로 움직이기 시작했다.

'오케이.' 홀던이 생각했다. '새 작전을 써야겠군.'

"알렉스, 놈들의 주의를 끌어." 홀던이 말했다. "놈들이 몰리나리 호를 뒤쫓게 할 수는 없어."

"네." 알렉스가 대답했다. "한 놈이 멀어집니다."

알렉스가 두 대 가운데 하나에 어뢰를 발사하자 홀던은 로시난테 호가 흔들리는 것을 느꼈다. 작은 우주선들은 속력과 벡터를 재빨리 바꿨으며, 이쪽의 어뢰는 서둘러 발사한 데다 발사 각도도 좋지 못했다. 명중은 꿈도 꿀 수 없었다. 하지만 로시난테 호는 이제 모두의 눈에 위협으로 보일 게 분명했고, 그러니 그것만으로도 효과가 있었다.

작은 우주선 두 척은 서로 반대 방향을 향해 최대 출력으로 달아나면서 뒤로 레이더 교란용 금속편과 레이저 레이더 방해 신호를 뿌렸다. 어뢰는 궤도가 흔들리더니 되는대로 아무 방향으로나 날아가 버렸다.

"나오미, 알렉스, 현 상황을 처리할 무슨 뾰족한 수라도 있어?"

홀던이 물었다.

"로시난테 호는 아직도 놈들을 인식하지 못하고 있습니다, 선장님." 나오미가 말했다.

"새로운 외피 디자인입니다." 나오미가 말하는 중에 알렉스가 끼어들며 말했다. "하지만 놈들은 빠른 인터셉터처럼 날고 있습니다. 배 쪽에 어뢰를 한두 발 정도 장착한 듯하고 용골에 레일건도 하나 있습니다."

놈들은 로시난테 호보다 더 빠르고 더 복잡하게 비행을 할 수 있었지만, 오직 한 방향으로만 발포할 수 있었다.

"알렉스, 우회해서…." 로시난테 호가 흔들리며 옆쪽으로 밀려나는 바람에 홀던은 몸이 옆으로 쏠리며 갈비뼈에 멍이 들 정도로 강하게 안전띠에 몸이 치닫았고, 때문에 명령을 마칠 수가 없었다.

"우리가 맞았습니다!" 에이모스와 알렉스가 동시에 말했다.

"스테이션이 대구경 가우스 대포 같은 걸로 우리를 맞혔습니다." 나오미가 말했다.

"피해는?" 홀던이 말했다.

"깨끗이 관통당했습니다, 선장님." 에이모스가 말했다. "주방과 기계실입니다. 계기반에 노란불들이 켜졌지만 우리를 죽일 만한 피해는 없습니다."

'우리를 죽일 만한 피해는 없습니다'는 괜찮게 들렸지만 홀던은 커피메이커가 파괴된 것에 가슴이 아팠다.

"알렉스." 홀던이 말했다. "작은 우주선들은 잊고 통신 어레이를 파괴해."

"네." 알렉스가 대답했고, 알렉스가 스테이션에 어뢰를 쏘기 위해 경로를 바꾸자 로시난테 호가 옆으로 흔들렸다.

"나오미, 저 전투기 가운데 하나가 우리를 공격하기 위해 돌아오면 그 즉시 놈의 면상에 통신 레이저를 최대 출력으로 쏘고 교란편을 뿌리기 시작해."

"네, 선장님." 나오미가 대답했다. 아마도 통신 레이저면 조준 시스템을 몇 초 정도 혼란스럽게 하는 데 충분할 듯했다.

"스테이션이 PDC*를 열고 있습니다." 알렉스가 말했다. "이번에는 약간 흔들릴 겁니다."

홀던은 자신의 화면에 나오미의 화면 대신 알렉스의 화면이 나오게 바꾸었다. 홀던의 화면은 빛을 내며 빠르게 움직이는 수천 개의 공으로 가득 찼고, 토트 스테이션은 그 뒷배경에서 회전했다. 로시난테 호의 위험 감지 컴퓨터는 다가오는 국지 방어 포화를 요약해 알렉스의 HUD에 밝은 점들로 보여주고 있었다. 그 점들은 불가능할 정도로 빠르게 움직이고 있었지만, 최소한 시스템이 각 탄환에 밝은 표시를 할 정도는 되었고, 또한 탄환이 어디에서 오는지, 어느 방향으로 가는지를 볼 수는 있었다. 알렉스는 이 위협 정보에 대해 능숙하게 반응을 했고, 거의 무작위로 움직여 PDC의 포화 방향에서 벗어났고, PDC의 자동 조준 시스템은 계속해 조준을 다시 해야 했다.

홀던은 이 상황이 꼭 게임 같다고 느꼈다. 스페이스 스테이션이 연속해 쏜 믿을 수 없이 빠른 빛 덩어리들은 마치 길고 가느

* 국지 방어 대포(Point Defense Cannon)

다란 진주 목걸이들처럼 보였다. 로시난테 호는 부단히 움직이며 그 광선줄들 사이의 틈을 찾아냈고, 그 줄들이 다시 반응해 우주선을 건드리기 전에 새로운 틈을 향해 돌진했다. 하지만 홀던은 그 각각의 빛 덩어리들이 테플론 코팅 텅스텐 스틸에 감싸인 채 초속 수천 미터로 움직이는 열화우라늄이라는 사실을 알았다. 알렉스가 게임에서 지면 로시난테 호가 갈기갈기 찢어지면서 그 사실을 확인해 줄 터였다.

그리고 갑작스러운 에이모스의 목소리에 홀던은 깜짝 놀라 풀쩍 뛰어오를 뻔했다. "제길, 선장님, 어디선가 새고 있습니다. 좌측 근거리용 기동 추진기 세 개의 수압이 떨어지고 있습니다. 고치러 가겠습니다."

"알았다, 에이모스. 서둘러." 홀던이 말했다.

"몸조심하고, 에이모스." 나오미가 말했다.

에이모스는 그냥 코웃음을 쳤다.

홀던은 콘솔에서 토트 스테이션이 점차 커지는 모습을 지켜보았다. 등 뒤 어딘가에서는 필시 전투기 두 대가 다가오고 있을 터였다. 그 생각을 하니 뒤통수가 뜨끔했지만 홀던은 애써 계속 집중했다. 로시난테 호에는 어뢰가 많지 않았고, 따라서 알렉스가 원거리에서 스테이션을 향해 무작정 어뢰를 계속 쏘게 하고 그 가운데 한 발이 국지 방어 포화를 뚫고 명중하기를 기대할 수는 없었다. 어뢰가 대포에 격추되지 않도록 일단 스테이션으로 가까이 다가가야 했다.

스테이션의 중앙 허브 부분을 둘러싼 곳이 HUD에 밝은 파란색으로 나타났다. 밝게 나타난 부분이 작은 부화면에 확대되어 나타났다. 홀던은 통신 및 조준 어레이를 이루는 접시와 안테나들을 알아볼 수 있었다.

"한 발 갑니다." 알렉스가 말했고, 두 번째 어뢰가 발사되면서 로시난테 호가 진동했다.

홀던은 안전띠 속에서 격렬히 흔들렸고, 알렉스가 갑작스레 로시난테 호에 일련의 복잡한 회피 비행을 시키다가 PDC 포화의 마지막 일파를 벗어나기 위해 출력을 높이자 홀던은 다시 의자에 내동댕이쳐졌다. 홀던은 자신들이 쏜 미사일이 화면에 붉은색으로 표시되며 스테이션에 다가가 통신 어레이를 때리는 모습을 보았다. 1초 정도 화면에서 섬광이 일었다가 사라졌다. 거의 즉시 PDC 포화가 멈추었다.

"잘했…." 홀던이 말하는데 나오미가 큰 소리로 외치며 끼어들었다. "1호 적기가 발사! 빠르게 움직이는 물체 두 개가 보입니다!"

홀던은 나오미의 화면으로 돌아가 위협 경보 시스템을 보았다. 시스템에는 전투기 두 대, 그리고 로시난테 호의 요격 코스를 향해 다가오는 더 작고 훨씬 더 빠른 물체들이 나타나 있었다.

"알렉스!" 홀던이 말했다.

"봤습니다, 선장님. 방어합니다."

알렉스가 속력을 높이자, 홀던은 다시 의자에 난폭하게 안겼다. 끊임없이 으르렁거리던 엔진 소리가 더듬거리는 듯했고, 로시난테 호가 다가오는 미사일들을 격추시키려고 계속 PDC를 발사했으며, 홀던은 그것을 온몸으로 느꼈다.

"아, 씨발." 에이모스가 거의 누군가와 대화를 하듯이 말했다.

"어디야, 에이모스?" 홀던이 물었고, 이윽고 화면을 에이모스의 우주복 카메라로 전환했다. 정비공은 조명이 침침하고 높이가 낮고 도관과 파이프로 가득한 작업용 공간에 있었다. 에이모스가 지금 내선체와 외선체 사이에 있다는 뜻이었다. 에이모스 앞에 있는 망가진 파이프는 마치 부러진 뼈처럼 보였다. 근처에는 절단용 토치가 떠 있었다. 우주선은 격렬하게 흔들렸고, 정비공은 좁은 공간 여기저기에 부딪혔다. 통신 채널에서 알렉스가 외쳤다.

"미사일들을 피했습니다." 알렉스가 말했다.

"알렉스에게 그만 좀 흔들라고 말하십시오." 에이모스가 말했다. "제 도구들이 난리를 친단 말입니다."

"에이모스, 네 충격 흡수 소파로 돌아가!" 나오미가 말했다.

"미안합니다, 보스." 에이모스가 부러진 파이프 한쪽 끝을 뜯어내느라 신음을 하며 대답했다. "만약 제가 이걸 고치지 않으면 압력을 잃게 됩니다. 그러면 알렉스는 더 이상 우현으로 방향을 틀 수가 없습니다. 그러면 아마 좆되는 상황이 될 거라는 데 걸겠습니다."

"계속 작업해, 에이모스." 나오미의 항의에도 홀던이 말했다. "하지만 꽉 잡아. 점점 더 심해질 테니까."

에이모스가 말했다. "네."

홀던은 알렉스의 HUD로 장면을 바꿨다.

"홀던." 나오미가 말했다. 나오미의 목소리에는 공포가 서려 있었다. "잘못해서 에이모스가 다치…."

"에이모스는 자기 할 일을 하고 있어. 네 할 일을 해. 알렉스, 우리는 몰리나리 호가 여기에 도착하기 전에 저 두 놈을 없애야

해. 놈들 가운데 하나를 요격해서 끝장을 내자고."

"네, 선장님." 알렉스가 말했다. "2번 적기를 추격합니다. 1번 적기를 잡으려면 도움이 필요합니다."

"1번 적기는 나오미 몫이야." 홀던이 말했다. "우리가 놈의 친구를 처치하는 동안 나오미는 무슨 수를 쓰든 놈을 우리 뒤에서 떼어 놓도록 해 봐."

"네." 나오미가 긴장된 목소리로 말했다.

홀던은 에이모스의 헬멧 카메라로 화면을 전환했지만 정비공은 잘하고 있는 듯이 보였다. 에이모스는 망가진 파이프를 토치로 잘라내고 있었고, 근처에 같은 길이의 대체용 파이프가 떠 있었다.

"그 파이프를 묶어, 에이모스." 홀던이 말했다.

"죄송하지만, 선장님," 에이모스가 말했다. "지금 안전 규칙을 일일이 지켰다가는 문제가 커질 겁니다. 저는 이걸 빨리 끝나고 여기서 나갈 겁니다."

홀던은 망설였다. 만약 알렉스가 항로를 바꿔야 하는 상황이 되면 떠 있는 파이프는 미사일로 돌변해 에이모스 또는 로시난테 호를 죽일 수도 있었다. '에이모스잖아.' 홀던이 생각했다. '자기 일엔 전문가라고.'

홀던이 나오미의 화면으로 전환했을 때, 나오미는 통신 시스템의 모든 것을 작은 인터셉터에 쏟아붓고 있었다. 빛과 무전 잡음으로 적기의 눈을 멀게 하려는 것이었다. 이윽고 홀던은 자신의 전술 디스플레이로 돌아왔다. 로시난테 호와 2번 적기는 서로를 향해 무시무시한 속력으로 날아갔다. 다가오는 어뢰를 피할 수 없는 지점에 이르자마자 2번 적기는 미사일 두 대를 발사했다. 알렉스는 빠르게 다가오는 미사일 두 대를 PDC로 쏘기 위해 겨냥했고 계속 요격 코스를 따라 진행했지만 미사일을 쏘지는 않았다.

"알렉스, 왜 우리는 어뢰를 안 쏘는 거지?" 홀던이 말했다.

"우선 놈의 어뢰들을 격추시킨 뒤 더 가까이 접근해서 PDC로 놈을 작살낼 겁니다." 조종사가 대답했다.

"왜?"

"우리에게는 어뢰가 얼마 없고 재보급도 안 됩니다. 이런 하찮은 것에 낭비할 수가 없습니다."

다가오는 어뢰들이 홀던의 디스플레이에서 원호를 그렸고, 홀던은 로시난테 호의 PDC가 그 어뢰들을 향해 포격하는 것을 느꼈다.

"알렉스," 홀던이 말했다. "우리는 이 우주선을 돈 주고 산 게 아니야. 그러니 맘 놓고 무기를 써. 만약 네가 무기를 아꼈다가 내가 죽게 되는 날이면 네 인사 고과 파일에 징계 기록을 남겨 놓을 거야."

"뭐, 그런 식으로 말씀하신다면야…." 알렉스가 말했다. "하나 갑니다."

로시난테 호가 발사한 어뢰가 화면에서 붉은 점이 되어 길게 꼬리를 그리며 2호 적기를 향해 날아갔다. 다가오던 미사일들은 점점 더 가까워졌고, 이윽고 화면에서 그 가운데 하나가 사라졌다.

알렉스가 밋밋한 목소리로 "제길." 하고 말했고, 이윽고 홀던이 헬멧 안에서 코를 부딪칠 정도로 로시난테 호가 옆으로 심하게 흔들렸다. 노란 경고등들이 격벽 사방을 돌아가며 켜지기 시작했고, 우주선이 이미 공기를 다 방출한 덕분에 홀던은 공기를 통해 전달되는 클랙슨 소리를 듣지 않아도 되었다. 홀던의 전술 디스플레이가 번쩍이다가 꺼졌고, 1초쯤 뒤에 다시 켜졌다. 디스플레이가 다시 켜졌을 때 어뢰 세 개와 2호 적기는 모두 사라지고 없었다. 1호 적기는 계속해서 후방에서 로시난테 호를 추격하고 있었다.

"손상 정도는?" 홀던이 통신 채널이 아직 작동하기를 바라며 외쳤다.

"외부 선체에 대규모 손상을 입었습니다." 나오미가 대답했다. "근거리용 기동 추진기 네 개가 망가졌습니다. PDC 하나가 반응하지 않습니다. 또한 산소 저장실이 날아갔으며 승무원용 에어록은 걸레처럼 보입니다."

"그런데 왜 우리가 아직 살아있는 거지?" 홀던이 손상 보고서를 재빨리 보고 에이모스의 우주복 카메라로 화면을 전환하며 말했다.

"어뢰에 맞은 게 아닙니다." 알렉스가 말했다. "PDC가 어뢰를 잡았지만 거리가 너무 가까웠습니다. 탄두가 폭발하면서 우리에게 꽤 큰 피해를 입혔습니다."

에이모스가 움직이지 않는 것 같았다. 홀던이 외쳤다. "에이모스! 보고!"

"네, 네, 아직 여기 있습니다, 선장님. 다시 흔들릴 경우를 대비해 꽉 잡고 있을 뿐입니다. 선체 늑골에 부딪혀 갈비뼈가 하나 부러진 듯하지만, 지금은 몸을 꽉 묶고 있습니다. 하지만 그 파이 프로 시간을 낭비하지 않아서 정말 다행입니다."

홀던은 굳이 대답을 하지 않았다. 홀던은 전술 디스플레이로 돌아와 빠르게 다가오는 적기를 지켜보았다. 적기는 이미 어뢰들을 발사해서 더는 어뢰가 없었지만 가까운 거리에서라면 대포로 여전히 로시난테 호를 박살 낼 수 있었다.

"알렉스, 방향을 바꿔서 저 우주선에 포격을 가할 수 있겠어?" 홀던이 말했다.

"하는 중입니다. 하지만 자세 제어 능력이 많이 떨어져 있습니다." 알렉스가 대답했고, 로시난테 호가 연속해 흔들리며 회전을 했다.

홀던은 망원경으로 화면을 전환한 뒤 다가오는 적기를 확대해 보았다. 가까이서 보니 적기의 대포 주둥이는 세레스의 복도만큼이나 커다랬고, 홀던 쪽을 정면으로 겨냥하고 있는 듯이 보였다.

"알렉스." 홀던이 말했다.

"하고 있습니다, 선장님. 하지만 로시난테 호에 부서진 부분이 있습니다."

적 우주선의 함포가 열리면서 발포 준비를 했다.

"알렉스, 부숴버려, 부숴, '부숴, 부수라고'."

"하나 갑니다." 조종사가 말했고, 로시난테 호가 흔들렸다.

홀던의 콘솔이 망원경 시야에서 전술 디스플레이로 자동으로 바뀌었다. 로시난테 호의 어뢰가 적기를 향해 날아가는 것과 거의 동시에 적기가 발포를 시작했다. 화면은 눈으로 따라가기 어려울 정도로 빠르게 다가오는 탄환들을 작고 붉은 점으로 표시했다.

"포격이…." 홀던이 외쳤고, 홀던 주위에서 로시난테 호가 산산히 부서지기 시작했다.

홀던은 정신이 들었다.

우주선 내부는 날아다니는 파편들과 과열된 금속조각들로 가득했고, 마치 불똥 소나기가 슬로모션으로 내리는 것처럼 보였다. 공기가 없는 상황에서 이 조각들은 벽에 부딪혔다가 튕겨 다시 날아가면서 천천히 식었고, 그 모습이 게으른 개똥벌레를 연상케 했다. 홀던은 벽에 설치되어 있던 모니터의 한쪽 모퉁이가 깨져 나와 세상에서 가장 정교한 당구공 궤적을 그리며 격벽 세 개에 튕겨났다가 자신의 횡격막 바로 아래를 때렸던 기억이 어렴풋이 났다. 홀던은 아래를 내려다보았고, 앞으로 몇 센티미터 떨어진 곳에서 작은 모니터 조각을 보았다. 하지만 우주복에는 구멍이 나 있지 않았다. 내장이 아팠다.

나오미 옆의 관제 콘솔 의자에 구멍이 나 있었다. 의자에서는 녹색 젤이 천천히 흘러나왔고, 무중력 상태에서 작은 공 모양으로 뭉쳐졌다. 홀던은 의자의 구멍을 보았고, 방 가로질러 격벽에서 그에 상응하는 구멍을 보았으며, 탄환이 나오미의 다리에서 겨우 몇 센티미터를 빗나갔다는 사실을 깨달았다. 홀던은 온몸이 떨렸고, 떨림이 가시면서 욕지기가 났다.

"그게 뭐였습니까?" 에이모스가 조용히 물었다. "그리고 왜 더는 아무 일도 일어나지 않는 겁니까?"

"알렉스?" 홀던이 말했다.

"아직 여기 있습니다, 선장님." 조종사는 으스스할 정도로 침착한 목소리로 말했다.

"내 패널이 죽었어." 홀던이 말했다. "우리가 그 개자식을 죽인 건가?"

"네, 선장님. 놈은 죽었습니다. 놈이 쏜 탄환 대여섯 발이 로시난테 호를 맞혔습니다. 선수에서 선미까지 관통한 듯합니다. 격벽의 깨짐 방지 그물이 파편들을 막아주었습니다."

알렉스의 목소리가 떨리기 시작했다. 알렉스의 말뜻은 '우리 모두 죽었어야 맞습니다'였다.

"프레드와 연결해 줘, 나오미." 홀던이 말했다.

나오미는 움직이지 않았다.

"나오미?"

"네, 프레드와 연결." 나오미가 말하고는 자기 화면을 가볍게 쳤다.

홀던의 헬멧은 잠시 잡음으로 가득 찼고, 이윽고 프레드의 목소리가 들렸다.

"가이 몰리나리 호입니다. 여러분들이 아직 살아있어 기쁘군요."

"고맙습니다. 당신 차례입니다. 우리가 스테이션의 어느 부두로든 이 고물을 끌고 가도 되는 상황이 되면 알려주십시오."

"알겠습니다." 프레드가 대답했다. "당신들이 착륙하기 좋은 곳을 찾도록 하지요. 프레드 아웃."

홀던은 의자 안전띠를 신속하게 끄른 뒤, 말을 잘 듣지 않는 몸을 날려 천장으로 둥둥 떠 갔다.

'오케이, 밀러. 이제 당신 차례야.'

40
밀러

"오이, 팜포.(어이, 늙다리 아저씨.)" 밀러 오른쪽의 충격 흡수 소파에 앉은 소년이 말했다. "봉인이 팍하면 아저씨 펑, 그래요?"

소년의 전투 장갑복은 회녹색이었으며, 주름을 넣어 구부릴 수 있게 한 관절 부분은 압력 봉인이 되어 있었고, 가슴판에는 칼인지 화살촉 탄환인지에 긁혀 생긴 줄무늬가 나 있었다. 면갑 뒤로 보이는 얼굴은 열다섯 살 정도인 듯했다. 소년의 손동작은 유년시절을 우주복을 입고 보냈음을, 말투는 소행성대 토박이임을 말해줬다.

"그래." 밀러가 팔을 들어 올리며 말했다. "최근 진짜 화끈한 사건을 봤지. 난 괜찮을 거야."

"괜찮은 한은 괜찮다면 괜찮은 거죠." 소년이 말했다. "하지만 아저씨가 포카에 붙어 있으면, 네토가 아저씨에게 공기를 전해 줘요, 좋아요?"

'화성이나 지구에 있는 사람은 벨트인들이 무슨 말을 하는지 감도 못 잡을걸.' 밀러는 생각했다. '젠장. 세레스의 사람 절반은 이런 심한 악센트에 당황할 거야. 벨트인을 죽이는 걸 아무렇지도 않게 생각하는 것도 무리가 아니지.'

"그래, 좋아." 밀러가 말했다. "네가 앞장서면 난 네 뒤에서 누가 너에게 총을 쏘지 못하도록 지켜주겠어."

소년이 싱긋 웃었다. 밀러는 이런 소년을 수천 명은 보았다. 사춘기의 방황에 빠진 소년들, 위험을 기꺼이 받아들이고 소녀들에게 감명을 주고 싶은 평범한 십 대의 욕망을 거쳐 가는 소년들. 하지만 동시에 단 한 번의 불운이 죽음을 의미하는 소행성대에 사는 소년들. 밀러는 그런 소년들을 수천 명을 보았고, 수백 명을 체포했으며, 수십 명을 시체처리용 백에 담았다.

밀러는 몸을 굽히고는 가이 몰리나리 호의 중앙에 빽빽하게 줄지어 있는, 수평 유지장치가 된 충격 흡수 소파를 바라보았다. 대충 계산해 보니 구십 개에서 백 개쯤 되었다. 즉 저녁 식사 시간 즈음이 되면 밀러는 죽은 소년을 수십 명 더 보게 될 확률이 꽤 높았다.

"이름이 뭐지?"

"디오고."

"난 밀러." 밀러가 말하고 악수를 하자고 손을 내밀었다. 밀러가 로시난테 호에서 가져온 고성능 화성 전투 장갑복은 아이의 것보다 손가락 관절의 움직임이 더 좋았다.

하지만 사실인즉, 밀러는 돌격대에 낄 몸 상태가 아니었다. 밀러는 여전히 때때로 원인 불명의 욕지기를 느꼈고, 핏속의 약물이 떨어져 갈 때면 팔이 아팠다. 하지만 밀러는 총을 좀 다룰 줄 알왔고, 십중팔구는 어중이떠중이인 OPA의 디오고 같은 녀석들보다는 곧 있을 복도전에 더 능할 게 분명했다. 그 정도면 충분했다.

우주선의 방송 스피커가 짤깍하고 한 번 소리를 냈다.

"여기는 프레드. 공중 지원팀에서 연락이 왔고, 10분 뒤에 돌파 작전을 시작한다. 이제 마지막 점검을 하도록."

밀러는 소파에 등을 기댔다. 백 개의 장갑복과 백 개의 권총, 백 개의 자동소총이 철커덕거리는 소리가 공기를 채웠다. 밀러는 자신의 장비를 이미 충분히 살펴봤다. 다시 살펴볼 필요는 없을 듯했다.

몇 분 뒤면 총격전이 시작된다. 높은 g 약물 칵테일의 효과는 거의 사라져 있었다. 충격 흡수 소파에서 나오자마자 곧장 전투에 참여해야 하기 때문이었다. 돌격대를 필요 이상으로 약물에 취하게 해둘 필요가 없었다.

줄리는 밀러 옆의 벽에 앉아 있었다. 줄리는 마치 물속에 있는 것처럼 머리가 너울거렸다. 밀러는 얼룩무늬 빛이 줄리의 얼굴을 가로질러가는 상상을 했다. 인어처럼 보이는 젊은 보트 레이서의 초상. 줄리는 밀러의 그런 생각에 싱긋 웃었고, 밀러도 함께 웃었다. '줄리도 살아있었다면 이 속에 끼어있었을 거야.' 밀러는 알았다. 디오고와 프레드와 다른 OPA 민병대들, 진공의 애국자들과 함께, 줄리는 빌린 장갑복을 입고 충격 흡수 소파에 앉아, 대의를 위해 목숨을 걸고 스테이션으로 갔을 것이다. 밀러는 자신은 그러지 않으리라는 것을 알았다. 줄리보다 먼저 그러진 않았을 것이다. 그러니, 밀러는 줄리를 대신하는 셈이었다. 밀러는 줄리가 된 것이다.

'그 사람들이 해냈네요.' 줄리가 말했다. 아니 어쩌면 그냥 생각만 했다. 지상 공격이 계속 진행된다는 건 로시난테 호가 살아남았다는 뜻이었다. 적어도 방어체계를 무너뜨릴 만큼은 오랫동안 말이다. 밀러는 고개를 끄덕이며 줄리에게 동의했고, 그 생각에 잠시 기쁨을 느꼈고, 이윽고 중력이 그를 충격 흡수 소파에 너무나도 거세게 떠미는 바람에 의식이 잠시 가물거렸으며, 주변이 침침해졌다. 밀러가 빛의 변화를 느끼는 순간, 브레이크용 분사가 시작되었고, 모든 충격 흡수 소파는 이 새로운 감속에 맞춰 회전했다. 바늘들이 밀러의 피부를 뚫고 들어왔다. 뭔가 깊고 요란한 일이 일어났으며, 가이 몰리나리 호는 거대한 벨처럼 울려댔다. 돌파 작전이 시작된 것이다. 세상이 왼쪽으로 거세게 쏠렸고, 돌격 우주선이 스테이션의 회전에 맞춰 움직임에 따라 소파가 마지막으로 빙그르르 돌았다.

누군가 밀러에게 외쳤다. "전진, 전진, 전진!" 밀러는 자동소총을 들고 권총을 허벅지에 부착했고, 입구를 향해 몰려나가는 사람들에 합류했다. 밀러는 모자를 잃어버렸다.

이들이 들어가는 작업용 복도는 좁고 어두침침했다. 타이코 공학자들이 제공한 설계도에 따르면, 스테이션의 유인 구역에 도달하기 전까지는 별다른 저항도 없어야 했다. 하지만 그건 잘못된 예측이었다. 자동 방어 레이저가 맨 앞의 OPA 두 사람을 두 동강 냈고, 밀러와 다른 OPA 군인들은 다행히 레이저에 당하기 전 그 광경을 보고 움찔하며 멈춰 섰다.

"3분대! 저걸 태워!" 프레드가 모두의 귀에 대고 으르렁거렸고, 가까운 공중에서 대 레이저 폭탄의 연기 여섯 개가 짙고 하얕게 피어올랐다. 다음번에 방어 레이저가 발사되었을 때, 벽은 현란한 색으로 번쩍이고 플라스틱 타는 냄새가 공기를 가득 채웠지만 아무도 죽지 않았다. 밀러는 붉은 금속 경사로를 따라 위로 올라갔다. 용접용 불꽃이 이글거렸고 작업용 문이 활짝 열렸다.

토트 스테이션의 복도는 널찍했으며, 정교한 나선 모양을 이룬 담쟁이들이 길게 줄을 지어 있었고, 몇 미터마다 파인 벽감에는 멋진 조명 아래 분재들이 놓여 있었다. 순수한 백색 태양광의 부드러운 빛 덕분에 그곳은 온천 휴양지나 부자의 개인 저택 같은 느낌을 주었다. 바닥에는 카펫이 깔려 있었다.

밀러의 장갑복 HUD가 깜박이며 돌격대가 가야 할 길을 표시해주었다. 밀러의 심장이 빠르게 뛰었지만, 마음은 완벽히 정지한 듯했다. 첫 번째 교차로에 도착하니 프로토젠 치안대 유니폼을 입은 십여 명이 바리케이드를 지키고 있었다. OPA는 뒤로 물러나 복도 뒤로 숨었다. 치안대는 무릎 높이로 제압 사격을 해댔다.

수류탄은 완벽하게 둥글었으며, 심지어 핀을 뽑은 곳의 구멍조차 그랬다. 수류탄은 돌이나 타일과 달리 부드러운 카펫에서는 잘 굴러가지 않았고, 그래서 세 개 가운데 하나는 바리케이드에 닿기 전에 멈췄다. 그리고 귀를 해머로 두드려 맞는 것 같은 충격이 따라왔다. 좁고 밀폐된 복도 속에서 OPA는 적이 받은 충격과 거의 맞먹는 충격을 받았다. 하지만 바리케이드는 산산조각이 났고, 프로토젠 치안대는 후퇴했다.

OPA가 앞으로 나가는 동안, 밀러는 자신의 옆에 잠시 새로 붙은 동료가 최초의 승리를 만끽하는 환호성을 들었다. 그 소리는 멀리서 들리는 것처럼 아득하게 들렸다. 밀러의 귀마개가 원래 성능을 발휘하지 못하고 수류탄 폭발음을 그대로 통과시킨 듯했다. 고막이 터진 채 나머지 과정을 돌파하기란 쉽지 않으리라는 생각이 들었다.

그때 프레드의 목소리가 들렸고, 그 목소리는 또렷하게 들렸다.

"전진 금지! 물러섯!"

그 정도로도 충분했다. OPA 지상군은 주저하며 나아가고 있었고, 그래서 프레드의 명령은 마치 가죽끈처럼 그들을 잡아당겼다. 그들은 군인이 아니었다. 경찰조차 아니었다. 소행성대의 어중이떠중이 민병대였고, 통제와 권위에 대한 존경이 낯설었다. 그들은 느렸다. 그들은 조심했다. 그래서 모퉁이를 돌 때, 그들은 함정으로 들어가지 않았다.

다음 복도는 길고 곧았으며, HUD에 따르면 컨트롤 센터로 올라가는 작업용 경사로로 연결되었다. 그곳은 텅 비어 보였지만, 굴곡진 지평선까지 3분의 1쯤 나아간 곳에서 카펫이 너덜너덜해져 있었다. 밀러 옆에 있는 소년 가운데 한 명이 투덜거리며 나아갔다.

"놈들은 낮게 깔리는 유산탄을 곡면에 쏘아 이쪽으로 튀게 하고 있다." 프레드가 모두의 귀에 대고 말했다. "도탄 사격이다. 몸을 낮추고 내가 말하는 대로 행동할 것."

이 지구인의 침착한 목소리는 고함을 쳤을 때보다 더 효과가 있었다. 자신의 상상에 지나지 않을지 몰라도, 밀러 생각엔 목소리톤 역시 더 깊어진 듯했다. 확실했다. 앤더슨 스테이션의 학살자는 자신이 가장 잘하는 일을 하고 있었으며, 자신이 적군에 있을 시절 함께 짰던 전술과 전략을 상대로 자신의 군대를 이끌고 있었다.

OPA 군대는 천천히 앞으로 나아가 한 레벨 위로, 또 한 레벨 위로, 또 한 레벨 위로 올라갔다. 공기는 연기와 부식된 패널들로 뿌옜다. 넓은 복도는 마치 죄수용 운동장처럼 널찍한 광장들과 프로토젠 병력의 감시용 탑들이 있는 곳으로 연결되었다. 옆복도들은 잠겼으며, 스테이션 치안대는 OPA를 집중포화 가능한 상황으로 유도하려 애썼다.

그 작전은 먹히지 않았다. OPA는 문들을 강제로 열었고, 강연실과 공장의 중간쯤 되는, 디스플레이가 많은 곳을 엄호물로 삼았다. OPA가 안으로 들어갈 때, 돌격이 진행 중임에도 여전히 일하고 있던 비무장 민간인들이 두 번 그들을 공격했다. OPA 소년들은 그들을 쏘아 죽였다. 밀러는 마음 한구석에서 자신을 군인이 아니라 여전히 경찰로 인식했고, 그 때문에 그 모습에 움찔했다. 그 사람들은 민간인이었다. 민간인을 죽이는 건 아무리 보아도 옳지 않았다. 하지만 줄리가 밀러의 마음 한쪽에서 속삭였다. '여기에서 무고한 사람은 아무도 없어요.' 그리고 밀러는 그 말에 동의할 수밖에 없었다.

중앙 관제실은 스테이션의 약한 중력 우물을 따라 3분의 1쯤 간 곳에 있었고, 이들이 지금까지 보아온 그 어떤 것보다도 더 삼엄하게 경비가 되어 있었다. 밀러와 다른 다섯 명은 익숙한 프레드 목소리로 지휘받으며 좁은 작업용 복도에 몸을 숨기고 관제실로 통하는 주 복도에 집중 사격을 계속했고, 프로토젠의 반격에 확실한 대답을 해주었다. 밀러는 자신의 자동소총을 확인했고, 총탄이 얼마나 남았는지를 깨닫고 깜짝 놀랐다.

"오이, 팜포." 밀러 옆의 소년이 말했고, 밀러는 면갑 뒤 디오고의 목소리를 알아듣고는 싱긋 웃었다. "엄청난 날이군요, 안 그래요?"

"나는 더 끔찍한 것도 봤어." 밀러가 동의하다가, 말을 멈췄다. 밀러는 다친 팔꿈치를 긁으려 했지만, 장갑복 때문에 아무런 효과도 없었다.

"겁나나요?" 디오고가 물었다.

"아니, 난 괜찮아. 그냥… 이곳. 이해가 안 가. 여기는 온천 휴양소처럼 보이지만 감옥처럼 지어졌어."

소년의 두 손이 질문을 뜻하는 손짓을 했다. 밀러는 알겠다고 주먹을 흔들어 보인 뒤, 곰곰히 생각하며 대답을 했다.

"여기는 복도가 길고 곧으면서 옆쪽 복도들은 잠겼어." 밀러가 말했다. "만약 내가 이런 곳을 짓는다면…."

날카로운 소리와 함께 디오고의 머리가 뒤로 꺾이며 쓰러졌다. 밀러는 고함을 치며 몸을 굴렸다. 이틀 뒤 옆쪽 복도에서 프로토젠 치안대 유니폼을 입은 두 명이 엄호물을 찾아 몸을 날렸다. 밀러의 왼쪽 귀 옆으로 뭔가가 쉿 소리를 내고 지나갔다. 뭔가가 밀러의 멋진 화성 장갑복의 가슴막이판을 해머처럼 쾅 쳤다. 밀러는 자동소총을 굳이 들어 올리려 하지 않았다. 소총은 이미 있어야 할 자리에 있었고, 마치 밀러와 한몸이 된 듯이 저절로 반격을 토해냈다. 다른 OPA 세 명도 반격을 도왔다.

"물러서." 밀러가 으르렁댔다. "복도에서 눈깔을 떼지 마! 여긴 내가 맡겠어."

'멍청이.' 밀러가 생각했다. '놈들에게 뒤를 내주다니, 멍청이. 전투 중간에 멈춰서 이야기를 하다니, 멍청이.' 좀 더 현명하게 굴었어야 했다. 그리고 이제 밀러가 정신을 팔았기 때문에 디오고가….

웃어?

디오고가 몸을 일으키더니 자기 자동소총을 들고 옆쪽 복도를 향해 총알 세례를 퍼부었다. 디오고는 비틀거리며 일어섰고, 방금 폭주를 즐긴 아이처럼 흥분의 함성을 질렀다. 디오고의 쇄골 위에서 면갑 오른쪽 면까지 하얗고 찐득거리는 뭔가가 넓고 길게 펼쳐져 있었다. 면갑 속에서 디오고가 이를 드러내고 싱긋 웃었다. 밀러는 고개를 저었다.

"놈들은 무슨 생각으로 폭동 진압용 탄환을 쓰는 거지?" 밀러는 디오고에게 그리고 자기 자신에게 말했다. "놈들은 이게 폭동이라고 생각하는 건가?"

"각 분대 앞으로." 프레드가 밀러의 귀에 대고 말했다. "준비하라. 우리는 5초 뒤에 이동한다. 4, 3, 2, 전진!"

'지금 우리는, 저 앞에 뭐가 우릴 기다리는지도 모르면서 뛰어들고 있어.' 밀러는 다른 이들과 함께 돌격의 최종 목표를 향해 복도를 뛰어가면서 생각했다. 넓은 경사로 끝에는 베니어합판으로 마감된 방폭문들이 있었다. 그들 뒤에서 뭔가가 폭발했지만, 밀러는 머리를 낮게 숙이고 나아갈 뿐 뒤돌아보지 않았다. 엉성한 장갑복 차림의 돌격대원들이 점점 모여들며 서로를 난폭하게 밀어댔고, 밀러는 뭔가 부드러운 것에 발이 걸렸다. 프로토젠 유니폼을 입은 시체였다.

"좀 비켜!" 앞에 선 여자가 외쳤다. 밀러는 어깨와 팔꿈치로 OPA 군인들을 밀치고 그 여자 쪽으로 나아갔다. 밀러가 그 여자에게 도착했을 때 여자가 다시 외쳤다.

"무슨 일이지?" 밀러가 외쳤다.

"여기 좆빨이 새끼들이 전부 나를 이렇게 밀어대면 이 쌍년을 잘라낼 수가 없다고." 여자가 이미 가장자리가 허옇게 달아오른 절단용 토치를 들어 보이며 말했다. 밀러는 고개를 끄덕였고, 자동소총을 등 뒤에 멨다. 밀러는 가장 가까이 있는 어깨 둘을 움켜쥐고 이쪽을 돌아볼 때까지 흔든 다음 서로 팔꿈치를 연결해 스크럼을 짰다.

"공병들에게 공간을 줘야 해." 밀러가 말했고, 다른 이들과 함께 동료들을 밀며 뒤로 물러섰다. '역사상 얼마나 많은 전투가 이런 식으로 해서 승패의 방향이 틀어졌을까?' 밀러가 생각했다. '거의 다 이겼는데 이제 같은 편끼리 발이 걸려 넘어져서 말이야.' 밀러 뒤에서 용접기가 팍 하는 소리와 함께 살아났고, 장갑복을 입은 상태에서도 열기가 마치 손처럼 밀러의 등을 지그시 눌렀다.

군중 가장자리에서 자동 화기들이 달그닥거렸다.

"어떻게 되고 있어?" 밀러가 어깨너머로 외쳤다.

여자는 대답하지 않았다. 몇 시간은 흐른 것 같았지만, 사실은 5분도 채 지나지 않았을 터였다. 뜨거운 금속과 증발한 플라스틱으로 공기가 뿌예졌다.

용접용 토치가 팍 소리를 내며 꺼졌다. 뒤를 돌아보자, 격벽이 휘어지고 주저앉아 있었다. 공병은 카드처럼 얇은 잭을 플레이트 사이 틈에 끼워 넣더니 작동을 시킨 뒤 뒤로 물러섰다. 새로운 압력과 스트레스가 금속을 일그러뜨리자 스테이션이 신음을 토했다. 격벽이 열렸다.

"가자." 밀러가 외쳤고, 고개를 숙이고 새로운 통로를 통과해 카펫 깔린 경사로를 올라 관제실로 들어갔다. 각자의 스테이션에서 일하던 남녀 십여 명이 공포에 눈을 휘둥그레 뜨고 밀러 일행을 바라보았다.

"당신들을 체포한다!" 주위에 흥분한 OPA 군인들이 있는 속에서 밀러가 외쳤다. "음, 아니, 체포는 아니고… 젠장. 두 손을 들고 컨트롤에서 물러섯!"

그자들 가운데 한 명, 벨트인처럼 키가 컸지만 완전한 중력 속에서 자란 듯이 당당한 체구의 남자가 한숨을 쉬었다. 그자는 주름 하나 없는 거로 보아 컴퓨터 재단이 분명한, 리넨과 생사로 지은 멋진 정장 차림이었다.

"저 사람들 말대로 해." 리넨 정장이 말했다. 불쾌한 듯했지만, 겁을 먹은 것 같지는 않았다.

밀러가 눈을 가늘게 떴다.

"드레스덴 씨?"

정장을 입은 자는 신중하게 눈썹을 치키더니 동작을 멈추고는 고개를 끄덕였다.

"당신을 찾아다녔어." 밀러가 말했다.

프레드는 마치 자신이 그곳 책임자라는 듯이 관제실로 걸어 들어왔다. 평소보다 어깨에 더 힘을 주고 등을 더 쫙 펴서, 타이코 스테이션의 책임자는 사라지고 사령관의 모습이 나타났다. 프레드는 관제 센터 구석구석을 빨아들이는 듯한 눈빛으로 바라보았고, OPA 선임 공병 한 명에게 고개를 끄덕였다.

"모두 점령했습니다." 공병이 말했다. "이제 스테이션은 사령관님 것입니다."

밀러는 누군가가 죄 사함을 받는 순간을 평생 처음 목격했다. 이런 일은 워낙에 드물고, 너무나도 개인적이다 보니 거의 숭고하기까지 했다. 몇십 년 전, 이 남자, 더 젊고 더 튼튼하고 흰머리도 적었던 시절의 이 남자는 스페이스 스테이션을 점령했고 벨트인들의 피와 죽음을 자기 무릎까지 차오르게 했다. 밀러는 프레드가 턱에서 긴장을 풀고 가슴을 펴는 걸 희미하게 눈치챘다. 프레드의 죄책감이 덜어졌다는 뜻이었다. 완전히까진 몰라도 죄책감을 거의 덜어냈다는 것은 확실했다. 대부분의 사람은 평생이 걸려도 이렇게까지 해내지 못했다.

밀러는 만약 자신이 그런 상황이었다면 어떤 느낌일지 궁금해졌다.

"밀러?" 프레드가 말했다. "우리가 이야기하고 싶어 하는 누군가를 당신이 잡았다는 소식을 들었습니다."

드레스덴은 자신을 겨누는 권총이나 자동소총 따위는 아예 무시하며 의자에서 일어났다.

"존슨 대령," 드레스덴이 말했다. "여기까지 온 걸 보면 당신 정도 능력자가 뒤에 있는 게 당연한 건데 제가 그 사실을 간과했군요. 제 이름은 드레스덴입니다."

드레스덴은 프레드에게 무광택의 검은색 명함을 내밀었다. 프레드는 반사작용처럼 명함을 받아들었지만 보지는 않았다.

"당신이 이곳 책임자인가?"

드레스덴은 프레드에게 차가운 웃음을 지어 보이더니 답을 하기 전에 주위를 둘러보았다.

"적어도 일부는 책임을 지고 있다고 말해야겠군요." 드레스덴이 말했다. "당신은 방금 여기서 단지 자기 일을 열심히 하던 사람들을 꽤 많이 죽였습니다. 하지만 누가 도덕적 잘못을 했는가를 따지는 건 그만두고 현재 중요한 사항들을 상의해볼까요?"

프레드의 웃음이 눈까지 번졌다.

"그게 정확히 뭐지?"

"협상 조건이지요." 드레스덴이 대답했다. "당신은 경험이 많은 사람입니다. 이곳에서의 승리로 인해 당신이 아주 위험한 상황에 빠졌다는 건 알 겁니다. 프로토젠은 지구에서 가장 영향력 있는 회사 가운데 하나입니다. OPA가 프로토젠의 소유물을 공격했고, 그곳을 오래 점령하면 할수록 그 보복은 심각할 겁니다."

"그런가?"

"물론입니다." 드레스덴이 프레드의 의심스러운 목소리를 털어내려는 듯이 한 손을 휘휘 저으며 말했다. 밀러는 고개를 저었다. 이 남자는 현 상황이 어떻게 돌아가는지 정말로 이해를 하지 못하고 있었다. "당신은 인질을 잡았습니다. 우리죠. 당신은 지구가 보낸 수십 척의 전함으로 인해 궁지에 몰린 다음에 협상할 수도 있고, 아니면 지금 여기서 협상을 끝낼 수도 있습니다."

"당신이 묻는 건… 얼마나 많은 돈을 받아야 내가 동료들을 데리고 이곳을 떠나겠냐는 거로군." 프레드가 말했다.

"만약 당신이 원하는 것이 돈이라면." 드레스덴은 어깨를 으쓱하며 말했다. "무기, 사면, 의료품. 당신이 일으킨 이 작은 전쟁을 거두고 이 일을 빨리 끝낼 수만 있다면 뭐든지 드리지요."

"난 당신이 에로스에서 무슨 짓을 했는지 알아." 프레드가 조용히 말했다.

드레스덴이 킥킥거렸다. 그 소리에 밀려는 소름이 돋았다.

"존슨 씨." 드레스덴이 말했다. "에로스에서 우리가 무엇을 했는지 아는 이는 '아무도 없습니다.' 그리고 제가 당신과 이렇게 노닥거리는 일 분 일 초가 제게는 더 귀한 일을 하지 못하고 낭비되는 시간이지요. 맹세컨대, 당신은 지금 평생에 다시 없을, 최고로 강력한 위치에서 협상할 수 있는 겁니다. 이런 기회를 그냥 버리는 건 너무 아깝잖겠습니까?"

"그러면 당신의 제안은?"

드레스덴이 두 손을 펼쳐 보였다. "당신이 원하는 건 뭐든지. 그리고 사면권도. 당신들이 여기를 나가고 우리가 우리 일로 돌아갈 수만 있다면 말입니다. 우리 모두가 승리하는 겁니다."

프레드가 소리 내 웃었다. 건조한 웃음이었다.

"내가 좀 더 쉽게 말해보지." 프레드가 말했다. "만약 내가 당신에게 머리 숙여 절을 하고 경배를 하면 지구의 모든 왕국을 내게 주겠다는 건가?"

드레스덴이 고개를 갸웃했다. "어디서 나온 말인지 모르겠군요."

41
홀던

로시난테 호는 추진기들의 마지막 분사를 이용해 간신히 토트 스테이션과 도킹을 했다. 홀던은 스테이션의 도킹 죔쇠들이 쿵 소리를 내며 선체를 잡는 것을 느꼈고, 이윽고 3분의 1g의 낮은 중력이 실내에 돌아왔다. 플라스마 탄두의 근거리 폭발로 인해 승무원 에어록의 바깥문은 찢겨 나갔고 초고온 가스가 실내에 밀려 들어오면서 그곳을 사실상 용접해 닫은 효과를 냈다. 그건 홀던 일행이 우주선 선미의 화물용 에어록을 통해 나가야 하며, 스테이션까지 우주 유영을 해서 가야 한다는 뜻이었다.

그건 괜찮았다. 모두가 여전히 우주복을 입고 있었다. 로시난테 호는 구멍이 너무 많이 뚫려 공기 재생 시스템으로 감당할 수 없는 수준까지 갔고, 우주선의 산소는 에어록을 박살 냈던 그 폭발로 인해 우주 공간으로 날아갔다.

알렉스가 조종실에서 내려왔다. 얼굴은 헬멧에 가려져 보이지 않았지만, 우주복을 입고 있는데도 배가 불룩한 게 확연히 눈에

띄었다. 나오미는 자신의 스테이션 정리를 마치고 우주선 동력을 내린 뒤 알렉스에 합류했고, 셋은 승무원용 사다리를 내려와 우주선 선미로 갔다. 선미에서는 에이모스가 자기 우주복에 커다란 EVA 추진팩을 달고 거기에 저장 탱크의 압축 질소를 채워 넣으면서 일행을 기다리고 있었다. 정비공은 이미 홀던에게 EVA 추진팩의 추진력 정도면 스테이션의 회전을 이기고 에어록까지 갈 수 있다고 확인해 주었다.

아무도 말하지 않았다. 홀던은 가벼운 농담이 오갈 거라고 기대했었다. 홀던은 사람들이 가벼운 농담을 원하리라고 기대했었다. 하지만 망가진 로시난테 호는 침묵을 요구하는 듯했다. 어쩌면 경외심을.

홀던은 화물칸 격벽에 몸을 기대고 눈을 감았다. 들리는 소리라고는 공기 재생기가 끊임없이 쉿쉿거리는 소리와 통신 회선의 희미한 잡음뿐이었다. 부러지고 피로 꽉 막힌 코로는 아무 냄새도 맡을 수 없었으며, 입은 구리 맛으로 가득했다. 하지만 그럼에도, 홀던은 얼굴에서 웃음을 지울 수가 없었다.

그들은 이겼다. 그들은 프로토젠으로 똑바로 날아와 악당들이 발사하는 모든 것을 받아내며 '놈들'의 코피를 터뜨린 것이다. 심지어 지금도 OPA 군인들이 놈들의 스테이션을 짓밟으며 에로스를 파괴하는 데 동참했던 자들에게 총을 쏘고 있었다.

홀던은 그자들에게 아무런 양심의 가책을 느끼지 않아도 된다고 결론을 내렸다. 현 상황의 도덕적 복잡성은 홀던이 다룰 수 있는 능력 밖이었으며, 따라서 홀던은 그 대신 승리의 따뜻한 환희를 느끼며 긴장을 풀기로 했다.

통신 회선이 울리더니 에이모스가 말했다. "이동 준비 끝."

홀던이 고개를 끄덕였지만, 자신이 여전히 우주복을 입었다는 걸 깨닫고 말했다. "오케이. 모두 연결해."

홀던, 알렉스, 나오미가 우주복에서 끈을 빼 에이모스의 굵은 허리에 연결했다. 에이모스는 화물칸 에어록을 열었고, 가스를 분출하며 문밖으로 나갔다. 스테이션의 회전으로 인해 그들은 즉시 우주선에서 멀어졌지만, 에이모스가 재빨리 조종해 토트 스테이션의 비상 에어록 쪽으로 다시 날아갔다.

에이모스가 일행을 이끌고 날며 로시난테 호를 지날 때, 홀던은 우주선의 바깥 부분을 살피며 어디를 수리해야 할지를 살폈다. 선수와 선미를 관통해 우주선 내부까지 구멍 뚫린 부분이 십여 개였다. 인터셉터가 발사한 가우스 대포 탄환은 로시난테 호를 관통하면서도 그 속력이 줄어들지 않았다. 탄환들 가운데 반응로를 꿰뚫은 게 단 하나도 없던 건 행운이라고밖에 말할 수 없었다.

또한 우주선을 압축가스 화물선으로 위장하려 덧붙인 거대한 가짜 구조물에 움푹 팬 자국이 커다랗게 나 있었다. 홀던은 장갑을 입힌 바깥쪽 선체에도 그에 상응하는 추한 상처가 나 있으리라는 것을 알았다. 그 손상은 안쪽 선체까지는 가해지지 않았다. 만약 안쪽에까지 퍼졌다면 로시난테 호는 두 동강이 났으리라.

에어록 손상, 산소 저장 탱크와 재생 시스템 완파를 고치려면 수백만 달러를 들이고 드라이 독에서 몇 주를 보내야 했다. 어디로든 드라이 독까지 갈 수나 있다면 말이다.

어쩌면 몰리나리 호가 끌고 가 줄 수도 있었다.

에이모스가 EVA 팩의 노란색 경고등을 세 번 번쩍이자 스테이션의 비상 에어록 문이 열렸다. 에이모스는 일행을 데리고 안으로 날아갔고, 안에는 전투용 장갑복을 입은 벨트인 네 명이 기다리고 있었다.

에어록 문이 닫히고 공기가 주입되자마자 홀던은 헬멧을 벗고 코를 만져봤다. 코가 평소보다 두 배는 커진 느낌이었고, 심장이 뛸 때마다 같이 고동쳤다.

나오미가 손을 뻗더니 홀던의 얼굴을 조심스레 만졌고, 두 엄지손가락으로 코 양쪽을 만져봤다. 나오미의 손길은 놀랄 만치 부드러웠다. 나오미는 홀던의 머리를 이리저리 돌려보면서 상처를 확인한 다음 놓아주었다.

"성형 수술을 하지 않으면 휘겠는데요." 나오미가 말했다. "하지만 전에는 얼굴이 지나치게 고왔습니다. 이제 이 상처 덕에 한 인상 하시게 될 겁니다."

홀던은 얼굴에 천천히 웃음이 번지는 걸 느꼈지만, 홀던이 대답하기 전에 OPA 군인 한 명이 말을 하기 시작했다.

"전투를 봤어, 동지. 정말 멋지게 해치웠더군."

"고마워." 알렉스가 말했다. "이쪽은 어떻게 진행되고 있어?"

OPA 계급장에 별이 가장 많이 달린 군인이 말했다. "예상보다는 저항이 적었지만 프로토젠 치안대들은 곳곳에서 저항했어. 심지어 어떤 병신은 우리를 향해 갑자기 달려들기도 했어. 우리는 몇 명을 쏴야만 했지."

그 군인은 안쪽 에어록 문을 가리켰다.

"프레드는 관제실로 가고 있어. 그곳으로 빨리 오라고 하더군."

"그쪽으로 데려다줘." 홀던이 대답했지만 코가 막힌 바람에 '그쪼로 데다죠'라고 발음이 되었다.

"다리는 어떻습니까, 선장님?" 일행이 스테이션 복도를 따라 걸을 때 에이모스가 물었다. 홀던은 자신이 장딴지에 총상을 입어서 절룩인다는 사실을 잊고 있었음을 깨달았다.

"아프지는 않아. 하지만 근육이 잘 굽혀지지 않아." 홀던이 대답했다. "넌?"

에이모스가 이를 드러내고 씨익 웃더니 몇 달 전 도나저 호 때 골절된 뒤 여전히 절룩이는 다리를 힐긋 내려다보았다.

"별문제 없습니다." 에이모스가 말했다. "죽을 정도의 상처가 아니면 문제가 아니죠."

홀던은 대답을 하려다가, 다 같이 모퉁이를 돌아 학살 현장에 도착하자 입을 다물었다. 홀던 일행은 돌격대가 지나간 뒤를 따라가는 게 분명했다. 왜냐하면 이제 복도 바닥에는 시체들이 널려 있었으며 벽에는 총알구멍과 그을린 흔적들이 있었기 때문이다. 홀던은 OPA 차림을 한 시체보다는 프로토젠 치안대 장갑복을 입은 시체들이 더 많은 걸 보고 안심을 했다. 하지만 바닥에는 죽은 벨트인들이 많이 있었고, 그걸 본 홀던은 속이 울컥했다. 실험복을 입은 시체 옆을 지날 때, 홀던은 그 시체에 침을 뱉고 싶은 마음을 꾹 눌러 참았다. 치안대들은 일할 곳을 잘못 선택한 죄밖에 없었지만, 이 스테이션의 과학자들은 단지 무슨 일이 일어나는지 보기 위해 150만 명을 죽였다. 홀던은 그자들을 몇 번이고 죽여도 속이 시원찮을 듯했다.

뭔가에 발이 걸리는 바람에 홀던은 걸음을 멈췄다. 죽은 과학자 옆에는 식칼 같아 보이는 것이 놓여 있었다.

"허." 홀던이 말했다. "이 자가 설마 이걸 가지고 덤빈 건 아니겠지?"

"맞아. 미친놈이지?" 같이 가던 병사 가운데 한 명이 말했다. "총싸움에서 칼을 들고 싸웠다는 말을 들은 적은 있지만…."

"관제실에 다 왔어." 상급 군인이 말했다. "사령관님이 기다리고 계셔."

홀던이 스테이션의 관제 센터에 들어가자 프레드, 밀러, OPA 병사 잔뜩, 그리고 비싸 보이는 정장을 입은 낯선 이 한 명이 보였다. 프로토젠 유니폼을 입은 기술자들과 운영 요원들은 손목에 수갑을 찬 채 밖으로 인도되었다. 실내는 갑판부터 천장까지 화면과 모니터들로 덮여 있었으며 그 대부분에선 읽을 수 없을 정도로 빠르게 문자열 데이터가 지나갔다.

"내가 좀 더 쉽게 말해보지." 프레드가 말하고 있었다. "만약 내가 당신에게 머리 숙여 절을 하고 경배를 하면 지구의 모든 왕국을 내게 주겠다는 건가?"

"어디서 나온 말인지 모르겠군요." 낯선 이가 말했다.

그들이 뒤이어서 무슨 말을 하려고 했는지는 모르지만, 홀던이 들어온 걸 눈치챈 밀러가 프레드의 어깨를 가볍게 두드렸다. 형사가 뚱한 표정을 짓고 있어서 알아보기 어렵긴 했지만, 홀던은 밀러가 자신에게 따뜻한 웃음을 지었다고 맹세라도 할 수 있었다.

"짐." 프레드가 말하더니 가까이 오라고 손짓했다. 프레드는 무광택의 까만 명함을 읽고 있었다. "이쪽은 안토니 드레스덴. 프로토젠의 바이오 연구소 부소장이자 에로스 프로젝트의 입안자입니다."

정장 차림의 개새끼는 마치 악수를 하려는 듯이 손을 내밀었다. 홀던은 그자를 무시했다.

"프레드," 홀던이 말했다. "사상자는 얼마나 됩니까?"

"놀랄 만큼 적습니다."

"여기 치안대의 절반은 살상 무기를 가지고 있지 않았어." 밀러가 말했다. "폭동 진압용 무기. 끈끈이 탄환. 뭐 그런 걸 쓰더군."

홀던은 고개를 끄덕이더니 곧 고개를 젓고 얼굴을 찡그렸다.

"복도에서 프로토젠 치안대 시체를 잔뜩 봤어. 왜 그렇게나 많은 사람이 있으며, 그 사람들에게 적을 물리칠 무기를 주지 않은 이유는 뭘까?"

"좋은 질문이야." 밀러가 동의했다.

드레스덴이 킥킥거렸다.

"이게 바로 제가 말한 의미입니다, 존슨 씨." 드레스덴이 말했다. 드레스덴은 홀던에게 돌아섰다. "짐이라고 하셨나요? 자, 짐. 당신이 이 스테이션의 치안대에 대해 이해하지 못한다는 사실은 바로 당신이 무슨 일에 연관되었는지를 모른다는 걸 의미합니다. 그리고 제가 무슨 일을 하는지도 모른다는 뜻이고요. 제가 여기 있는 프레드에게 말했다시피…."

"드레스덴, 넌 입을 좀 닥쳐야겠어." 홀던이 말했고, 갑자기 치밀어 오르는 분노에 자신도 깜짝 놀랐다. 드레스덴은 실망한

193

듯 보였다.

이 씹새끼는 편안히 있을 권리가 없었다. 이 자는 일부러 공손한 척하고 있었다. 홀던은 이 자가 세련된 악센트 속에서 빈정거리는 대신 두려워 떨게 하고 싶었다. 삶을 구걸하게 하고 싶었다.

"에이모스, 만약 이 자가 허락 없이 다시 내게 말을 걸면 턱을 부숴버려."

"기꺼이 그러겠습니다, 선장님." 에이모스가 말하더니 반걸음 정도 앞으로 나왔다.

드레스덴은 이 서투른 위협에 비웃는 표정을 지었지만 입은 그대로 다물고 있었다.

"우리가 무엇을 아느냐고?" 홀던은 프레드를 향해 말했다.

"우리는 에로스의 데이터가 여기로 오는 것을 알아. 그리고 이곳이 그 일을 주관한다는 것을 알고. 이곳을 낱낱이 분해하면 더 많은 것을 알게 되겠지."

홀던은 다시 드레스덴에게 시선을 돌려 좋은 가문의 유럽인 같은 외모를, 운동으로 다져진 몸을, 비싸게 주고 이발한 머리를 살펴보았다. 심지어 지금처럼 총을 든 사람들에게 포위된 상황에서조차, 드레스덴은 여전히 이곳 책임자처럼 굴었다. 홀던은 드레스덴이 손목시계를 힐긋 내려다보면서 이번 습격으로 인해 자신의 귀한 시간을 얼마나 더 낭비해야 하는지 확인하는 모습을 상상했다.

홀던이 말했다. "저는 저 사람에게 물어볼 게 있습니다."

프레드는 고개를 끄덕였다. "당신에게는 그럴 권한이 있지요."

"왜?" 홀던이 물었다. "나는 왜 그랬는지를 알고 싶어."

드레스덴은 거의 불쌍하다는 듯한 웃음을 짓더니 두 손을 양쪽 주머니에 넣었다. 마치 부둣가 술집에서 스포츠에 대해 이야기를 하는 것처럼 아무렇지도 않은 태도였다.

"'왜'는 아주 커다란 질문입니다." 드레스덴이 말했다. "왜냐면 신께서 그런 식으로 원하셨기 때문에? 저를 위해 질문의 범위를 좀 좁혀 주셨으면 좋겠습니다."

"왜 에로스였지?"

"흠, 짐….."

"홀던 선장님이라고 부르도록. 난 당신의 잃어버린 우주선을 발견했고, 그래서 포에베에서 보낸 비디오를 보았어. 나는 프로토분자가 뭔지 알아."

"정말입니까!" 드레스덴이 말했다. 그자의 웃음은 살짝 더 진심에 가까워졌다. "에로스에서 우리에게 바이러스 매개체를 넘겨준 데 대해 당신께 감사를 드려야 하겠군요. 아누비스 호를 잃은 것 때문에 일이 몇 달이나 지연되었지요. 그 스테이션에서 이미 감염된 시체를 발견한 건 신의 선물이었습니다."

'그럴 줄 알았어. 씨발, 그럴 줄 알았다니까.' 홀던이 생각했다. 그리고 큰 소리로 말했다. "왜?"

"매개체가 뭔지는 아실 겁니다." 드레스덴은 홀던이 방에 들어온 뒤 처음으로 난처해 하며 말했다. "더 뭐라고 말할 수 있을지 모르겠군요. 이건 인류에게 일어난 가장 중요한 일입니다. 이것은 우리가 우주에 홀로 있지 않다는 증거이자, 바위와 공기로 된 작은 공간에 묶인 우리를 해방시켜줄 티켓입니다."

"내 질문에 대답하지 않았어." 홀던이 말했다. 으르렁대고 싶은데 부러진 코 때문에 목소리가 좀 웃기게 나와 짜증이 났다. "난 당신이 '왜' 150만 명을 죽였는지 알고 싶어."

프레드는 목청을 가다듬었지만 홀던을 제지하지 않았다. 드레스덴은 홀던에게서 대령에게로 시선을 돌렸다가 다시 홀던을 바라보았다.

"저는 대답을 하고 있는 겁니다, 선장님. 150만 명은 큰 게 아닙니다. 우리가 여기에서 하는 작업이 진짜로 큰일입니다." 드레스덴이 말을 하고 의자에 가 앉더니 천이 늘어나지 않게 바지를 위로 잡아당기며 다리를 꼬고 앉았다. "칭기즈칸에 대해 좀 아십니까?"

"뭐?" 홀던과 프레드가 거의 동시에 말했다. 밀러는 권총 총신으로 장갑복을 입은 허벅지를 툭툭 치며 무표정한 얼굴로 드레스덴을 응시하기만 했다.

"칭기즈칸. 어떤 역사학자들에 따르면, 칭기즈칸은 자신이 정복하던 시기에 지구 인구의 4분의 1을 없애 버렸지요." 드레스덴이 말했다. "칭기즈칸은 제국을 건설하려 그리했지만, 그 제국은 칭기즈칸이 죽고 나서 곧 무너져버렸습니다. 오늘날 규모로 보자면 그건 거의 100억 명을 죽인 것이며 한 세대에 영향을 미칠 규모이지요. 사실 한 세대 반에 해당합니다. 그에 비하면 에로스는 반올림 오차에도 끼지 못합니다."

"당신은 정말로 아무렇지도 않군." 프레드가 조용한 목소리로 말했다.

"그리고 칭기즈칸과 달리, 우리는 덧없는 제국을 건설하려는 것이 아닙니다. 당신이 무슨 생각을 하는지 압니다. 우리가 우리

힘을 키우려 그랬다고 생각하겠지요. 권력을 잡으려 한다고 말입니다."

"그런 걸 원하는 게 아니라고?" 홀던이 말했다.

"물론 원합니다." 드레스덴이 신랄하게 말했다. "하지만 그건 너무 협소한 생각입니다. 인류의 가장 위대한 제국을 건설하는 것은 지구에서 가장 커다란 개미탑을 짓는 것과 같습니다. 시시한 일이죠. 저 바깥 어딘가에는 20억 년 전에 프로토분자를 만들어 우리에게 보낸 문명이 존재합니다. 그 문명은 그 시점에서 '이미' 신이었습니다. 그 뒤 그 문명은 어떻게 되었을까요? 그 뒤 20억 년 동안 더 발전했을까요?"

홀던은 커지는 공포심과 함께 드레스덴의 말에 귀를 기울였다. 드레스덴의 연설은 그가 전에도 이 연설을 해봤다는 느낌을 주었다. 아마도 여러 번이리라. 그리고 매번 먹혀들었다. 이 연설은 힘 있는 사람들을 설득하는 데 성공했다. 그리고 바로 이 연설이 지구 조선소에서 만들어진 스텔스 우주선을 프로토젠의 품에 안기고 비밀리에 무한한 지원을 받게 했다.

"우리는 따라잡을 것들이 무시무시하게 많습니다, 여러분." 드레스덴은 계속 말하고 있었다. "하지만 다행히도 우리는, 우리의 적들이 만든 도구를 쓸 수 있게 됐습니다."

"따라잡아?" 홀던의 왼쪽 군인이 말했다. 드레스덴은 그 남자를 향해 고개를 끄덕이고 싱긋 웃었다.

"프로토분자는 분자 단위에서 숙주의 유기체를 변화시킬 수 있습니다. 신속하게 유전자를 바꿀 수 있습니다. 단지 DNA뿐 아니라 안정된 유전자 요소라면 뭐든지 가능합니다. 하지만 프로토분자는 단지 기계일 뿐입니다. 프로토분자는 생각을 하지 않습니다. 주어진 과정을 따를 뿐입니다. 만약 그 프로그램을 어떻게 바꾸는지 우리가 알아낸다면 '우리'는 그 변화를 원하는 대로 바꿀 수 있게 되는 겁니다."

홀던이 말을 가로챘다. "만약 그것의 목적이 지구의 생명체를 쓸어버리고 프로토분자를 만든 자들이 원하는 것으로 대체하는 것이었다면, 왜 그딴 걸 사람들에게 풀어놓는 건데?"

"훌륭한 질문입니다." 드레스덴은 강의하는 교수처럼 한 손가락을 들어 올리며 말했다. "프로토분자는 사용자 매뉴얼과 함께 오지 않았습니다. 사실, 우리는 프로토분자가 그 프로그램을 실행하는 걸 한 번도 본 적이 없습니다. 대상이 엄청난 양으로 있어야만 프로토분자는 지령을 완수할 정도의 처리능력을 갖추게 됩니다. 그 지령이 뭐든지 간에 말입니다."

드레스덴은 주위에 있는, 데이터로 뒤덮인 화면들을 가리켰다.

"우리는 프로토분자가 작동하는 걸 지켜볼 겁니다. 그리고 그게 의도하는 게 뭔지 볼 겁니다. 그게 어떻게 그 작업을 수행하는지를요. 그리고 바라건대, 그 과정에서 그 프로그램을 어떻게 바꿀 수 있는지를 배울 겁니다."

"박테리아로 할 수도 있었잖아." 홀던이 말했다.

"저는 박테리아를 다시 만드는 데는 관심이 없습니다." 드레스덴이 말했다.

"미친 새끼로군." 에이모스가 말하더니 드레스덴을 향해 한 걸음 더 다가섰다. 홀던이 덩치 큰 정비공의 어깨에 손을 올렸다.

"그래서," 홀던이 말했다. "당신이 그 버그가 어떻게 작동하는지를 알아내면 그다음은?"

"'모든 게' 가능합니다. 벨트인들은 우주복을 입지 않고도 우주선 밖에서 작업할 수 있습니다. 인류는 별로 가는 식민지 우주선에서 수백 년 동안 잠을 잘 능력이 생기죠. 산소와 물의 노예가 되어 1g의 기압과 대기 속에서 진화를 위해 몇백만 년을 묶여 있어야 할 필요가 없어집니다. 우리는 원하는 모습을 정한 뒤 그에 맞춰 우리 자신을 재프로그램할 수 있게 됩니다. 프로토분자가 있으면 그런 일이 가능합니다."

드레스덴은 이 연설을 하며 다시 일어섰고, 얼굴은 선지자의 열정으로 달아올랐다.

"우리가 하는 것은 인류의 생존을 위한 최선이자 유일한 희망입니다. 우리가 프로토분자를 이용한다면 우리는 '신'을 영접하게 될 겁니다."

"그리고 만약 이용하지 않는다면?" 프레드가 생각에 잠긴 목소리로 물었다.

"그자들은 이미 우리에게 파멸의 무기를 발사했습니다." 드레스덴이 말했다.

실내는 잠시 침묵에 잠겼다. 홀던은 견고하던 자신의 확신이 흔들리는 걸 느꼈다. 홀던은 드레스덴이 하는 주장의 모든 게 다 싫었지만, 그 주장을 깰 방법을 알지 못했다. 드레스덴의 주장 어딘가가 아주 잘못되었다는 걸 느낌으로 알았지만 그게 뭔지 꼭 집어 말할 수가 없었다.

홀던은 나오미의 목소리에 깜짝 놀랐다.

"그 말에 그 사람들이 설득된 거야?" 나오미가 물었다.

"뭐라고요?" 드레스덴이 말했다.

"과학자들, 기술자들. 이 일을 하는 데 필요한 모든 사람들. 그 사람들은 진짜로 이 일을 했어. 그 사람들은 에로스 전역에서 사람들이 죽어가는 모습을 비디오를 통해 보았어. 그 사람들은 그 방사능 살인실을 설계했어. 태양계의 모든 연쇄 살인마들을 소집해 대학원 공부까지 마치게 한 게 아니라면, 도대체 어떻게 사람들에게 그런 일을 시킨 거지?"

"우리는 연구팀에게서 도덕심을 제거했습니다."

그동안 홀던이 궁금했던 내용 상당수가 풀리는 느낌이 들었다.

"소시오패스." 홀던이 말했다. "당신은 그 사람들을 소시오패스로 바꿔버렸군."

"아주 일을 잘하는 소시오패스들이지요." 드레스덴은 고개를 끄덕이며 말했다. 이 설명을 하게 되어 기쁜 듯했다. "그리고 아주 호기심이 많고요. 풀어야 할 흥미로운 문제들과 자원만 무한정 제공해주면, 그자들은 아주 만족하며 지냅니다."

"그리고 말을 듣지 않을 때를 대비해 폭동 진압용 탄환으로 무장한 대규모 치안대 팀을 준비시켰고." 프레드가 말했다.

"그렇습니다. 가끔 문제가 발생하니까요." 드레스덴이 말했다. 그는 돌아서며 이마를 살짝 찡그렸다. "압니다. 여러분들은 이게 무시무시하다고 생각하겠지만, 저는 인류를 구하고 있는 겁니다. 저는 인류에게 '별'을 주고 있는 겁니다. 동의할 수 없으십니까? 좋습니다. 이런 질문을 해보지요. 여러분은 에로스를 구할 수 있습니까? 지금 당장 말입니다."

"아니." 프레드가 말했다. "하지만 우리는…."

"데이터의 낭비입니다." 드레스덴이 말했다. "여러분은 에로스에서 죽은 모든 남녀노소의 희생을 헛되이 할 뿐입니다."

실내가 조용해졌다. 프레드는 팔짱을 낀 채 인상을 썼다. 홀던은 프레드의 고민을 이해했다. 드레스덴이 말한 모든 것은 역겹고 기괴한 동시에 너무나도 사실이었다.

"또는," 드레스덴이 말했다. "우리는 값을 협상할 수 있습니다. 여러분은 자신의 갈 길을 가고 저는…."

"그만. 이제 충분해." 드레스덴이 연설을 시작한 뒤 처음으로 밀러가 말을 했다. 홀던은 형사를 힐긋 보았다. 밀러의 무표정한 얼굴은 돌처럼 굳어 있었다. 밀러는 권총 총신으로 다리를 툭툭 치고 있지 않았다.

'이런, 젠장할.'

42
밀러

드레스덴은 이런 일을 예상하지 못했다. 심지어 밀러가 권총을 들어 올리는 순간에조차도 드레스덴의 눈은 위협을 알아차리지 못했다. 드레스덴이 본 것이라고는 우연히 권총이라는 물건을 손에 쥐고 있는 밀러가 전부였다. 개라면 두려움을 느꼈겠지만, 드레스덴은 그러지 않았다.

"밀러!" 홀던이 저 멀리에서 외쳤다. "안 돼!"

방아쇠를 당기는 것은 간단했다. 부드러운 찰칵 소리, 두툼한 장갑을 낀 손바닥에 전달되는 금속 탄성. 그리고 다시 두 번 더 그 느낌. 드레스덴의 머리가 피를 뿜으며 뒤로 휙 젖혀졌다. 넓은 화면에 피가 튀면서 화면에 흐르던 데이터를 가렸다. 밀러는 가까이 다가가 드레스덴의 가슴에 두 발을 더 쏘았고 잠깐 생각하더니 총집에 권총을 넣었다.

실내는 조용했다. 조금 전까지 돌격 작전을 펼쳤음에도 OPA 군인들은 갑작스러운 폭력 사태에 놀라 모두가 서로를 바라보거나 아니면 밀러를 바라보았다. 나오미와 에이모스는 시체를 응시하는 홀던을, 자신들의 선장을 바라보았다. 홀던의 부상당한 얼굴은 가면 같은 표정이 되었다. 격분, 분노, 그리고 심지어 절망에 찬 표정이었다. 밀러는 그 표정을 이해했다. 당연한 일을 하는 것이지만, 홀던에게는 그 일이 아직도 부자연스러웠다. 밀러에게도 그게 그렇게 쉽지 않았던 적이 있었다.

오직 프레드만이 꿈쩍도 하지 않았고 불안해 보이지도 않았다. 대령은 웃거나 얼굴을 찡그리지 않았으며 시선을 돌리지도 않았다.

"이게 무슨 짓이야?" 홀던은 피로 막힌 코맹맹이 소리로 말했다. "당신은 눈도 깜짝 않고 이 자를 쏴 죽였어."

"맞아." 밀러가 말했다.

홀던이 고개를 저었다. "재판은? 정의는? 당신이 그냥 결정하면 그대로 해도 된다는 건가?"

"나는 경찰이야." 밀러가 말했고, 자신이 사과조로 말하는 것에 깜짝 놀랐다.

"당신, 인간이기는 해?"

"그만, 여러분!" 프레드가 말했다. 조용한 가운데 그의 목소리가 울려 퍼졌다. "쇼는 끝났습니다. 이제 일로 돌아갑시다. 암호해독반을 여기로 부르도록. 우리는 죄수들을 호송하고 스테이션을 분해할 겁니다."

홀던이 프레드에게서 밀러로, 그리고 여전히 죽어가는 드레스덴에게로 시선을 돌렸다. 홀던은 분노로 턱을 앙다물었다.

"어이, 밀러." 홀던이 말했다.

"응?" 밀러가 부드럽게 말했다. 밀러는 무슨 말이 나올지 알고 있었다.

"갈 때는 알아서 가." 로시난테 호의 선장이 말하더니 몸을 돌려 자기 승무원들과 함께 방을 나갔다. 밀러는 그들이 나가는 모습을 지켜보았다. 후회가 밀러의 심장을 가볍게 때렸지만 더는 어쩔 도리가 없었다. 부서진 격벽이 그들을 삼키는 듯이 보였다. 밀러가 프레드에게로 몸을 돌렸다.

"태워줄 수 있습니까?"

"당신은 우리 제복을 입었습니다." 프레드가 말했다. "타이코까지는 모셔다드리지요."

"고맙습니다." 밀러가 말했다. 그리고 잠시 뒤 다시 말했다. "해야만 했다는 걸 당신도 알잖습니까."

프레드는 대답하지 않았다. 더는 할 말이 없었다.

토트 스테이션은 고장이 났지만, 기능이 완전히 정지하지는 않았다. 아직은 아니었다. 소시오패스에 대한 소문은 승무원들 사이에 빠르게 퍼져나갔고, OPA 병력은 그 경고를 가슴 깊이 새겼다. 평범한 포로들이었다면, 평범한 인간이었다면 20시간이 걸렸을 점령과 통제 단계는 40시간이 걸렸다. 밀러는 포로 통제에서 자신이 할 수 있는 일을 했다.

OPA 소년들은 의욕은 좋았지만, 대부분 전에 포로를 다뤄본 적이 없었다. 소년들은 상대가 줄에 묶인 상태에서 손을 뻗어 사람의 목을 조르지 못하도록 손목과 팔꿈치를 묶는 법을 알지 못했다. 또한 포로가 사고로든 고의로든 자신의 목을 졸라 자살하지 못하게 목에 밧줄 묶는 법을 알지 못했다. OPA 절반은 포로를 쓰러뜨리는 법조차 알지 못했다. 밀러는 이 모든 것을 어릴 때부터 해온 게임처럼 잘 알았다. 5시간 뒤, 밀러는 과학 기술자들만 조사했는데도 숨겨진 칼을 스무 개나 찾아냈다. 밀러는 거의 아무 생각 없이도 그 일을 해치울 수 있었다.

두 번째 수송선 무리가 도착했다. 툭 치기만 해도 공기를 진공에 토해낼 것처럼 낡디낡은 개인 수송선들이었고, 함께 온 재화 구출용 트롤선들은 벌써 스테이션의 외장과 상부 구조물을 분해하기 시작했다. 자재선들은 귀중한 비품과 약품과 음식을 포장해 실었다. 공격 소식이 지구에 도착할 때면, 토트 스테이션은 골격만 남은 상태가 되고, 포로들은 소행성대 전역의 미등록 감옥에 분산 투옥되어 있을 것이다.

물론 프로토젠은 더 빨리 알 확률이 높았다. 프로토젠은 내행성보다 더 가까운 곳에 거류지가 있었다. 반응시간과 가능한 이득 사이의 최대-최소값 계산이었다. 해적과 전쟁의 수학이었다. 밀러는 그것을 알았지만 걱정하지 않기로 했다. 그것들은 프레드와 그 측근이 고민할 문제였다. 밀러는 이미 그 날 하루 충분히 솔선수범하는 모습을 보였다.

포스트휴먼.

그것은 오륙 년마다 매체가 떠들어대는 단어로, 매번 다른 의미로 쓰였다. 신경 재생 호르몬? 포스트휴먼. 유사 지능을 탑재한 섹스 로봇? 포스트휴먼. 자체-최적화 네트워크 라우팅? 포스트휴먼. 그것은 광고 카피에서 나온 단어로 생기 없고 공허했으며, 밀러가 그 단어를 들을 때 떠올릴 수 있는 건, 그 단어를 쓰는 사람들은 정확히 인간이 무엇을 할 수 있는가에 대한 상상력이 빈곤하다는 생각뿐이었다.

이제 프로토젠 제복을 입은 포로 십여 명을 스테이션에 도킹된, 그 행선지를 알 수 없는 수송선으로 데려가는 밀러에게 그 단어는 새로운 뜻으로 다가왔다.

'당신, 인간이기는 한 거야?'

문자 그대로 볼 때, 포스트휴먼이 뜻하는 바는 더는 인간이 아니게 됐을 때의 인간이라는 의미였다. 프로토분자니 프로토젠이니 하는 것들은 젖혀두더라도, 드레스덴, 그리고 그자가 칭기즈칸을 들먹이며 펼친, 자기 정당화로 가득하고 요제프 멩겔레*나 할 법한 터무니 없는 공상은 젖혀두더라도, 어쩌면 자신부터가 이미 진화 곡선을 타고 남들보다 나아가 버렸는지도 모른다고 밀러는 생각했다. 어쩌면 밀러야말로 오랫동안 포스트휴먼이었을지도 몰랐다.

최소-최대 교차점은 40시간 뒤에 왔고, 이제는 떠나야 할 시간이었다. OPA는 스테이션을 골격만 남겼고, 이제는 누군가가 복수심에 불타 찾아오기 전에 떠나야 할 때였다. 밀러는 충격 흡수 소파에 앉았고, 피는 주입된 각성제로 인해 춤을 추었으며, 정신은 지쳐서 오락가락했다. 추진 중력이 얼굴을 베개처럼 눌렀다. 밀러는 자신이 흐느낀다는 사실을 어렴풋이 느꼈다. 아무 의미 없는 흐느낌이었다.

---

* 나치 친위대 장교이자 아우슈비츠-비르케나우 강제 수용소의 내과의사. 수용소 수감자들을 대상으로 생체실험을 한 것으로 악명이 높다.

비몽사몽 속에서, 드레스덴이 다시 이야기하고 있었다. 약속과 거짓을 늘어놓았다. 진실과 거짓이 섞인 말로 비전을 늘어놓았다. 밀러는 그 단어들이 검은 연기처럼 피어오르더니 하나로 합쳐지고 급기야는 프로토분자의 검은 필라멘트로 변해 쏟아져나오는 것을 보았다. 그 필라멘트는 홀던에게로, 에이모스에게로, 나오미에게로 뻗어 나갔다. 밀러는 자기 권총을 찾으려고, 필라멘트를 막으려고, 해야 마땅한 일을 하려고 애썼다. 밀러는 자신이 지른 절망에 찬 외침 소리에 잠을 깼고, 자신이 이미 이겼다는 사실을 떠올렸다.

줄리가 그의 옆에 앉아 있었다. 밀러의 이마에 댄 줄리의 손은 차가웠다. 줄리는 부드럽게 웃었다. 모든 것을 이해하며. 용서하며.

'주무세요.' 줄리가 말했고, 밀러의 정신은 깊은 어둠 속으로 떨어졌다.

"오이, 팜포." 디오고가 말했다. "일어나 나와요, 알았죠?"

밀러가 타이코로 돌아온 지 10일째 되는 아침이자, 디오고의 옷장처럼 작은 아파트에 눌러앉은 지 7일째 되는 날이었다. 밀러는 디오고의 목소리에 배인 성가심에서 이제 여기에 머물 수 있는 날도 얼마 남지 않았다는 것을 깨달았다. 생선과 손님은 사흘이면 냄새가 나는 법. 밀러는 얇은 침대에서 기어 나와 손가락으로 머리를 쓸어 넘기고 고개를 끄덕였다. 디오고는 옷을 벗더니 아무 말 없이 침대로 기어 올라갔다. 디오고에게서는 술과 욕조에서 기른 싸구려 마리화나 냄새가 났다.

밀러의 터미널은 2차 근무조의 근무 시간이 두 시간 전에 끝났으며, 3차 근무조가 일을 시작하고 아침이 반쯤 지났다고 알렸다. 밀러는 자기 슈트케이스에 물건을 담고 이미 코를 고는 디오고의 침대 위 조명을 끄고 나왔고, 조금이라도 덜 노숙자처럼 보이기 위해 공공 샤워장으로 가서 얼마 남지 않은 돈을 썼다.

타이코 스테이션으로 돌아온 밀러는 자신의 계좌에 잔액이 늘어 있다는 사실에 놀라면서도 기뻐했다. OPA, 즉 프레드 존슨이 밀러가 토트에서 보낸 시간에 대해 지급을 한 것이다. 밀러는 이런 돈을 요구한 적이 없었고, 마음 한구석에서는 깨끗이 거절하고 싶었다. 만약 다른 대안이 있었다면 그렇게 했으리라. 하지만 대안이 없었고, 그래서 밀러는 그 돈을 최대한 아껴 쓰면서 그 기간 내내 아이러니를 실감했다. 밀러와 샤디드 서장은 같은 곳에서 봉급을 받은 것이다.

타이코로 돌아온 처음 며칠 동안, 밀러는 토트 스테이션 공격 소식이 뉴스피드에 뜨기를 기대했다. '광기 어린 벨트인들의 공격으로 지구 회사의 연구 스테이션이 파괴되다.' 또는 그 비슷한 내용을 기대했다. 밀러는 직장을 잡아야 했고, 빈민구호소 외의 숙소를 찾아야 했다. 그럴 생각이었다. 하지만 밀러가 술집이나 라운지에 앉아 '몇 분만 더 화면을 지켜봐야지.' 하고 생각하는 동안 시간은 녹아 없어지듯 흘렀다.

화성 해군은 벨트인들의 집요한 침공에 괴로워했다. 무시무시한 속력으로 가속된 0.5톤짜리 돌덩어리 때문에 화성 전함 두 척이 경로를 바꿔야 했다. 토성 고리에서 물 채취 작업 지체는 불법 파업, 즉 반역이거나 또는 필요한 보안의 증가에 따른 자연스러운 반응이었다. 지구 소유의 광산이 화성 또는 OPA에 의해 공격을 받았다. 400명이 죽었다. 지구의 화성 봉쇄는 3개월째로 접어들었다. 과학자와 테라포밍 전문가 연합은 일련의 과정이 위험에 처했으며, 설사 전쟁이 일이 년 뒤에 끝난다 할지라도, 보급 물자의 부족으로 인해 테라포밍이 몇 세대 전 수준으로 돌아간다며 비명을 질러댔다. 에로스 사태에 대해 모두가 모두를 비난했다. 토트 스테이션은 존재하지 않았다.

하지만 언제가 되었든 결국 전쟁은 끝날 수밖에 없었다.

화성의 해군이 대부분 외행성에 있는 상황에서, 지구의 봉쇄는 깨지기 쉬웠다. 점차 때가 다가오고 있었다. 화성인들은 고향으로 돌아가 다소 낡고 다소 느리지만 그 수는 훨씬 더 많은 지구 우주선들을 상대하든가 아니면 곧장 지구로 향하리라. 지구는 여전히 다른 곳에서는 재배할 수 없는 수천 가지 물품들의 원천이었지만, 만약 누군가 기꺼이 그럴 마음이 있다면, 또는 미치거나 절박한 상태라면, 중력 우물 아래로 바위를 떨어뜨리기까지는 얼마 남지 않은 상황이었다.

이 모든 게 주의를 딴 데로 돌리기 위함이었다.

오래된 농담이 하나 있었다. 어디에서 들었는지는 기억나지 않았다. 어떤 여자가 자기 아버지 장례식에서 정말로 멋진 남자를 만난다. 둘은 대화를 나누고, 서로에게 푹 빠지지만, 여자가 남자의 연락처를 알아내기 전에 남자는 장례식장을 떠난다. 여자는 그 남자를 어떻게 찾아야 할지 알지 못한다.

그래서 일주일 뒤, 그 여자는 자기 어머니를 죽인다.

폭소.

이것이 프로토젠, 드레스덴, 토트 스테이션의 논리였다. '여기에 풀어야 할 문제가 있군.' 그자들은 혼잣말했다. '그리고 이제 해답을 찾았어.' 그 해답이라는 게 무고한 이들의 죽음으로 이루어져 있다는 것은 보고서의 활자가 인쇄되어 있다는 것만큼이나 사소한 사실이었다. 그자들은 자신들을 인류에게서 분리했다. 자신들 말고 다른 이들의 삶 역시 신성하다는 생각을, 귀중하다는 생각을, 구할 가치가 있다는 생각을 두뇌에서 단절시켜버렸다. 그자들은 인류를 구한다는 생각에 빠져 모든 인간관계를 단절해 버렸다.

너무나도 귀에 익은 소리라는 게 웃겼다.

누군가 술집에 들어오더니 밀러를 보고 고개를 끄덕였다. 디오고의 친구였다. 스무 살 또는 조금 더 나이가 든 친구였다. 밀러와 마찬가지로 토트 스테이션의 참전자였다. 밀러는 그 친구의 이름을 기억하지 못했지만, 그 청년이 사는 방식이 정상은 아니라는 건 알았다. 술집에서 너무 자주 보았기 때문이다. 시간이 지나도 긴장을 풀지 못하는 것이다. 밀러는 뉴스피드에서 소리가 나오지 않도록 터미널을 가볍게 친 뒤 그 청년이 앉을 수 있게 옆으로 비켜 주었다.

"어이." 밀러가 말하자 청년은 날카로운 눈으로 밀러 쪽을 바라보았다. 그리고 더 부드럽고 편한 표정을 지어 원래의 긴장된 표정을 숨기려 했다. 그냥 디오고의 늙다리 친구잖아. 토트에 갔던 모든 사람이 알듯이, 우주에서 가장 잘난 척하던 자식을 죽인 사람. 그때 그 행동으로 인해 밀러는 어느 정도 인기를 얻었고, 그래서 청년은 싱긋 웃으며 밀러 옆의 걸상을 향해 고갯짓했다.

"완전히 좆같지 않아?" 밀러가 말했다.

"절반도 모를 걸요." 청년이 말했다. 짧게 끊어지는 악센트였다. 키로 보아서는 벨트인이었지만 교육을 받은 듯했다. 아마도 기술자인 듯했다. 청년은 술을 주문했고, 잔에 담겨 나온 술은 밀러의 눈앞에서 증발하는 게 보일 정도로 휘발성이 강한 투명한 액체였다. 청년은 그걸 단숨에 들이켰다.

"소용없어." 밀러가 말했다.

청년이 멍하니 바라보았다. 밀러가 어깨를 으쓱했다.

"술이 도움된다고들 말하지만, 그렇지 않아." 밀러가 말했다.

"안 된다고요?"

"그래. 섹스는 도움이 될 때도 있지. 끝난 뒤에도 이야기를 나누려는 여자가 있다면 말이야. 아니면 사격 연습도. 외부에서 일하는 것도 가끔은 도움이 돼. 하지만 술은 기분을 좋게 해주지 않아. 그냥 나쁜 기분에 대해 걱정하지 않게 해줄 뿐이야."

청년은 소리 내 웃더니 고개를 저었다. 청년은 뭔가를 말하고 싶어 안달하는 눈치였으며, 그래서 밀러는 의자에 등을 기대고 앉아서 가만히 기다렸다. 때로는 얘기해보라고 부추기는 것보다 침묵이 나았다. 밀러는 청년이 누군가를 죽였으며 (아마도 토트 스테이션에서일 확률이 높았다) 그 때문에 괴로워하는 것을 알았다. 하지만 청년은 말을 하는 대신 밀러의 터미널을 집더니 지역 코드 몇 개를 입력하고 터미널을 내밀었다. 엄청난 피드 메뉴가 나타나 있었다. 비디오, 오디오, 대기압과 성분, 방사능 성분. 밀러는 자신이 보고 있는 게 뭔지 깨닫는 데 0.5초 정도 걸렸다. 타이코의 기술자들이 에로스 피드의 암호를 깨는 데 성공한 것이다.

밀러는 프로토분자가 작동하는 것을 보고 있었다. 줄리엣 안드로메다 마오의 시체를 대량으로 보고 있었다. 한순간, 밀러는 줄리가 자기 옆에서 어른거리는 상상을 했다.

"그자를 쏜 게 옳은 일인가 의구심이 든 적이 있다면," 청년이 말했다. "이걸 봐요."

밀러는 피드를 열었다. 스무 명이 어깨를 나란히 하고 걸어도 될 정도로 넓고 긴 복도. 바닥은 축축했고 운하 표면처럼 넘실거렸다. 그 걸쭉한 사이로 뭔가 작은 물체가 어색하게 굴러왔다. 화면을 확대하자 나타난 것은, 갈비뼈, 척추, 그리고 한때 내장이었던, 이제는 프로토분자의 길고 검은 필라멘트로 구성된 인간의 상체가 뭉툭한 한쪽 팔로 자신을 미는 모습이었다. 머리는 없었다. 피드의 출력바는 음성 출력이 있음을 알렸고, 밀러는 '음소거'를 해제했다. 비이성적이고 높고 날카로운 소리를 들은 밀러는 정신 질환을 앓는 아이들이 부르는 노래를 떠올렸다.

"모두가 이래요." 청년이 말했다. "스테이션 전체에 이런… 괴물들이 기어 다녀요."

"이게 뭘 하고 있지?"

"뭔가를 만들고 있어요." 청년이 말하더니 몸서리를 쳤다. "당신이 보아야만 한다고 생각했어요."

"그래?" 밀러는 화면에 시선을 고정한 채 말했다. "내가 자네에게 무슨 짓을 했는데?"

청년이 소리 내 웃었다.

"당신이 그자를 죽였기 때문에 다들 당신을 영웅으로 여겨요." 청년이 말했다. "우리 모두 스테이션에서 잡아온 포로들을 에어록 밖으로 던져야 한다고 생각하지요."

'아마도 그래야 할 거야.' 밀러가 생각했다. '만약 우리가 그자들을 다시 인간으로 되돌릴 수 없다면 말이야.' 밀러는 피드를 바꿨다. 밀러와 홀던이 있었던 카지노 레벨 또는 그와 아주 비슷한 구역이 나왔다. 뼈 비슷한 것들이 천장과 지붕에 그물처럼 얽혀 있었다. 길이가 1미터쯤 되는 검은 달팽이 비슷한 것들이 그사이와 위로 미끄러지듯 나아갔다. 해변의 파도 소리 같은 치찰음이 들렸다. 밀러는 다시 피드를 바꾸었다. 항구였다. 격벽은 닫혀 있었고, 거대한 나선형들로 뒤덮여 있었으며, 나선형들은 밀러가 지켜보는 도중에도 계속 변하는 듯했다.

"모두가 당신이 끝내주는 영웅이라고 생각해요." 청년이 말했고, 이번에는 이 말이 약간 언짢게 들렸다. 밀러는 고개를 저었다.

"아니." 밀러가 말했다. "난 그냥 한때 경찰이었던 사람일 뿐이야."

날 죽이려는 사람들과 자동 방어 시스템들로 가득한 적의 스테이션으로 돌진해 전투하는 것보다, 몇 주 동안 우주선을 같이 탔던 사람들과 이야기를 나눠야 하는 상황이 더 두려운 건 왜일까?

그리고 그건 지금도 그랬다.

3조 근무 시간이었고, 전망대 플랫폼의 술집에는 가짜 저녁이 드리워져 있었다. 공기에서는 훈연향과 비슷하지만, 진짜는 아닌 연기 냄새가 났다. 남자의 목소리가 아랍어로 만가(輓歌)를 부르는 동안 피아노와 베이스 음이 나른하게 경쟁을 했다. 테이블들 아래쪽에서 침침한 조명이 손님들의 다리와 배와 가슴을 강조했고 얼굴과 몸에 부드러운 그림자를 던졌다. 창문 너머 조선소는 언제나처럼 바빴다. 좀 더 가까이 다가가면 여전히 수리 중인 로시난테 호도 보일 듯했다. 로시난테 호는 죽지 않았고, 더 강하게 다시 태어나는 중이었다.

에이모스와 나오미는 구석의 테이블 앞에 앉아 있었다. 알렉스는 없는 듯했다. 홀던이 있는 기미도 없었다. 덕분에 마음이 한결 가벼워졌다. 마음 편한 정도까지는 아니어도 이 정도면 괜찮았다. 밀러는 둘을 향해 갔다. 나오미가 먼저 밀러를 보았고, 밀러는 그녀의 표정에 불편한 기색이 나타나더니, 나타났을 때만큼이나 빠르게 사라지는 것을 알아차렸다. 에이모스는 나오미의 반응을 보고 고개를 돌렸고, 그의 입가와 눈가에는 인상을 쓰거나 웃음을 짓는 기색이 보이지 않았다. 밀러는 가렵지 않은데도 팔을 긁적였다.

"어이." 밀러가 말했다. "한 잔 사도 되나?"

잠깐 어색한 침묵이 흐르더니 나오미가 억지웃음을 지었다.

"좋지. 한 잔만. 우리는… 할 일이 있거든. 선장님이 시킨 게 있어."

"아, 맞아." 에이모스가 나오미보다도 더 어색한 태도로 맞장구쳤고, 말투에서 거짓말하는 티가 확 났다. "일이 있어. 중요한 일이야."

밀러는 자리에 앉아 웨이터가 볼 수 있게 손을 들었고, 웨이터가 고개를 끄덕이자 테이블에 팔꿈치를 대고 몸을 앞으로 숙였다. 권투선수의 웅크린 자세를 의자에 옮긴 듯한 자세였고, 목과 복부의 부드러운 부분을 두 팔로 보호했다. 다칠 게 예상될 때 사람이 본능적으로 취하게 되는 자세였다.

웨이터가 왔고, 모두가 맥주를 한 잔씩 받았다. 밀러는 OPA 돈으로 값을 치른 뒤 한 모금 마셨다.

"우주선은 어때?" 마침내 밀러가 물었다.

"마무리 되어가." 나오미가 말했다. "놈들이 정말 지독히 망가뜨려 놓았지."

"그래도 여전히 날 수 있을 거야." 에이모스가 말했다. "아주 튼튼한 놈이거든."

"잘됐군. 언제…." 밀러는 말을 하다가 단어가 목에 걸렸고, 다시 말을 해야만 했다. "언제 떠나?"

"선장님이 가자고 하면." 에이모스가 어깨를 으쓱하며 말했다. "우리는 준비를 마쳤으니까 어디든 선장님이 가자고만 하면 내일이라도 당장 떠날 수 있어."

"그리고 만약 프레드가 우리를 보내준다면." 나오미는 말했지만, 곧 그 말을 한 것을 후회하는 듯한 표정을 지었다.

"그게 문제가 돼?" 밀러가 물었다. "OPA가 홀던에게 압력을 가할 수 있어?"

"그냥 그렇지 않을까 생각한 것뿐이야." 나오미가 말했다. "아무것도 아니야. 있잖아, 맥주 고마워, 밀러. 하지만 이제 우리는 가야 할 듯해."

밀러가 길게 숨을 들이켰다가 천천히 내쉬었다.

"그래." 밀러가 말했다. "알았어."

"먼저 가십시오." 에이모스가 나오미에게 말했다. "곧 따라가겠습니다."

나오미는 덩치 큰 남자에게 어리둥절한 표정을 지었지만, 에이모스는 단지 싱긋 웃어 보일 뿐이었다. 어떤 의미로도 해석될 수 있는 웃음이었다.

"알았어." 나오미가 말했다. "하지만 너무 오래 있지는 말라고, 알았지? 일이 있잖아."

"선장님이 시킨 거요." 에이모스가 말했다. "걱정하지 마십시오."

나오미가 일어나 술집을 나갔다. 나가면서 나오미가 뒤돌아보지 않으려 애쓰는 게 확연히 보였다. 밀러는 에이모스를 바라보았다. 술집의 불빛 때문에 이 정비공은 살짝 악마처럼 보였다.

"나오미는 좋은 사람이야." 에이모스가 말했다. "난 나오미가 좋아. 알아? 내 여동생 같아. 단지 더 똑똑하고, 허락만 해준다면 같이 자고 싶은 상대라는 게 다를 뿐이야. 무슨 말인지 알아?"

"그래." 밀러가 말했다. "나도 나오미를 좋아해."

"나오미는 우리와 달라." 에이모스가 따뜻함도 웃음기도 사라진 목소리로 말했다.

"그래서 내가 좋아하는 거야." 밀러가 말했다. 이 상황에 딱 적당한 말이었다. 에이모스가 고개를 끄덕였다.

"그래서, 하고 싶은 말은 이거야. 선장님에 관한 한, 당신은 지금 상황이 더럽게 됐다 이거지."

밀러의 맥주가 유리잔에 닿은 곳에서 거품들이 침침한 조명을 받아 하얗게 빛났다. 밀러는 잔을 살짝 돌리며 그 거품들을 지켜보았다.

"죽어 마땅한 자를 내가 죽였기 때문에?" 밀러가 물었다. 자신의 목소리에 쓸쓸함이 배인 건 놀랍지 않았지만, 목소리가 의도보다 더 저음으로 나왔다. 그러나 에이모스는 그 점을 눈치채지 못했든지 또는 상관하지 않는 듯했다.

"당신에게 그런 버릇이 있기 때문이야." 에이모스가 말했다. "선장님은 그걸 좋아하지 않아. 먼저 의논하지 않고 사람을 죽이는 걸 아주 거슬려 해. 당신은 에로스에서 그런 행동을 굉장히 많이 했고, 하지만… 알잖아."

"그래." 밀러가 말했다.

"토트 스테이션은 에로스가 아니었어. 우리가 다음에 갈 곳도 에로스가 아니야. 홀던은 당신을 옆에 두고 싶어 하지 않아."

"다른 사람들도 같은 생각이야?" 밀러가 물었다.

"우리도 당신과 함께 있고 싶지 않아." 에이모스가 말했다. 에이모스의 목소리는 가혹하지도, 부드럽지도 않았다. 에이모스는 기계의 치수에 관해 이야기하는 듯했다. 그냥 아무렇지도 않은 목소리였다. 하지만 그 말의 단어 하나하나가 밀러의 복부를 강타했다. 이미 그러리라 예상은 했지만, 그래도 그 충격을 피할 수 없었다.

"하고 싶은 말은 이거야." 에이모스가 계속 말했다. "당신과 나, 우리는 같은 점이 많아. 잘 어울렸을 거야. 나는 내가 어떤 놈인지 알아. 내 도덕심? 좆같은 수준이지. 내가 어렸을 때 상황이 조금만 달랐어도 나는 토트의 그 멍청이들처럼 되었을 거야. 나도 알아. 선장님은 그렇지 않았을 거야. 선장님에게는 그런 면이 없어. 선장님은 여기에 있는 그 누구보다도 정의로움에 가까운 사람이야. 그리고 선장님이 당신과는 끝이라고 하면 무조건 그렇게 하는 거야. 왜냐하면 내가 알기로, 선장님이 아마 옳을 거거든. 설사 내가 선장님과 의견이 다른 경우라 할지라도, 선장님이 옳을 확률이 훨씬 높아."

"알았어." 밀러가 말했다.

"그래." 에이모스가 말했다. 에이모스는 맥주를 다 마셨다. 그리고 나오미의 맥주도 마저 마셨다. 그리고 밀러와 밀러의 횅한 마음을 뒤로하고 술집을 나갔다. 바깥에서는 뭔가 테스트를 하는 건지 아니면 그냥 자랑하는 것인지 몰라도 노부 호가 번쩍이는 센서 어레이를 활짝 펴고 있었다. 밀러는 기다렸다.

밀러 옆, 조금 전까지 에이모스가 있던 곳에 줄리 마오가 앉아 테이블 위로 몸을 숙이고 있었다.

'음,' 줄리가 말했다. '이제 당신과 저 둘뿐인 듯하네요.'

"그런 듯하군." 밀러가 말했다.

43
홀던

파란 작업복에 용접 마스크를 쓴 타이코 인부 한 명이 주방 격벽에 난 구멍을 메웠다. 홀던은 강렬하게 이글거리는 용접 토치의 파란색 불꽃 때문에 한 손으로 눈을 살짝 가린 채 그 모습을 지켜보았다. 철판이 제자리에 용접되자 용접공은 마스크를 위로 제치고 용접 부위를 살폈다. 그녀는 얼굴이 달걀형이고 눈은 파랬고, 입은 작고 장난꾸러기처럼 생겼으며 부스스한 붉은 머리는 동그랗게 묶었다. 이름은 샘이었으며, 로시난테 호 수리 프로젝트팀의 지휘자였다. 에이모스는 지난 2주 동안 샘 뒤를 쫓아다녔지만 아무런 성과도 없었다. 홀던은 그 사실이 기뻤다. 샘은 이제껏 만나본 가운데 최고의 정비공이었으며, 그래서 홀던은 샘이 자기 우주선 하나에만 온 정신을 집중해주길 바랐다.

"완벽하군." 홀던이 장갑 낀 한 손으로 식어가는 금속을 어루만지는 샘에게 말했다.

"나쁘지는 않네." 샘이 어깨를 으쓱하며 말했다. "여기를 매끄럽게 갈아내고 멋지게 칠을 하면 이 우주선이 여기를 '아야' 했었다곤 누구도 생각하지 못할 거야." 샘은 표정이나 어린애를 흉내내는 말투와는 어울리지 않게 목소리가 아주 굵었다. 홀던은 직업과 외모 때문에 많은 사람이 샘을 과소평가했을 거라고 생각했다. 그리고 자신은 그런 실수를 저지르고 싶지 않았다.

"정말 멋지게 해냈어, 샘." 홀던이 말했다. 홀던은 샘이 뭔가 마음에 안 들어 한다고 추측했지만 그게 뭔지 묻지 않았고 샘은 자진해서 말하지 않았다. "당신이 이 일을 맡아서 정말 다행이라고 프레드에게 벌써 몇 번을 말했는지 몰라."

"잘하면 다음번 성적표에는 금색 별 스티커를 받겠네." 샘이 토치를 치우고 일어서며 말했다. 홀던은 뭐라 대꾸하고 싶었지만 마땅한 말이 떠오르지 않았다.

"미안." 홀던에게 고개를 돌리며 샘이 말했다. "보스에게 내 칭찬을 해줘서 고마워. 그리고 솔직히, 당신의 이 귀여운 아이를 데리고 일하는 게 재미있었어. 정말 멋진 우주선이야. 우리 우주선이 그런 충격을 받았다면 완전히 망가졌을 거야."

"우리도 거의 그럴 뻔했어." 홀던이 대답했다.

샘이 고개를 끄덕이더니 나머지 도구를 치웠다. 샘이 정리를 하는 동안, 나오미가 회색 작업복 차림에 전기용 수리 도구들을 주렁주렁 매달고 위쪽 갑판에서 승무원용 사다리를 타고 내려왔다.

"그쪽은 어때?" 홀던이 물었다.

"90퍼센트 끝났습니다." 나오미가 주방을 가로질러 냉장고로 가더니 주스병을 하나 꺼내며 말했다. "대충요." 나오미는 두 번째 병을 꺼내더니 샘에게 던졌고, 샘은 그걸 한 손으로 받았다.

"안녕, 나오미." 샘이 병을 들어 올려 건배를 하는 시늉을 하더니 단숨에 반을 들이켰다.

"안녕, 새미." 나오미가 씩 웃으며 역시 건배하는 시늉을 했다.

둘은 처음 만나자마자 친해졌고, 이제 나오미는 일이 끝나고 나면 꽤 많은 시간을 샘 그리고 샘의 타이코 동료들과 함께 보냈다. 인정하긴 싫지만 홀던은 나오미의 사교 범위가 자신에게 한정되어 있던 시절이 그리웠다. 그리고 지금처럼 그 사실을 인정하자 홀던은 섬뜩한 느낌이 들었다.

"휴게실에서 함께 놀고 어때, 오늘 밤?" 샘이 남은 주스를 다 들이켠 뒤 말했다.

"그 C7 얼간이들이 또 밥이 돼줄까?" 나오미가 대답했다. 홀던의 귀에 둘의 이야기는 마치 암호처럼 들렸다.

"첫판엔 지는 척하자." 샘이 말했다. "우선 확실히 낚은 다음에 확 쓸어버리는 거야."

"괜찮아 보이네." 나오미가 말하더니 빈 병을 재활용통에 던지고 다시 사다리를 올라가기 시작했다. "그럼 8시에 봐." 나오미는 홀던에게 간단히 손을 흔들었다. "그럼 이만, 선장님."

홀던이 도구를 챙기는 샘 등에 대고 말했다. "얼마나 더 걸릴 거 같아?"

샘이 어깨를 으쓱했다. "완벽히 마치려면 아마 며칠 정도 더 걸릴 거야. 하지만 사소한 문제나 표면처리는 아무래도 좋다면 지금이라도 날 수 있을 거야."

"다시 한 번, 고마워." 홀던이 말했고, 돌아선 샘에게 손을 내밀었다. 샘은 악수했다. 샘의 손바닥에는 굳은살이 단단히 박혀 있었고, 홀던의 손을 굳게 잡았다. "그리고 그 C7의 얼간이들을 빈털터리로 만들길 바라겠어."

샘은 포식자의 웃음을 웃었다.

"당연하지."

로시난테 호를 수리할 동안, 홀던 일행은 프레드 존슨을 통해 OPA에게서 그간 묵을 숙소를 제공받았고, 그렇게 몇 주를 지내고 나니 이제 홀던은 스테이션의 숙소가 집처럼 편안해졌다. 타이코에는 돈이 있었고, 그 상당 부분을 직원을 위해 쓰는 듯했다. 홀던은 개인 욕실과 작은 부엌, 방 하나가 있는 숙소를 썼다. 대부분의 스테이션에서 이만한 사치를 누리려면 그곳의 최고 책임자 정도는 되어야 했다. 홀던은 타이코에서 운영진들은 대개 이런 대접을 받는다는 인상을 받았다.

홀던은 더러운 점프슈트를 빨래바구니에 넣고 커피가 내려질 동안 개인 샤워실로 들어갔다. 일과가 끝난 밤마다 하는 샤워. 이 역시 상상도 못 한 사치였다. 덕분에 딴 데 정신 팔기가 쉬웠다. 우주선을 고치며 집에서 조용히 여유를 즐기는 이 시간들이, 잠시 거쳐 가는 기간이 아니라 평소의 삶이라는 생각이 들기 시작했다. 하지만 홀던은 이런 삶을 당연한 듯이 받아들일 수가 없었다.

뉴스피드는 지구의 화성 공격에 관한 내용으로 가득했다. 화성의 돔들은 여전히 건재했지만 두 번에 걸친 유성우가 올림퍼스 산의 넓은 비탈을 때려 댔다. 지구는 이게 데이모스에서 나온 잔해라고 주장했고, 화성은 이것이 의도적인 위협이자 도발이라고 주장했다. 거대 가스 행성들에 있던 화성 우주선들은 내행성들을 향해 빠르게 돌아오고 있었다. 지구가 화성을 박살 내겠노라고, 또는 물러서겠노라고 선언해야 할 때가 매일, 매시간 가까워졌다. OPA는 어느 쪽이 이기든 다음 목표는 소행성대가 될 거라고 사람들을 확신시키려고 온갖 수사 어구를 동원하는 듯 보였다. 그리고 얼마 전 홀던은 프레드를 도와 지구가 소행성대 역사상 가장 대규모의 해적 행위라고 여길 행동을 했다.

그리고 지금 에로스에서는 150만 명이 죽어가고 있었다. 홀던은 에로스 스테이션의 사람들에게 일어나는 일들을 찍은 비디오 피드를 생각했고, 샤워 물줄기의 뜨거운 온기 속에서도 몸을 떨었다.

아, 그리고 외계인. 20억 년 전에 지구를 정복하려다가 토성이 방해한 바람에 실패한 외계인들. '외계인들을 잊으면 안 되지.' 홀던은 그 일을 어떻게 받아들여야 할지 아직도 갈피를 잡을 수가 없었고, 그래서 계속해 외계인이 존재하지 않는 척했다.

홀던은 수건을 집었고, 몸을 말리는 동안 벽 화면을 켰다. 공기속에서는 커피 향과 샤워실의 습기, 그리고 타이코가 모든 거주지에 뿜어내는 꽃향기가 났다. 홀던은 뉴스에 집중하려 했지만 뉴스는 새로운 정보는 없이 전쟁에 대한 견해만 제시했다. 홀던은 규칙을 알 수 없고 아주 탐욕스러운 사람들이 출연하는 경쟁쇼로 채널을 바꾸었다. 그리고 다시 다른 채널들로 바꾸었다. 코미디인 듯했다. 배우들이 웃음을 기대하는 곳에서는 행동을 멈추고 고개를 끄덕였기 때문이었다.

턱이 아파져 오면서, 홀던은 자신이 이를 갈고 있다는 사실을 깨달았다. 홀던은 벽 화면을 끄고 리모컨을 옆 방의 자기 침대 위에 던졌다. 홀던이 수건으로 허리를 감싸고 머그에 커피를 따른

다음 소파에 앉는 순간, 문의 초인종이 울렸다.

"누구십니까?" 홀던이 목청껏 외쳤다. 대답이 없었다. 타이코의 좋은 방음 상태 덕분이었다. 홀던은 수건으로 몸을 최대한 정숙하게 가리고 가서 문을 홱 잡아당겨 열었다.

밀러였다. 밀러는 아마도 세레스에서 산 듯한 구겨진 회색 양복을 입고 그 멍청해 보이는 모자를 만지작거리고 있었다.

"홀던, 있지…." 밀러가 입을 열었지만 홀던이 말을 가로챘다.

"여기서 뭐하는 거야?" 홀던이 말했다. "그리고 당신 '정말로' 손에 모자를 들고* 내 집 문밖에 서 있는 거야?"

밀러가 싱긋 웃더니 모자를 머리에 썼다. "있잖아, 나는 그게 무슨 뜻인지 늘 궁금했어."

"이젠 무슨 뜻인지 알겠군." 홀던이 대답했다.

"잠시 시간 있어?" 밀러가 말했다.

홀던은 호리호리한 형사를 응시하며 잠시 기다렸다. 하지만 빠르게 포기했다. 홀던은 밀러보다 20킬로그램쯤 더 나갔지만 밀러가 홀던보다 30센티미터 정도 키가 더 컸고, 자신을 내려보는 사람을 위협하는 것은 불가능했다.

"좋아, 들어와." 홀던이 말하고는 자기 침실로 향했다. "난 옷을 입고 오지. 커피가 있으니까 원하면 마시고."

홀던은 대답을 기다리지 않았다. 그냥 침실 문을 닫고 침대에 앉았다. 타이코에 돌아온 뒤, 홀던과 밀러는 열 마디도 채 나누지 않았다. 홀던은 그런 식으로 있기도 싫었고 계속 그렇게 있을 수

---

* '모자를 손에 들다'라는 hat in hand에는 '공손히'라는 뜻도 있다.

도 없는 걸 잘 알았다. 홀던은 밀러에게 최소한 왜 그런 상황이 되었는가에 관해서 설명을 해줘야 할 빚이 있었다.

홀던은 따뜻한 면바지와 스웨터를 입고 축축한 머리털을 한 손으로 쓸어넘기고는 거실로 돌아갔다. 밀러는 김이 모락모락 나는 머그를 들고 소파에 앉아 있었다.

"커피 맛있군." 형사가 말했다.

"자, 하고 싶은 말을 해 봐." 홀던이 밀러 맞은편에 앉으며 말했다.

밀러는 커피를 홀짝이고 말했다. "그게…."

"내 생각에 당신은 지금 당신이 그 비무장한 사람을 면전에서 쏜 게 옳은 일이며 그걸 옳지 않다고 생각하는 내가 아주 순진하다고 말하려는 거야. 맞지?"

"사실…."

"내가 말했지." 홀던이 말했고, 뺨에 열이 확 오르는 바람에 깜짝 놀랐다. "판사, 배심원, 처형자 역은 그만하라고. 아니면 돌아갈 배편은 알아서 찾으라고. 그래도 당신은 하고 싶은 대로 했고."

"그래."

그 간단한 긍정이 홀던의 경계심을 무너뜨렸다.

"왜 그랬지?"

밀러는 다시금 커피를 홀짝이더니 머그를 내려놓았다. 밀러는 손을 뻗어 모자를 벗어 옆에 놓고는 소파에 등을 기댔다.

"그 사람은 빠져나가려고 했어."

"뭐라고?" 홀던이 대답했다. "그 사람이 모든 걸 고백하던 그 부분은 못 들은 거야?"

"그건 고백이 아니었어. 자랑이었지. 그 사람은 무적이었고, 자신도 그걸 알았어. 엄청난 돈과 엄청난 권력이 있었으니까."

"터무니없는 소리. 150만 명을 죽여놓고 무사히 도망칠 수 있는 사람은 없어."

"늘 그래 왔는걸. 유죄란 게 명명백백한데 꼭 뭔가가 끼어들어 빠져나가. 증거. 정치. 한때 내게 머스라는 파트너가 있었어. 지구가 세레스에서 발을 뺐을 때…."

"그만." 홀던이 말했다. "상관없어. 경찰로 일한 덕분에 당신이 얼마나 더 현명해지고 인간의 진실을 잘 들여다볼 수 있게 되었는가에 관한 이야기는 더 듣고 싶지 않아. 내가 아는 한, 당신의 그 경험은 당신에게 해가 되었을 뿐이야. 알았어?"

"그래, 알았어."

"드레스덴과 그 사람의 프로토젠 동료들은 자신들이 다른 이들의 생사 결정권을 가지고 있다고 생각했어. 귀에 익지 않아? 그리고 이번에는 다르다고 말하지 마. 모두가 매번 그렇게 말을 하니까. 그리고 그건 옳지 않아."

"그건 복수가 아니었어." 밀러가 약간 과하게 열을 내며 말했다.

"오, 그러셔? 호텔에 있던 그 여자와 관련된 게 아니었어? 줄리 마오였나?"

"그 사람을 잡는 과정은 그랬지. 하지만 죽인 건…."

밀러는 한숨을 쉬더니 혼자 고개를 끄덕이고는 일어나 문을 열었다. 밀러는 문간에서 걸음을 멈추고 진정으로 고통스러운 표정으로 뒤돌아보았다.

"그 사람은 우리에게 말하고 있었어." 밀러가 말했다. "별에 가는 것, 그리고 지구를 향해 뭔가를 쏘았던 존재들로부터 우리를 지키는 일에 관해 이야기했어. 그리고 나는 어쩌면 그 사람이 그 말을 통해 곤경을 벗어날지도 모른다는 생각이 들기 시작했어. 어쩌면 이 상황은 옳고 그름을 따지기에는 너무 클 수도 있다고 생각하기 시작했어. 그 사람 말에 내가 설득당했다는 건 아니야. 하지만 그 사람은 우리에게 '어쩌면'이라는 생각이 들게 했어. 무슨 말인지 알아? 단지 '어쩌면'에 지나지 않기는 했지만."

"그리고 그 이유로 당신은 그 사람을 쐈고."

"맞아."

홀던은 한숨을 쉬었고, 팔짱을 끼고 열린 문 옆의 벽에 기댔다.

"에이모스는 당신이 정의롭다고 하더군." 밀러가 말했다. "알고 있어?"

"에이모스는 자신이 저지른 부끄러운 일들 때문에 자신이 나쁜 사람이라고 생각하지." 홀던이 말했다. "에이모스는 늘 자신을 신뢰하지 않지만, 스스로 조심한다는 사실 자체가 그 친구가 악당이 '아니란' 증거라고 난 생각해."

"그래…." 밀러가 말을 시작했지만 홀던이 그 말을 막았다.

"에이모스는 자신의 영혼을 살피고 거기에 얼룩이 있으면 그걸 깨끗이 지우고 싶어 해." 홀던이 말했다. "하지만 당신은? 당신은 그냥 어깨를 으쓱할 뿐이야."

"드레스덴은…."

"이건 드레스덴에 관한 이야기가 아니야. 당신에 관한 거야." 홀던이 말했다. "난 내가 좋아하는 사람들 주변에 당신이 있는 게 싫어."

홀던은 밀러를 응시하며 대답을 기다렸지만, 경찰은 슬픈 듯이 고개를 끄덕이고는 모자를 쓰고 완만하게 휘어진 복도를 걸어갔다. 밀러는 뒤돌아보지 않았다.

홀던은 안으로 들어가 쉬려고 했지만, 신경이 날카롭고 초조했다. 밀러의 도움이 없었더라면 홀던은 에로스에서 절대로 탈출할 수 없었다. 그 점에는 의심의 여지가 없었다. 이런 식으로 밀러를 내치다니, 잘못한다는 느낌이 들었다. 제대로 하는 게 아니란 느낌이 들었다.

사실인즉, 홀던은 밀러와 같은 방에 있으면 늘 정수리에 뭔가가 기어가는 느낌이었다. 밀러는 손을 핥을지 아니면 다리를 물지를 예측할 수 없는 개와 같았다.

홀던은 프레드에게 연락해 경고할까 생각해보았다. 하지만 대신 나오미에게 연락했다.

"안녕하십니까." 두 번째 벨이 울렸을 때 나오미가 대답했다. 뒤에서 술집의 열광적이고 알코올에 취한 왁자지껄한 소리가 들렸다.

"나오미." 홀던이 말했고, 왜 연락을 했는지에 핑계를 찾으려 잠시 아무 말도 하지 않았다. 하지만 마땅한 핑계가 떠오르지 않자 홀던은 말했다. "방금 밀러가 왔다 갔어."

"네. 좀 전에 에이모스와 저에게도 왔습니다. 뭘 원하던가요?"

"모르겠어." 홀던이 한숨을 쉬며 말했다. "아마 작별인사겠지."

"지금 뭐 하고 있나요?" 나오미가 물었다. "저와 만나시렵니까?"

"그래, 그래, 그러고 싶어."

홀던은 처음에는 그 술집을 알아보지 못했지만, 직업적으로 다정한 웨이터에게서 스카치를 한 잔 주문한 뒤에는 그곳이 나오미가 몇백 년 전쯤에 나온 벨트인의 펑크송을 가라오케로 부르던 바로 그곳이라는 사실을 깨달았다. 홀던이 주문한 술이 막 나왔을 때 나오미가 나타나더니 홀던이 있는 부스의 맞은편 좌석에 털썩 앉았다. 웨이터는 나오미에게 묻는 듯한 웃음을 지었다.

"아니, 됐어요." 나오미가 웨이터에게 손을 흔들며 빠르게 말했다. "오늘은 이미 충분히 마셨어요. 그냥 물만 가져다주면 고맙겠어요."

웨이터가 얼른 물러서자 홀던이 말했다. "아까 말하던 그 골고는 어떻게… 그런데 골고가 대체 뭐지? 그리고 그건 어떻게 됐어?"

"여기서 하는 게임입니다." 나오미가 말하더니 돌아온 웨이터에게서 물이 담긴 유리잔을 받아 단숨에 반을 들이켰다. "다트와 축구 중간쯤 되는 겁니다. 전에는 본 적도 없는 게임이지만 제가 꽤 잘하는 거 같습니다. 우리가 이겼습니다."

"멋지군." 홀던이 말했다. "와줘서 고마워. 늦었다는 건 알지만, 밀러를 만난 일 때문에 좀 싱숭생숭하거든."

"제가 보기에, 밀러는 선장님이 자기 죄를 사해주길 바라는 것 같습니다."

"내가 '정의롭기' 때문이지." 홀던이 냉소 섞인 웃음을 터뜨리며 말했다.

"맞습니다." 나오미는 빈정거리는 기색 없이 말했다. "제 말은, 그 단어에 쓸데없는 감상이 담겨 있기는 하지만 제가 아는 사람 가운데 그 단어에 가장 가까운 사람은 선장님입니다."

"내가 다 망쳤어." 홀던은 자기도 모르게 불쑥 말했다. "우리를 도우려 했던, 또는 우리가 도우려 했던 사람들은 모두 한바탕 난리를 겪으며 죽었어. 이 빌어먹을 전쟁을 봐. 그리고 맥도웰 선장님과 레베카와 에이드. 그리고 쉐드…." 홀던은 갑자기 목구멍으로 치밀어오르는 울컥한 느낌 때문에 말을 멈춰야만 했다.

나오미는 그냥 고개만 끄덕이더니 테이블 너머로 손을 뻗어 홀던의 손을 잡았다.

"나는 승리감을 느낄 필요가 있어, 나오미." 홀던이 계속 말했다. "뭐든 상황을 바꾸는 일을 할 필요가 있어. 나를 이 상황에 떨어뜨린 게 운명이든 업보이든 신이든 뭐든지 간에 나는 내가 상황을 바꾸고 있다는 걸 알아야만 해."

나오미가 홀던을 보며 싱긋 웃더니 잡은 손에 힘을 주었다.

"선장님은 고결할 때 귀엽습니다." 나오미가 말했다. "하지만 넋 놓는 시간도 좀 더 가지십시오."

"나를 놀리는군."

"네." 나오미가 말했다. "맞습니다. 제 방으로 가고 싶습니까?"

"난…." 홀던이 입을 열었지만, 말을 멈추고 물끄러미 나오미를 보며 혹시 농담이 아닌가 하고 얼굴을 살폈다. 나오미는 여전히 홀던을 보며 웃고 있었고, 눈에는 따뜻함과 장난기만이 서려 있을 뿐이었다. 홀던이 지켜보는 동안 나오미의 눈 위로 곱슬거리는 머리가 흘러내렸고, 나오미는 홀던에게서 시선을 떼지 않고 그 머리를 쓸어올렸다. "잠깐, 뭐? 난 네가…."

"절 침대로 끌어들이기 위해 절 사랑한다는 말을 하지는 말라고 했죠." 나오미가 말했다. "하지만 저는 또한 지난 4년 동안 선장님이 청하기만 하면 언제든 선장님 방으로 갔을 거라고도 말했습니다. 제가 뭐 그렇게 알아듣기 힘들게 말했다고는 생각하지 않습니다. 그리고 기다리는 데 지치기도 했고요."

홀던은 부스 의자에 등을 기대고 숨을 쉬려 애썼다. 나오미는 이제 순수하게 장난기 어린 웃음을 짓고 있었고, 한쪽 눈썹을 치켰다.

"괜찮은가요?" 나오미가 물었다.

"난 네가 날 피한다고 생각했어." 다시 말을 할 수 있게 되자 홀던이 말했다. "이게 네가 내게 승리를 안기는 방식이야?"

"모욕하지 마십시오." 목소리에 화난 기색 없이 나오미가 말했다. "하지만 저는 선장님의 기분이 진정되기를 몇 주 동안이나 기다렸고, 우주선은 거의 수리가 끝났습니다. 그건 아마도 선장님이 우리를 데리고 정말 터무니없는 곳으로 자원해 갈 거라는 뜻이고 또한 이번에는 우리가 운이 안 좋을 수도 있습니다."

"음…." 홀던이 말했다.

"만약 우리가 적어도 '한 번'의 시도도 안 한 상태에서 그런 일이 벌어진다면, 전 그걸 후회할 겁니다."

"나오미, 난…."

"간단한 겁니다, 짐." 나오미가 손을 뻗어 홀던을 자기 쪽으로 끌어당기며 말했다. 나오미는 둘의 얼굴이 거의 맞닿을 정도까지 테이블 너머 홀던 쪽으로 몸을 기울였다. "이건 '좋아' 또는 '싫어'로 답하는 질문입니다."

"좋아."

44
밀러

밀러는 혼자 앉아서 넓은 전망대 창문 밖을 멍하니 바라보고 있었다. 옆의 검고 낮은 테이블에는 균류로 만든 위스키가 잔에 담겨 있었지만 처음 주문했을 때와 같은 양이었다. 그건 사실 음료가 아니었다. 자리에 앉을 수 있는 허가증이었다. 세상에는 떠돌이들이 늘 약간씩 있었다. 심지어 세레스에서도 그랬다. 운이 다해버린 남녀들. 갈 곳도 없고, 부탁할 곳도 없는 이들. 인류라는 거대한 조직에 아무런 연고도 없는 이들. 밀러는 늘 그런 이들에게, 자신의 정신적인 일족에게 연민을 느꼈다.

이제 밀러는 본격적으로 그런 연고 없는 일족의 일부가 되었다.

거대한 세대 우주선의 표면에 뭔가 밝은 게 보였다. 용접 작업을 하다가 섬세한 회로망 어딘가를 자른 모양이었다. 벌집처럼 늘 부산하고 바쁜 타이코 스테이션에 아늑하게 자리 잡은 노부 호 뒤쪽으로는 로시난테 호의 모습이 0.5도의 시야각을 이루며 보였다. 한때 밀러의 집이었던 그곳이. 밀러는 모세라는 인물이 자신이 결코 들어가지 못할 약속의 땅을 본 이야기를 알았다. 밀러는 그 늙은 예언자가 아주 잠깐만, 하루, 일주일, 일 년만 그곳에 들어가도록 허락을 받았다면, 그런 뒤 다시 사막으로 쫓겨나게 되었다면 어떤 느낌일지 궁금했다. 모세를 그냥 황무지에 계속 있게 하는 게 더 친절한 행동이었으리라. 모세의 안전을 더 생각해 주는 것이었으리라.

밀러 옆에서는, 줄리 마오를 위해 마음 한구석에 마련해둔 곳에서 줄리가 밀러를 지켜보았다.

'난 널 구하기로 되어 있었는데.' 밀러가 생각했다. '난 널 찾기로 되어 있었는데. 진실을 찾기로 되어 있었는데.'

'그리고 그렇게 했잖아요?'

밀러는 줄리를 향해 웃었고, 줄리 또한 밀러처럼 피곤하고 지친 웃음을 웃었다. 물론 밀러가 약속을 지켰기 때문이다. 밀러는 줄리를 찾아냈고, 줄리를 죽인 사람을 찾아냈다. 그리고 홀던이 옳았다. 밀러의 행동은 복수였다. 밀러는 자신과 한 모든 약속을 지켰다. 하지만 그랬음에도 밀러는 자신을 구원하지 못했다.

"뭔가 가져다 드릴까요?"

0.5초 정도, 밀러는 그게 줄리가 한 말이라고 생각했다. 웨이트리스가 다시 입을 열어 묻기 전에 밀러는 고개를 흔들었다. 웨이트리스는 그렇게 할 수 없었다. 설사 그렇게 할 수 있을지라도, 밀러는 그 값을 치를 능력이 없었다.

'계속 거기에 있을 수 없다는 걸 알았잖아요.' 줄리가 말했다. '홀던하고 그 승무원들요. 당신이 거기에 속하지 않는다는 걸 알았잖아요. 당신은 저와 같은 부류예요.'

갑작스레 분비된 아드레날린이 지친 심장에 활기를 주었다. 밀러는 두리번거리며 줄리를 찾아보았지만, 줄리는 사라지고 없었다. 밀러가 방금 겪은 투쟁-도피 반응에 백일몽은 끼어들 자리가 없었다. 하지만 그래도, '당신은 저와 같은 부류예요.'

밀러는 얼마나 많은 사람이 자기와 같은 과정을 거쳤을지 궁금했다. 인류가 중력 우물을 빠져나오기 오래전부터 경찰들은 총구를 물고 자살을 하는 경향이 심했다. 경찰로 있었을 때보다 지난 몇 달 사이에 더 많은 피를 손에 묻힌 밀러는 이제 집도 친구도 없는 상황에 처했다. 1년에 한 번씩 세레스의 치안대를 정기검진하는 정신과 의사는 이 증상을 자살 표상 작용이라 불렀다. 사면발니나 고콜레스테롤처럼 주의해야 할 대상. 만약 주의를 기울인다면 큰 문제는 아닌 대상.

그러니 밀러는 조심해야 했다. 한동안. 그 증상이 어떻게 진행되는지 지켜보아야 했다.

밀러는 일어섰고, 심장이 세 번 뛸 동안 망설인 다음 버번을 집어 단숨에 삼켰다. 마시면 용기가 나는 액체. 사람들은 그걸 그렇게 불렀고, 그건 제 역할을 하는 듯했다. 밀러는 터미널을 켜고 연결 요청을 한 다음 마음을 가라앉히려 해보았다. 그는 아직 그 정도 증상까지는 아니었다. 그리고 만약 살아갈 생각이라면 직장이 필요했다.

"사베츠 니히츠, 팜포. (몰라요, 늙다리 아저씨.)" 디오고가 말했다. 디오고는 최신 유행하는 그물 셔츠와 바지 차림이었다. 젊은 이들이 즐기는 유행이었고, 또한 그만큼 보기 흉했다. 그리고 예전의 밀러라면 디오고가 너무 어려 아무것도 모를 거라고 생각했으리라. 이제 밀러는 기다렸다. 만약 디오고에게서 뭔가 가능성을 짜낸다면 밀러는 자기만의 구멍을 가질 희망이 있었다. 침묵이 시간을 질질 끌었다. 밀러는 애걸을 할까 두려워 아무 말도 하지 않으려 애썼다.

"음…." 디오고가 신중하게 말했다. "음, 남자가 할 수 있는 일이 있을 거예요. 단순히 팔과 눈을 쓰는 일이요."

"치안대 일도 좋아." 밀러가 말했다. "봉급을 주는 일이면 뭐든 돼."

"일 콘베르사 아 도. (어디 할 만한 일이 있는지 알아볼게요.)"

"네가 뭐든 해주면 정말 고맙겠어." 밀러는 대답한 뒤 침대를 가리켰다. "혹시 괜찮으면 내가 좀…."

"미 까마 에스 수 까마. (아저씨 집이라고 생각하세요.)" 디오고가 말했다. 밀러는 침대에 누웠다.

디오고는 작은 샤워실로 들어갔고, 물이 피부에 닿는 소리가 공기 재생기로 빨려 들어갔다. 결혼 이후, 심지어 수송선에 탔을 때도 밀러는 누군가와 이렇게 신체적으로 가까이 지내본 적이 없었다. 하지만 그럼에도, 밀러는 디오고와 친구라고 부를 수 있는 단계까지 가지 않았다.

타이코는 밀러가 생각했던 것보다 기회가 없었고, 밀러에게는 추천을 통해 직장을 얻을 확률도 거의 없었다. 밀러가 아는 몇 안 되는 사람들은 밀러를 추천해 주려 하지 않았다. 하지만 일거리가 없을 리는 없었다. 밀러는 그저 자신을 추스르고 다시 시작하고, 예전의 자신과 다른 사람이 되기만 하면 됐다.

물론 지구 또는 화성(누가 되었든 전쟁에서 이기는 쪽)이 OPA 그리고 OPA에 충성을 다하는 스테이션들을 우주에서 쓸어버리지 않는다는 가정 아래에서였다. 그리고 그 프로토분자가 에로스를 빠져나와 행성을, 또는 스테이션을, 또는 밀러 자신을 파괴하지 않는다는 가정 아래서였다. 밀러는 로시난테 호에 아직도 그것의 샘플이 있다는 사실을 떠올리고는 한순간 등골이 오싹했다. 만약 그 샘플에 무슨 일이 일어난다면, 홀던과 나오미, 알렉스와 에이모스는 밀러보다 한참 앞서 줄리 꼴이 될 게 뻔했다.

밀러는 그게 더는 자기 문제가 아니라고 혼잣말을 했다. 하지만 그래도 밀러는 홀던 일행이 무사하기를 바랐다. 설사 자기는 그렇지 않을지라도 홀던 일행은 무사하기를 바랐다.

"오이, 팜포." 공공 복도 쪽 문이 열리면서 디오고가 말했다. "에로스가 말을 하기 시작했다는 소식 들었나요?"

밀러는 한쪽 팔꿈치를 기대고 몸을 일으켰다.

"씨.(맞아요.)" 디오고가 말했다. "그게 무슨 의미인지는 모르겠지만, 여하튼 에로스가 방송을 시작했어요. 심지어 단어들도 있어요. 제게 피드가 있어요. 들어볼래요?"

'아니.' 밀러는 생각했다. '아니, 난 그 복도들을 보았어. 하마터면 내게 일어날 뻔한 일들이 그 사람들에게 일어났지. 나는 그 끔찍한 일과 더는 엮이고 싶지 않아.'

"그래." 밀러가 말했다.

디오고는 자기 핸드터미널을 집더니 뭔가를 처넣었다. 밀러의 터미널이 새로운 피드 경로를 잡으며 알림음을 울렸다.

"관제실의 어떤 여자가 이걸 방그라 음악과 마구 섞어 만든 거예요." 디오고는 엉덩이를 마구 움직이는 춤을 추면서 말했다. "엄청나죠?"

디오고와 다른 OPA 비정규군은 고가의 연구 스테이션에 쳐들어가 권력과 악의 역사상 가장 강력하고 가장 사악한 회사 하나를 정복했다. 그리고 이제 그들은 죽음의 절규로부터 음악을 만들고 있었다. 죽음으로부터. 그들은 싸구려 클럽에서 그걸 배경으로 춤을 추고 있었다. '젊고 영혼이 없는 아이들이 응당 할 만한 짓이로군.' 밀러는 생각했다.

하지만 아니었다. 그건 공평하지 않았다. 디오고는 착한 청년이었다. 단지 세상 물정 모르고 순진할 뿐이었다. 약간의 시간이 지나면 우주가 알아서 바꿔놓을 부분이었다.

"엄청나군." 밀러가 말했다. 디오고가 이를 드러내고 웃었다.

여러 개의 피드가 순서를 기다리며 주르륵 떴다. 밀러는 조명을 껐고, 작은 침대에 몸을 뉘었다. 밀러는 듣고 싶지 않았다. 알고 싶지 않았다. 하지만 들어야 했다. 알아야 했다.

처음에 그 소리는 아무것도 아니었다. 단지 전기 신호와 마구잡이로 오르내리는 잡음에 불과했다. 이윽고, 그 너머 깊은 곳 어디에선가 음악이 들려 왔다. 저 멀리서 점점 커지고 길어지며 천천히 뒤섞이는 비올라 합주였다. 그리고 이어서 누군가가 확성기를 통해 말하는 것처럼 뚜렷한 목소리가 들렸다.

"토끼와 햄스터. 생태학적으로 불안정하고 둥그렇고, 달빛처럼 파람. 8월."

그건 진짜 사람이 아닌 게 거의 확실했다. 에로스의 컴퓨터 시스템은 사람이 말하는 것과 똑같이 들리는 가지각색의 목소리로 온갖 방언을 말할 수 있었다. 남녀노소. 게다가 스테이션 전체의 컴퓨터와 데이터 저장 장치에 쌓인 자료가 몇백만 시간 분량은 될 게 분명했다.

그리고 마치 핀치들이 날갯짓할 때처럼 전기적 잡음이 펄럭이는 소리. 새로운 목소리(이번에는 여자였고 더 부드러웠다) 그리고 그 뒤로 들리는 맥박 소리.

"환자는 빠른 심장박동과 식은땀을 호소합니다. 이 증상은 3개월 전에 보고되었지만 기록에 따르면….

목소리가 사라지고 맥박 소리가 커졌다. 두뇌에 스위스 치즈 구멍이 난 노인처럼, 에로스에 있던 복잡한 시스템은 죽어가고, 바뀌고, 제정신을 잃고 있었다. 그리고 프로토젠이 그 모든 것에 음성을 연결해두었기에, 밀러는 스테이션이 무너져가는 것을 들을 수 있었다.

"제가 그 사람에게 말하지 않았어요. 제가 그 사람에게 말하지 않았어요. 일출. 전 일출을 본 적이 한 번도 없어요."

밀러는 두 눈을 감고 에로스가 부르는 세레나데를 들으며 잠을 청했다. 흐릿해지는 의식 속에서, 밀러는 오르내리는 잡음에 따라 천천히 숨을 쉬는 따뜻하고 살아있는 몸이 자기 옆에 누워있는 모습을 상상했다.

매니저는 마르고 호리호리했고 절대 무너지지 않는 파도처럼 머리를 이마 위 높이 올려 빗은 사람이었다. 사무실은 마치 몸을 웅크린 듯이 좁디좁았고, 물, 공기, 에너지 등 타이코의 기본 자원이 강약을 띠며 흘러감에 따라 이상한 박자로 붕붕거렸다. 사업장은 덕트 사이에 자리 잡은 싸구려 임시 건물이었다. 최하 중에서도 최하였다.

"미안합니다." 매니저가 말했다. 밀러는 속이 팽팽해졌다가 축 꺼지는 걸 느꼈다. 우주가 온갖 모욕을 준비하고 있으리라고 예상은 했지만, 이건 그 예상에 없었다. 그리고 그 때문에 밀러는 화가 났다.

"제가 감당하지 못할 거라고 생각합니까?" 밀러는 목소리를 계속 부드럽게 유지하며 물었다.

"그게 아닙니다." 호리호리한 남자가 말했다. "문제는… 있잖습니까, 우리끼리니 하는 말인데, 우리는 멍청이를 찾고 있습니다. 이 창고는 어떤 멍청한 어린애도 지킬 수 있는 곳이거든요. 당신은 온갖 경력을 다 갖추고 있습니다. 폭도 진압 과정에 익숙한 사람을 우리가 왜 필요로 하겠습니까? 아니면 수사 절차를 아는 사람을요. 제 말은, 아시잖습니까. 이 직업에는 심지어 총도 필요 없습니다."

"상관없습니다." 밀러가 말했다. "저는 그냥 일이 필요합니다."

호리호리한 남자는 한숨을 쉬더니 벨트인 특유의 과장된 몸짓으로 어깨를 으쓱했다.

"당신에겐 뭔가 다른 일이 필요합니다." 남자가 말했다.

밀러는 절망적으로 들릴까 봐 두려워 웃지 않으려 애썼다. 밀러는 매니저가 불편해할 때까지 그의 뒤에 있는 싸구려 플라스틱 벽을 응시했다. 이건 헤어날 수 없는 구렁텅이였다. 밀러는 다시 시작하기에는 너무 경험이 많았다. 밀러는 너무 많이 알았고, 되돌아가 처음부터 시작할 수 없었다.

"알았습니다." 마침내 밀러가 말했고, 매니저는 밀러를 떠나 책상 맞은편으로 가 숨을 내쉬더니 친절하게도 당혹스럽다는 표정을 지었다.

"하나만 물어보죠." 호리호리한 남자가 말했다. "왜 예전 일을 그만뒀나요?"

"세레스가 편을 바꿨습니다." 밀러가 모자를 쓰며 말했다. "저는 새로운 팀에 들지 못했습니다. 그게 이유입니다."

"세레스?"

매니저는 어리둥절한 눈으로 밀러를 보았고, 그 때문에 밀러는 어리둥절해졌다. 밀러는 자기 핸드터미널을 힐긋 보았다. 거기에는 밀러의 경력이 상대에게 보여준 내용 그대로 있었다. 매니저가 그걸 놓쳤을 리 없었다.

"제가 있던 곳입니다." 밀러가 말했다.

"경찰 일은 그렇지요. 하지만 저는 마지막 일을 말한 겁니다. 제 말은, 저도 한동안 이런저런 일을 했고, 따라서 당신 이력서에 OPA 일을 포함하지 않은 건 이해하지만, 당신이 그 일에 관여했다는 걸 우리 모두 안다는 사실을 당신도 알아야 합니다⋯."

"당신은 제가 OPA를 위해 일했다고 생각하는군요." 밀러가 말했다.

호리호리한 남자가 눈을 끔벅였다.

"당신은 OPA를 위해 일했습니다." 그 남자가 말했다.

어쨌든, 그건 진실이었다.

프레드 존슨의 사무실은 아무것도 바뀌지 않았으며 또한 모든 것이 바뀌어 있었다. 가구, 공기의 냄새, 사무실이 침실과 사령실과 관제 센터를 모두 뒤섞어 만든 곳 같다는 느낌. 창밖으로 보이는 세대 우주선은 그 완성을 향해 0.5퍼센트 정도 더 다가간 듯했다. 하지만 그게 아니었다. 게임의 상품이 바뀌었고 전쟁이었던 것은 이제 뭔가 다른 것이 되어 있었다. 더 큰 뭔가로. 그것이 프레드의 눈에서 빛나고, 그의 어깨를 긴장시켰다.

"당신 같은 기술을 가진 사람을 쓸 수도 있지요." 프레드는 동의했다. "언제나 사소한 일이 문제가 됩니다. 어떻게 몸수색을 하는가. 그런 것들 말입니다. 이곳 치안대는 타이코에서는 잘 해나가지만 일단 자기 스테이션을 떠나 총을 쏘며 남의 스테이션으로 쳐들어간 뒤에는, 고향에서만큼 잘하지 못하지요."

"그런 일을 또 하고 싶은 겁니까?" 밀러는 평범한 농담처럼 들리게 하려고 애쓰며 말했다. 프레드는 대답하지 않았다. 한순간, 줄리가 사령관의 옆에 서 있었다. 밀러는 둘이 화면들에 반사되는 것을 보았다. 남자는 생각에 잠겼고, 유령은 흥미로워했다. 어쩌면 시작부터 잘못 이해했고, 소행성대와 내행성들 사이의 분열은 정치와 자원 경영 이외의 뭔가가 있을지도 몰랐다. 다른 사람들과 마찬가지로, 밀러는 소행성대의 삶이 화성이나 지구보다 더 혹독하고 위험하다는 것을 잘 알았다. 그럼에도 이 사람들, 최고의 사람들은 이런 삶에 끌려 인류의 중력 우물 밖으로 나왔고, 어둠 속으로 스스로 뛰어들었다.

탐험하고 뻗어 나가고 집을 떠나고 싶은 충동. 가능한 한 우주 저 멀리까지 가고 싶은 충동. 그리고 이제 프로토젠과 에로스는 신이 될 기회를, 인류가 예전의 소박하던 꿈과 희망 사항을 넘어 그 이상의 존재로 다시 태어날 기회를 제공했고, 밀러는 프레드 같은 사람이 그러한 유혹을 외면하기가 얼마나 어려울까 하는 생각을 했다.

"당신은 드레스덴을 죽였습니다." 프레드가 말했다. "그게 문제입니다."

"그래야 했습니다."

"저는 과연 그래야 했을까 싶습니다." 프레드가 말했다. 조심스러운 목소리였다. 시험. 밀러는 약간 슬프게 웃었다.

"바로 그래서 그렇게 해야만 했습니다." 밀러가 말했다.

작고 기침하는 듯한 웃음을 통해 밀러는 프레드가 자기 말을 이해했음을 알았다. 이윽고 프레드는 흐트러짐 없는 시선으로 밀러에 대해 다시 생각하기 시작했다.

"협상의 순간이 오면 누군가가 그 일에 대해 대답을 해야만 합니다. 당신은 방어 능력이 없는 사람을 죽였습니다."

"그랬습니다." 밀러가 말했다.

"때가 되면 저는 첫 협상 카드로 당신부터 사자 아가리에 집어넣을 겁니다. 전 당신을 보호하지 않을 겁니다."

"보호해달라고 요구하지도 않을 겁니다." 밀러가 말했다.

"설사 그게 전직 경찰이었던 벨트인이 지구 쪽 감옥에 갇히는 것이라 해도 말입니까?"

그건 완곡어법이었고, 둘 다 그것을 알았다. '당신은 저와 같은 부류예요.' 줄리는 말했다. 그러니 사실 밀러가 지구에 어떻게 가든 그게 무슨 상관이겠는가?

"후회하지 않습니다." 밀러가 말했고, 숨을 반쯤 들이쉴 시간이 지난 뒤 자신의 말이 거의 진실이라는 점에 충격을 받았다. "만약 판사가 뭔가에 대해 제게 묻고 싶어 하면 저는 대답을 할 겁니다. 저는 여기에서 보호가 아닌, 일거리를 구하는 겁니다."

프레드는 자기 의자에 앉아 눈을 가늘게 뜨고 생각에 잠겼다. 밀러는 의자에서 몸을 앞으로 기울였다.

"당신 때문에 제 처지가 난처해졌습니다." 프레드가 말했다. "당신이 하는 말은 모두 옳습니다. 하지만 당신이 제 말을 잘 이해하고 있는지 의심이 되는군요. 당신을 우리 직원 명단에 올리는 것은 위험할 겁니다. 평화 협상에서 제 위치가 약해질 수 있습니다."

"위험하지요." 밀러가 말했다. "하지만 저는 에로스와 토트 스테이션에 있었습니다. 홀던 일행과 로시난테 호를 타고 날았습니다. 프로토분자를 분석할 때가 오면, 그리고 우리가 어떻게 이 혼란에 얽혀들었는지를 분석할 때가 오면 저만큼 당신에게 정보를 많이 줄 수 있는 사람이 없습니다. 당신은 제가 너무 많이 알고 있다고 주장할 수 있습니다. 놓아주기에는 제가 너무 귀중했다고요."

"혹은 너무 위험하거나."

"물론이죠. 그렇게 말해도 되고요."

잠깐 침묵이 흘렀다. 노부 호에 일렬로 늘어선 빛들이 시험 삼아 금색과 녹색으로 번쩍인 뒤 다시 깜깜해졌다.

"치안대 자문 역할입니다." 프레드가 말했다. "자영업입니다. 당신에게 직위를 주지는 않겠습니다."

'OPA가 되기에 내가 너무 더럽다는 거로군.' 밀러는 흥미로움을 느끼며 생각했다.

"숙소가 제공된다면, 받아들이겠습니다." 밀러가 말했다. 이건 단지 전쟁이 끝날 때까지만이었다. 전쟁이 끝나면 밀러는 분쇄기에 들어간 고기 꼴이 날 운명이었다. 그건 괜찮았다. 프레드가 등을 뒤로 기댔다. 프레드의 의자가 새로운 형태로 바뀌며 부드럽게 쉬잇 소리를 냈다.

"좋습니다." 프레드가 말했다. "당신의 첫 번째 일입니다. 당신이 분석한 바를 알려주십시오. 제 가장 큰 문제는 뭡니까?"

"정보 통제." 밀러가 말했다.

"당신은 제가 토트 스테이션과 프로토분자에 대한 정보를 조용히 간직하지 못할 거라고 생각하는 겁니까?"

"물론 할 수 없습니다." 밀러가 말했다. "우선, 이미 너무 많은 사람이 알고 있습니다. 또한, 그 가운데 한 명은 홀던이고, 만약 홀던이 사용 가능한 모든 주파수를 통해 이미 모든 내용을 방송하지 않았다면, 곧 그렇게 할 겁니다. 그리고 그것 말고도, 무슨 일이 일어나는지를 설명하지 않고는 당신은 평화 협상을 할 수 없습니다. 조만간 그 사실은 알려져야만 합니다."

"그러면 당신의 조언은 뭡니까?"

잠시, 밀러는 어둠 속으로 돌아가 죽어가는 스테이션의 재잘거림에 귀를 기울였다. 진공 너머에서 자신을 부르는 죽은 자들의 목소리를.

"에로스를 방어하십시오." 밀러가 말했다. "모든 곳에서 프로토분자의 샘플을 원할 겁니다. 아무도 그곳으로 가지 못하게 하는 것만이 당신이 협상 테이블에 앉을 수 있는 유일한 길입니다."

프레드가 킬킬거렸다.

"좋은 생각이군요." 프레드가 말했다. "하지만 만약 지구와 화성의 해군들이 그곳으로 향한다면 우리가 에로스 규모의 스테이션을 어떻게 방어할 수 있겠습니까?"

좋은 지적이었다. 밀러는 슬픔이 밀려오는 걸 느꼈다. 설사 줄리 마오, 그러니까 그의 줄리가 이미 죽고 없을지라도 이제부터 하려는 말은 그녀를 배반하는 것 같은 느낌이 들었다.

"그렇다면 없애버려야 합니다." 밀러가 말했다.

"제가 어떻게 그렇게 할 수 있겠습니까?" 프레드가 말했다. "설사 우리가 핵폭탄을 거기에 퍼붓는다 해도 작은 파편 하나가 다른 식민지나 중력 우물 안으로 떨어지지 않는다고 어떻게 보장을 합니까? 그곳을 날려버리는 건 민들레 씨앗을 바람에 날리는 것과 다를 바가 없을 겁니다."

밀러는 민들레를 본 적이 한 번도 없었지만, 문제가 뭔지는 알았다. 에로스를 채우고 있는 점액의 아주 일부라 할지라도 이 사악한 실험을 다시 시작하기에는 충분할 듯했다. 그리고 그 점액은 방사능 속에서 번창했다. 스테이션을 핵 폭격하는 것은 일을 끝내기보다는 프로토분자가 비밀스럽게 번식할 수 있도록 등을 떠미는 격이었다. 에로스의 프로토분자가 확산하지 못하도록 하려면, 그 구성 원자에 이르기까지 스테이션에 있는 모든 것을 파괴해야만 했…

"아." 밀러가 말했다.

"아?"

"네. 하지만 이 제안은 맘에 안 드실 겁니다."

"한번 말해보시죠."

"좋습니다. 물으셨으니까요. 에로스를 태양 속으로 넣으십시오."

"태양 속으로." 프레드가 말했다. "지금 우리가 말하는 대상의 질량이 얼마나 되는지 아시는 겁니까?"

밀러가 넓고 깨끗한 창문을 향해, 창문 너머 공사장을 향해 고개를 끄덕였다. 노부 호를 향해.

"저 물건에는 큰 엔진들이 달렸지요." 밀러가 말했다. "빠른 우주선들을 에로스 스테이션에 보내 당신들이 그곳에 도착하기 전에는 아무도 도착하지 못하도록 지키십시오. 그리고 노부 호를 에로스 스테이션으로 보내십시오. 노부 호를 써서 에로스를 태양 쪽으로 미십시오."

계획을 짜고 계산을 하는 동안, 프레드의 시선은 먼 산만 보았다.

"에로스가 코로나에 도달할 때까지 누구도 에로스에 들어가지 못하게 해야만 합니다. 어렵겠지만, 지구와 화성 모두 자기들이 에로스에 들어가는 한편 상대는 못 들어가게 하려고 기를 쓸 겁니다."

'더 나은 방법을 생각할 수 없어 유감이야, 줄리.' 밀러가 생각했다. '하지만 멋진 장례식이 될 거야.'

프레드의 숨이 느려지고 깊어졌으며, 시선은 공기 중에서 자신만이 볼 수 있는 뭔가를 읽는 듯이 반짝였다. 침묵이 무거워졌지만 밀러는 방해하지 않았다. 거의 1분쯤 지난 뒤에 프레드가 짧고 울리는 듯한 숨을 내쉬었다.

"몰몬교도들이 펄펄 뛰겠군요." 프레드가 말했다.

45
홀던

　나오미는 잠꼬대를 했다. 오늘 밤 나오미와 함께 자기 전까지는 홀던이 알지 못했던 몇 가지 사실 가운데 하나였다. 1미터도 떨어지지 않은 충격 흡수 소파에서 함께 잔 적도 있었지만, 홀던은 나오미가 잠꼬대하는 소리를 한 번도 들은 적이 없었다. 이제, 홀던은 자신의 벌거벗은 가슴에 나오미가 얼굴을 기댄 채 입술을 움직이며 부드럽게 또박또박 말하는 숨결을 느낄 수 있었다. 하지만 무슨 말을 하는지는 들리지 않았다.

　또한 나오미는 등쪽, 왼쪽 엉덩이 바로 위에 흉터가 있었다. 10센티미터가 조금 안 되는 길이였으며 양 끝이 고르지 않고 우툴두툴한 것으로 보아 베인 게 아니라 찢긴 흔적이었다. 나오미가 술집 싸움에서 칼에 찔리거나 하지는 않았을 것이고, 아마도 일을 하다가 다친 상처인 듯했다. 아마도 엔진실의 좁은 공간을 기어 다니고 있는데 우주선이 갑작스레 방향을 바꾸는 바람에 다쳤을 것이다. 능력 있는 성형외과 의사라면 단 한 번의 시술로 그

흉터를 보이지 않게 할 수 있었다. 나오미가 그 흉터를 마음에 걸려 하지 않고 또한 전혀 맘 쓰지 않는다는 사실 역시 홀던은 오늘 밤에야 알게 됐다.

나오미는 중얼거리는 것을 멈추고 입술을 몇 번 핥더니 말했다. "목말라."

홀던은 나오미 아래에서 빠져나왔고, 지금 하는 행동이 새로운 연인을 사귈 때 늘 동반되는 아부라는 생각을 하며 부엌으로 갔다. 앞으로 몇 주 정도, 홀던은 나오미가 원하는 건 뭐든지 하려 들 터였다. 그건 어떤 남자들에게는 유전자 레벨에 각인된 행동으로, DNA는 처음 관계가 단지 요행 때문이 아니라는 점을 확실히 하고 싶어 하는 것이다.

나오미의 방은 홀던의 방과 구조가 달랐으며, 어둠 속에서 홀던은 낯설어 제대로 방향을 잡을 수가 없었다. 홀던은 유리잔을 찾기 위해 나오미의 작은 부엌을 몇 분 정도 더듬거렸다. 잔을 찾아 물을 담고 침실로 돌아오자 나오미는 침대에 앉아 있었다. 시트는 나오미의 무릎 위에 모아져 있었다. 침침한 조명의 방에서 나오미가 반나체로 있는 모습을 보고 있노라니 홀던은 당황스럽게도 갑자기 발기가 되었다.

나오미는 홀던의 몸을 훑어보다가 복부와 물잔 쪽에서 시선을 멈추더니 말했다. "그거 저를 위한 건가요?"

홀던은 나오미가 어느 쪽을 물어보는 건지 알 수 없었고, 그래서 그냥 대답했다. "맞아."

"자?"

나오미의 얼굴은 홀던의 배 위에 있었고 숨도 느리고 깊어 잠이 든 줄 알았는데 나오미가 바로 대답해서 홀던은 깜짝 놀랐다. "아니요."

"이야기 좀 할 수 있을까?"

나오미는 몸을 굴려 홀던에게서 떨어지더니 위쪽으로 올라와 홀던이 벤 베개를 함께 벴다. 나오미의 머리털이 눈 위로 흘러내렸고, 홀던은 손을 뻗어 그 머리털을 쓸어 넘겨 주었다. 홀던은 자신의 그 동작이 너무나 다정스럽고 독점적이라 느껴져 목구멍으로 울컥하는 기분을 삼켜야만 했다.

"저에 대해 진지한 마음인가요?" 반쯤 감긴 눈으로 나오미가 물었다.

"그래, 맞아." 홀던이 말하고 나오미의 이마에 키스했다.

"제가 마지막으로 연애를 한 건 1년 전입니다." 나오미가 말했다. "저는 진지한 일부일처주의자이고, 적어도 저의 입장에서는, 우리 가운데 한 명이 관계가 끝났다고 결정하기 전까지 우리는 서로에게 독점적인 권리가 있어요. 그리고 당신이 관계가 끝났다고 저에게 미리 경고를 해주는 한, 저는 당신에게 아무런 나쁜 감정도 갖지 않을 거예요. 저는 단지 섹스 이상의 관계에 대해서도 열려 있지만, 경험상 그건 일어날 일이면 자연스레 생기는 거더군요. 그리고 혹시 당신에게 중요한 일일까 봐 그러는데, 저는 유로파와 루나에 난자를 저장해 두었습니다."

나오미는 몸을 돌려 팔꿈치로 몸을 받쳤고, 홀던의 얼굴 위로 자기 얼굴을 가져갔다.

"제가 기본적인 것은 다 말한 건가요?" 나오미가 물었다.

"아니." 홀던이 말했다. "하지만 조건에 합의해."

나오미는 몸을 돌려 등을 대고 눕더니 만족스럽게 긴 숨을 내쉬었다.

"좋아요."

홀던은 나오미를 안고 싶었지만 너무 덥고 몸이 땀으로 끈적거리는 것 같았기에 대신 손을 뻗어 나오미의 손을 잡는 거로 만족했다. 홀던은 나오미에게 이게 특별한 의미가 있다고, 이미 섹스 이상의 의미가 있다고 말하고 싶었지만 머릿속으로 떠오르는 모든 단어는 거짓이거나 감상적인 느낌이 들었다.

"고마워." 하고 싶던 말 대신 홀던은 이렇게 말했지만, 나오미는 이미 조용히 코를 골고 있었다.

둘은 아침에 다시 섹스를 했다. 잠을 별로 자지 않으며 긴 밤을 보낸 뒤였기에 홀던에게는 휴식보다 봉사에 가까웠지만, 그래도 역시 즐거웠다. 둘이 지난밤에 한 정신이 아찔할 정도의 쾌감 가득한 섹스는 아니었지만, 그래도 뭔가 다르고 더 재미있고 더 부드러운 의미가 있었다. 섹스 뒤, 홀던은 부엌으로 가 커피를 내렸고, 쟁반에 담아 침대로 가져왔다. 둘은 방의 LED 조명이 만든 인공 아침 속에서 전날 밤 애써 피했던 부끄러움에 잠겨 말없이 커피를 마셨다.

나오미는 빈 커피잔을 내려놓더니 최근 부러졌다가 흉하게 아문 홀던의 코에서 뭉툭한 부분을 만졌다.

"끔찍해?" 홀던이 물었다.

"아니요." 나오미가 말했다. "당신은 이전에는 너무 완벽했어요. 이제 덕분에 좀 더 현실적으로 보이네요."

홀던이 소리 내 웃었다. "그건 뚱보나 역사학 교수에게나 할 법한 말처럼 들리는걸."

나오미가 싱긋 웃으며 손끝으로 홀던의 가슴을 가볍게 만졌다. 흥분시키려는 의도가 아니라 만족으로 인해 방정식에서 섹스가 제거되었을 때 나오는 단순한 탐사였다. 홀던은 섹스 뒤의 차가운 이성(理性)이 이렇게 편안했던 게 언제가 마지막이었는지 기억해보려 했지만 아마도 그런 적은 한 번도 없었던 듯했다. 홀던이 오늘 하루를 나오미와 침대에서 보낼 계획을 짜며 스테이션에서 음식을 배달하는 레스토랑들이 어디였는지 마음속으로 그 목록을 가다듬고 있을 때 침대 옆 협탁에서 홀던의 터미널이 울렸다.

"제길." 홀던이 말했다.

"대답할 필요 없잖아요." 나오미는 대꾸하고 더듬던 손끝을 홀던의 복부 쪽으로 옮겼다.

"너는 지난 몇 달간 신경을 곤두세우고 있었잖아. 안 그래?" 홀던이 말했다. "잘못 걸려온 게 아니라면 아마도 태양계 종말급의 빌어먹을 상황이 일어나서 우리가 5분 안에 이 스테이션을 떠나야 한다는 내용일 수도 있어."

나오미는 홀던의 갈비뼈에 키스를 하면서 동시에 간지럼을 먹였고, 그 때문에 홀던은 자신이 다시 발기하기까지 걸리리라 예상했던 시간에 대해 의문을 품게 되었다.

"재미없어요." 나오미가 말했다.

홀던은 한숨을 쉬더니 탁자에서 터미널을 집어 들었다. 터미널이 다시 울렸고 프레드의 이름이 번쩍였다.

"프레드야." 홀던이 말했다.

나오미가 키스를 멈추고 일어나 앉았다.

"네, 그럼 아마도 좋은 소식은 아니겠네요."

홀던이 전화를 받기 위해 화면을 가볍게 친 다음 말했다. "프레드."

"짐, 되도록 빨리 와주십시오. 중요한 일입니다."

"알았습니다." 홀던이 대답했다. "30분 뒤에 도착하겠습니다."

홀던은 전화를 끊더니 핸드터미널을 방 저편, 침대 발치에 벗어놓았던 옷더미 위로 가볍게 던졌다.

"샤워를 하고 프레드가 뭘 원하는지 가봐야겠어." 홀던이 이불을 걷고 일어나며 말했다.

"저도 같이 가야 하나요?" 나오미가 물었다.

"지금 농담해? 널 다시는 내 눈밖에 내놓지 않을 거야."

"섬뜩한 소리 하지 마요." 대답은 그렇게 했지만, 나오미는 웃고 있었다.

둘이 도착했을 때 처음 마주한 불쾌하고도 놀라운 점은 프레드의 사무실에 밀러가 앉아 있다는 것이었다. 홀던은 밀러에게 한 번 가볍게 고개를 끄덕인 다음 프레드에게 말했다. "왔습니다. 무슨 일입니까?"

프레드는 둘에게 앉으라고 손짓했고, 둘이 앉자 말했다. "우리는 에로스를 어떻게 할지를 논의했습니다."

홀던은 어깨를 으쓱했다. "그렇군요. 어떻게 할 겁니까?"

"밀러는 누군가가 에로스에 가서 프로토분자 샘플을 가져오려 할지도 모른다고 생각합니다."

"그런 짓을 할 정도로 멍청한 놈들이 분명히 있을 겁니다." 홀던이 고개를 끄덕이며 말했다.

프레드가 일어나더니 책상 위의 뭔가를 가볍게 쳤다. 평소에 노부 호의 건축현장을 보여주던 화면들이 갑자기 태양계의 2차원 지도로 바뀌었고, 여러 가지 색깔의 작은 점들이 함대의 위치를 표시했다. 화성 주위에는 녹색 점들이 성난 벌떼처럼 몰려 있었다. 홀던은 그 녹색이 지구 우주선을 의미한다고 생각했다. 소행성대와 외행성에는 붉은 점과 노란 점들이 많이 있었다. 그렇다면 붉은색은 아마도 화성일 듯했다.

"훌륭한 지도군요." 홀던이 말했다. "정확한 건가요?"

"꽤요." 프레드가 말했다. 프레드는 책상 위를 몇 번 빠르게 톡톡 쳐서 소행성대의 일부분을 확대했다. '에로스'라는 레이블이 붙은 감자 모양의 덩어리가 화면 중앙을 채웠다. 몇 미터 떨어진 곳에서는 작은 녹색 점 두 개가 그곳을 향해 서서히 움직였다.

"저건 지구의 과학 우주선인 찰스 라이엘 호인데, 에로스를 향해 최대 가속으로 이동 중입니다. 그리고 동반한 우주선은 우리 생각에 팬텀급 호위함인 듯합니다."

"로시난테 호의 지구 해군 사촌이로군요." 홀던이 말했다.

"그게, 팬텀급은 구형 모델이고 대부분은 후방 임무로 재배치됐지만 그럼에도 OPA가 빠르게 파견할 수 있는 우주선 중에선 저 우주선을 당해낼 것이 없습니다." 프레드가 대답했다.

"그래도 과학 우주선을 호위하기에 딱 알맞은 우주선이고요." 홀던이 말했다. "어떻게 지구가 이렇게 빠르게 저 우주선들을 보낼 수 있었죠? 그리고 왜 단 두 대뿐입니까?"

프레드는 지도를 태양계 전체를 먼 거리에서 묘사한 모습으로 다시 돌려놓았다.

"그냥 우연입니다. 라이엘 호는 소행성대 밖의 소행성 지도 작업을 마치고 지구로 돌아가다가 에로스로 경로를 바꾼 겁니다. 가까이 있었습니다. 라이엘 호만이 그랬습니다. 지구는 다른 이들이 어떻게 해야 할까 고민하는 동안 샘플을 손에 넣을 기회를 잡았다고 생각한 게 분명합니다."

홀던은 나오미를 살펴보았으나 표정에서 아무것도 읽을 수가 없었다. 밀러는 마치 핀을 어디에 꽂아야 하는지 살펴보는 곤충학자처럼 홀던을 응시하고 있었다.

"그러니까 저쪽이 안다는 겁니까?" 홀던이 말했다. "프로토젠과 에로스에 대해?"

"우리는 그렇게 생각합니다." 프레드가 말했다.

"당신은 우리가 저 우주선들을 쫓아내길 원하는 겁니까? 제 말은, 우리가 그렇게 할 수는 있겠지만, 그건 단지 지구가 다른 우주선들의 방향을 돌려 증원 부대를 파견하기 전까지만 가능할 겁니다. 그리 시간을 많이 벌 수는 없을 겁니다."

프레드가 싱긋 웃었다.

"많이는 필요 없을 겁니다." 프레드가 말했다. "우리도 계획이 있습니다."

홀던은 고개를 끄덕였고 프레드가 그 계획을 말해주기를 기다렸지만, 프레드는 의자에 앉아 등을 기댔다. 밀러가 일어나더니 에로스 표면이 보이게끔 화면의 지도를 확대했다.

'이제 프레드가 왜 이 자칼을 주위에 두는지 알게 되겠군.' 홀 던이 생각했지만 아무 말도 하지 않았다.

밀러가 에로스 사진을 가리켰다.

"에로스는 오래된 스테이션이야. 필요 없는 게 많이 있지. 표 면에는 구멍이 많아. 대부분은 정비용 작은 에어록들이야." 전직 형사가 말했다. "커다란 항구들은 스테이션을 둘러 주요 클러스 터 다섯 개에 있어. 우리는 에로스에 로시난테 호와 함께 보급용 수송선 여섯 척을 보낼 거야. 로시난테 호는 과학 우주선이 착륙 하지 못하도록 막을 거고, 수송선들은 스테이션을 확보할 거야. 각 도킹 클러스터에 한 대씩."

"사람들을 안으로 들여보내겠다는 거야?" 홀던이 말했다.

"안으로가 아니야." 밀러가 대답했다. "그냥 표면에만 있을 거 야. 표면에서 작업할 거야. 어쨌든, 여섯 번째 수송선은 다른 수 송선들이 도킹을 마치면 그 승무원들을 태우고 떠날 거고. 거기 에 버리고 오는 각 수송선에는 우주선의 접근 탐지기에 연결된 고성능 융합 탄두가 스물네 발씩 장착될 거야. 그리고 뭔가가 부 두에 착륙하려 들면 수백 메가 톤짜리 융합 폭탄이 폭발할 거야. 현재 접근하는 우주선을 막기에는 충분하겠지만, 만약 그렇지 않 다고 할지라도 부두들이 녹아서 우주선이 착륙할 수 없을 거야."

나오미가 목청을 가다듬었다. "에, UN과 화성 모두 폭탄 처 리반을 가지고 있어. 당신들이 설치한 부비트랩을 피해갈 방법 을 알아낼 거야."

"시간이 충분히 주어진다면 그렇겠지요." 프레드가 동의했다.

밀러는 아무도 끼어들지 않았다는 듯이 계속해 말했다.

"폭탄은 접근을 막기 위한 2차 방어선일 뿐이야. 로시난테 호가 제1차, 폭탄이 제2차. 우리는 프레드의 사람들이 노부 호를 준비하기까지 시간을 벌려는 것뿐이야."

"노부 호?" 홀던이 말했고, 숨을 반쯤 쉴 시간 뒤에 나오미가 낮게 휘파람을 불었다. 밀러는 거의 칭찬을 받아들인다는 듯이 나오미를 향해 고개를 끄덕였다.

"우리는 노부 호가 충분한 속력을 얻을 수 있을 만큼 긴 포물선 궤도를 그리며 날도록 발사할 거야. 그리고 노부 호는 에로스를 태양 쪽으로 돌릴 수 있게 계산된 속력과 각도로 에로스를 때릴 거고. 폭탄도 터뜨릴 거야. 충격 에너지와 융합 탄두로 인해, 우리 계산으로는 에로스 표면은 수천 도로 뜨거워지고 방사능은 그곳에 착륙하려는 건 뭐든지 익혀 버릴 정도로 강력해져. 물론 시간이 지나면서 약해지겠지만, 그때는 막기에는 이미 너무 늦은 상황이 될 거고." 밀러가 말을 마치고 자리에 앉았다. 밀러는 마치 반응을 기다린다는 듯한 눈으로 홀던을 바라보았다.

"이건 당신 아이디어인가?" 홀던이 밀러에게 물었다.

"노부 호 부분은. 하지만 우리가 처음 이 계획을 논의했을 때는 라이엘 호에 대해 알지 못했어. 부비트랩 부분은 임시변통으로 마련한 거야. 하지만 먹힐 거라고 생각해. 우리에게 충분한 시간을 벌어줄 거야."

"동의해." 홀던이 말했다. "우리는 누구도 에로스에 손대지 못하게 해야 해. 그리고 더 나은 방법이 있다고는 생각하지 않아. 하겠어. 당신들이 계획한 일을 마칠 때까지 우리는 그 과학 우주선이 접근하지 못하게 막겠어."

프레드는 의자를 삐걱대며 몸을 앞으로 숙이고 말했다. "당신이 참여하실 줄 알았습니다. 밀러는 당신이 낄지 회의적이었지만요."

"백만 명의 사람들을 태양으로 던져버리는 건 당신이 싫어하는 일인 듯했거든." 형사는 웃음기 없는 웃음을 지으며 말했다.

"그 스테이션에 사람은 남아 있지 않아. 이 일에서 당신 역할은 뭐지? 이제는 안락의자에 앉아서 지휘하는 건가?"

그 말은 홀던의 의도보다 더 못되게 들렸지만 밀러는 기분 상하지 않은 듯했다.

"나는 치안대를 지휘할 거야."

"치안대? 이 일에 치안대가 왜 필요한데?"

밀러가 싱긋 웃었다. 마치 장례식장에서 재미있는 농담을 들었다는 듯한 웃음이었다.

"우주선에 태워달라며 에어록에서 뭔가 기어 나올 경우를 대비해서." 밀러가 말했다.

홀던은 얼굴을 찡그렸다. "그 괴물들이 진공에서 어슬렁거릴 수 있을 거라고는 생각 안 해. 그런 생각 자체를 하고 싶지 않아."

"일단 우리가 에로스의 표면 온도를 1만 도까지 따끈따끈하게 올리고 나면, 별문제 없을 거라고 생각해." 밀러가 대답했다. "그때까지는 안전한 게 최고지."

홀던은 자신도 모르게 형사의 그런 자신감이 부러워졌다.

"충돌과 폭발이 그냥 에로스를 수백만 조각으로 깨뜨려 태양계 전체에 뿌릴 확률은 어떻게 되지?" 나오미가 물었다.

"프레드는 최고의 공학자들을 시켜 그런 일이 일어나지 않도록 모든 걸 소수점 자리까지 꼼꼼하게 계산하게 했어." 밀러가 대답했다. "애초에 타이코는 에로스를 건설하는 데 도움을 줬어. 그래서 청사진을 가지고 있지."

"그러니, 이 일의 마지막 부분을 조율하도록 하지요." 프레드가 말했다.

홀던은 기다렸다.

"당신은 아직도 프로토분자를 가지고 있습니다." 프레드가 말했다.

홀던은 다시 고개를 끄덕였다. "그리고요?"

"그리고," 프레드가 대답했다. "그리고 지난번 우리가 당신을 보냈을 때, 당신 우주선은 거의 완파 되었지요. 일단 에로스에 핵폭탄이 터지고 나면 포에베에 남아 있을지도 모르는 샘플을 제외하고는 당신의 샘플이 유일해집니다. 저는 그걸 당신에게 줘야 할 이유를 모르겠습니다. 출발하기 전에 그 샘플을 여기 타이코에 두고 가셨으면 합니다."

홀던은 고개를 저으며 일어섰다.

"전 당신을 좋아합니다, 프레드. 하지만 저는 협상용 칩으로 쓸 수도 있는 이에게는 그 물건을 넘기지 않을 겁니다."

"당신에게 그리 많은 옵션이 있다고는…." 프레드가 말을 했지만 홀던이 손가락을 하나 들어 올려 그 말을 막았다. 프레드가 놀라 홀던을 응시하는 동안, 홀던은 자기 터미널을 잡더니 승무원용 채널을 열었다.

"알렉스, 에이모스, 둘 가운데 누구 우주선에 있나?"

"제가 있습니다." 1초 뒤 에이모스가 말했다. "일을 하나 마무리….”

“우주선을 잠가.” 홀던이 에이모스의 말을 듣지 않고 말했다. “지금 당장. 문을 밀봉해. 만약 내가 1시간 뒤에 다시 연락하지 않거나 또는 나 말고 다른 누군가가 우주선에 타려고 한다면 부두를 떠나서 최대한 빠른 속력으로 타이코를 벗어나. 방향은 네가 결정하고. 만약 그래야만 한다면 누구든 쏴 버려. 알아들었어?”

“확실히 접수했습니다, 선장님.” 에이모스가 말했다. 마치 홀던이 커피 한 잔을 가져달라고 부탁했더라도 에이모스는 정확히 같은 어투로 말했을 터였다.

프레드는 믿을 수 없다는 표정으로 여전히 홀던을 응시했다.

“이 일을 강요하지 마십시오, 프레드.” 홀던이 말했다.

“만약 당신이 나를 위협할 수 있다고 생각한다면, 그건 오산입니다.” 프레드가 단조롭고 무시무시한 목소리로 말했다.

밀러가 소리 내 웃었다.

“뭐가 웃기는 겁니까?” 프레드가 말했다.

“그건 위협이 아니었습니다.” 밀러가 대답했다.

“아니라고요? 그럼 당신은 그걸 뭐라고 부를 겁니까?”

“현 상황에 대한 정확한 설명이라고 하겠습니다.” 밀러가 말했다. 밀러는 말하며 천천히 기지개를 켰다. “만약 우주선에 있던 게 알렉스였다면, 알렉스는 선장이 누군가를 겁주려 한다고 생각하고 아마도 마지막 순간에 명령을 취소할 거라고 여겼을 수도 있습니다. 하지만 에이모스? 에이모스는 정말로 자기 맘대로 상대를 쏠 겁니다. 설사 그게 자신이 우주선과 함께 죽는 걸 의미한다 할지라도 말이죠.”

프레드는 인상을 썼고, 밀러는 고개를 저었다.

"이건 허풍이 아닙니다." 밀러가 말했다. "허풍이라 생각하지 마십시오."

프레드가 눈을 가늘게 떴고, 홀던은 자신이 프레드를 한계 이상으로 너무 몰아붙인 게 아닌가 하는 생각이 들었다. 프레드 존슨이 총살 명령을 처음 내려보는 사람도 아닐 테고, 그러니 그 목록에 홀던 하나쯤 더 추가하는 건 일도 아니었다. 그리고 프레드는 밀러를 자기 바로 옆에 서 있게 했다. 정신적으로 불안한 이 형사는 누군가가 그러는게 좋겠다고 암시하는 순간 홀던을 쏘고도 남았다. 밀러가 여기에 있다는 사실만으로도 홀던은 프레드에 대한 신뢰가 흔들렸다.

그렇기에, 밀러가 홀던을 구했을 때 홀던은 꽤 놀랐다.

"있잖습니까." 형사가 말했다. "사실 홀던은, 당신이 그 물건으로 뭘 할지 결정할 때까지 그걸 맡겨 두기에 최적의 인물입니다."

"이유를 설명해 보십시오." 프레드가 말했다. 목소리는 여전히 분노로 팽팽했다.

"일단 에로스에 폭탄이 터지고 나면 홀던과 로시난테 호는 우주 공간으로 도망쳐야 하는 상황이 됩니다. 그리고 누군가는 화가 나서 로시난테 호에 핵 폭격을 가하려 할 수도 있습니다."

"그런데 그게 어째서 그 샘플이 홀던에게 있는 게 더 안전하다는 말인가요?" 프레드가 물었지만, 홀던은 밀러의 말뜻을 알아들었다.

"만약 샘플과 그에 관련된 프로토젠 기록이 전부 제게 있다는 사실을 알게 되면, 그자들은 저를 날려버릴 생각을 덜 하게 될 겁니다."

"그게 샘플을 더 안전하게 하지는 않을 겁니다." 밀러가 말했다. "하지만 임무를 성공시킬 확률을 높이지요. 그리고 그게 중요한 거 아닙니까? 또한 홀던은 이상주의자입니다." 밀러가 계속 말했다. "홀던은 자기 몸무게만큼의 황금을 주겠다는 제안을 받으면 자신을 매수하려 했다고 오히려 기분 나빠할 사람입니다."

나오미가 소리 내 웃었다. 밀러는 나오미를 보며 한쪽 입꼬리를 올리고 함께 씩 웃은 뒤 다시 프레드 쪽으로 고개를 돌렸다.

"지금 홀던은 신뢰할 수 있지만 저는 그럴 수 없다고 말하는 겁니까?" 프레드가 말했다.

"저는 승무원들에 대해 생각하는 겁니다." 밀러가 말했다. "홀던에게는 부하가 몇 명 있고, 그 부하들은 홀던이 말하는 바를 따릅니다. 그 부하들은 홀던이 정의롭다고 생각하며, 그래서 자신들 역시 정의롭다고 생각합니다."

"제 부하들도 저를 따릅니다." 프레드가 말했다.

밀러는 프레드의 말에 아주 피곤하고 더 논쟁할 가치가 없다는 듯한 웃음을 지었다.

"OPA에는 사람들이 아주 많습니다." 밀러가 말했다.

"위험이 너무 큽니다." 프레드가 말했다.

"안전을 찾으신다면 직업을 잘못 선택하셨습니다." 밀러가 말했다. "이게 좋은 방법이라고 말하는 게 아닙니다. 다만 더 나은 방법을 찾을 수 없을 거라고 말하는 겁니다."

가늘게 뜬 프레드의 두 눈이 당혹감과 분노로 번득였다. 프레드는 말을 하기 전 한순간 이를 악물었다.

"홀던 선장? 제가 당신과 당신 동료들을 그렇게 잘 대해주었는데도 저에 대한 신뢰가 없으시다니 실망입니다."

"만약 지금으로부터 한 달 뒤에도 인류가 여전히 존재한다면 그때 사과하겠습니다." 홀던이 말했다.

"제가 마음을 바꾸기 전에 당신 승무원들과 함께 에로스로 떠나십시오."

홀던은 일어나 프레드에게 고개를 끄덕인 뒤 그곳을 떠났다. 나오미가 홀던 옆에서 걸었다.

"와, 아슬아슬했군요." 나오미가 숨을 내쉬며 말했다.

일단 사무실에서 나오자 홀던이 말했다. "내 생각에, 프레드는 밀러에게 나를 쏘라고 명령하기 직전이었어."

"밀러는 우리 편입니다. 아직도 그걸 몰랐던 겁니까?"

46
밀러

밀러는 자신이 새로운 고용주의 뜻을 거스르고 홀던의 편에 섰을 때 그 행동이 어떤 결과로 이어질지 알았다. 우선, 프레드 그리고 OPA에 대한 밀러의 위치부터가 보잘것없었고, 홀던과 그의 승무원들이 프레드의 부하들보다 더 헌신적일 뿐 아니라 더 신뢰할 만하다고 지적하는 것은 충성을 맹세하는 태도라고 보기 어려웠다. 밀러의 말이 진실이라 할지라도 그건 자신의 처지를 악화시킬 뿐이었다.

밀러는 뭔가 보복이 있으리라 생각했다. 그런 일이 없으리라고 생각할 정도로 순진하지 않았다.

'하느님의 아이들이여, 하나로 뭉쳐 일어나라.' 저항자들이 노래했다. '형제들의 날이 오게 하고, 죄악의 밤을 끝내자….'

밀러는 모자를 벗고 숱 적은 머리를 손가락으로 쓸어 올렸다. 일진 사나운 날이 될 터였다.

노부 호의 내부는 겉보기보다 더 미완성인 상태로, 작업이 한

창 진행 중이었다. 노부 호는 길이 2킬로미터로, 설계자들은 그 것을 단지 거대한 우주선 이상의 것으로 만들었다. 거대한 레벨 들이 층층이 있었다. 합금 들보들이 목축용 풀밭이 돼야 했었을 곳들과 유기적으로 조화를 이루었다. 허공에 우뚝 솟은 이 구조물은 추진-중력의 안정성과 영광을 하느님께 돌리는 지구와 화성의 거대한 대성당들을 연상시켰다. 아직은 짜 맞춰놓은 농업용 배양지와 금속 뼈대에 불과했지만, 밀러는 이 모든 게 결국엔 어떤 모습이 될지 충분히 상상할 수 있었다.

세대 우주선은 거대한 야심과 순수한 신념의 산물이었다. 몰몬 교도들은 그 점을 알았다. 이미 그 사실을 온몸으로 받아들였다. 그 사람들은 기도이자 독실함이자 축복인 우주선을 건조했다. 노부 호는 인류가 지금까지 지은 가운데 가장 위대한 신전이 될 예정이었다. 승무원들을 인도해 성간 공간의 건널 수 없는 만을 건너 다른 별들까지 갈, 인류 최고의 희망이 될 예정이었다.

아니, 그랬으리라. 만약 밀러만 없었다면 말이다.

"저 사람들에게 가스를 쏠까요, 팜포?" 디오고가 물었다.

밀러는 저항자들을 생각했다. 대충 200명 정도 될 듯한 사람들이 사슬로 서로를 연결해 접근 통로와 토목용 도관을 막고 있었다. 이동용 리프트와 공업용 기계팔은 하는 일 없이 멈춰 있었고, 화면은 어두웠고, 배터리는 방전되어 있었다.

"그래. 아마도 그래야겠지." 밀러가 한숨을 쉬었다.

치안대, 그러니까 밀러의 치안대는 기껏해야 40명 정도였다. 훈련, 경험, 충성도, 정치학보다는 OPA가 발급한 완장을 바탕으로 한데 뭉친 남녀들이었다. 만약 몰몬교도들이 폭력을 선택했다면 대량 학살이 일어났을지 모른다. 만약 우주복을 입고 있었다면 저항은 훨씬 더 길어졌으리라. 아마도 며칠이고 계속되었을 것이다. 디오고가 신호를 보내고 3분 뒤, 작은 혜성 4개가 꼬리에서 NNLP-알파와 THC*를 흩뿌리며 무중력 공간에서 원호를 그렸다.

이건 무기고에 있는 것 중 가장 상냥하고 부드러운 폭동 진압용 도구였다. 저항자들 가운데 폐가 건강하지 않은 이들은 좀 더 오래 고통스러워하겠지만, 30분 안쪽으로 모두가 거의 무감각 상태가 되고 약에 절게 될 터였다. NNLP-알파와 THC는 밀러가 세레스에서 한 번도 써본 적이 없는 조합이었다. 세레스에 이런게 있었다면 사무실 파티 때 모두 훔쳐 썼을 것이다. 밀러는 그 생각을 하며 잠시 마음을 편히 가지려 애썼다. 마치 이러면 자신이 없애고 있는 꿈과 삶들을 보상할 수 있다는 듯이.

밀러 옆에서 디오고가 소리 내 웃었다.

우주선의 저항자들을 대부분 제거하는 데 3시간이 걸렸고, 도관과 대피소에 숨어들어 마지막 순간까지 임무를 방해하려던 사람들을 색출하는 데 다시 5시간이 걸렸다. 그 사람들이 울부짖으며 우주선에서 끌려나가는 동안, 밀러는 자신이 방금 그 사람들의 목숨을 구한 건 아닐까 생각했다. 만약 목숨 걸고 이 모든 일을 하지 않았다면, 무고한 몇 명을 노부 호와 함께 죽게 할 것인가 혹은 내행성이 에로스 주위를 계속 어슬렁거리게 두는 위험을 감수할 것인가의 두 가지 중 하나를 택하는 건 프레드 존슨의 몫

---

* 테트라히드로칸나비놀. 마리화나의 활성 화학 성분

이 되었을 것이다.

밀러가 명령을 내리자마자, OPA 기술팀은 행동에 들어가 건설용 기계팔과 이동 수단들을 다시 작동시켰고, 노부 호의 엔진들이 작동하지 못하게 하려고 저항자들이 해둔 수백 가지의 사소한 사보타지 행위를 제자리로 돌려놓았으며, 버리고 싶지 않은 장비들을 우주선 밖으로 꺼냈다. 밀러는 5인 가족의 모든 짐을 한 번에 실을 수 있을 정도로 커다란 공업용 리프트가 최근 안으로 들였던 물건들을 다시 밖으로 실어나르는 모습을 지켜보았다. 부두들은 세레스에서 작업이 한창인 시간대만큼이나 분주했다. 밀러는 자신의 옛 동료들이 소위 평화라 부르는 것을 지키기 위해 인부들과 리프트 튜브들 사이를 어슬렁거리며 나타날 것 같다는 생각마저 했다.

조용한 틈을 타서, 밀러는 자기 핸드터미널을 에로스의 피드에 맞췄다. 밀러가 초임 시절에 순회공연을 하던 행위 예술가가 있었다. 질라 소로르마야라는 여자였다. 밀러의 기억으로, 질라는 일부러 데이터 저장 장치들을 망가뜨린 다음 그 데이터 스트림을 자신의 음악 장비에 통과시켰다. 질라는 데이터 저장 장치 소프트웨어의 특허 코드 일부가 자신의 음악에 사용되었다는 것이 드러나는 바람에 곤경에 빠졌다. 당시 밀러는 세상 물정에 밝지 않았다. 그때 밀러는 이 일을 미치광이 예술가가 저런 사기 치는 일 말고 진짜 직업을 얻어야만 우주가 더 좋은 곳이 된다는 또 다른 예라고만 이해했다.

에로스의 피드를 들으며(밀러는 그걸 라디오 프리 에로스라 불렀다), 밀러는 자신이 당시 질라에게 좀 가혹했던 것은 아닌지 모르겠다고 생각했다. 끽끽거리고 마구 지껄이고 중간중간 목소리가 끼어드는 의미 없는 소음들은 섬뜩하면서도 거부할 수 없었다. 망가진 데이터 스트림과 마찬가지로, 그것은 망가진 소리들의 음악이었다.

'…아슈가리 일 푸스 에 케 뽀사노 센떠리시 메글리오… (…고름을 없애면 느낌이 좋아질…)

…야 미나 노우새바트 쿠올레이스타 야 할벤따 코흐딸로 빠꼬따 미누트 야 시스꼬니… (…나는 죽은 자 가운데서 일어날 것이고, 나와 내 누이를 억압한 이들을 비난…)

…맘대로 하세요…'

밀러는 몇 시간째 피드를 들으며 목소리에 귀를 기울였다. 한 번은 전체가 퍼드덕거리더니 마치 금방이라도 고장 날 상황에 처한 기계처럼 소리가 멈추었다 들리기를 반복했다. 그리고 그 소리가 다시 제대로 들리기 시작한 뒤에야 밀러는 그 조용한 더듬거림이 혹시 모스 부호가 아니었을까 생각했다. 밀러는 격벽에 몸을 기댔다. 노부 호가 웅장한 모습으로 머리 위에 떠 있었다. 그 우주선은 이제 절반 정도밖에 태어나지 않았는데 벌써 희생양으로 뽑혔다. 줄리가 밀러 옆에 앉아 우주선을 쳐다보았다. 줄리의 머리털이 얼굴 주위로 둥둥 떠 있었다. 눈은 계속해 웃고 있었다. 어째서 상상 속의 줄리엣 안드로메다 마오가 시체로 나타나지 않는지는 모르겠지만, 밀러는 줄리가 시체로 나타나지 않는 사실에 감사했다.

'정말 그렇게 됐다면 대단했을 거 같아요. 안 그래요?' 줄리가 말했다. '우주복 없이 진공을 날고, 100년 동안 잠이 들었다가 다

른 태양빛 속에서 잠을 깨는 거요.'

"그 새끼를 더 일찍 쏴 죽였어야 했어." 밀러가 큰 소리로 말했다.

'그 사람은 우리에게 별을 가져다줄 수 있었어요.'

새로운 목소리가 들렸다. 분노에 떨리는 인간의 목소리였다.

"적그리스도!"

밀러는 눈을 끔벅이며 현실로 돌아왔고, 엄지손가락으로 에로스 피드를 껐다. 포로들 행렬이 천천히 부두를 통과했다. 구속용 막대에 묶인 몰몬교도 기술자 십수 명이었다. 한 명은 얼굴에 얽은 자국이 난 젊은이로 두 눈은 증오심으로 이글거렸다. 그 젊은이는 밀러를 노려보았다.

"넌 적그리스도이자 인간의 사악한 표본이야! 하느님은 네가 한 짓을 아셔! 하느님은 널 꼭 '기억'하실 거야!"

밀러는 천천히 지나가는 포로들에게 모자를 살짝 기울여 인사를 했다.

"별들에게는 우리가 없는 쪽이 낫습니다." 밀러가 말했지만, 너무나 작은 목소리였기에 줄리 말고는 아무도 그 말을 들을·수 없었다.

예인선 십여 척이 노부 호 앞에서 날았고, 이 거리에서는 나노튜브 밧줄로 된 그물이 보이지 않았다. 밀러가 볼 수 있는 것은 격벽들과 공기만큼이나 타이코 스테이션의 일부인 거대한 괴물이 자기 침대에서 몸을 꿈틀대며 움직이기 시작하는 모습이 전부였다. 예인선들의 드라이브는 스테이션의 내부 공간에서 불을 뿜으며 마치 크리스마스 전구처럼 반짝이며 맡은 바 임무를 완벽히 수행했고, 거의 느낄 수 없을 정도로 미미한 진동이 타이코의 강철 뼈대 깊숙한 곳을 통과했다. 8시간 뒤, 노부 호는 그 거대한 엔진이 점화되더라도 그 화염으로 인해 스테이션이 위험해지지 않을 만한 거리에 도달할 것이다. 그리고 노부 호가 에로스에 도달하려면 2주가 넘게 걸렸다.

밀러는 그보다 80시간 먼저 그곳에 도착할 예정이었다.

"오이, 팜포." 디오고가 말했다. "준비 끝?"

"그래." 밀러가 한숨을 쉬며 말했다. "난 준비 됐어. 다들 데리러 가자고."

청년은 이를 드러내며 웃었다. 노부 호를 징발한 이후 디오고는 앞니 세 개에 밝고 빨간 플라스틱 장식을 더 했다. 타이코 스테이션의 젊은이 문화에서 큰 의미가 있는 듯한 이 장식은 뛰어난 능력을 뜻하는 듯했으며, 아마도 성적인 능력 같았다. 밀러는 자신이 이 청년의 숙소에 더는 곁다리 신세를 질 필요가 없다는 사실에 한순간 안도감을 느꼈다.

이제 밀러는 OPA의 치안대 작전을 지휘했고, 이 그룹의 비정규적인 성격을 그 어느 때보다도 더 절감했다. 한때 밀러는 OPA가 지구나 화성과 진짜 전쟁을 벌인다면 꽤 잘해낼 거라고 생각한 적이 있었다. 분명, OPA는 밀러가 생각했던 것보다 돈과 자원이 더 많았다. OPA에게는 프레드 존슨이 있었다. 이제 그들에게는 세레스가 있었다. 세레스를 지켜낼 수 있는 한 말이다. 그들은 토트 스테이션을 공격해 이겼다.

하지만 밀러와 함께 토트 스테이션을 돌격했던 그 풋내기들이 노부 호의 군중 통제 작전을 벌였고, 그 가운데 반 이상은 노부 호가 에로스로 떠날 때 폭탄을 실은 우주선에 타리라. 해브록은 결코 이해하지 못할 사항이었다. 그 문제에 관해서는 홀던 역시 절대로 이해하지 못할 것이다. 아마도 늘 확실하게 존재하는 자연 대기의 보호 속에서 살아온 사람은 OPA처럼 해야만 하는 일들을 해야 유지되는 사회, 잽싸고 유연해져야 지탱이 되는 사회의 힘과 연약함을 완전히 이해할 수 없으리라. 여러 부분과 깊이 관련되는 삶을.

만약 프레드가 평화 조약에서 자기 뜻을 이루지 못한다면 OPA는 단결되고 제대로 훈련받은 내행성 해군을 결코 이기지 못하리라. 하지만 또한 절대 지지도 않을 터였다. 끝없는 전쟁이 될 것이었다.

하긴, 역사가 다 그랬지 않던가?

그리고 별을 갖는다고 해봤자 뭐가 달라지겠는가?

밀러는 자신의 아파트로 걸어가면서 핸드터미널의 채널을 열어달라는 요구에 응했다. 프레드 존슨이 나타났다. 피곤하지만 방심하지 않는 표정이었다.

"밀러." 프레드가 말했다.

"지시가 오는 대로 출발할 준비를 하고 있습니다."

"지금 물건을 싣고 있습니다." 프레드가 대답했다. "에로스 표면에 수십 년은 접근하지 못할 만큼의 핵분열 물질입니다. 조심하십시오. 만약 당신 부하 중 누가 잘못된 곳에서 담배를 피우기라도 하면 우리는 다시 그만큼의 폭탄을 구할 수 없습니다. 그럴 시간이 없습니다."

'당신들 모두는 죽게 됩니다'라고는 말하지 않았다. 폭탄은 귀중하지만, 인간은 아니었다.

"네, 주의하겠습니다." 밀러가 말했다.

"로시난테 호는 이미 출발했습니다."

그건 밀러가 알 필요 없는 내용이었고, 따라서 프레드가 그 말을 한 다른 이유가 있었다. 프레드가 주의 깊게 중립적으로 내는 목소리에는 비난하는 기운 같은 게 배어 있었다. 통제 가능한 유일한 프로토분자가 프레드의 통제 가능 범위를 벗어난 것이다.

"우리는 충분히 일찍 도착해 로시난테 호와 만날 거고, 에로스에 아무도 오지 못하도록 할 수 있습니다." 밀러가 말했다. "문제가 안 됩니다."

작은 화면으로는 프레드의 웃음이 얼마나 진심인지 알아보기 어려웠다.

"당신 친구들이 이 일에 진지하게 임했으면 좋겠습니다." 프레드가 말했다.

밀러는 묘한 기분이 들었다. 흉골 바로 아래가 왠지 썰렁하니 텅 빈 느낌이었다.

"그 사람들은 제 친구가 아닙니다." 가벼운 목소리를 내려 애쓰며 밀러가 말했다.

"아니라고요?"

"저는 친구가 없습니다. 함께 일하던 사람들이 많다고 하는 편이 더 맞습니다." 밀러가 말했다.

"당신은 홀던을 무척 신뢰하던데요." 프레드가 거의 질문을 하듯이 말했다. 항의의 기운도 엿보였다. 밀러는 프레드가 반신반

의하며 말한다는 것을 알고 싱긋 웃었다.

"신뢰가 아닙니다. 판단입니다." 밀러가 말했다.

프레드가 웃음을 토했다.

"바로 그래서 당신은 친구가 없는 겁니다, 친구여."

"그런 면이 있죠." 밀러가 말했다.

더는 할 말이 없었다. 밀러는 연결을 끊었다. 어쨌든 밀러는 자기 구멍에 거의 다 왔다.

그곳에는 별것이 없었다. 세레스의 구멍보다도 개성이 없는, 스테이션의 흔하디흔한 큐브였다. 밀러는 간이침대에 앉아 터미널로 폭탄용 우주선 상태를 확인했다. 밀러는 이제 부두로 가야 한다는 사실을 알았다. 디오고와 다른 부하들이 모이고 있었고, 임무 전 있었을 마약 파티의 후유증으로 인해 모두가 제시간에 도착할 가능성이 크지는 않았지만, 그럴 가능성이 전혀 없지도 않았다. 심지어 밀러에게는 그러한 핑계마저도 없었다.

줄리는 밀러의 두 눈 뒤 공간에 앉아 있었다. 줄리는 무릎을 꿇고 있었다. 아름다웠다. 줄리는 프레드와 홀던과 해브록 같았다. 중력 우물에서 태어나 스스로 소행성대로 온 이. 줄리는 자신이 선택한 바를 위해 죽었다. 도와달라고 찾아왔고 그 행동으로 인해 에로스를 죽였다. 만약 줄리가 그곳에, 그 유령선에 머물렀다면….

줄리는 고개를 갸웃했고, 회전 중력에 의해 머리털이 흔들렸다. 줄리의 눈에는 질문이 담겨 있었다. 물론 줄리가 옳았다. 어쩌면 그게 일의 진행을 늦췄을 수도 있었다. 하지만 멈추지는 못했을 것이다. 프로토젠과 드레스덴은 결국 줄리를 찾아냈을 것이다. 그것을 찾아냈을 것이다. 아니면 더 이전 단계로 돌아가 새로운 샘플을 구했으리라. 그 무엇도 그 일을 막지 못했으리라.

그리고 밀러는 자신에 대해 아는 것과 같은 방식으로, 줄리가 다른 이들과 다르다는 것을 알았다. 줄리가 소행성대와 벨트인을 이해했음을, 그리고 이들을 다그쳐야 할 필요를 느꼈음을 알았다. 설사 별들을 얻기 위해서가 아니라 해도 최소한 그에 가까이 가야 함을 알았다. 줄리에게 가능했던 사치스런 삶은 밀러가 한 번도 경험해보지 못한 것이었으며 아마 평생 그럴 터였다. 하지만 줄리는 그것을 거부했다. 줄리는 그곳을 박차고 나왔고, 심지어 부모가 자신의 유년기이자 자존심인 경주용 보트를 팔려고 할 때도 굴복하지 않았다.

바로 그 때문에 밀러는 줄리를 사랑했다.

부두에 닿았을 때, 밀러는 분명 무슨 일이 벌어졌다는 걸 알았다. 부두 인부들의 태도, 그리고 즐거움과 흥미로움이 섞인 표정들에서 그 사실을 알 수 있었다. 밀러는 서명을 한 뒤, 만든 지 70년은 되고 어뢰 튜브보다 그리 크지 않은 어색한 오지노-가우츠 형식의 에어록을 기어 올라가 탤벗 리즈 호의 비좁은 승무원 구역으로 들어갔다. 디자인은 아랑곳하지 않고 작은 우주선 두 대를 하나로 용접해 붙인 듯한 우주선이었다. 가속 소파들은 세 줄로 늘어서 있었다. 공기에서는 오래된 땀과 뜨거운 금속 냄새가 났다. 좀 전에 누군가가 필터가 다 감당하지 못할 정도로 지독하게 마리화나를 피워댄 것이다. 디오고는 여섯 명쯤 되는 승무원들과 함께 있었다. 모두가 가지각색의 유니폼을 입고 있었지만 하나같이 OPA 완장을 두르고 있었다.

"오이, 팜포! 최고 좋은 침대를 잡아뒀어요."

"고마워." 밀러가 말했다.

13일. 밀러는 폭탄 담당 승무원들과 13일간 좁은 공간을 함께 써야 했다. 메가톤급 핵분열 지뢰를 싣고 여기 소파들에서 짓눌리며 13일을 보내야 했다. 하지만 다른 모든 이들은 싱글벙글했다. 밀러는 디오고가 자신을 위해 비워둔 가속 소파로 가 앉은 뒤 턱으로 다른 사람들을 가리켰다.

"누구 생일이야?"

디오고는 섬세하게 어깨를 으쓱해 보였다.

"왜들 이렇게 좆나게 기분이 좋지?" 밀러가 자신이 의도했던 것보다 더 날카롭게 말했다. 디오고는 전혀 기분 나쁘게 받아들이지 않았다. 디오고는 빨갛고 하얀 커다란 치아를 드러내며 웃었다.

"아우디-니히츠?(못 들었어요?)"

"응, 못 들었어. 아니면 묻지 않았거나."

"화성이 올바른 일을 했어요." 디오가 말했다. "에로스의 피드를 받은 화성은 상황을 파악한 뒤…."

소년은 손바닥에 주먹을 쳤다. 밀러는 디오고가 하는 말이 뭔지 알아들으려 애썼다. 화성이 에로스를 공격했다? 프로토젠을 점령했다?

'아, 프로토젠. 프로토젠과 화성.' 밀러가 고개를 끄덕였다. "포에베 과학 스테이션." 밀러가 말했다. "화성이 그곳을 강제 격리했군."

"거길 완전히 조졌어요, 팜포. 멸균소독 하듯이요. 그 위성은 사라졌어요. 엄청난 핵 폭격을 받고 가루가 되었어요."

'그랬겠지.' 밀러는 생각했다. 그곳은 큰 위성이 아니었다. 만약 화성이 그곳을 정말로 파괴했다면, 그리고 그 분출물에 프로토분자가 남아 있다면….

"투 사베츠?(그거 아세요?)" 디오고가 말했다. "화성은 이제 우리 편이에요. 받아들였어요. 화성-OPA 연합을요."

"넌 그게 정말이라고 생각 안 하는군." 밀러가 말했다.

"네." 디오고가 그 희망은 기껏해야 깨지기 쉬우며 아마도 거짓이라는 사실을 아는 자신이 기쁘다는 듯이 말했다. "하지만 꿈꾸는 게 해가 되지는 않잖아요?"

"그렇게 생각해?" 밀러가 말하고 소파에 등을 기댔다.

부두의 3분의 1g에서 가속 젤은 몸을 편안히 감싸줄 만큼 부드럽진 않았지만, 불편하지도 않았다. 밀러는 핸드터미널로 뉴스를 열었다. 정말로 화성 해군의 누군가가 판단을 내렸다. 큰 결정이었다. 무기를 사용해 전쟁하는 중에는 특히나 그랬다. 그런데도 화성은 많은 폭탄을 사용했다. 토성은 위성이 하나 줄었으며, 대신 작고 아직 제대로 발달하지 않은 가느다란 고리가 하나 더 생겼다. 만약 폭발이 있었던 뒤에도 그러한 고리를 형성할 정도의 물질이 남았다면 말이다. 이런 일에 익숙하지 않은 밀러의 눈에는, 마치 그 무엇도 진공으로 떨어지지 않게 보호해 주는 동시에 모든 것을 짜부라뜨리는 거대 가스 행성의 엄청난 중력 속으로 잔해를 떨어뜨리는 것이 이 폭발의 목적처럼 보였다.

그렇다고 이 행동을 화성 정부가 프로토분자의 샘플을 원하지 않는다는 의미로 받아들이는 건 바보짓이었다. 화성처럼 크고 복잡한 조직이 뭔가에 대해 한목소리로 말할 거로 생각한다면 순진한 판단이었다. 더구나 프로토분자처럼 위험하고 의미 있는 것을 두고는 더욱더 그럴 리 없었다.

하지만 그래도.

어쩌면 정치적 그리고 군사적으로 의견이 다른 누군가가 같은 증거를 보고 같은 결론을 내렸다는 사실을 알게 된 것만으로도 충분했다. 어쩌면 희망을 품어볼 여지가 있었다. 밀러는 핸드터미널을 다시 에로스 피드에 맞췄다. 소음의 폭포 속에서 강렬한 고동 소리가 춤을 추었다. 목소리들이 높아졌다 낮아졌다가 다시 높아졌다. 데이터 스트림들이 서로를 향해 쏟아졌으며, 패턴 인식 서버들은 그로 인한 혼란스러운 결과물을 매 순간 표시하느라 바빴다. 줄리가 밀러의 손을 잡았다. 그 꿈이 어찌나 현실 같은지 밀러는 정말로 줄리의 손길이 느껴지는 것 같았다.

'당신은 저와 한 부류예요.' 줄리가 말했다.

'이 일이 끝나기만 하면.' 밀러가 생각했다. 밀러가 이 사건의 목표를 계속 바꾼 건 사실이었다. 처음엔 줄리만 찾으면 끝이었다. 그리고 복수까지만 하려 했다. 그리고 이제는 줄리의 생명을 앗아간 프로젝트를 파괴하는 걸 목표로 삼았다. 하지만 그 일이 끝나고 나면 밀러는 모든 것을 놓아버릴 수 있었다.

이제 밀러가 해야 할 일은 이 일이 정말로 마지막이었다.

20분 뒤, 클랙슨이 울렸다. 30분 뒤, 엔진이 가동되었고, 고중력이 밀러의 관절들을 으깰 듯이 짓누르며 밀러를 가속젤 속으로 밀어 넣었다. 신체 기능이 손상되지 않도록 4시간마다 1g의 휴식 시간을 갖는 경우를 제외하고는 13일 동안 계속해서 이 상태였다. 그렇게 13일이 지나면, 미숙련 승무원들이 핵 지뢰를 설치하고, 그러다가 실수를 하면 스스로를 날려버리는 상황을 몰고 올 수도 있었다.

하지만 적어도 줄리는 그곳에 있을 것이다. 진짜는 아니지만, 그래도.

꿈꾸는 것은 해가 되지 않았다.

47
홀던

　재구성한 인공 스크램블드 에그의 축축한 셀룰로스 맛조차도 홀던의 따뜻하고 자기만족에 찬 기쁨을 해치지는 못했다. 홀던은 웃지 않으려 애쓰면서 가짜 달걀을 떠서 입안으로 넣었다. 주방 식탁에서 그의 왼쪽으로는 에이모스가 앉아 입맛을 다시며 열심히 음식을 먹었다. 홀던의 오른쪽으로는 알렉스가 가짜 토스트 조각으로 접시의 가짜 달걀을 밀었다. 식탁 맞은편에서는 나오미가 차를 마시며 머리카락 아래로 홀던을 바라보았다. 홀던은 나오미에게 윙크하고 싶은 마음을 꾹 눌러 참았다.

　둘은 동료들에게 자신들의 관계에 대해 어떻게 알릴까를 두고 이야기를 해보았지만, 의견일치를 보지 못했다. 홀던은 무엇인가를 숨기는 것을 싫어했다. 비밀로 숨기면 그 일은 더럽고 부끄러운 일로 보였다. 홀던의 부모들은 섹스를 사적으로 해야 하는 이유가 그게 당황스러운 행동이어서가 아니라 친밀한 행위이기 때문이라고 홀던에게 가르쳤다. 아버지 다섯 명과 어머니 세

명이 있는 상황에서 잠자는 계획을 잡는 것은 늘 복잡했지만, 부모들은 누가 누구와 자는가에 대한 토론을 홀던에게 절대 숨기지 않았다. 그로 인해 홀던은 자신의 행동을 숨기는 것에 강한 반감이 생겼다.

한편 나오미는 자신들이 발견한 깨지기 쉬운 균형을 해칠 만한 일은 그 어느 것도 하지 말아야 한다고 생각했고, 홀던은 나오미의 본능을 믿었다. 나오미에게는 홀던에게 종종 결여된 집단 역학 관계에 대한 통찰력이 있었다. 그래서 홀던은 당분간은 나오미의 의견을 따르기로 했다.

게다가 그 이야기를 하면 자랑하는 것 같았고 무례한 듯도 했다.

홀던은 아무렇지 않게 직업적인 목소리로 말했다. "나오미, 후추 좀 주겠어?"

에이모스가 고개를 번쩍 들더니 요란한 소리를 내며 포크를 탁자에 떨어뜨렸다.

"세상에, 둘이 했군요."

"응?" 홀던이 말했다. "뭘?"

"둘이 로시난테 호로 돌아온 뒤로 계속해 뭔가 이상하다 느꼈지만, 그게 뭔지는 몰랐습니다. 하지만 '그거'였군요! 둘이 마침내 그걸 했어요."

홀던은 말문이 막힌 채로 덩치 큰 정비공을 향해 두 번 눈을 끔벅였다. 홀던은 지원해달라고 나오미를 힐긋 보았지만, 나오미는 고개를 숙이고 있었고, 머리카락이 얼굴을 완전히 가리고 있었다. 나오미의 어깨는 소리죽인 웃음으로 들썩였다.

"맙소사, 선장님." 에이모스가 넙데데한 얼굴로 씩 웃으며 말했다. "정말 좆나 오래 걸렸네요. 만약 보스가 저에게 그런 식으로 달려들었으면 그냥 한 방에 넘어갔을 텐데 말입니다."

"에." 알렉스가 충격받은 얼굴로 말했다. 에이모스가 일찌감치 꿰뚫어본 걸 알렉스는 이제야 알아챈 게 분명했다. "우와."

나오미가 웃음을 멈추고 눈가의 눈물을 닦아냈다.

"들켰네." 나오미가 말했다.

"있잖아, 이건 꼭 말해둬야겠는데, 우리 관계가 일에 그 어떤 영향도…." 홀던이 말했지만 에이모스가 코웃음을 치며 그 말을 가로챘다.

"어이, 알렉스." 에이모스가 말했다.

"응." 알렉스가 대답했다.

"부선장님이 선장님과 자는 게 널 형편없는 조종사로 만드나?"

"그럴 리가." 알렉스가 싱긋 웃고 과장되게 말꼬리를 끌며 말했다.

"그리고, 신기하게도 나 역시 능력 없는 정비공이 될 필요는 없다는 기분이 들거든."

홀던이 다시 말을 하려 했다. "내 생각에 우리 관계가 일에 그 어떤…."

"선장님?" 에이모스가 홀던을 무시하고 계속 말했다. "아무도 신경 쓰지 않으니, 둘의 관계가 우리 일에 영향을 미치는 일은 없을 겁니다. 그리고 즐길 수 있을 때 즐기십시오. 어쨌든 며칠 뒤에는 우리 모두 죽어 있을지도 모르니까요."

나오미가 다시 소리 내 웃기 시작했다.

"좋아." 나오미가 말했다. "있지, 다들 알겠지만, 난 승진을 하고 싶어서 그 짓을 한 거거든. 어라, 가만, 그러네. 난 이미 두 번째로 높잖아. 어이, 이제 제가 선장이 될 수 있는 겁니까?"

"아니." 홀던이 소리 내 웃으며 말했다. "그건 지랄 같은 자리야. 그런 자리를 맡아달라고 할 수는 없지."

나오미는 싱긋 웃으며 어깨를 으쓱했다. '봤죠? 제가 늘 옳은 건 아니라고요.' 홀던은 알렉스를 힐끗 보았다. 알렉스는 진정한 애정을 담아 홀던을 바라보고 있었고, 홀던과 나오미가 함께해 정말 기쁜 표정이 역력했다. 모든 게 잘된 듯했다.

감자 모양을 한 에로스는 그 무시무시함을 두꺼운 바위 껍질 안쪽에 숨긴 채 회전했다. 알렉스는 확실하게 관찰하기 위해 근거리로 접근했다. 홀던의 화면에서 소행성은 손을 뻗으면 만져질 것처럼 확대되어 보였다. 다른 관제 스테이션에서 나오미는 레이저 레이더로 표면을 훑으며 며칠 뒤에 도착할 타이코 화물선의 승무원들에게 위험을 안길 만한 요소가 있는지를 살폈다. 홀던의 전술 화면에서 UNN 과학 우주선은 불을 뿜으며 에로스를 향해 엄청난 속도로 계속 다가왔고, 호위선이 바로 옆에 있었다.

"여전히 아무 말도 없어?" 홀던이 물었다.

나오미가 고개를 끄덕이더니 자기 화면을 톡톡 쳐 통신 기록 정보를 홀던의 워크스테이션으로 보냈다.

"없습니다." 나오미가 말했다. "하지만 저쪽은 우리를 봤습니다. 저쪽은 몇 시간 전에 이미 우리에게서 반사된 레이더 신호를 받았습니다."

홀던은 의자 팔걸이를 손가락으로 톡톡 치면서 여러 가능성에 대해 생각했다. 타이코에서 로시난테 호의 겉모습을 개조한 덕분에 지구 코르벳함의 인식 소프트웨어가 속았을 가능성이 있었다. 로시난테 호가 마침 근처를 지나는 벨트인 가스 화물선이라고 생각하고 무시할 가능성도 있었다. 하지만 로시난테 호는 응답기 없이 운항 중이었고, 그건 겉으로 보이는 선체 모양이 어떻든 간에 불법이었다. 코르벳함이 정체를 숨기고 운항하는 우주선에 경고를 보내지 않는다는 사실에 홀던은 불안했다. 소행성대와 내행성은 전쟁 중이었다. 지구의 우주선이 에로스로 향하고 있는데 정체불명의 소행성대 우주선이 에로스 근처에 있었다. 골이 반쯤 빈 선장이라 할지라도 그걸 무시할 리는 없었다.

코르벳함의 침묵은 무엇인가 다른 것을 뜻했다.

"나오미, 아무래도 저 코르벳함이 우리를 날려버리려 할 거 같은 느낌이 들어." 홀던이 한숨을 쉬며 말했다.

"동감입니다." 나오미가 대답했다.

홀던은 마지막으로 의자에 복잡한 리듬을 톡톡 치더니 이윽고 헤드셋을 썼다.

"좋아. 그럼 내가 저쪽에 먼저 제안을 해보도록 하지." 홀던이 말했다.

그들의 대화가 공개되지 않기를 바라는 마음에, 홀던은 로시난테 호의 레이저 어레이로 지구 코르벳함을 겨냥한 뒤 일반통신요청 신호를 보냈다. 몇 초 뒤, '연결되었음'이라는 불빛이 녹색으로 들어왔고, 홀던의 헤드셋에 희미한 배경 잡음이 쉿쉿거리며 들리기 시작했다. 홀던은 기다렸지만 UN 해군 우주선은 아무런 인사도 하지 않았다. 그들은 홀던이 먼저 말하길 기다렸다.

홀던은 마이크를 끄고 우주선 전체 통신으로 바꿨다.

"알렉스, 움직여. 우선 1g. 만약 내가 이 친구들을 겁줄 수 없다면 실전이 시작될 거야. 발사할 준비를 해."

"네." 알렉스가 발음을 질질 끌며 말했다. "혹시 모르니 주스를 준비합니다."

홀던은 나오미의 스테이션을 힐긋 보았지만, 나오미는 이미 전술 화면을 켜고 다가오는 우주선 두 대에 대한 포격 방식과 방해 전술을 준비해 둔 상태였다. 나오미는 전투 경험이 한 번밖에 없었지만 이미 숙련된 베테랑처럼 반응하고 있었다. 홀던은 나오미의 등을 보며 싱긋 웃었고, 자신이 보고 있는 것을 나오미가 깨닫기 전에 몸을 돌렸다.

"에이모스?" 홀던이 말했다.

"여기는 준비완료입니다, 선장님. 로시난테 호는 이미 한 발로 풀밭을 긁고 있습니다. 가서 놈들 엉덩이를 차 주자고요."

'그럴 필요가 없기를 빌자고.' 홀던이 생각했다.

홀던은 다시 마이크를 켰다.

"로시난테 호의 제임스 홀던 선장이 다가오는 호출부호 불명의 UN 해군 코르벳 함장을 호출한다. 응답 바란다."

잡음으로 가득 찬 정적이 흐르더니 이어서 대답이 들려왔다. "로시난테 호, 즉시 우리 항로에서 비켜라. 만약 가능한 최대 속력으로 에로스에서 비켜나지 않는다면 발포하겠다."

젊은 목소리였다. 낡은 코르벳함으로 소행성 지도 작업 우주선을 쫓아다니는 지루한 임무는 직업 군인이 반길 만한 일이 못 됐다. 함장은 아마도 후원자가 없거나 장래가 별로 없는 대위일 듯했다. 경험이 별로 없겠지만 지금 만남을 자신의 우수함을 보일 기회라고 여길 수도 있었다. 그리고 그렇기 때문에 함장이 어떻게 반응해올지 예측할 수가 없었다.

홀던이 말했다. "미안하지만 아직도 그쪽의 호출부호나 이름을 모르겠다. 하지만 당신이 원하는 것을 할 수는 없다. 사실, 나는 그 누구도 에로스에 착륙하게 할 수 없다. 나는 당신이 스테이션에 접근하는 것을 막아야 한다."

"로시난테 호, 난 당신들이 그렇게…."

홀던은 로시난테 호의 타깃 시스템을 조정하더니 타깃 레이저로 다가오는 코르벳함을 칠하기 시작했다.

"여기 상황을 설명해주겠다." 홀던이 말했다. "지금 당신은 당신 센서를 보고 있고, 당신의 우주선 인식 소프트웨어 분석에 따르면 조악한 가스 화물선 같아 보이는 것을 보고 있다. 그런데 갑자기, 내 말은 '지금', 그 화물선이 최신식 타깃 조준 시스템으로 당신을 칠하고 있다."

"우리는 그런 낌…."

"거짓말하지 말라. 나는 현재 상황이 그렇다는 것을 안다. 그러니 요점은 다음과 같다. 그 모양이 어떻게 보이든 간에, 내 우주선은 당신 것보다 더 신형이고, 더 빠르고, 더 강하며, 무장도 더 잘 되어 있다. 그걸 내가 증명할 수 있는 유일한 방법은 발포를 하는 것인데, 나는 그러고 싶지 않다."

"나를 위협하는 것인가, 로시난테 호?" 홀던의 헤드셋으로 젊은 목소리가 들렸다. 그 목소리는 거만함과 불신이 적절히 배어 있었다.

"당신을? 천만에." 홀던이 말했다. "나는 당신이 보호하기로 되어 있는 저 커다랗고 뚱뚱하고 느릿느릿 움직이는 비무장 우주선을 위협하는 것이다. 당신들이 계속해 에로스로 날아온다면 나는 가지고 있는 모든 무기를 퍼붓겠다. 장담하는데, 우리는 저 날아다니는 과학 실험실을 가루로 만들 것이다. 아마 우리가 그렇게 하는 동안 당신이 우리를 파괴할 수도 있겠지만, 어쨌든 그런다 해도 당신의 임무는 망쳐진다. 알아듣겠나?"

통신이 다시 조용해졌으며, 오직 쉿쉿거리는 배경 잡음만이 헤드셋이 고장 나지 않았다는 사실을 홀던에게 알려주었다.

이윽고 상대의 답이 돌아왔고, 모두가 우주선 전체 통신으로 들었다.

알렉스가 말했다. "상대가 멈췄습니다, 선장님. 막 급제동을 걸었습니다. 추적 시스템에 의하면 약 2백만 클릭 뒤에 멈출 겁니다. 놈들을 향해 날아가기를 원하십니까?"

"아니, 우리를 에로스 위의 정지 위치로 되돌려 놔." 홀던이 대답했다.

"네."

"나오미." 홀던이 의자를 돌려 나오미를 보며 말했다. "놈들이 뭔가 다른 짓을 하나?"

"제가 보는 쪽에서는 아닙니다. 하지만 다른 방향으로 좁은광선 메시지를 보냈을 수도 있고, 그건 우리가 절대로 알 수 없습니다." 나오미가 말했다.

홀던이 우주선 전체 회선을 껐다. 홀던은 잠시 머리를 긁적이더니 안전띠를 풀었다.

"좋아. 그럼 일단은 놈들을 멈추게 한 거로군. 나는 주방에 가서 술을 한잔하겠어. 뭔가 마시겠어?"

"그 사람은 틀리지 않았습니다, 아시겠지만요." 나오미가 그날 밤 말했다.

홀던은 관제 갑판에 무중력으로 떠 있었다. 그의 스테이션은 몇 미터 정도 떨어져 있었다. 홀던은 갑판 불빛을 껐고, 선실은 달빛 어린 밤처럼 어두침침했다. 알렉스와 에이모스는 갑판 두 개 아래에서 자고 있었다. 그들은 백만 광년 떨어져 있는 것과 마찬가지였다. 나오미는 2미터 떨어진 자기 스테이션 근처에 떠 있었고, 묶지 않은 머리털은 주위에 검은 구름처럼 둥둥 떠 있었다. 나오미 뒤에서 나온 패널 빛이 얼굴의 윤곽을 드러냈다. 긴 이마, 납작한 코, 커다란 입술. 홀던은 나오미의 두 눈이 감겨 있는 걸 보았다. 홀던은 우주에 오로지 둘만 있는 느낌이 들었다.

"누가 틀리지 않았다는 거야?" 단지 뭐라 말을 하기 위해 홀던이 말했다.

"밀러요." 나오미는 당연하다는 듯이 대답했다.

"무슨 말을 하는지 모르겠는걸."

나오미는 소리 내 웃더니 한 손으로 공중에서 몸을 돌려 홀던을 향했다. 이제 나오미는 두 눈을 뜨고 있었고, 뒤쪽에 패널 빛이 있었기에 두 눈은 검은 웅덩이처럼 보였다.

"밀러에 대해 생각을 해봤습니다." 나오미가 말했다. "저는 타이코에서 밀러를 심하게 위협했습니다. 무시도 했습니다. 선장님이 화가 나 있었기 때문에요. 하지만 그런 식으로 대하면 안 되었습니다."

"왜?"

"에로스에서 선장님 목숨을 구했으니까요."

홀던은 코웃음을 쳤지만, 나오미는 아랑곳하지 않고 계속 말했다.

"선장님이 해군에 있을 때," 마침내 나오미가 말했다. "우주선의 누군가가 미치면 어떻게 하게 되어 있습니까? 모두를 위험에 처하게 할 때 말입니다."

지금 대화가 밀러에 대한 것이라고 생각하며 홀던이 말했다. "그 사람을 우주선과 승무원의 위험 요소로 보아 제압하고 제거하지. 하지만 프레드는 그러…."

나오미가 말을 막았다.

"만약 전시라면요?" 나오미가 말했다. "전투 중에는요?"

"만약 그 사람을 쉽사리 제압하지 못한다면 그 자리의 최고 상관이 필요한 모든 방법을 써서 우주선과 승무원을 보호해야 할 책임이 있지."

"설사 그 사람을 쏴야 할지라도요?"

"만약 그게 유일한 방법이라면." 홀던이 대답했다. "그래. 하지만 그건 아주 긴박한 순간으로 제한되어야만 해."

나오미는 손을 끄덕이며 몸을 천천히 다른 방향으로 돌렸다. 나오미는 무의식적인 동작 한 번으로 움직임을 멈췄다. 홀던은 무중력 상태에서 꽤 몸을 잘 제어했지만, 나오미만큼은 절대로 아니었다.

"소행성대는 네트워크입니다." 나오미가 말했다. "소행성대는 넓게 분산된 한 척의 우주선과 마찬가지입니다. 우리에게는 공기나 물, 동력, 건축 자재를 만드는 노드들이 있습니다. 그 노드들은 공간상으로는 수백만 킬로미터가 떨어져 있을 수 있지만 그럼에도 서로 연결되어 있습니다."

"무슨 말을 하려는지 알겠군." 홀던이 한숨을 쉬며 말했다. "드레스덴은 그 우주선의 미치광이였고, 밀러는 나머지 우리를 보호하기 위해 그자를 쐈다 이거지? 밀러는 이미 타이코에서 그 말을 했어. 그때도 난 그 말을 믿지 않았지."

"왜요?"

"왜냐하면," 홀던이 말했다. "드레스덴은 당면한 위협이 아니었으니까. 그자는 단지 비싼 옷을 걸친 사악한 인간이었을 뿐이야. 손에 총을 들고 있지도 않았고 폭탄 기폭장치에 손가락을 대고 있지도 않았어. 그리고 난 일방적으로 사람을 처형할 권리가 있다고 믿는 사람을 절대로 신뢰하지 않을 거야."

홀던은 격벽에 발을 대더니 나오미에게 몇십 센티미터 정도 더 다가갈 수 있을 정도로만 살짝 밀었다. 두 눈을 보고, 반응을 읽기 위해서였다.

"만약 저기 있는 과학 우주선이 에로스를 향해 다시 날아오기 시작하면 나는 우리가 가진 모든 어뢰를 저 우주선에 발사할 거고, 나는 그게 에로스에서 벌어지는 사태로부터 태양계를 보호하기 위해서였다고 납득할 수 있어. 하지만 난 저 우주선이 다시 에로스를 향할 수도 있다는 생각만으로 지금 그냥 어뢰를 쏘지는 않을 거야. 그건 살인이니까. 밀러가 한 행동은 살인이었어."

나오미는 홀던을 보며 싱긋 웃었고, 그의 비행복을 잡더니 키스를 할 수 있는 거리까지 끌어당겼다.

"당신은 아마 제가 아는 최고의 사람일 거예요. 하지만 당신은 자신이 옳다고 생각하는 것을 절대로 양보 안 하죠. 그래서 밀러를 싫어하는 거예요."

"내가 그래?"

"네." 나오미가 말했다. "밀러 역시 절대로 타협을 하지 않지만 일을 처리하는 방식에서 생각이 완전히 달라요. 밀러에게 드레스텐은 우주선의 진행 중인 위협이었어요. 그자가 살아있는 한 순간순간이 그자 주위의 모두를 위협했죠. 밀러에게 그건 정당방위였어요."

"하지만 밀러는 틀렸어. 그 사람은 무력한 상태였다고."

"그 사람은 UN 해군이 자신의 회사에 최신형 전함을 줬다고 말했어요." 나오미가 말했다. "자기 회사가 150만 명을 살해했다고 말했어요. 왜 프로토분자가 우리에게 있는 쪽이 나은가에 대해 밀러가 했던 말이 사실이듯, 드레스텐의 경우에도 밀러 말이 맞았습니다. 드레스텐이 OPA 감옥에 갇힌다 해도 간수를 매수하기까지 얼마나 걸릴 거 같습니까?"

"그 사람은 포로였어." 홀던이 말했지만, 자기주장에 근거가 빈약하다는 느낌이 들었다.

"그자는 능력과 연줄이 있었고, 그리고 자신의 과학 프로젝트를 유지하기 위해서라면 그 어떤 대가도 기꺼이 치를 연합을 갖춘 괴물이었습니다." 나오미가 말했다. "그리고 저는 벨트인로서 말하는데, 밀러는 틀리지 않았습니다."

홀던은 대답하지 않았다. 그냥 나오미 옆으로 떠가서 가만히 있었다. 자신은 밀러가 드레스덴을 죽인 것과 자신이 동의하지 않은 결정을 밀러가 한 것 중 어느 쪽에 더 화가 난 걸까?

그리고 밀러는 알았다. 타이코로 돌아갈 방법을 알아서 찾으라고 밀러에게 말했을 때, 홀던은 형사의 슬픈 바셋하운드 같은 표정에서 그 사실을 보았다. 밀러는 그런 일이 일어나리라 알았고, 싸우거나 항의하려고 시도하지 않았다. 그건 밀러가 자신이 치러야 할 대가가 무엇인지 확실히 알았으며 기꺼이 그것을 치를 준비가 되어 있었음을 뜻했다. 거기엔 중요한 의미가 있었다. 하지만 홀던은 그 의미가 무엇인지는 정확히 알 수 없었다.

벽의 빨간 경고등이 번쩍였고, 나오미의 패널이 켜지더니 화면에 데이터를 쏟아내기 시작했다. 나오미는 의자 등을 이용해 몸을 그쪽으로 밀었고, 재빨리 명령어 몇 개를 쳤다.

"제길." 나오미가 말했다.

"무슨 일이야?"

"코르벳함인지 과학 우주선인지는 모르겠지만 도움을 요청한 모양입니다." 나오미가 자기 화면을 가리키며 말했다. "태양계 사방으로부터 우리 쪽으로 우주선들이 오고 있습니다."

"얼마나 많이 오는데?" 홀던이 나오미의 화면을 좀 더 잘 보려 애쓰며 말했다.

나오미는 목구멍 뒤쪽으로 킬킬거리는 것도 아니고 기침하는 것도 아닌 소리를 작게 냈다.

"어림잡아서요? 모든 우주선이요."

48
밀러

"당신은 존재한다, 그리고 당신은 존재하지 않는다." 반 무작위로 울리는 잡음 속에서 에로스 피드가 말했다. "당신은 존재한다, 그리고 당신은 존재하지 않는다. 당신은 존재한다, 그리고 당신은 존재하지 않는다."

작은 우주선은 흔들리고 덜컹거렸다. 충격 흡수 소파에서 OPA 기술자 한 명이 악에 받쳐서라기보다는 그냥 새로운 표현을 지어내는 재미로 엄청난 욕들을 쉬지 않고 퍼부어댔다. 밀러는 우주선이 비표준 도킹을 위해 미세 g 조정을 하는 과정에서 일어나는 욕지기를 참기 위해 두 눈을 감았다. 며칠 동안 관절이 시큰거리는 가속과 그에 버금가는 급제동 과정을 겪은 뒤였기에 작은 이동과 움직임도 변덕스럽고 이상하게 다가왔다.

"당신은 존재한다, 존재한다, 존재한다, 존재한다, 존재한다, 존재한다, 존재한다…."

밀러는 한참 전부터 뉴스피드를 보고 있었다. 밀러 일행이 타이코를 떠나고 사흘 뒤, 프로토젠이 에로스와 관련되었다는 뉴스가 터졌다. 놀랍게도, 그걸 밝힌 이는 홀던이 아니었다. 그 뒤, 프로토젠은 모든 것을 부정하는 단계를 지나 사악한 하도급자를 비난하다가 지구 방위 비밀 법령에 따른 소추 면책을 주장했다. 하지만 별로 효과가 없어 보였다. 지구는 여전히 화성을 봉쇄했지만, 사람들 시선은 지구 내부의 권력 투쟁으로 옮아갔고, 화성 해군은 가속을 늦추면서 최종 결정이 내려지기 전까지 지구군에게 숨돌릴 여지를 살짝 주었다. 어쨌든, 아마겟돈이 몇 주 정도 연기된 듯이 보였다. 밀러는 자기도 모르게 꽤 기뻐하고 있었다. 동시에 그 사실에 피곤하기도 했다.

밀러는 더 자주 에로스의 목소리를 들었다. 비디오 피드를 볼 때도 있었지만, 대부분은 그냥 듣기만 했다. 듣기 시작하고 몇 시간, 며칠이 지나자 밀러는 이 소리에 패턴까지는 아니더라도 적어도 구조는 있다는 사실을 깨달았다. 죽어가는 스테이션에서 흘러나오는 목소리 중 일부는 말하는 내용에 모순이 없었다. 밀러는 그게 오디오 파일 기록에 과도하게 들어간 방송인이나 연예인의 목소리라고 짐작했다. 또한 음악에도, 그걸 경향이라 부를 수 있다면, 특정한 경향이 있는 듯했다. 몇 시간에 걸쳐 무작위의 높고 낮은 잡음 그리고 여기저기서 마구잡이로 따온 구절들 일부를 아무렇게나 방송한 뒤, 에로스는 몇몇 단어나 구절을 반복했고, 점점 더 엄청난 집중도로 그것들을 되풀이해 말하다가 갑자기 무작위적인 소리로 돌아갔다.

"… 존재한다, 존재한다, 존재한다, '존재한다, 존재한다, 존재한다'…."

'존재하지 않아.' 밀러가 생각하는데 우주선이 갑자기 난폭하게 움직였고, 밀러는 위장이 앞으로 훅 쏠리는 것을 느꼈다. 요란한 철컥임이 연속해서 들렸고, 이윽고 클랙슨이 짧게 울렸다.

"디우! 디우!(맙소사! 맙소사!)" 누군가 외쳤다. "밤스 손 바멘 로자!(폭탄들을 쌓는 임무라니!) 우린 통구이가 될 거야! 우린 통구이가 될 거야!"

이곳으로 오는 동안 종종 들었던 그 농담에 사람들은 평소처럼 무례하지 않게 킥킥거렸고, 그 농담을 만들어낸 소년(기껏해야 열다섯 살 정도 되어 보이는 여드름 난 소행성대 아이였다)은 자신의 기지를 자랑스러워하며 씩 웃었다. 하지만 그 허접스러운 농담을 계속해댄다면 타이코로 돌아가는 동안에 참다못한 누군가가 그 소년을 지레로 한 대 후려치고 말리라. 그렇대도 밀러는 그 누군가가 자신은 아니라는 사실을 알았다.

갑작스레 앞으로 덜컹 하는 강한 움직임 때문에 밀러는 거세게 충격 흡수 소파로 밀쳐졌고, 익숙한 0.3g 중력이 돌아왔다. 어쩌면 약간 더 강한지도 몰랐다. 하지만 에어록이 우주선의 하부에 있었고, 조종사는 회전하는 소행성 표면에 갈고리로 우주선을 걸어야 했다. 회전 중력 때문에 전에 천장이던 곳이 이제는 바닥이 되었다. 소파의 가장 아래쪽 열은 이제 맨 위가 되었고, 융합 폭탄들을 부두로 내리는 동안 밀러 일행은 자신들을 진공으로 떨어뜨리려 애쓰는 차갑고 어두운 바위를 올라가야 했다.

하지만 그 정도 난관은 기꺼이 받아들일 수 있었다.

밀러는 우주복을 입었다. 로시난테 호에서 군사용 등급의 우주복을 입어본 뒤였기에, OPA의 뒤죽박죽인 장비는 낡디낡은 옷

같은 느낌이 들었다. 우주복에서는 다른 사람의 냄새가 났으며, 밀러의 면갑은 균열을 수리한 곳이 변형되어 있었다. 밀러는 이 우주복을 먼저 입었던 불쌍한 이에게 무슨 일이 있었을지 생각하고 싶지 않았다. 자석 부츠의 두꺼운 플라스틱층은 부식했고, 그 층과 자력 발생 장치 사이에는 오래된 진흙이 있었으며, 자력 발생 장치는 너무 낡아서 밀러는 발을 움직이기도 전에 그게 짤깍거리며 켜졌다 꺼졌다 하는 것을 느낄 수 있었다. 밀러는 그 우주복이 에로스에 갇혀 꼼짝도 못 하는 상상을 했다.

그 상상에 밀러는 싱긋 웃었다. '당신은 저와 같은 부류예요.' 밀러만의 줄리는 그렇게 말했었다. 사실이었다. 그리고 이제 밀러는 여기에 있었고, 자신이 이곳을 떠나지 않으리라는 확신이 들었다. 밀러는 너무 오랫동안 경찰이었고, 다시 인간성과 연결되려 애쓴다는 생각만으로도 앞으로 기진맥진하게 되리란 예감이 들었다. 밀러는 마지막 남은 일을 하러 이곳에 왔다. 그러고 나면 모든 게 끝이었다.

"오이! 팜포!"

"지금 가." 밀러가 말했다. "진정해. 스테이션이 어디 도망치지는 않는다고."

"무지개는 볼 수 없는 원이에요. 볼 수 없어요. 볼 수 없어요." 에로스가 노래하는 아이 목소리로 말했다. 밀러는 피드 소리를 낮췄다.

스테이션의 바위 표면에는 우주복이나 조종 기계팔을 위한 장치가 없었다. 다른 우주선 두 대는 회전 중력의 영향을 받지 않기 위해 수직 착륙을 했지만, 코리올리 힘으로 인해 모두가 은근한 욕지기를 느낄 터였다. 밀러의 팀은 별빛 아래 심연을 내려다보는 파리들처럼 부두의 노출된 금속판에 계속 달라붙어 있어야만 했다.

융합 폭탄을 장치하는 작업은 간단하지 않았다. 만약 폭탄들이 스테이션에 충분한 에너지를 가하지 못한다면 에로스의 표면이 충분히 뜨거워지지 않고, 따라서 에로스 그리고 얼마나 남아 있을지는 모르지만, 여하튼 그때까지 남아 있을 노부 호의 잔해를 태양이 삼키기 전에 누군가가 에로스에 과학팀을 착륙시킬 수도 있었다. 비록 타이코 최고의 두뇌들이 달라붙어 작업했지만, 폭탄이 시차를 두고 터질 가능성은 여전히 있었다. 만약 압력파가 바위를 통과하며 증폭되는 과정이 예상과 다르다면, 스테이션은 달걀 깨지듯 깨지고 프로토분자는 먼지를 한주먹 뿌려댈 때처럼 태양계 전체로 퍼지게 된다. 그리고 성공과 재난의 차이는 문자 그대로 간발의 차이였다.

밀러는 에어록으로 기어 올라가 스테이션 표면으로 나왔다. 먼저 도착한 기술자들이 공명 지진계를 설치하고 있었고, 작업등의 빛과 화면 출력의 빛이 우주에서 가장 밝은 빛으로 보였다. 밀러는 부츠를 널따란 세라믹 철 합금판에 고정하고 에로스의 회전을 이용해 뻣뻣한 등 근육을 풀었다. 가속 소파에서 여러 날을 보낸 뒤라 자유는 행복 그 자체였다. 기술자 한 명이 두 손을 들었다. 벨트인들이 주의하라는 의미로 쓰는 몸짓이었다. 밀러는 우주복의 소리를 높였다.

"… 인섹트 로포 수 매 푸…. (내 피부에 벌레가 기어 다녀…)"

갑자기 짜증이 확 일어나 밀러는 에로스 피드에서 팀 채널로 바꿨다.

"이동해야 합니다." 여자 목소리가 말했다. "여기에 너무 몰려 있습니다. 부두의 저쪽으로도 가야 합니다.

"거의 2킬로미터인데." 밀러가 말했다.

"맞습니다." 여자가 동의했다. "우주선을 띄워 저속으로 움직이거나 아니면 견인할 수도 있습니다. 측연선은 충분히 있습니다."

"어느 게 제일 빠르지? 시간이 별로 없어."

"견인입니다."

"그럼 그렇게 하지." 밀러가 말했다.

천천히 우주선이 떴고, 측연선에 달라붙은 스무 개의 작은 이동용 드론들은 마치 거대한 금속 체펠린을 끄는 듯이 기어갔다. 우주선은 신들에게 바쳐진 제물처럼 바위에 묶인 채, 밀러와 함께 여기 스테이션에 남을 터였다. 밀러는 동료들과 함께 닫혀 있는 부두의 넓은 문 위를 가로질러 걸었다. 들리는 건 밀러의 부츠 바닥이 전자석 효과로 바닥에 철컥하고 붙었다가 다시 떨어지면서 나는 턱 하는 소리뿐이었다. 냄새라고는 밀러 자신의 몸에서 나는 것과 공기 재생기의 신선한 플라스틱 냄새뿐이었다. 그의 발 아래 금속은 누군가가 깨끗이 닦아놓은 듯이 반짝였다. 먼지나 자갈은 오래전에 사라지고 없었다.

그들은 재빨리 우주선을 위치시키고 폭탄을 장착하고 암호를 넣었다. 말은 안 했지만, 다들 한때 노부 호라 불리었던 거대한 미사일이 자신들을 향해 속력을 높이며 다가오는 것을 잘 알았다.

만약 다른 우주선이 착륙해 폭탄을 해체하려 한다면, 이 우주선은 이 위성 표면에 박힌 다른 모든 OPA 우주선 폭탄에 동시에 신호를 보내게 되어 있었다. 그리고 3초 뒤, 에로스의 표면에서는 모든 것이 깨끗하게 사라질 운명이었다. 남은 공기와 물자들은 이미 우주선에서 내려 한데 꾸린 뒤 다른 우주선에 실릴 채비를 마쳤다. 자원을 낭비할 이유가 없었다.

에어록에서 뭔가 끔찍한 것이 기어 나와 승무원들을 공격하는 일은 벌어지지 않았고, 그 때문에 임무 내내 밀러는 필요 없는 존재가 되었다. 아니, 어쩌면 그렇지 않을지도 몰랐다. 어쩌면 이번 임무는 그저 우주선을 타고 오는 것일 수도 있었다.

할 일을 모두 마치자 밀러는 준비 완료 신호를 보냈고, 그 신호는 이제는 버려진 우주선의 시스템을 통해 중계되었다. 돌아갈 수송선이 천천히 나타났다. 점 같던 빛은 점차 밝아지고 커졌고, 무중력 탑승 그물이 발판처럼 뻗어 나왔다. 새로운 우주선이 도착함에 따라, 밀러의 동료들은 부츠를 끄고 각자의 우주복 또는 우주복이 낡았을 경우는 철수용 공용 로켓의 간단한 근거리 기동 추진기를 켰다. 밀러는 그들이 멀어져가는 모습을 지켜보았다.

"모두 탔어요, 팜포." 어디선가 디오고가 말했다. 이 정도로 멀어지니 밀러는 누가 디오고인지 확신이 들지 않았다. "이 튜브는 오래 머물지 않아요."

"난 안 갈 거야." 밀러가 말했다.

"네?"

"결심했어. 난 여기 남을 거야."

한순간 정적이 흘렀다. 밀러는 이 순간을 기다려왔다. 밀러는 암호를 가지고 있었다. 만약 낡은 우주선으로 다시 기어들어가야 할 필요가 있다면 그렇게 한 뒤 문을 잠글 수 있었다. 하지만 밀러는 그러고 싶지 않았다. 밀러는 변명을 준비해뒀다. 밀러가 타이코로 돌아가 봤자 프레드 존슨의 협상에서 정치적 졸로 쓰일 뿐이었다. 밀러는 세월 탓으로만 돌릴 수 없을 만큼 피곤했고 나이 들었다. 밀러는 이미 에로스에서 한 번 죽었으며, 여기 남아 그 일을 끝마치고 싶었다. 밀러는 그 정도 요구는 할 수 있을 만큼 일을 했다. 디오고와 다른 이들은 밀러에게 빚을 졌고, 그러니 밀러가 원하는 대로 해줘야 했다.

밀러는 소년이 반응을 보이길, 그런 생각 말라고 말하길 기다렸다.

"좋아요." 디오고가 말했다. "부오나 모르테. (멋진 죽음을.)"

"부오나 모르테." 밀러는 말하고 무선을 닫았다. 우주는 조용했다. 밀러가 매달린 스테이션이 회전함에 따라 그의 아래쪽 별들이 천천히, 그러나 그 움직임을 감지할 수 있을 정도의 속력으로 움직였다. 그 별빛 가운데 하나는 로시난테 호였다. 다른 두 개는 홀던이 멈추게 한 우주선들이었다. 밀러는 어느 게 어느 것인지 분간할 수 없었다. 줄리가 밀러 옆으로 둥둥 떠왔다. 줄리의 검은 머리털이 진공 속에 떠 있었고, 별빛이 그녀를 관통해 빛났다. 줄리는 평화로워 보였다.

'만약 당신이 그 일을 다시 해야만 한다면.' 줄리가 말했다. '만약 당신이 그 일을 시작부터 전부 다시 할 수 있다면?'

"난 하지 않을 거야." 밀러가 말했다.

밀러는 OPA 수송선의 엔진이 켜지고 황금색과 흰색으로 이글거리는 것을, 출발해 멀어져서 다시 별이 되는 광경을 지켜보았다. 작은 별. 그리고 사라졌다. 밀러는 몸을 돌려 어둡고 텅 빈 에로스의 황량한 표면과 영원한 밤을 주시했다.

밀러는 이제 줄리와 몇 시간만 더 보내면 됐다. 그리고 나면 둘 다 안전해졌다. '모두'가 안전해졌다. 그것으로 충분했다. 밀러는 자신이 웃으면서 동시에 울고 있다는 사실을 깨달았다. 눈물이 그의 두 눈에서 머리털 속으로 올라갔다.

'괜찮을 거예요.' 줄리가 말했다.

"알아." 밀러가 말했다.

밀러는 거의 1시간 정도 조용히 서 있다가 몸을 돌려 특유의 느리고 불안한 걸음으로 제물이 될 우주선으로 돌아갔고, 에어록을 통과해 어두침침한 뱃속으로 들어갔다. 우주선에는 우주복 없이도 잘 수 있는 만큼 공기가 충분히 남아 있었다. 밀러는 벌거벗은 뒤 가속 소파를 하나 선택해 단단한 파란 젤 위에 몸을 웅크렸다. 20미터도 떨어지지 않은 곳에는 태양보다도 밝게 빛날 융합 폭탄 다섯 개가 신호를 기다리고 있었다. 그의 위로는 한때 에로스에서 인간으로 존재했던 모든 것들이 재구성되어 이런저런 모양으로 마구 변신을 했다. 마치 히에로니무스 보스의 그림이 현실이 된 것만 같았다. 그리고 노부 호, 신의 해머가 밀러에게 달려들기까지는 아직도 거의 하루가 남았다.

밀러는 우주복을 자신이 젊었을 적에 듣던 오래된 팝송 채널에 맞춰두고는 노래를 들으며 잠들었다. 꿈속에서 밀러는 세레스의 낡은 자기 구멍으로 돌아가는 터널을 발견했고, 그건 밀러가 마침내, '마침내' 자유로워지리라는 뜻이었다.

밀러의 마지막 아침 식사는 미처 회수해가지 못한 응급 식량팩에 있는 딱딱한 에너지바와 초콜릿 한 줌이었다. 밀러는 쇠와 녹

맛이 나는 미지근한 재생수를 곁들여 식사했다. 에로스에서 나오는 신호는 그의 위쪽 스테이션에서 요란히 요동치는 주파수에 묻혀 거의 들리지 않았지만, 밀러는 상황이 어떻게 돌아가는지 충분히 알 수 있었다.

홀던이 이긴 것이다. 밀러가 기대했던 대로였다. 지구와 화성 그리고 OPA의 내부 분파들이 보낸 수천 개의 성난 비난에 대해, OPA는 진실하면서도 변함없는 반응을 보였다. 이미 너무 늦었다. 이제 노부 호는 몇 시간 뒤면 도착했다. 끝이 다가오고 있었다.

밀러는 마지막 순간을 위해 우주복을 입었고, 조명들을 끄고 에어록으로 다시 기어 올라갔다. 한참 동안, 외부 해제 장치는 반응을 보이지 않았고, 보안등은 붉게 이글거렸다. 밀러는 이곳에서, 발사 준비가 끝난 튜브 속 어뢰처럼 이곳에 갇힌 채 마지막 순간을 보내야 하는 건 아닐까 하는 두려움이 들었다. 하지만 밀러가 열림 버튼을 누르자 에어록이 열렸다.

에로스 피드는 다시 단어들이 사라졌고, 그저 돌 위를 흐르는 물처럼 부드럽게 웅얼거렸다. 밀러는 도킹베이의 넓은 출입구를 통해 행성 표면으로 나갔다. 머리 위 하늘이 회전했고, 노부 호는 태양처럼 지평선에서 떠올랐다. 밀러는 팔을 쭉 뻗고 손바닥을 펼쳐 보았지만 엔진의 이글거리는 화염을 다 가릴 수가 없었다. 밀러는 부츠로 우주선에 달라붙은 채 노부 호가 다가오는 모습을 지켜보았다. 유령인 줄리 역시 밀러와 함께 지켜보았다.

밀러가 계산을 제대로 했다면, 노부 호의 충돌 지점은 에로스 장축 중심이었다. 밀러는 충돌 장면을 볼 수 있을 것이고, 그 생각에 가슴에 경박한 흥분이 일며 젊어진 느낌이 들었다. 장관이리라. 오, 분명히 볼 만한 광경이리라. 밀러는 그걸 녹화할까 생각해보았다. 밀러의 우주복은 실시간으로 간단한 동영상 파일을 만들 수 있었다. 하지만 싫었다. 이건 자신만의 순간이었다. 자신과 줄리의 순간이었다. 인류의 다른 사람들은 원한다면 그게 어떤 모습일지 충분히 상상할 수 있었다.

노부 호의 무시무시한 화염이 이제 하늘의 4분의 1을 채웠고, 지평선 위로 완벽한 원이 되어 나타났다. 에로스 피드의 부드러운 중얼거림은 뭔가 더 명확한 합성음으로, 나선을 그리며 높아져 가는 소리로 변했다. 그리고 그 소리를 들은 밀러는 왠지 고대 영화에서 보았던, 녹색으로 훑어나가는 레이더 스크린이 떠올랐다. 그 소리 뒤에는 목소리들이 있었지만, 밀러는 그게 무슨 단어를 말하는지, 심지어 어느 언어인지조차 알 수 없었다.

노부 호의 거대한 화염은 하늘의 절반을 채웠고, 그 주위 별들은 이글거리는 불꽃에 그 빛이 바랬다. 밀러의 우주복이 삑삑거리며 방사능 경고를 했지만 밀러는 그 신호를 껐다.

사람이 타고 있었다면 노부 호는 결코 저런 가속을 할 수 없었다. 최고 성능의 충격 흡수 소파라 할지라도 저런 추진 가속도라면 뼈가 으깨졌다. 밀러는 우주선이 에로스를 때릴 때 과연 얼마나 빠를지 추측해보았다.

충분히 빠름. 오로지 그것만이 중요했다. 충분히 빠름.

그리고 이글거리는 불꽃 중앙에서 밀러는 연필 끝으로 찍은 점보다도 크지 않은 어두운 얼룩을 보았다. 우주선 본체였다. 밀러는 깊게 숨을 들이켰다. 밀러가 두 눈을 감았을 때, 그 빛은 눈꺼풀을 통과해 붉게 보였다. 다시 두 눈을 떴을 때, 노부 호는 길이가 있었다. 형체가 있었다. 그것은 바늘이었고, 화살이었고, 미사일이었다. 깊은 심연 속에서 튀어나오는 주먹이었다. 기억나는 한 생전 처음으로, 밀러는 경외감을 느꼈다.

에로스가 외쳤다.

"내게 그 더러운 손 대지 마!"

천천히, 엔진 불꽃은 원에서 타원으로, 다시 거대한 연기구름으로 변했고, 노부 호가 은빛 몸체를 흐릿하게 드러냈다. 밀러는 헐떡였다.

노부 호가 빗나간 것이다. 노부 호는 방향을 바꿨다. 지금 노부 호는 에로스 중앙에 박히는 대신, 에로스를 지나가고 있었다. 하지만 밀러는 노부 호가 자세 제어 화염을 뿜은 것을 본 기억이 전혀 없었다. 그리고 저렇게 커다란 물체가 단지 숨 한 번 쉬는 사이에 급격히 방향을 바꾸면서 갈기갈기 찢어지지 않는 것이 어떻게 가능하단 말인가? 그 가속만 하더라도….

밀러는 마치 답이 거기 적혀있다는 듯이 별들을 바라보았다. 그리고 놀랍게도, 답이 있었다. 하늘을 가로지르는 은하수, 그곳에는 별들이 무한히 흩어져 있었다. 하지만 각도가 달라져 있었다. 에로스의 자전이 바뀌었다. 황도면과 이루는 각이 달라졌다.

노부 호가 마지막 순간에 방향을 바꾸고도 갈기갈기 찢어지지 않기란 불가능했다. 그러니 노부 호는 방향을 바꾸지 않았다. 에로스는 대략 600세제곱킬로미터였다. 프로토젠의 일이 있기 전, 에로스는 소행성대에서 두 번째로 붐비는 항구였다.

그런데 밀러의 자석 부츠가 바닥에서 떨어지지도 않을 정도로 부드럽게 그러나 재빠르게 에로스 스테이션은 몸을 비킨 것이다.

49
홀던

"맙소사." 에이모스가 단조로운 목소리로 말했다.

"짐." 나오미가 홀던의 등 뒤에서 말했지만 홀던은 손을 흔들어 말을 막고는 조종실의 알렉스에게 통신 채널을 열었다.

"알렉스, 지금 내 센서들이 보고한 내용을 너도 봤어?"

"네, 선장님." 조종사가 대답했다. "레이더와 스코프들 모두, 에로스가 1분도 안 되는 시간 동안 회전 방향으로 200클릭을 점프했다고 보고하고 있습니다."

"맙소사." 에이모스가 좀 전과 똑같이 감정 없는 목소리로 다시 말했다. 갑판 해치가 열렸다가 닫히고 갑판 금속이 울리며 에이모스가 선원용 사다리로 다가감을 알렸다.

홀던은 에이모스가 자기 자리를 떠나는 것에 짜증이 확 밀려왔지만, 곧 그 기분을 털어버렸다. 이런 기분은 나중에 처리해도 될 일이었다. 홀던은 로시난테 호와 선원들이 집단 환각을 겪은 것이 아님을 확인해야 할 필요가 있었다.

"나오미, 통신을 넘겨줘." 홀던이 말했다.

나오미가 의자를 돌려 홀던 쪽을 향했다. 나오미의 얼굴은 창백했다.

"어찌 그리 침착할 수 있지요?" 나오미가 물었다.

"공포는 도움이 안 돼. 현명하게 계획을 짜려면 그 전에 무슨 일이 일어났는지를 먼저 알아야지. 제발 통신을 내게 넘겨줘."

"맙소사." 에이모스가 관제실 갑판으로 들어오며 말했다. 갑판 해치가 구두점을 찍듯 쾅하고 닫혔다.

"자기 자리를 떠나라고 명령한 기억이 없는데, 선원." 홀던이 말했다.

"현명하게 계획을 짜라." 나오미가 마치 알아들을 듯 말 듯 한 외국어라도 된다는 듯이 그 단어들을 되뇌었다. "현명하게 계획을 짜라."

에이모스는 의자에 거칠게 몸을 내던졌고, 쿠션 젤이 그런 에이모스를 튕겨 나가지 않게 잡아주었다.

"에로스는 정말로 좆나게 큽니다." 에이모스가 말했다.

"현명하게 계획을 짜라." 나오미는 이제 스스로에게 반복해 말했다.

"제 말은, '정말로' 좆나게 크다는 겁니다." 에이모스가 말했다. "저 바위를 저렇게 돌리는 데 얼마나 많은 에너지가 드는지 아십니까? 제 말은, '엄청난' 시간이 든다 이겁니다."

홀던은 헤드셋을 써서 에이모스와 나오미의 소리가 안 들리게 한 뒤 다시 알렉스를 불렀다.

"알렉스, 에로스가 여전히 속도를 바꾸고 있나?"

"아니요, 선장님. 그냥 바위처럼 가만히 있습니다."

"좋아." 홀던이 말했다. "에이모스와 나오미는 정신을 못 차리는군. 너는 어때?"

"저게 제 앞에 있는 한은 조종간을 절대로 놓지 않습니다. 그건 확실합니다."

'군사훈련을 받은 게 도움이 되는군.' 홀던이 생각했다.

"좋아. 내가 다시 지시를 내릴 때까지 계속해서 에로스와 5천 클릭 거리를 유지해. 저게 다시 1센티미터라도 움직이면 알려주고."

"네, 선장님." 알렉스가 말했다.

홀던이 헤드셋을 벗고 다른 선원들 쪽으로 고개를 돌렸다. 에이모스는 멍한 눈으로 천장을 바라보며 손가락으로 뭔가를 헤아리고 있었다.

"…에로스 질량이 생각이 나지 않는군요…." 에이모스가 딱히 누구에게랄 것 없이 중얼거렸다.

"대략 7천조 톤이야." 나오미가 대답했다. "약간의 오차는 있지만. 그리고 온도는 약 2도 올라갔어."

"맙소사." 정비공이 말했다. "제 머리로는 계산할 수가 없군요. 저렇게 큰 질량의 온도가 2도나 올라가요?"

"엄청난 에너지지." 홀던이 말했다. "그러니 이제…."

"약 1,000경 주울이야." 나오미가 말했다. "대충 어림잡아 계산한 거지만 틀려봤자 10배 안쪽일 거야."

에이모스가 휘파람을 불었다.

"1,000경 주울이면, 2기가 톤 융합 폭탄 규모인가요?"

"약 100킬로그램을 직접 에너지로 바꾼 것과 비슷해." 나오미가 말했다. 나오미의 목소리는 차분해지기 시작했다. "물론 우리는 저렇게 할 수 없어. 하지만 적어도 저것들이 한 일은 마법이 아니야."

나오미의 마지막 말을 들은 홀던은 거의 전율이 일었다. 사실, 나오미는 홀던이 아는 가장 똑똑한 사람이었다.

방금 나오미는 에로스가 옆으로 펄쩍 뛴 순간부터 홀던의 마음속에서 점차 자리 잡아가던 공포와 직접 관련이 있는 말을 한 것이다. 홀던은 혹시 이게 마법이 아닐까, 프로토분자는 물리 법칙을 따르지 않는 게 아닐까 하는 생각이 들었던 것이다. 그리고 만약 그게 사실이라면, 인간이 그걸 이길 확률은 없기 때문이다.

"설명해 봐." 홀던이 말했다.

"그게," 나오미가 자기 키패드를 두드리며 대답했다. "에로스를 가열한다고 해서 그게 움직이지는 않습니다. 그러니 제 생각엔, 저것들이 뭘 했는지는 모르겠지만 어쨌든 저 열은 실제로 일을 하는 과정에서 나온 폐열이라는 겁니다."

"그리고 그 의미는?"

"엔트로피가 여전히 존재한다는 거죠. 즉 저것들은 완전한 효율로 질량을 에너지로 바꾸지 못한다는 거고요. 즉 저것들의 기계인지 과정인지 뭔지가 7천조 톤의 바위를 움직이면서 어느 정도는 에너지를 낭비한다는 겁니다. 약 2기가 톤 폭탄에 맞먹는 에너지를요."

"아하."

"2기가 톤 폭탄으로 에로스를 2백 킬로미터나 움직일 수는 없습니다." 에이모스가 코웃음 치며 말했다.

"맞아. 못하지." 나오미가 대답했다. "이건 그냥 남은 거야. 부산물이지. 놈들의 효율은 여전히 엄청나지만 완벽하지는 못해. 그건 물리 법칙이 여전히 유효하다는 거고. 그건 이게 마법이 아니라는 거지."

"마법일지도 모릅니다." 에이모스가 말했다.

나오미가 홀던을 바라보았다.

"그러니 우리는…." 홀던이 말을 시작했을 때 알렉스가 우주선 전체 통신을 통해 끼어들었다.

"선장님, 에로스가 다시 움직입니다."

"따라가. 할 수 있는 한 따라가고 속력을 높여." 홀던이 말하고 자기 콘솔로 돌아갔다. "에이모스, 엔진실로 돌아가. 그리고 만약 명령을 받지 않고 다시 한 번 자리를 이탈한다면 부선장에게 죽을 때까지 파이프 렌치로 널 때리라고 명령하겠어."

들리는 대답은 정비공이 아래로 내려가며 갑판 해치가 쉭 하고 열렸다가 쾅 하고 닫히는 소리뿐이었다.

"알렉스" 홀던은 로시난테 호가 에로스에 대해 내놓는 데이터들을 응시하며 말했다. "얘기해 봐."

"우리가 확실히 아는 건 에로스가 태양을 향한다는 것뿐입니다." 알렉스가 대답했다. 알렉스의 목소리는 여전히 침착하고 전문가다웠다. 군대에 있을 때, 홀던은 시작부터 장교 과정을 밟았다. 군의 조종사 양성 학교에 다닌 적은 없지만, 홀던은 알렉스가 오랫동안 조종사 훈련 과정을 밟으면서 두뇌가 두 개로, 즉 조종 문제를 담당하는 뇌와 그 이외의 모든 것을 담당하는 뇌로 나뉘었다는 사실을 알았다. 에로스와 일정한 거리를 두고 따라가는 것은 전자에 속했다. 태양계 밖의 외계인이 인류를 파괴하려 하는 일은 조종 문제가 아니었고, 따라서 조종실을 벗어날 때까지는 완전히 무시할 수 있었다. 조종실을 나오면 신경쇠약에 걸릴지도 모르겠지만, 그때까지 알렉스는 자기 일을 계속할 터였다.

"5만 클릭으로 간격을 늘린 다음 그 거리를 유지해." 홀던이 알렉스에게 말했다.

"에." 알렉스가 말했다. "일정한 거리를 '유지'하는 건 어려울 것 같습니다, 선장님. 에로스가 방금 레이더에서 사라졌습니다."

홀던은 목구멍이 조여오는 느낌이 들었다.

"다시 말해보겠어?"

"에로스가 방금 레이더에서 사라졌습니다." 알렉스가 말했지만, 홀던은 이미 센서 스위치를 켜고 직접 확인하고 있었다. 망원경들은 그 바위가 여전히 새로운 경로를 따라 태양 쪽으로 움직이고 있음을 보여주었다. 열 이미지는 바위가 우주 공간보다 약간 더 따뜻함을 보여주었다. 스테이션에서 흘러나오는 이상한 목소리들과 광기는 희미했지만, 여전히 감지가 됐다. 하지만 레이더는 그곳에 아무것도 없다고 말했다.

'마법.' 홀던의 마음 한편에서 작은 목소리가 다시 말했다.

아니, 마법이 아니었다. 인류 역시 스텔스 우주선이 있었다. 저건 단지 레이더가 발사한 에너지를 반사하는 대신 흡수하는 것뿐이었다. 하지만 갑자기, 그 소행성을 시야 거리 안에 두는 것이 그 무엇보다도 중요해졌다. 에로스는 빠르게 움직이고 마구 방향을 바꿀 수 있는 듯했으며, 이제 레이더로 보이지 않았다. 산 크기만 한 바위가 완전히 사라지는 것이 정말로 가능했다.

태양으로 향하는 에로스를 쫓아가면서 로시난테 호의 중력이 높아지기 시작했다.

"나오미?"

나오미가 고개를 들고 홀던을 바라보았다. 두 눈에는 여전히 공포가 서려 있었지만, 잘 버텨내고 있었다. 지금은.

"짐?"

"통신 회선? 좀 넘겨 줄 수…?"

나오미의 얼굴에 보이는 원통한 표정은 지난 몇 시간 동안 홀던이 보아온 것 가운데 가장 안심이 되는 장면이었다. 나오미는 통제권을 홀던의 스테이션에 넘겼고, 홀던은 연결 요청을 열었다.

"UNN 코르벳함, 여기는 로시난테 호이다. 응답하길 바란다."

"계속 말하라, 로시난테 호." 30초 동안 잡음이 계속된 뒤 상대방 우주선이 말했다.

"우리 센서 데이터를 확인해 주길 바란다." 홀던이 말하고 에로스의 움직임에 대한 데이터를 전송했다. "당신들도 같은 것을 보았나?"

다시 시간 지연이 있었다. 이번에는 더 길었다.

"그렇다. 로시난테 호."

"우리가 조금 전까지 서로를 향해 발포 직전까지 갔다는 건 나도 잘 알지만, 이제 그 상황은 끝났다고 생각한다." 홀던이 말했다. "어쨌든, 우리는 저 바위를 뒤쫓고 있고, 만약 우리가 저걸 시야에서 놓치면 다시는 찾을 수 없을 듯하다. 우리와 함께 가겠는가? 만약 저게 우리를 향해 쏘거나 뭔가 다른 짓을 할 마음을 먹을 경우를 대비해 지원군이 있으면 좋을 듯하다."

다시 지연. 이번에는 거의 2분이었다. 이윽고 다른 목소리가 대답했다. 더 나이 들고, 여자이고 지금까지 홀던과 이야기했던 젊은 남자 목소리에 배어 있던 거만함과 분노가 완전히 제거된 목소리였다.

"로시난테 호, 여기는 UNN 호위함 라비 호의 맥브라이드 함장이다." '아하.' 홀던이 생각했다. '지금까지 나를 상대한 건 일등 항해사였군. 마침내 함장이 등장하셨어. 좋은 신호야.' "함대 사령부에 요청했지만, 그곳까지는 23분이 걸리고 바위는 속력을 높이고 있다. 특별한 계획이 있나?"

"사실 없다, 라비 호. 그저 뭐든 상황을 바꿀 기회가 생길 때까지 계속 따라가면서 정보를 모으려 한다. 하지만 만약 당신이 함께 간다면 우리가 그 정보를 얻을 때까지 적어도 당신 쪽 사람들이 오해로 우리에게 발포할 일은 없을 거라고 본다."

긴 침묵이 흘렀다. 홀던은, 라비 호의 함장이 과학 우주선이 위협받던 사실을 떠올리며 지금 홀던의 말이 진실일지를 재고 있다는 사실을 알았다. 만약 지금 일어난 일에 홀던이 관여를 했다면? 홀던은 자신이 그 위치였더라도 같은 의심을 했을 거라고 생각했다.

홀던이 말했다. "나는 내 이름을 말했다. 제임스 홀던이다. 나는 UNN에서 중위로 복무했다. 파일에 내 기록이 있을 것이다. 기록에 보면 내가 불명예제대를 했다고 나와 있을 테지만 또한 내 가족이 몬태나에 살고 있다는 기록도 있을 것이다. 당신과 마찬가지로 나 역시 저 바위가 지구에 떨어지는 것을 원치 않는다."

상대편의 침묵이 몇 분 더 계속되었다.

"선장." 여자가 말했다. "나는 내 상관들이 당신을 계속 주목하길 원한다고 생각한다. 우리 쪽 사람들이 이 일을 분석하는 동안 당신들과 함께 움직이겠다."

홀던이 길고 요란한 한숨을 내쉬었다.

"고맙다, 맥브라이드. 당신들과 계속 연락을 하겠다. 나는 다른 곳에 연락할 곳이 몇 군데 있다. 코르벳함 두 척으로는 이 문제를 해결할 수 없을 것이다."

"알았다." 라비 호가 대답했고 연결을 끊었다.

"타이코와 통신을 연결했습니다." 나오미가 말했다.

홀던은 의자에 등을 기댔다. 가속이 주는 중력이 육중하게 그를 짓눌렀다. 그러나 뱃속이 무겁게 조여드는 느낌은, 홀던이 확신이 없는 상태로 일하고 있고, 최선의 계획들이 모두 실패했고, 종말이 가까웠다는 직감이었다. 홀던이 느꼈던 실낱같은 희망은 이미 손아귀에서 빠져나가기 시작했다.

'어찌 그리 침착할 수 있지요?'

'나는 인류의 종말을 보고 있다고 생각해.' 홀던이 생각했다. '내가 프레드에게 연락하는 건 저걸 멈출 방법을 아무도 모르는 상황에서 이게 내 잘못이 아니라는 걸 확인하기 위해서야. 물론 나는 침착하지 않아.'

'나는 그냥 죄책감을 모두와 나누어 마음을 조금이나마 가볍게 하려는 것뿐이야.'

"얼마나 빠릅니까?" 프레드 존슨이 믿을 수 없다는 듯이 물었다.

"지금 4g이고 높아져 갑니다." 홀던이 말했다. 목이 눌리고 있었기 때문에 굵고 낮은 목소리가 나왔다. "아, 그리고 지금은 레이더로 보이지 않습니다."

"'4g.' 에로스가 얼마나 무거운지는 아는 겁니까?"

"그 문제로, 에, 토의를 좀 했습니다." 홀던이 말했다. 홀던의 성마름이 목소리에 드러나지 않은 건 오로지 가속 때문이었다. "문제는, 이제는 어쩌냐는 겁니다. 노부 호는 빗나갔습니다. 우리 계획은 틀어졌습니다."

알렉스가 에로스를 따라가기 위해 속력을 높이면서 다시 느낄 수 있을 정도로 압력이 커졌다. 조금 뒤면 말하는 것이 불가능했다.

"확실히 지구를 향하고 있습니까?" 프레드가 물었다.

"알렉스와 나오미는 90% 확률로 그렇게 보고 있습니다. 육안 자료만으로 판단하는 것이라 아주 정확하다고는 말할 수 없습니다. 하지만 저는 그 둘을 믿습니다. 저 역시 지금 300억 명의 새로운 숙주가 있는 곳으로 가고 있습니다."

300억 명의 새로운 숙주. 그 가운데 8명은 홀던의 부모였다. 홀던은 튜브 덩어리가 된 아버지 톰이 갈색 점액을 흘리는 모습을 상상했다. 어머니 엘리제가 뼈만 남은 한쪽 팔을 이용해 흉곽뿐인 몸을 바닥에 질질 끌고 다니는 모습을 상상했다. 그리고 그렇게 많은 생물자원을 손에 넣으면 놈들은 무슨 짓을 할까? 지구를 움직일까? 태양을 꺼버릴까?

"그쪽 사람들에게 경고해야 합니다." 홀던은 자기 혀에 질식하지 않으려 애쓰며 말했다.

"그쪽이 모를 거라고 생각하는 겁니까?"

"위협이 된다고는 생각하겠지요. 하지만 태양계 내 모든 토착 생명체의 종말이 될 거라고는 생각하지 않을 겁니다." 홀던이 말했다. "협상 테이블에 앉을 이유를 원했지요? 이건 어떻습니까? '하나로 뭉치지 않으면 죽는다.'"

프레드는 잠시 조용히 있었다. 홀던이 기다리는 동안, 배경 복사는 무시무시한 잠재력이 가득한 신비로운 속삭임으로 홀던에게 이야기했다. 배경 복사가 말했다. '어이 풋내기, 난 140억 년 정도를 어슬렁거렸어. 그동안 내가 본 것을 봐봐. 그러면 지금의 이 터무니없는 일도 하찮게 느껴질 거야.'

"제가 할 수 있는 일을 알아보겠습니다." 프레드가 덧없음에 대한 우주의 설교를 방해하며 말했다. "그동안 당신은 어쩌실 겁니까?"

'바위를 따라가다 지쳐 나가떨어지고 인류의 요람이 죽어가는 것을 지켜볼 겁니다.'

"제안해 보십시오." 홀던이 말했다.

"어쩌면 당신은 우리 팀이 표면에 장착해둔 핵폭탄 일부를 폭발시킬 수 있을 겁니다. 에로스의 경로를 바꿔주십시오. 우리에게 시간을 벌어주십시오."

"그 폭탄은 우리가 가까이 가야 폭발합니다. 우리가 폭파할 수 없습니다." 홀던이 말했다. 마지막 단어들은 거의 비명에 가까웠다. 충격 방지 소파가 십여 곳에서 주삿바늘을 찔러 불길을 주사했기 때문이었다. 알렉스는 주스를 사용하기로 했고, 그건 에로스가 여전히 가속하며 알렉스는 동료들이 정신을 잃을까 걱정이 되었다는 뜻이었다. 대체 저건 얼마나 빠르게 움직일 것인가? 주스 상태라 할지라도 7~8g 이상으로 오랫동안 가속을 했다가는 심각한 상처를 입었다. 만약 에로스가 계속 이런 비율로 빨라진다면 얼마 지나지 않아 홀던 일행은 에로스를 쫓을 수 없었다.

"원격으로 폭파할 수 있습니다." 프레드가 말했다. "밀러에게 암호가 있을 겁니다. 어느 폭탄이 가장 큰 효과를 줄 수 있는지를 폭파반에게 계산하게 하겠습니다."

"알겠습니다." 홀던이 말했다. "밀러에게 연락을 하겠습니다."

"저는 내부인들과 공조를 하겠습니다." 프레드는 너무나 자연스럽게 벨트인의 속어를 써서 말했다. "모든 방법을 쓰겠습니다."

홀던이 연결을 끊었고, 이윽고 밀러의 우주선에 연락했다.

"어이." 상대측에서 무선을 맡은 이가 대답했다.

"나는 로시난테 호의 홀던이야. 밀러를 연결해 줘."

"에⋯." 목소리가 말했다. "알겠습니다."

딸각 하는 소리가 들리고 이윽고 잡음이 들리더니 희미한 메아리와 함께 밀러가 인사하는 소리가 들렸다. 여전히 헬멧을 쓰고 있다는 뜻이었다.

"밀러, 나는 홀던이야. 방금 일어난 일에 대해 이야기를 해야 해."

"에로스가 움직였어."

밀러의 말이 이상하게 들렸다. 마치 대화에 거의 관심을 두지 않는 것처럼 목소리에 거리감이 있었다. 홀던은 짜증이 확 솟구쳤지만 꾹 참았다. 원하든 원치 않든, 지금 홀던은 밀러가 필요했다.

홀던이 말했다. "있잖아, 프레드와 이야기를 했는데, 프레드는 우리가 당신 폭파반과 함께 일하길 원해. 당신에겐 원격 폭파 암호가 있어. 만약 우리가 모든 폭탄을 에로스의 한쪽 면에서 터뜨린다면 에로스의 방향을 바꿀 수 있어. 당신 기술팀에게 준비를 시켜. 그리고 일을 진행하자고."

"음, 그래, 괜찮은 생각 같군. 암호를 보내지." 밀러가 말했다. 목소리에는 더는 거리감이 없었지만 웃음을 참고 있었다. 마치 정말로 웃기는 농담의 펀치라인을 말하기 직전의 사람 같았다. "하지만 기술팀에 대해서는 난 당신을 전혀 도울 수가 없어."

"제길, 밀러, 당신은 그 사람들마저 화나게 한 거야?"

밀러는 이제 소리 내 웃었다. 눌리지 않고 부드러운, 중력의 압박을 느끼지 못하는 이만이 낼 수 있는 소리였다. 만약 그게 펀치라인이었다면, 아까 홀던은 그걸 못 알아들은 것이다.

"그래." 밀러가 말했다. "어쩌면. 하지만 그 때문에 내가 그 사람들을 연결해줄 수 없다는 게 아니야. 나는 우주선에 있지 않아."

"뭐?"

"나는 아직 에로스에 있어."

50
밀러

"에로스에 있다니 무슨 뜻이지?" 홀던이 말했다.

"말 그대로지." 밀러는 커지는 부끄러움을 가리기 위해 아무렇지 않은 듯한 목소리로 말했다. "우리가 우주선들 가운데 하나를 정박시켰던 제3부두 밖에 거꾸로 매달려 있어. 박쥐가 된 느낌이야."

"하지만…."

"그리고 재미있기도 해. 나는 이게 움직이는 걸 전혀 느끼지 못했어. 누구라도 이게 그런 식으로 가속했으면 내가 내동댕이쳐져 짜부라지거나 뭐 그 비슷하게 되었을 거라고 생각할 거야. 하지만 그런 일은 일어나지 않았어."

"오케이. 기다려. 데리러 가겠어."

"홀던." 밀러가 말했다. "관둬. 알았지?"

침묵은 기껏해야 십여 초 정도였지만, 충분한 의미를 전달해 주었다. '로시난테 호로 에로스에 오는 것은 안전하지 않아.' 그

리고 '나는 여기에 죽으러 온 거야.' 그리고 '이 이상 일을 어렵게 만들지 마.'

"그래, 난 다만…." 홀던이 말했다. 그리고 다시 말했다. "알았어. 그러면… 그러면 기술자들과 연결해 줘. 난… 맙소사. 난 기술자들이 하는 말을 다시 당신에게 전해줄게."

"하지만 한 가지 해둘 말이 있어." 밀러가 말했다. "당신은 이 개자식의 방향을 바꾸는 이야기를 하고 있지? 이게 더는 바윗덩어리가 아니라는 것만 명심해. 이건 우주선이야."

"알았어." 홀던이 말했다. 그리고 한순간 뒤 말했다. "오케이."

딸각 소리와 함께 연결이 끊겼다. 밀러는 산소통을 확인했다. 우주복에 3시간 분량이 있었지만 그 전에 작은 우주선으로 돌아가 다시 채울 수 있었다. 그러니까, 에로스는 움직인다는 거지? 밀러는 여전히 그걸 느끼지 못했지만, 소행성의 굴곡진 표면을 보고 있노라면 미시소행성들이 모두 같은 방향에서 다가왔다가 튕겨 나가는 것을 볼 수 있었다. 만약 스테이션이 계속 가속을 한다면 그런 미시소행성들은 더 많이, 더 강력하게 다가오리라. 밀러는 우주선 안에 있어야 했다.

밀러는 핸드터미널을 다시 에로스 피드에 맞췄다. 밀러 아래의 스테이션은 녹음한 고래 노랫소리처럼 길고 느릿느릿한 모음을 방사하고 지저귀고 중얼거렸다. 분노의 단어들과 잡음이 나온 뒤, 에로스의 목소리는 평화로운 소리를 냈다. 밀러는 디오고의 친구들이라면 이걸 어떤 종류의 음악으로 알아들을지 궁금했다. 느린 춤은 그들의 스타일이 아닌 듯했다. 등 한 곳이 가려워지며 신경이 쓰였고, 밀러는 그곳을 긁기 위해 우주복 안에서 자세를 바꿨다. 갑자기 밀러는 싱긋 웃었고, 이윽고 큰 소리로 웃었다. 행복감이 밀러를 휩쓸고 지났다.

우주에는 외계 생명체가 있으며, 밀러는 개에 기생하는 진드기처럼 그것을 타고 있었다. 에로스 스테이션은 자유 의지 그리고 밀러가 상상할 수조차 없는 메커니즘으로 움직였다. 밀러는 자신이 마지막으로 경외감에 압도된 적이 언제였는지 기억조차 나지 않았다. 그 감정 자체를 잊고 있었다. 밀러는 자기 아래의 끝없는 암흑의 진공을 품에 안으려는 듯이 두 팔을 옆으로 들어 올렸다.

이윽고, 밀러는 한숨을 쉬며 우주선 쪽으로 방향을 돌렸다.

몸을 보호할 수 있는 우주선 안으로 돌아온 밀러는 우주복을 벗고 산소통을 채우기 위해 보급기에 연결했다. 비록 생명 유지 장치의 기능이 떨어진 상태이기는 했지만 채워야 할 산소통 역시 하나밖에 되지 않았고, 따라서 1시간이면 산소통을 다 채울 수 있었다. 우주선의 배터리는 여전히 거의 완충 상태였다. 밀러의 핸드터미널이 두 번 울리면서 다시 항암치료를 할 때임을 알렸다. 지난번 에로스에 왔을 때 얻은 암. 남은 평생 치료를 받아야 하는 암. 멋진 농담이었다.

융합 폭탄은 우주선의 화물칸에 있었다. 가로가 높이에 비해 1.5배 정도 되는 회색 상자들이 분홍색 접착제 거품 속에 벽돌처럼 놓여 있었다. 창고에서 아직 내용물이 있는 솔벤트 캔을 찾는 데 20분이 걸렸다. 캔에서 약하게 뿜어져 나오는 솔벤트는 오존과 기름 냄새를 풍겼고, 뻣뻣한 분홍색 거품을 녹여냈다. 밀러는 폭탄들 옆에 쪼그리고 앉아 정말로 사과와 비슷한 맛이 나는 배급 식량을 먹었다. 줄리가 무게 없는 머리를 밀러의 어깨에 기대고 옆에 앉아 있었다.

밀러가 자신 있게 여자를 꼬셨던 때가 몇 번 있었다. 대부분은 밀러가 젊고 겁이 없던 시절이었다. 이윽고 밀러는 나이 들고, 현명해지고, 세상 물정에 닳고, 이혼의 쓰라린 아픔을 겪게 되었다. 밀러는 사소한 것과 악함을 없애고 모든 것을 올바르게 만들 수 있는 관점으로 만사를 볼 수 있는 거대하고 동정심 많은 지성, 더 위대한 존재에 대한 열망을 이해했다. 밀러는 여전히 그 열망을 느꼈다. 단지 그 열망이 진실인지 스스로 확신할 수가 없을 뿐이었다.

하지만 그래도, 어쩌면 뭔가 계획 같은 것이 있을 수도 있었다. 어쩌면 우주는 밀러 외엔 다른 누구도 하려 하지 않을 일을 시키려고 밀러를 올바른 시간에 올바른 장소에 두었을 수도 있었다. 어쩌면 밀러가 지금껏 겪었던 모든 고통과 괴로움, 인간으로서 최악의 정신 상태에서 허우적거리며 느꼈던 모든 실망과 영혼이 망가지던 시간들은, 밀러를 지금 이 순간에 이곳에 있게 하려고 의도된 것일 수도 있었다. 자기 죽음으로 인류에게 약간의 시간을 더 벌어줄 준비가 되었을 때 밀러를 이곳에 두려는.

'그렇게 생각하면 멋질 거예요.' 줄리가 밀러의 마음속에서 말했다.

"그러게." 밀러가 한숨을 쉬며 말했다. 밀러가 목소리를 내자, 또 하나의 백일몽이었던 줄리의 환영이 사라졌다.

폭탄들은 밀러의 기억보다 더 무거웠다. 1g에서였다면 들어 올릴 수 없었으리라. 3분의 1g에서는 버겁기는 했지만 가능은 했다. 한 번에 1센티미터씩 힘들게 움직여, 밀러는 폭탄 하나를 손수레에 실어 에어록까지 끌고 갔다. 그의 위에서 에로스가 스스로에게 노래를 했다.

밀러는 힘든 일에 착수하기 전에 먼저 쉬어야 했다. 에어록은 좁았기에 한 번에 폭탄 또는 밀러만이 통과할 수 있었다. 밀러는 외부 에어록 문을 나가기 위해 폭탄 위에 올라갔고, 화물실 그물에서 찢어온 끈으로 폭탄을 들어 꺼내야 했다. 그리고 일단 밖으로 나온 뒤에는 폭탄이 에로스의 회전 때문에 진공으로 떨어져 나가지 않도록 자석 죔쇠로 우주선에 매달아 두어야 했다. 폭탄을 꺼내 손수레에 싣고 끈을 묶은 뒤, 밀러는 30분 동안 쉬었다.

이제 무언가 충돌하는 일들이 더 늘어났다. 에로스가 정말로 가속을 하고 있음을 미루어 짐작할 수 있는 신호였다. 만약 운이 없어 직격탄으로 맞으면 밀러 그리고 우주선을 관통할 정도로 강력한 바위들이었다. 하지만 우연히 떨어지는 바위들 가운데 하나가 표면을 기어가는 개미처럼 작은 밀러의 신체에 맞을 확률은 낮았다. 게다가 일단 에로스가 소행성대 지역을 벗어나면 바위들은 더는 떨어지지 않을 것이다. 에로스가 소행성대 지역을 벗어나는 건가? 밀러는 에로스가 어디로 가는지 모른다는 사실을 깨달았다. 아마도 지구가 아닐까 생각했다. 지금쯤이면 홀던은 알 것 같았다.

힘든 노동 덕분에 어깨가 조금 아팠지만 심하지는 않았다. 밀러는 수레에 너무 많이 실은 게 아닌가 걱정이 되었다. 바퀴는 밀러의 자석 부츠보다 튼튼했지만, 그래도 과적이 될 수 있었다. 밀러의 위에서 에로스 소행성이 요동쳤다. 새롭고 불안정한 움직임이었지만 반복되지는 않았다. 밀러의 핸드터미널은 에로스 피드를 끊으며 통신 요청이 왔음을 알렸다. 밀러는 화면을 보고 어깨를 으쓱하고는 통신을 연결했다.

"나오미." 밀러는 상대가 말하기 전에 먼저 말했다. "잘 지냈어?"

"어이." 나오미가 말했다.

둘 사이에 침묵이 길게 이어졌다.

"홀던과 이야기했지?"

"했어." 나오미가 말했다. "짐은 여전히 당신을 그곳에서 데려올 방법을 이야기하고 있어."

"좋은 사람이야." 밀러가 말했다. "그만두라고 말해줘. 알았지?"

침묵이 다시 길어졌고, 밀러는 마음이 불편해지기 시작했다.

"거기서 뭐 하는 거야?" 나오미가 말했다. 마치 이 질문에 대한 답이 존재한다는 듯이. 마치 그의 모든 삶이 이 간단한 질문의 답으로 요약될 수 있다는 듯이. 밀러는 나오미의 질문이 무슨 뜻인지 이리저리 추측했고, 결국 나오미가 한 질문의 답만 말했다.

"음, 수레에 폭탄을 싣고 묶었어. 스테이션 안에 장치하려고 작업용 해치로 끌고 가는 중이야."

"밀러…."

"문제는, 우리가 이걸 바윗덩어리처럼 대했다는 거야. 이제 모두가 이걸 전보단 좀 더 잘 알게 됐지만, 사람들이 적응하려면 시간이 좀 걸릴 거야. 해군들은 아직도 이걸 그냥 당구공이라고 생각할 거야. 사실은 쥐새끼인데 말이야."

밀러는 너무 빠르게 말하고 있었다. 단어들이 앞다투어 밀러의 입에서 튀어나왔다. 계속 이렇게 틈을 주지 않으면 나오미는 말할 새가 없을 것이었다. 그럼 밀러는 나오미가 해야 할 말을 듣지 않아도 됐다. 질 게 뻔한 말싸움을 할 필요가 없었다.

"이건 뭐가 되었든 구조를 가지고 있을 거야. 엔진이나 컨트롤 센터나 뭐든 간에. 만약 폭탄들을 안으로 운반해서 뭐가 됐든 간에 그 구조 근처에 둔다면 난 그걸 부술 수 있을 거야. 다시 당구 공으로 바꾸는 거지. 단지 잠시만 그렇게 한다 할지라도 당신들에게는 기회가 생길 거야."

"알았어." 나오미가 말했다. "말이 돼. 그렇게 하는 게 맞아."

밀러가 킥킥거렸다. 특히나 강한 충격이 우주선 아래쪽을 때렸고, 그 진동에 밀러는 몸이 뼛속까지 울렸다. 새로운 구멍에서 가스가 빠져나가기 시작했다. 스테이션은 더욱 빠르게 움직이고 있었다.

"그래." 밀러가 말했다. "그렇지."

"나는 에이모스와 이야기를 하고 있었어." 나오미가 말했다. "당신에게는 자폭 스위치가 필요해. 만약 무슨 일이 일어나더라도 폭탄이 여전히 터질 수 있도록. 혹시 접근 암호가 있어…?"

"있어."

"좋아. 내게 당신의 핸드터미널에 넣을 수 있는 루틴이 있어. 당신은 선택 버튼에 계속 손가락을 대고 있어야 할 거야. 만약 5초 이상 손가락을 떼면 폭발 신호가 갈 거야. 만약 원한다면 그걸 업로드해주겠어."

"즉 나는 손가락으로 버튼을 누른 채 스테이션을 헤매고 다녀야 한다는 건가?"

나오미는 사과하는 목소리로 말했다. "놈들이 당신 머리를 쏠지도 몰라. 아니면 쓰러뜨릴 수도 있고. 시간을 길게 하면 할수록 폭탄이 터지기 전에 프로토분자가 폭탄을 터지지 않게 할 확률이 커져. 그래도 더 긴 시간이 필요하다면 다시 프로그램할게."

밀러는 우주선 에어록 바로 바깥의 손수레에 있는 폭탄을 바라보았다. 폭탄의 정보창은 온통 녹색과 황금색으로 이글거렸다. 밀러가 가볍게 한숨을 쉬자 헬멧 안쪽에 김이 서렸다.

"아니, 됐어. 5초면 충분해. 루틴을 업로드해줘. 내가 뭔가 조작을 해야 해? 아니면 그냥 받은 그대로 쓰면 돼?"

"셋업 화면이 있어." 나오미가 말했다. "바로 뜰 거야."

핸드터미널이 신호를 울리며 새 파일이 있음을 알렸다. 밀러는 파일 수신을 허락한 뒤 파일을 실행했다. 문에 암호를 넣는 것만큼이나 쉬웠다. 왠지, 밀러는 자기 옆의 융합 폭탄을 터뜨리는 게 이보단 어려워야 맞는 게 아닌가 싶어졌다.

"받았어." 밀러가 말했다. "이제 준비됐어. 내 말은, 나는 아직 이 새끼를 끌고 다녀야 하지만 그 외에는 괜찮아. 그런데 지금 이게 얼마나 빠르게 움직이고 있지?"

"결국 에로스는 로시난테 호의 최대 속력보다 더 빠르게 움직일 거야. 현재 4g이고 계속 빨라지고 있으며 속도를 늦출 기색은 전혀 안 보여."

"전혀 느낄 수가 없어." 밀러가 말했다.

"전에는 미안했어." 나오미가 말했다.

"상황이 안 좋았어. 우리는 우리가 해야 하는 일을 한 거야. 늘 그렇지."

"늘 그렇지." 나오미가 따라 말했다.

둘은 몇 초 정도 침묵했다.

"기폭장치를 보내줘서 고마워." 밀러가 말했다. "에이모스에게 고맙다고 전해 줘."

밀러는 나오미가 대답하기 전에 연결을 끊었다. 긴 이별은 누구에게도 마음 편한 일이 아니었다. 폭탄은 손수레에 놓여 있었고, 자석 죔쇠는 제자리에 있었으며, 철사 그물로 만든 넓은 띠가 폭탄 전체를 감고 있었다. 밀러는 부두의 금속 표면을 가로질러 천천히 움직였다. 만약 손수레가 에로스의 중력을 잃고 표면에서 멀어진다면 밀러는 그걸 다시 끌어올 수 없었다. 물론 점차 늘어가는 운석에 맞는다면, 그건 총에 맞는 것과 마찬가지이고, 그러니 여길 돌아다니는 것도 좋은 해결책은 아니었다. 밀러는 양쪽 위험을 마음속에서 지우고 일을 했다. 10분간 초조한 마음으로 작업하고 나자 밀러의 우주복에서는 과열된 플라스틱 냄새가 났다. 모든 진단기의 보고는 오류를 알렸지만, 재생기가 공기를 깨끗이 하고 나자 산소 탱크는 여전히 괜찮아 보였다. 밀러가 풀지 못할 또 하나의 작은 미스터리였다.

밀러 위의 심연은 깜박이지 않는 별들로 빛났다. 그 빛의 점 가운데 하나는 지구였다. 밀러는 어느 게 지구인지 알지 못했다.

작업용 해치는 천연 암맥 속으로 뚫어놓았고, 수레길은 자연철 성분 때문에 어둠 속에서 은으로 만든 리본처럼 보였다. 밀러는 끙끙거리며 수레와 폭탄 그리고 지친 몸을 끌며 커브길을 돌았고, 회전 중력이 그의 무릎과 등뼈를 잡아 늘이는 대신 다시 한 번 짓눌렀다. 밀러는 머리가 멍한 상태로 암호를 넣고 해치를 열었다.

에로스는 텅 빈 하늘보다 더 어두운 모습으로 밀러 앞에 펼쳐졌다.

밀러는 우주복을 통해 핸드터미널 통신을 열었고, 아마도 이번이 마지막 통신이라는 생각을 하면서 홀던을 불렀다.

"밀러." 홀던이 거의 즉시 대답했다.

"이제 들어가." 밀러가 말했다.

"잠깐만. 있잖아, 어쩌면 자동 수레를 쓸 수 있을지도 몰라. 만약 로시난테 호…."

"그래, 하지만 당신도 알잖아. 나는 이미 여기 있어. 그리고 이 개새끼가 얼마나 빠르게 움직일 수 있는지 우리는 몰라. 우리에게는 해결해야 할 문제가 있어. 이게 우리의 해결책이고."

어쨌거나 홀던 역시 자기가 생각해낸 방법에 큰 기대를 걸고 있진 않았다. 형식적 제안에 가까웠다. 그래도 밀러는 그 말이 마음 깊이에서 우러나는 인간의 손길이었을 거라고 생각했다. 모두를 구하려 애쓰는 것, 최후까지 정의로우려 하는 것.

"알겠어." 마침내 홀던이 말했다.

"오케이. 그래서 일단 내가 거기서 뭐가 될지는 모르지만 그걸 파괴하고 나면…?"

"우리는 스테이션을 증발시킬 준비를 하고 있어."

"좋아. 괜한 수고를 하고 싶지는 않거든."

"혹시… 혹시 내가 뭔가 해줄 수 있는 게 없어? 나중에?"

"아니." 밀러가 말했고, 이윽고 그의 옆에 줄리가 있었다. 마치 둘이 물속에 있는 것처럼 줄리의 머리털이 둥둥 떠 있었다. 줄리는 진짜로 있는 것보다 더 많은 별빛을 받으며 반짝였다. "기다려, 그래. 몇 가지. 줄리의 부모. 그 사람들은 마오-크비코프스키 무역을 운영해. 둘은 전쟁이 일어나기 전에 미리 그 사실을 알았어. 프로토젠에 연락책이 있을 거야. 그 사람들이 그 사실을 어떻게 미리 알았는지를 조사해. 그리고 만약 보게 된다면 제때 줄리를 찾지 못해 유감으로 여긴다고 전해 줘."

"알았어." 홀던이 말했다.

밀러는 어둠 속에서 쪼그리고 앉았다. 뭔가 남은 게 있나? 더 있어야 하는 거 아닐까? 해브록에게 메시지라도 남길까? 아니면 머스? 아니면 디오고와 그의 OPA 친구들? 하지만 그러려면 뭔가 할 말이 있어야 했다.

"오케이." 밀러가 말했다. "그걸로 됐어. 당신과 일할 수 있어 좋았어."

"일이 이런 식으로 되어서 유감이야." 홀던이 말했다. 그것은 자신이 한 행동이나 말에 대한 사과 또는 그가 선택하고 거부한 것에 대한 사과는 아니었다.

"그래." 밀러가 말했다. "하지만 당신은 달리 어쩔 수도 없었 잖아, 안 그래?"

이 정도면 둘이 할 수 있는 작별인사에 근접했다. 밀러는 연결을 끊었고 나오미가 보낸 루틴을 열고 작동을 시켰다. 그리고 에로스 피드를 다시 켰다.

손톱으로 끝없이 긴 종이를 긁는 듯한 부드러운 치찰음이 들렸다. 밀러는 수레의 조명을 켰다. 에로스의 어두운 입구가 차가운 회색으로 밝아지면서 구석에 그림자들을 드리웠다. 밀러의 상상

속 줄리가 수레 조명의 밝은 빛을 스포트라이트 삼아 빛 속에 서 있었다. 이 빛은 줄리와 줄리 뒤의 모든 구조물을 동시에 비추었다. 길고 길었던, 이제 거의 끝나가는 꿈의 잔해였다.

밀러는 손수레의 브레이크를 풀고 손수레를 밀며 마지막으로 에로스 속으로 들어갔다.

51
홀던

홀던은 인간이 짧은 시간 동안은 아주 높은 g를 견딜 수 있다는 사실을 알고 있었다. 안전장치를 제대로 갖춘 상태에서, 대담한 전문가들은 25g의 충격에 노출되고도 살아남았다. 인간의 몸은 자연스레 변형되었고, 부드러운 세포로 에너지를 흡수하고 충격을 넓은 영역으로 분산시켰다.

홀던은 또한 높은 g에 오랫동안 노출되면 순환기에 지속적인 압력이 가해지고 그로 인해 약한 곳이 영향받기 시작한다는 사실을 알았다. 동맥에 약한 곳이 있어서 40년 뒤에 동맥류로 발전할 가능성이 있다면? 7g로 몇 시간 정도 있고 나면 그런 곳은 당장 터질 수도 있었다. 눈의 모세 혈관들이 터지기 시작했다. 눈 자체도 형체가 변하고, 어떤 경우에는 영구적인 손상을 초래했다. 그리고 신체에는 허파며 소화 기관처럼 텅 빈 곳도 있었다. 계속 중력을 높이다 보면 결국 그런 곳들이 무너져내렸다.

그리고 전투함들은 짧은 시간 동안만 아주 높은 g로 움직이지만, 매번 그 충격은 위험을 가중시켰다.

에로스는 홀던 일행에게 발포할 필요가 없었다. 그냥 압력에 몸이 터져나갈 때까지 계속 가속을 하기만 하면 됐다. 홀던의 콘솔은 5g를 가리켰지만, 그가 보고 있는 동안에도 그 숫자는 6으로 가까워졌다. 계속 이런 식으로 가속할 순 없었다. 에로스는 결국 달아나는 데 성공할 수밖에 없었다. 그리고 그에 대해 홀던이 할 수 있는 일은 아무것도 없었다.

하지만 아직도 홀던은 알렉스에게 가속을 중지하라고 명령하지 않았다.

그런 홀던의 마음을 읽은 듯이, 나오미가 '계속 이렇게 가속을 할 수는 없습니다'라는 문자 메시지를 홀던의 콘솔에 보내왔다. 나오미의 사용자 ID가 메시지 앞쪽에 있었다.

'프레드가 계획을 짜고 있어. 그쪽에서 계획을 다 만들었을 때 우리가 에로스의 범위 안에 있어야 할 거야.' 홀던이 대답했다. 바로 이렇게 높은 g의 경우에 대비해 의자에 컨트롤이 설치되어 있었지만, 그걸 쓰려고 손가락을 몇 밀리미터 정도 움직이는 것도 힘들다 못해 고통스럽게 느껴졌다.

'무엇 때문에 범위 안에 있어야 하는 겁니까?' 나오미가 메시지를 보냈다.

홀던은 대답하지 않았다. 답을 알지 못했다. 홀던의 혈액은 정신을 잃지 않게 주입된 약물로 불타는 듯했다. 홀던은 몸이 짜부라지는 상태에서도 정신을 잃지 않을 것이다. 약물은 정말로는 생각하는 것을 허용하지 않으면서도 동시에 두뇌의 기능을 두 배로 빠르게 해주는 모순적인 효과를 불러왔다. 하지만 프레드는 뭔가를 생각해내고 말리라. 이 상황을 해결하기 위해 똑똑한 사람들이 엄청나게 달라붙어 고민하고 있었다.

그리고 밀러.

바로 지금, 밀러는 융합 폭탄을 끌고 에로스를 걷고 있었다. 적이 기술적으로 우위에 있을 때, 이쪽은 가능한 저급한 기술로 맞서야 한다. 수레에 핵무기를 싣고 가는 슬픈 형사 한 명 정도라면 상대의 방어막을 통과할 수도 있었다. 나오미는 상대가 마법을 쓰는 게 아니라고 말했다. 어쩌면 밀러가 성공해서 홀던 일행에게 필요한 문을 열어줄 수도 있었다.

어느 쪽이든, 홀던은 그곳에 있어야만 했다. 설사 그냥 보기만 하다 끝날지라도 말이다.

'프레드.' 나오미가 홀던에게 메시지를 보냈다.

홀던은 연결을 열었다. 프레드는 삐져나오는 웃음을 참는 사람 같은 표정으로 홀던을 보았다.

"홀던." 프레드가 말했다. "상황은 어떻습니까?"

'6g. 본론만.'

"좋습니다. UN군이 이번 사태의 단서를 찾으려고 프로토젠의 네트워크를 샅샅이 뒤졌다고 합니다. 프로토젠 거물들 공공의 적 제1번이 누구인지 상상할 수 있겠습니까? 바로 접니다. 지구는 갑자기 모든 것을 용서하고 제가 자신의 품 안으로 들어오는 것을 환영하는군요. 제 적의 적은 제가 정의로운 후레자식이라고 생각합니다."

'잘됐군요. 제 비장이 무너지고 있습니다. 서둘러요.'

"에로스가 지구로 돌진한다는 생각만으로도 끔찍합니다. 그게 단지 바윗덩어리일지라도 생명체 전멸 수준의 사건입니다. 하지만 UN 시민들은 이미 에로스 피드를 보았고, 그 때문에 완전히 혼비백산 단계입니다."

'그리고.'

"지구는 지상에 있는 모든 핵무기를 발사할 준비를 하고 있습니다. '수천' 기를 말입니다. 그 미사일들이면 에로스를 증발시켜 버릴 겁니다. 1차 공격 뒤 남은 잔해들을 해군이 처리할 거고, 계속 핵 공격을 해서 에로스가 있던 영역 전체를 소독할 겁니다. 위험이 있다는 건 알지만 우리 계획은 그렇습니다."

홀던은 고개를 젓고 싶은 마음을 꾹 눌러 참았다. 홀던은 한쪽 뺨이 의자에 영원히 붙은 채 삶을 끝내고 싶지 않았다.

'에로스는 노부 호를 피했습니다. 녀석은 이제 6g를 향해 가고 있습니다. 그리고 나오미에 따르면, 밀러는 가속을 전혀 느끼지 않습니다. 그게 뭘 하든 간에, 그쪽의 관성 한계는 우리와 다릅니다. 에로스가 다시 피하려 들면 어떻게 막을 생각입니까? 이런 속력이라면, 미사일이 방향을 돌려 에로스를 잡는 일은 불가능합니다. 그리고 도대체 어떻게 조준할 생각입니까? 에로스는 더는 레이더 신호를 반사하지 않습니다.'

"바로 그 부분에서 당신이 도와줬으면 합니다. 우리는 에로스에 레이저 레이더 신호를 반사시키기 위해 당신이 필요합니다. 미사일을 유도하기 위해 로시난테 호의 조준 시스템이 필요합니다."

'기대를 저버리기는 싫지만, 그 미사일들로 쇼를 하기 한참 전에 우리는 이 게임에서 탈락할 겁니다. 우리는 계속 버틸 수가 없습니다. 당신을 위해 미사일을 유도할 수가 없어요. 그리고 우리가 일단 시야에서 저걸 놓치고 나면 에로스가 어디에 있는지 추적할 수 있는 이는 아무도 없습니다.'

"자동파일롯으로 해놓는 걸 고려해야 할 겁니다." 프레드가 말했다.

그건 '당신 모두는 지금 앉아 있는 곳에서 죽어야 할 겁니다'라는 의미였다.

'제가 늘 순교자로 죽고 싶긴 했지만, 로시난테 호가 에로스보다 더 빠르게 날 수 있다고 믿는 근거가 뭡니까? 당신이 좋은 계획을 짜내지 못했다는 이유로 제 승무원들을 죽게 할 수는 없습니다.'

프레드는 눈을 가늘게 뜨고 화면 쪽으로 몸을 기울였다. 처음으로, 프레드의 가면이 벗겨졌고, 홀던은 그 뒤에 숨어 있던 공포와 무력함을 보았다.

"이봐요, 저도 제가 뭘 요구하는지 압니다. 하지만 상황이 어떤지는 당신도 압니다. 현재까지 우리가 할 수 있는 건 이게 전부입니다. 그 계획이 어째서 성공하지 못할지를 듣자고 당신에게 연락한 게 아닙니다. 돕든지 포기하든지 하십시오. 하지만 지금 멍청한 짓을 한다는 건 악마의 편을 드는 것과 마찬가지라는 걸 명심하십시오."

'내가 지금 짜부라져 죽어가고 있는 건, 아마도 영구적일 신체 손상을 입고 있는 건 단지 내가 포기하려 들지 않기 때문이야, 이 새끼야. 당신이 죽으라고 말하자마자 내 승무원들의 사망 계약서에 얼씨구나 서명하지 않아서 참으로 미안하군그래.'

모든 대화는 글자로 쳐야 한다는 사실 덕분에 홀던은 터져 나오는 화를 보이지 않을 수 있었다. 프레드의 언급에 반론을 제기하며 쏘아붙이는 대신, 홀던은 짧게 답신한 후 통신을 끊었다. '생각해보지요.'

에로스를 지켜보던 광학 추적 시스템이 번쩍이며 그 소행성이 다시 속력을 높이고 있음을 알렸다. 그 뒤를 놓치지 않기 위해 알렉스가 로시난테 호를 가속했고, 그에 따라 홀던의 가슴에 앉아 있던 거인이 몇 킬로그램 정도 그 무게를 더했다. 빨간 경고등이 번쩍이며 홀던에게 현재 가속으로 보낸 시간을 고려했을 때 승무원들의 12%가 뇌졸중이 일어날 확률이 있음을 알려왔다. 그리고 그 숫자는 높아질 것이다. 그리고 계속 시간을 끌었다가는 그 확률은 100%가 될 것이다. 홀던은 로시난테 호의 이론적 최대 가속이 얼마인지 떠올리려 했다. 알렉스는 도나저 호를 떠날 때 잠깐이지만 로시난테 호를 12g로 날게 했다. 실제 한계는 우주선의 성능에 대해 자랑스레 떠벌리지만 절대로 접근해서는 안 되는 그러한 숫자들 가운데 하나일 터였다. 15g였나? 20g?

밀러는 가속을 전혀 느끼지 못한다고 했다. '느끼지'조차 못한다면 얼마나 빠르게 갈 수 있단 말인가?

홀던은 거의 아무 생각 없이 주 엔진 차단 스위치를 작동시켰다. 몇 초 뒤 홀던은 자유 낙하를 느꼈고, 몸 안에서 기관들이 원래 자리를 찾아 돌아가려 하면서 기침이 터져 나왔다. 홀던이 몇 시간 만에 처음으로 제대로 심호흡을 할 수 있을 만큼 회복됐을 때, 알렉스가 통신 채널로 말을 했다.

"선장님, 선장님이 엔진을 끈 겁니까?" 조종사가 말했다.

"그래, 나야. 우리는 할 만큼 했어. 우리가 뭘 하든 에로스는 도망칠 거야. 우리가 아무리 노력해봤자 결국은 피할 수 없는 일이고, 그 과정에서 우리 목숨만 위험해질 뿐이야."

나오미가 의자를 돌리더니 홀던을 향해 슬픈 웃음을 살짝 지었다. 가속 때문에 한쪽 눈가에 멍이 들어 있었다.

"우리는 최선을 다했습니다." 나오미가 말했다.

홀던은 의자를 너무 세게 밀치는 바람에 천장에 부딪혀 팔뚝에 멍이 들었다. 홀던은 다시 세게 천장을 밀었고, 소화기를 잡아 몸을 멈추며 격벽에 등을 고정했다. 갑판 저편에서 나오미가 놀란 나머지 동그랗게 입을 벌리고 그런 홀던을 지켜보았다. 홀던은 자신이 마치 성난 아이가 떼를 쓰는 것처럼 우스꽝스러워 보일 수도 있다는 사실을 알았지만, 그래도 자제가 되지 않았다. 홀던은 소화기를 쥐었던 손을 놓고 갑판 중앙으로 둥둥 떠갔다. 홀던은 자신이 다른 손으로 격벽을 쳤다는 사실을 미처 알지 못했다. 하지만 이제는 알았다. 손이 아팠기 때문이다.

"씨발." 홀던이 말했다. "씨발."

"우리는…." 나오미가 입을 열었지만 홀던이 말을 막았다.

"우리는 최선을 다했다고? 그래서 그게 대체 뭐?" 홀던은 마음속에서 붉은 안개가 피어오르는 것을 느꼈다. 오롯이 약물 때문만은 아니었다. "나는 캔터베리 호를 돕기 위해서도 최선을 다했어. 도나저 호의 포로가 되기로 했을 때도 나는 올바른 일을 하려 애썼어. 그런 내 선의가 한 번이라도 의미 있던 적이 있었어?"

나오미는 무표정했다. 이제 나오미는 눈꺼풀을 내리깐 채 눈을 가늘게 뜨고 홀던을 응시했다. 나오미는 거의 하얘질 정도로 입술을 꽉 다물었다. '그자들은 내가 당신을 죽이길 원해.' 홀던이 생각했다. '그자들은 에로스의 가속 한계가 15g 미만일 수도 있다는 이유만으로 내가 내 승무원들을 죽이길 원해. 그리고 나는 그렇게 할 수 없어.' 죄책감과 분노와 슬픔이 서로 마구 부딪히며 얇고 낯선 뭔가로 바뀌었다. 홀던은 그 감정이 뭔지 꼭 집어 말할 수가 없었다.

"세상 사람 모두가 그런다 해도 선장님이 자괴감 섞인 말을 하리라고는 상상도 하지 못했습니다." 나오미가 엄한 목소리로 말했다. '상황을 더 낫게 하려면 지금 우리가 뭘 해야 하지?' 하고 늘 묻던 사람은 지금 어디에 있는 거죠?"

홀던은 무기력하게 주위를 가리켰다. "지구의 모든 사람이 살해당하지 않게 하는 버튼이 어디 있는지 알려줘. 내가 누르지."

'그 버튼이 당신을 죽이지 않는 한 말이야.'

나오미는 안전띠를 끄르고 승무원용 사다리 쪽으로 떠갔다.

"저는 에이모스를 확인하겠습니다." 나오미가 말하더니 갑판 해치를 열었다. 나오미가 멈추어 섰다. "저는 부선장입니다, 홀던. 통신 회선들을 주시하는 것이 제 일의 일부입니다. 저는 프레드가 원하는 게 뭔지 압니다."

홀던이 눈을 끔벅였고, 이어서 나오미가 시야에서 사라졌다. 나오미 뒤로 해치가 쾅하고 닫혔다. 평소보다 더 큰 소리일 리 없었지만, 그럼에도 그렇게 느껴졌다.

홀던은 조종실을 불러 알렉스에게 좀 쉬고 커피도 마시라고 말했다. 조종사는 가던 중에 홀던이 있는 갑판에 들렀다. 뭔가 하고 싶은 말이 있는 듯한 표정이었지만 홀던은 그냥 손을 흔들었고,

알렉스는 어깨를 으쓱하고는 그곳을 떠났다.

홀던 뱃속의 축축한 감정이 뿌리를 내리더니 사지가 떨리는 공포로 만개했다. 심술궂고 원한 깊고 늘 자기비판적인 홀던의 마음 한구석은 지구를 향해 달려드는 에로스의 모습을 끊임없이 상상했다. 하늘에서 그것이 떨어지는 모습은 모든 종교에서 그리던 묵시록을 현실로 만들어, 불과 지진과 역병을 품은 비가 땅을 휩쓸고 지나리라. 하지만 마음속에서 에로스가 지구를 때릴 때마다 홀던이 보는 것은 캔터베리 호의 폭발 장면이었다. 놀랄 만치 갑작스레 나타난 하얀 빛, 그리고 가벼운 우박처럼 홀던의 선체를 때려대던 얼음 조각의 소리.

화성은 한동안 살아남을 것이다. 소행성대의 외진 지역들은 아마도 더 오래 살아남으리라. 그곳 사람들은 없이 지내는 법을, 쓰레기에서 생존하는 법을, 자원을 끝까지 뽑아 쓰는 데 익숙했다. 하지만 종국에는, 지구가 없으면 결국에는 모든 것이 죽고 말리라. 인류는 오래전에 중력 우물에서 나왔다. 탯줄을 자를 기술을 개발할 시간이 충분히 있었지만, 인류는 그러지 않았다. 정체. 도달할 수 있는 구석구석, 사람이 살 수 있는 모든 곳에 적응해 살고 싶어 했음에도, 인류는 정체 상태가 되었다. 반세기 전에 만든 우주선으로 주위를 날아다니고, 그보다 더 오래 바뀌지 않은 기술을 쓰는 데 만족했다.

지구는 자신의 문제에 지나치게 집중하느라, 멀리 날아간 아이들을 무시했다. 관심을 보일 때는 오로지 자신의 몫인 노동력을 배당받을 때뿐이었다. 화성은 붉은 표면을 녹색으로 바꾸는 행성 개조 작업에 모든 인구를 투입했다. 옛 지구에 대한 의존을 끝내기 위해 새로운 지구를 만드는 데 힘썼다. 그리고 소행성대는 태양계의 빈민가가 되었다. 모두가 생존하느라 바빠서 뭔가 새로운 것을 만들 짬이 없었다.

'우리는 프로토분자가 우리에게 가장 큰 피해를 줄 수 있는 시기에 딱 맞춰 그걸 발견했어.' 홀던이 생각했다.

프로토분자는 지름길처럼 보였다. 아무 노력을 기울이지 않고도 곧장 신의 영역으로 뛰어들 방법처럼 보였다. 그리고 인류 이외의 존재가 진정한 위협이 되었던 시기가 너무나도 오래전이었기에, 그것을 두려워할 정도로 똑똑한 사람은 아무도 없었다. 드레스덴은 홀던에게 말하길, 프로토분자를 만든 자들은 그걸 포에베에 실어 지구에 쏘아 보냈다고 했다. 인류의 선조들이 광합성과 편모를 최신 기술로 여길 때였다. 하지만 드레스덴은 고대 파괴 엔진을 손에 넣자 시동을 걸었다. 왜냐하면, 기본적으로 인간은 여전히 단지 호기심 많은 원숭이였기 때문이다. 인류는 자신들이 발견한 게 뭔지 알기 위해 발견하는 것마다 막대기로 쿡쿡 찔러보아야만 했다.

홀던의 시야에 있던 붉은 안개가 기묘한 패턴으로 섬광을 냈다. 그 섬광이 자신의 패널에서 나오는 붉은 신호이며 라비 호의 호출이라는 사실을 깨닫기까지는 잠시 시간이 걸렸다. 홀던은 근처의 충격 흡수 소파를 차서 자기 스테이션으로 둥둥 떠서 돌아갔고, 채널을 열었다.

"여기는 로시난테 호이다, 라비 호. 말하라."

"홀던, 우리가 왜 멈춘 건가?" 맥브라이드가 물었다.

"우리는 결국 더는 따라가지 못할 것이고, 승무원들의 부상 위험이 너무 크기 때문이다." 홀던이 대답했다. 자신이 듣기에도 약하게 들렸다. 겁쟁이처럼 들렸다. 맥브라이드는 알아차리지 못한 듯했다.

"알았다. 나는 곧 새로운 명령을 받을 것이다. 뭔가 변화가 있으면 알려주겠다."

홀던은 연결을 끊고 초점 없는 시선으로 콘솔을 물끄러미 바라보았다. 육안 추적 시스템은 에로스를 시야에 확보하기 위해 최선을 다하고 있었다. 로시난테 호는 훌륭한 우주선이었다. 최신 기술이 탑재되어 있었다. 그리고 알렉스가 저 소행성을 위협 물체로 분류했기 때문에, 컴퓨터는 그걸 추적하기 위해 온 힘을 기울일 것이다. 하지만 에로스는 빠르게 움직이면서 레이더 반사를 하지 않는 저반사 물체였다. 에로스는 예측 밖의 움직임을 보일수 있었고, 그것도 고속으로 할 수가 있었다. 홀던 일행이 에로스를 놓치는 건 시간문제였다. 그리고 만약 에로스가 자신의 움직임을 숨기기로 마음먹는다면 특히나 더 그랬다.

홀던의 콘솔에 나타난 추적 정보 옆에 작은 데이터 창이 열리더니 라비 호가 응답기를 켰음을 홀던에게 알렸다. 그것은 가시적인 위협 또는 몸을 숨겨야 할 필요가 없을 때 군함들도 지키는 표준 절차였다. 작은 UNN 코르벳함의 무선병은 버릇처럼 응답기를 다시 켠 것이다.

이제 로시난테 호는 그걸 아는 우주선으로 등록한 뒤, 위협 표시 화면에 부드럽게 맥동하는 녹색 점으로 표시하고 이름을 보여줬다. 홀던은 한참 동안 멍하니 그걸 바라보았다. 그러다 자신의 눈이 커지는 것을 느꼈다.

"제길." 홀던이 말하더니 선내 전체 채널을 열었다. "나오미, 당장 관제실로 와줘."

"저는 잠시 여기에 있고 싶습니다만." 나오미가 대답했다.

홀던은 자기 콘솔의 전투 배치 경고 버튼을 눌렀다. 갑판 조명이 붉은색으로 바뀌고 클랙슨이 세 번 울렸다.

"나가타 부선장은 관제실로." 홀던이 말했다. 나오미가 홀던을 씹어먹든 말든 그건 나중 일이었다. 그때가 되면 홀던은 그걸 기꺼이 받아들일 생각이었다. 하지만 지금은 낭비할 시간이 없었다.

나오미는 1분도 되지 않아 관제실 갑판으로 왔다. 홀던은 이미 자신의 충격 흡수 소파에 앉아 안전띠를 한 뒤 통신 기록을 불러내고 있었다. 나오미도 자기 의자에 앉아 안전띠를 했다. 나오미는 질문이 담긴 시선으로 홀던을 바라보았다. '결국 우리는 죽게 되는 건가요?' 하지만 아무 말도 하지 않았다. 만약 홀던이 그렇게 할 거라고 말하면 나오미는 그 말에 따를 터였다. 홀던은 나오미에 대한 존경과 조급함이 동시에 똑같이 솟구치는 걸 느꼈다. 홀던은 말을 하기 전에 자신이 찾던 기록을 발견했다.

"오케이." 홀던이 말했다. "우리는 에로스가 레이더를 떨쳐 낸 다음에도 밀러와 무선 통신을 했어. 그렇지?"

"네, 맞습니다." 나오미가 말했다. "하지만 밀러의 우주복은 에로스의 껍질을 통과해 먼 거리를 전송할 만한 동력이 없기 때문에 정박한 우주선 가운데 한 척이 그 신호를 증폭해 보냈습니다."

"그건 에로스가 레이더를 죽이기 위해 무슨 짓을 했든 간에 밖에서 들어오는 모든 무선 신호를 죽이지는 않는다는 뜻이지."

"그런 듯하군요." 나오미가 호기심이 커진 목소리로 말했다.

"그리고 너는 에로스 지상에 있는 OPA 화물선 다섯 척의 제어 암호를 아직도 갖고 있어. 맞지?"

"네, 그렇습니다, 선장님." 그리고 한순간 뒤에 말했다. "아, '그렇지.'"

"좋았어." 홀던이 씩 웃으며 의자를 나오미 쪽으로 돌렸다. "왜 로시난테 호와 태양계의 다른 모든 해군 우주선이 응답기를 끄는 기능이 있는 거지?"

"적이 응답기 신호에 담긴 미사일 격발 신호를 가로채 그걸 폭발시키지 못하도록 하기 위해서입니다." 이제 나오미 역시 싱긋 웃으며 말했다.

홀던은 의자를 다시 돌려 타이코 스테이션의 통신 채널을 열기 시작했다.

"부선장, 밀러가 너에게 보내준 그 제어 암호를 써서 OPA 화물선 다섯 척의 응답기를 다시 켜주지 않겠어? 에로스에 있는 우리 방문객이 무선파보다 빠르게 움직이지 않는 한, 우리는 가속 문제를 회피할 수 있을 거라고 봐."

"네, 알겠습니다, 선장님." 나오미가 대답했다. 심지어 다른 쪽을 보면서도, 홀던은 나오미 목소리에 담긴 웃음을 들을 수 있었고, 그 웃음에 홀던의 배 속에 남아 있던 마지막 얼음이 녹아내렸다. 그들에게는 계획이 있었다. 그리고 그게 상황을 바꿔놓을 수도 있었다.

"라비 호로부터 호출입니다." 나오미가 말했다. "화물선의 응답기를 켜기 전에 먼저 통신하시겠습니까?"

"물론이지."

회선이 찰칵 소리를 냈다.

"홀던 선장. 우리는 새로운 명령을 받았다. 우리는 저 물건을 좀 더 추적해야 할 듯하다."

맥브라이드의 목소리는 방금 사형 선고를 받은 사람의 목소리처럼 들리지 않았다. 냉철한 성격의 사람이었다.

"아마 몇 분 정도 그걸 보류하고 싶을 거다." 홀던이 말했다. "우리에게 대안이 있거든."

밀러가 에로스 표면에 정박시켰던 다섯 척의 OPA 화물선의 응답기를 나오미가 활성화시키는 동안, 홀던은 맥브라이드에게 계획을 설명했고, 다른 채널을 이용해 프레드에게도 설명했다. 프레드 자신과 UN 해군 사령관 모두 그 계획에 열렬히 찬성한다는 답을 프레드가 다시 보내왔을 즈음, 화물선 다섯 척은 신호를 보내며 태양계에게 자신들의 위치를 알렸다. 그로부터 한 시간 뒤, 인류 역사상 가장 커다란 규모의 행성 간 핵무기들이 발사되어 에로스를 향해 날았다.

'우리는 승리할 거야.' 홀던은 레이더 화면에 성난 붉은 벌떼처럼 표시되어 날아가는 미사일들을 바라보며 생각했다. '우리는 이놈을 없앨 거야.' 그리고 그에 더해서, 홀던의 승무원들은 그것이 끝장나는 광경을 보게 될 터였다. 그 누구도 죽지 않아도 되었다. 다만….

"밀러의 호출입니다." 나오미가 말했다. "아마도 우리가 자기 우주선들을 켠 것을 안 듯합니다."

홀던의 뱃속이 조여들었다. 밀러가 거기에, 에로스에 있었다.

미사일들이 그곳에 떨어지는 시점에. 모두가 다가오는 승리를 축하하지는 못하리라.

"어이, 밀러. 좀 어때?" 홀던은 장례식 분위기를 완전히 지우지 못한 목소리로 말했다.

밀러의 목소리는 고르지 못했고, 잡음에 반쯤 잠겨 있었지만, 홀던이 알아들을 수 없을 정도로, 혹은 이제부터 홀던의 계획을 망쳐놓을 말이 나올 참이라는 것을 알 수 없을 정도로 왜곡되지는 않았다.

"홀던," 밀러가 말했다. "문제가 있어."

52
밀러

하나. 둘. 셋.

밀러는 핸드터미널을 눌러 기폭장치를 재설정했다. 그의 앞에 있는 쌍여닫이문은 한때 조용히 자동으로 열리던 수천 개의 문 가운데 하나였다. 그 문들은 정교한 자석 궤도를 따라 아마도 수십 년간 믿음직하게 움직여왔으리라. 하지만 이제 나무껍질 느낌이 나는 검은 뭔가가 문들 옆으로 덩굴식물처럼 자라나 금속을 변형시켰다. 그 문들 너머로는 항구의 복도, 창고, 카지노들이 있었다. 에로스 스테이션을 이루던 모든 것이 이제는 침략하는 외계 지성체의 전초부대 역할을 했다. 하지만 외계 지성체 바로 앞까지 가려면 우선 꿈쩍하지 않는 문부터 지레로 열어야만 했다. 5초 안에 그래야만 했다. 우주복을 입은 상태에서 그래야만 했다.

밀러는 핸드터미널을 다시 내려놓았고 문 두 개가 만나는 곳의 가느다란 틈에 재빨리 손을 뻗었다. 하나, 둘. 문이 1센티미터 움직였고, 무광택의 검고 납작한 조각들이 우수수 떨어졌다. 셋.

넷.

밀러는 얼른 핸드터미널을 잡고 기폭장치 버튼을 다시 눌렀다.

이 빌어먹을 계획은 성공할 리 없었다.

밀러는 수레 옆 땅에 앉았다. 에로스 피드는 계속 속삭이고 중얼거렸고, 스테이션 피부를 긁어대는 작은 침입자를 인지하지 못한 듯했다. 밀러는 숨을 길고 깊게 들이마셨다. 문은 더는 움직이지 않았다. 밀러는 문을 통과해야만 했다.

나오미는 이 상황을 좋아하지 않으리라.

밀러는 핸드터미널을 잡지 않은 손으로 폭탄을 묶은 금속줄을 느슨하게 해서 폭탄이 앞뒤로 약간씩 흔들릴 수 있도록 했다. 그리고 조심스레, 천천히 폭탄 가장자리를 들었다. 이윽고 계기판 상태를 보면서 금속 모서리가 터치스크린의 엔터 버튼 위를 제대로 누를 수 있도록 핸드터미널을 그 아래에 찔러 넣었다. 기폭장치 버튼은 녹색으로 남아 있었다. 만약 스테이션이 흔들리거나 이동을 한다 하더라도 밀러에게는 핸드터미널을 손에 넣을 수 있는 5초의 시간이 있었다.

그 정도면 충분했다.

밀러는 두 손으로 힘껏 문을 잡아당겼다. 밀러가 지레를 써서 문 너머가 보일 정도로 열자 검은 딱지들이 더 떨어졌다. 문 너머 복도는 거의 둥그랬다. 검게 자란 것들이 구석구석을 채우고 있었기에 통로는 절개된 거대한 혈관처럼 보였다. 유일한 조명은 밀러의 우주복에서 나오는 헤드라이트 그리고 파란 반딧불이처럼 공기 중을 선회하는 수백만 개의 작은 냉광점들 뿐이었다. 에로스 피드가 맥동하며 잠깐 요란해졌을 때, 그 반딧불이들은 침침해졌다가 다시 원래 밝기로 돌아왔다. 우주복은 공기 중에 아르곤, 오존, 벤젠 함량이 예상치보다 높지만 호흡이 가능하다고 알렸다.

냉광점 가운데 하나가 밀러가 느끼지 못하는 흐름을 타고 빙빙 돌며 옆을 지나쳤다. 밀러는 그것을 무시하고 문을 밀었으며, 1센티미터 1센티미터씩 문을 열었다. 밀러는 팔을 집어넣어 딱지를 만져볼 수 있었다. 딱지는 손수레를 지탱할 정도로 단단한 듯했다. 뜻밖의 행운이었다. 만약 이것이 허벅지까지 올라오는 외계 진흙이었다면 밀러는 폭탄을 운반할 다른 방법을 찾아야만 했다. 둥그런 표면 위로 수레를 끌고 가는 것만으로도 상황은 충분히 어려웠다.

'악인에게는 휴식이 없지요.' 줄리 마오가 그의 마음속에서 말했다. '선인에게는 평강이 없고요.'

밀러는 일로 돌아갔다.

지나갈 수 있을 정도까지 문을 열었을 때, 밀러는 땀을 흘리고 있었다. 두 팔과 등이 아팠다. 검은 딱지는 이미 복도를 따라 자라기 시작했고, 촉수들은 에어록 쪽으로 뻗어 나갔으며, 벽이 바닥이나 천장과 만나는 모서리만 타고 지나갔다. 파란 냉광이 공기 중에 가득했다. 밀러는 복도로 재빨리 들어갔지만, 에로스의 검은 딱지와 촉수는 밀러만큼이나 빠른 속도로 복도를 나오고 있었다. 어쩌면 검은 딱지와 촉수들이 더 빠를지도 몰랐다.

밀러는 핸드터미널을 유심히 지켜보며 두 손으로 수레를 밀었다. 폭탄이 흔들렸지만 눌러둔 기폭 스위치가 빠져나올 정도로 심하지는 않았다. 일단 복도에 안전하게 들어오자 밀러는 다시 터미널을 빼서 손에 쥐었다.

하나. 둘.

무거운 폭탄 케이스 때문에 터치 패드에 작은 흠집이 생겼지만, 핸드터미널은 여전히 작동했다. 밀러는 수레 손잡이를 잡고 몸을 앞으로 기울였고, 발아래의 울퉁불퉁한 유기질 표면은 수레가 진동함에 따라 거칠게 끌리고 펄럭이며 모양이 바뀌었다.

밀러는 여기에서 이미 한 번 죽었다. 방사능에 노출되었다. 총상을 입었다. 이 복도 또는 이 복도와 아주 닮은 곳이 그의 전투장이었다. 밀러와 홀던의 전투장이었다. 이제 그곳이 어디인지를 알아볼 수가 없었다.

밀러는 넓고 거의 텅 빈 공간을 지났다. 이곳은 딱지가 얇았으며, 딱지 너머로 여기저기에서 창고의 금속 벽들이 보였다. 천장에서는 오래된 LED가 여전히 이글거리면서 어둠 속으로 차가운 백색광을 쏟아냈다.

길을 따라가자 카지노 레벨이 나왔다. 상업성을 짙게 띤 건축 양식은 여전히 방문객을 같은 장소로 인도했다. 정체불명의 기묘한 딱지는 거의 사라지고 없었지만 공간은 변형되어 있었다. 파칭코 머신이 줄을 지어 서 있었지만 대부분 반쯤 녹거나 폭파되었다. 몇 대는 요란한 빛과 흥겨운 소리를 내기에 앞서 손님의 재정 정보를 요구하며 번쩍거렸다. 투명하고 끈적끈적한 젤이 버섯 머리처럼 덮인 아래로 카드 테이블들이 여전히 보였다. 벽과 성당처럼 높은 천장을 뒤덮은 검은 갈비뼈들이 잔잔히 물결쳤고, 갈비뼈에 난 머리털 같은 실들은 그 끝에서 흐릿하게 빛을 냈으나 주위는 여전히 어두웠다.

뭔가가 비명을 질렀지만, 우주복 때문에 그 소리는 작게 들렸다. 이제 밀러는 스테이션 안에 들어와 있었기에 스테이션의 방송 피드가 더 크고 다채롭게 들렸다. 밀러는 돌연 어릴 적 기억으로 돌아갔고, 괴물 같은 고래에게 삼켜지는 소년에 대한 비디오 피드를 보던 일이 머리를 스쳐 갔다.

밀러의 두 주먹을 합친 크기에 회색인 뭔가가 거의 보이지 않을 정도로 빠르게 날아와 밀러 옆을 스쳐 지나갔다. 새는 아니었다. 쓰러진 자판기 뒤에서 뭔가가 허둥지둥 달아났다. 밀러는 무엇이 사라졌는지를 깨달았다. 에로스에는 150만 명의 사람이 있었으며, 에로스만의 종말이 찾아왔을 때 그 상당수는 여기에, 카지노 레벨에 있었다. 하지만 시체는 한 구도 보이지 않았다. 아니, 아니었다. 그건 사실이 아니었다. 검은 딱지, 밀러 위 부드럽고 바다처럼 빛나는 수백만 개의 검은색 개울. 그것들이 새로 생성된 에로스의 시체였다. 인간의 살이 다시 만들어진 것이었다. 우주복의 알람이 밀러가 비정상적으로 빠르게 숨을 쉬고 있음을 알렸다. 밀러의 시야 가장자리로 어둠이 기어들어 오기 시작했다.

밀러는 무릎을 꿇었다.

'정신을 잃으면 안 돼, 이 새끼야.' 밀러는 스스로에게 말했다. '정신을 잃으면 안 돼. 아니, 잃을 거면 적어도 저 좆같은 기폭장치 위로 쓰러지라고.'

줄리가 밀러의 손에 자기 손을 얹었다. 진짜 같은 그 느낌, 그 손길이 밀러를 진정시켰다. 줄리가 옳았다. 저것들은 그냥 시체일 뿐이었다. 단지 죽은 사람들. 희생자들. 세레스의 싸구려 호텔에서 밀러가 목격했던, 칼에 찔려 죽은 무허가 창녀들과 마찬가지로 단지 재활용된 고기조각들이었다. 에어록 밖으로 몸을 던져

자살했던 사람들과 다를 게 없었다. 오케이. 프로토분자는 이상한 방식으로 시체들을 망쳐놓았다. 하지만 그래도 본질에는 변함이 없었다. 그가 누구인가를 바꾸지는 않았다.

"경찰은," 밀러가 줄리에게 말했다. 밀러는 경찰 시절에 풋내기와 파트너가 되었을 때 늘 했던 말을 되뇌었다. "감상에 젖을 여유 따위는 없어. 그냥 할 일을 해야 해."

'그러니 할 일을 하세요.' 줄리가 부드럽게 말했다.

밀러가 고개를 끄덕였다. 밀러는 일어섰다. '할 일을 해.'

반응이라도 하듯이, 밀러의 우주복 소리가 바뀌면서 에로스 피드가 백여 개의 주파수로 피리처럼 울렸고, 힌디어라 생각되는 거친 음으로 폭발했다. 인간의 목소리들이었다. '인간의 목소리들이 우리를 깨울 때까지.' 어디서 나온 구절인지는 기억나지 않았지만, 밀러는 생각했다.

스테이션의 어딘가에 뭔가가 있을 게 분명했다. 그게 제어 메커니즘이든 동력 장치든 어쨌든 프로토분자가 엔진 대신 쓰는 것이 분명히 있었다. 밀러는 그게 어떻게 생겼는지 또는 그게 어떻게 방어되는지 알지 못했다. 그게 어떻게 작동하는지는 전혀 아는 바가 없었다. 아는 것이라고는, 만약 밀러가 그걸 날려버리면 그게 제대로 작동하지 못할 거란 가정뿐이었다.

'그러니 우리는 돌아가는 거야.' 밀러가 줄리에게 말했다. '우리가 아는 것으로 돌아가는 거야.'

에로스 안쪽에서 자라고 있는 그것, 소행성의 돌 피부를 있는 그대로 대충 자신의 외골격으로 사용하는 그것은 항구를 막지 않았다. 그것은 내부 벽을 움직이거나 방이나 카지노 레벨 복도를 새로 창조하지 않았다. 따라서 스테이션의 구조는 늘 있던 그대로와 꽤 비슷할 것이다. 오케이.

그게 우주 공간에서 스테이션을 움직이기 위해 쓰는 게 무엇이든 간에, 그것은 엄청난 에너지를 쓰고 있었다. 오케이.

'그러니 바로 뜨거운 곳을 찾아내자고.' 밀러는 자유로운 손으로 우주복을 확인했다. 주위 온도는 27도였다. 더웠지만 참지 못할 정도와는 한참 거리가 있었다. 밀러는 항구 복도로 기운차게 돌아왔다. 온도는 100분의 1도 정도이지만, 여하튼 떨어졌다. 그렇다면 맞았다. 밀러는 각 복도로 가서 가장 뜨거운 곳을 찾아 그곳을 따라가면 되었다. 가령 다른 곳보다 3~4도 더 뜨거운 곳을 찾아낸다면, 그곳이 바로 찾던 곳이리라. 그러면 밀러는 그 옆에 수레를 세우고 엄지손가락을 떼고 다섯을 세면 되었다.

문제없었다.

밀러가 수레로 돌아왔을 때 부드러운 헤더꽃을 닮은 황금색 뭔가가 바퀴 주위에서 자라고 있었다. 밀러는 그걸 최대한 긁어냈지만, 바퀴 하나는 여전히 삐걱거렸다. 하지만 더는 어떻게 해볼 수가 없었다.

한 손으로 수레를 끌고 다른 손으로는 핸드터미널의 자폭 방지 스위치를 누른 채 밀러는 스테이션 더 깊숙한 곳으로 향했다.

"그건 내 거야." 마음 없는 에로스가 말했다. 에로스는 거의 한 시간 가까이 그 문장을 반복했다. "그건 '내 거야'. 그건… '내 거야.'"

"좋아." 밀러가 중얼거렸다. "네가 가지렴."

어깨가 아팠다. 수레가 삐걱대는 소리는 점점 심해졌고, 그 소리는 에로스 피드의 지독한 광기에 찬 영혼들을 갈랐다. 때 이른 자멸에 이르지 않도록 계속 버튼을 세게 누르고 있던 덕분에 엄지손가락이 욱신거리기 시작했다. 한 레벨을 올라갈 때마다 회전 중력은 가벼워졌고, 코리올리 힘은 좀 더 두드러졌다. 세레스에 있을 때와 아주 같은 것은 아니었지만, 꽤 비슷했으며, 집에 온 듯한 느낌이 들었다. 밀러는 자신이 이 일이 끝났을 때를 기대하는 걸 깨달았다. 밀러는 자기 구멍으로 돌아가 맥주 여섯 캔을 옆에 두고, 죽은 스테이션이 내뱉는 거칠고 공허한 방언 대신 진짜 작곡가가 만든 음악을 스피커로 듣는 상상을 했다. 가벼운 재즈 같은걸.

가벼운 재즈가 호소력이 있을 줄 누가 생각이나 했겠는가?

"잡을 수 있으면 잡아봐, 이 한심한 놈들아." 에로스가 말했다. "나는 앞서갔어. 그리고 갔어. 그리고 갔어. 갔어. 그리고 갔어. 갔어."

스테이션의 내부 레벨들은 더 친숙한 동시에 더 낯설었다. 거대한 무덤이 된 카지노 레벨을 벗어나자 에로스의 옛 삶이 더 잘 보였다. 튜브 정거장들은 여전히 번쩍이면서 노선에 문제가 있으니 인내심을 가지고 기다려달라는 내용을 방송했다. 공기 재생기가 웅웅거렸다. 바닥은 상대적으로 깨끗했다. 거의 정상에 가까운 느낌이 변화를 기묘하리만큼 두드러지게 했다. 검은 양치류가 나선을 그리며 벽을 덮고 있었다. 위에서 떨어져 내리는 얇은 조각들이 회전 중력에 의해 검댕처럼 선회했다. 에로스에는 여전히 회전 중력이 있었지만, 현재 겪는 엄청난 가속에 의한 중력은 없었다. 밀러는 그 이유를 궁금해하지 않기로 했다.

소프트볼 크기의 거미를 닮은 것 한 무리가 매끈매끈하고 윤기 나는 점액질을 질질 흘리며 복도를 기어왔다. 밀러는 잠시 발을 멈추고 그중 한 마리를 쳐 수레에서 떼어냈고, 그제야 이 거미 같은 놈들이 잘린 손과 그 뒤쪽의 손목뼈가 새카맣게 타서 새로 만들어진 것임을 깨달았다. 마음속에서 비명이 울렸지만, 비명은 아련하게 들렸고 밀러는 금세 그 소리를 무시했다.

밀러는 프로토분자를 존경하지 않을 수 없었다. 기껏해야 원시핵 단계의 혐기성 생물 정도로 여겼는데, 일 처리하는 수준이 프로급이었다. 밀러는 발을 멈추고 우주복의 센서 어레이를 확인했다. 카지노 레벨을 떠난 뒤로 온도는 0.5도 정도 올라가 있었으며 이 복도로 들어온 뒤로는 0.1도 정도 더 올라가 있었다. 배경 복사 역시 올라가고 있었다. 밀러의 학대받은 몸은 더 많은 복사를 받아들이고 있었다. 벤젠 농도는 낮아지고 있었으며, 우주복은 테트라센, 안트라센, 나프탈렌 따위 더 진귀한 방향 분자를 감지했으며, 이런 분자들의 독특한 화학 성질로 인해 센서는 다소 혼란스러워했다. 즉 밀러는 올바른 방향으로 가고 있었다. 밀러는 몸을 앞으로 숙였고, 수레는 지루해 하는 아이처럼 밀러의 잡아당기는 손길에 저항했다. 밀러가 기억하는 한, 구조는 세레스와 대충 비슷했고, 밀러는 세레스를 자기 몸처럼 잘 알았다. 한 레벨, 어쩌면 두 레벨 위에는 중력이 높은 아래 레벨들에서 보내는 공급이 집결되는 곳이 있을 것이다. 그곳에서는 또한 낮은 중력에서 더 잘 운영할 수 있는 물자들과 에너지 시스템이 있을 것이다. 그곳은 또한 사령탑을 두기에도 적절한 곳처럼 보였다. 또한 두뇌를 두기에도.

"갔어. 그리고 갔어. 그리고 갔어." 에로스가 말했다. "그리고 갔어."

밀러가 생각했다. '과거의 잔해들이 미래를 어떻게 형성하는지를 보게 되다니 재미있네.' 이 원리는 세상만사에 똑같이 적용되는 듯했다. 우주의 진실 가운데 하나였다. 고대에 인류가 아직도 다 같이 한 우물에 갇혀 살았을 때, 로마 군단이 놓은 길에 아스팔트가 깔리고 다시 후에 철콘크리트가 깔렸지만 그 길의 커브나 갈림길엔 전혀 바뀜이 없었다. 세레스, 에로스, 타이코에서 표준 복도의 폭은 채광 도구가 결정했는데, 이 채광 도구는 지구의 트럭과 리프트 크기에 맞춰 설계되었으며, 트럭과 리프트는 노새가 끄는 수레가 지나갈 수 있는 폭의 길에 맞춰 만들어졌다.

그리고 이제 야심에 찬 한 줌의 영장류가 설치한 복도, 환기구, 튜브 길, 수도관을 따라, 광대한 어둠에서 나타난 외계 생명체가 자라고 있었다. 밀러는 만약 프로토분자가 토성에 잡히지 않았더라면, 그리고 원시 생명의 수프가 있던 지구로 곧장 갔더라면 무슨 일이 벌어졌을지 궁금했다. 융합반응로도, 항법 드라이브도, 충당할 복잡한 유기체도 없는 그 시대로 간다면? 만약 주변에 진화가 만들어낸 다른 대상이 없다면 그것은 어떻게 했을까?

'밀러,' 줄리가 말했다. '계속 움직여요.'

밀러는 눈을 끔벅였다. 밀러는 경사진 진입로 아랫부분의 텅 빈 복도에 서 있었다. 도대체 언제부터 이렇게 넋을 놓고 있었을까.

아마도 여러 해 전부터였으리라.

밀러는 긴 한숨을 내쉬고는 경사로를 올라가기 시작했다. 위쪽 복도는 주위보다 훨씬 더 더웠다. 거의 3도가 높았다. 목적지에 가까워지고 있었다. 하지만 빛은 보이지 않았다. 밀러는 욱신거리고 반쯤 마비된 엄지손가락을 자폭 방지 스위치에서 떼어 핸드터미널의 LED등 소프트웨어를 작동시키고 넷까지 세기 직전에 다시 자폭 방지 스위치에 엄지손가락을 댔다.

"갔어. 그리고 갔어. 그리고 갔어…그리고… 그리고 그리고 그리고 '그리고'."

에로스 피드가 비명을 질렀다. 러시아어와 힌디어로 떠들어대는 합창이 이전의 단일한 목소리 위로 울려 퍼졌고, 다시 굵고 갈라지는 울음소리에 묻히고 있었다. 아마도 고래의 노래이리라. 밀러의 우주복은 이제 산소가 반 남았음을 공손하게 알렸다. 밀러는 알람을 껐다.

쓰레기 분류소는 자라난 생물들에 뒤덮여 있었다. 창백한 양치류가 복도를 따라 우거졌고 밧줄처럼 비비 꼬여 있었다. 파리, 바퀴벌레, 물거미 따위의 알아볼 수 있는 벌레들이 일부러 곡선을 그리며 늘어지게 설치한 두껍고 하얀 케이블 위를 기어 다녔다. 관절이 있는 담쟁이처럼 보이는 뭔가의 덩굴손들이 이리저리 쓸어대면서, 날쌔게 움직이는 유충들을 엷게 뿌려댔다. 이곳에 있던 인간들과 마찬가지로, 이것들 역시 프로토분자의 희생자였다. 불쌍한 것들.

"넌 고래를 따라잡을 수 없어." 에로스가 말했고, 그 목소리는 거의 승리에 도취한 듯이 들렸다. "넌 고래를 따라잡을 수 없어. 그건 앞서갔어. 그리고 갔어. 그리고 갔어."

이제 온도는 빠르게 올라갔다. 회전 방향 쪽으로 가는 게 조금 더 따뜻하리라고 밀러가 판단하는 데 1분 정도 걸렸다. 밀러는 수레를 끌었다. 손가락뼈가 삐걱거리고 작게 떨렸다. 폭탄의 무게와 고장 난 바퀴 베어링들 사이에서 어깨가 정말로 아프기 시작했다. 이 빌어먹을 물건을 다시 끌고 갈 필요가 없다는 게 다행이었다.

줄리는 어둠 속에서 밀러를 기다리고 있었다. 밀러의 핸드터미널에서 나오는 엷은 빛이 줄리를 갈랐다. 줄리의 머리털은 회전 중력에도 아랑곳하지 않고 둥둥 떠 있었다. 중력은 밀러의 마음이 그려내는 유령에 그 어떤 영향도 미치지 못했다. 줄리의 표정은 음울했다.

'저것이 어떻게 아는 거죠?' 줄리가 물었다.

밀러는 멈췄다. 경찰로 일하는 평생, 몽상에 젖은 증인이 뭔가를 말하거나 뭔가 속담을 쓰거나 틀린 것에 대해 비웃을 때마다, 밀러는 은연중에 그 사건에 대한 새로운 시각을 얻었다.

지금이 그런 순간이었다.

"넌 내 고래를 따라잡을 수 없어." 에로스가 의기양양해 했다.

'프로토분자를 태양계에 가져온 혜성은 단순한 배달 상자였지 우주선이 아니었어요.' 줄리가 말했다. 그녀의 짙은 색 입술은 절대 움직이지 않았다. '그 혜성은 그냥 발사체였어요. 꽁꽁 언 프로토분자가 든 얼음 탄환에 불과했어요. 혜성은 지구를 겨냥했지만 빗나갔고 대신 토성에게 잡혔죠. 탄두는 혜성의 방향을 바꾸지 않았어요. 혜성을 조종하지 않았어요. 항해를 한 게 아니에요.'

"그럴 필요가 없었으니까." 밀러가 말했다.

'하지만 이제는 항해를 하고 있어요. 지구로 향하고 있어요. 그게 지구가 어디에 있는지 어떻게 알죠? 그 정보가 어디에서 온 것일까요? 그것은 말을 하고 있어요. 그 문법은 어디에서 나온 걸까요?'

'에로스의 목소리는 누구일까요?'

밀러는 두 눈을 감았다. 우주복은 이제 공기가 20분 분량만 남았다고 알려왔다.

"넌 '내 고래를 따라잡을 수 없어! 그건 앞서갔어. 그리고 갔어. 그리고 갔어!"

"이런 제길." 밀러가 말했다. "아, '맙소사'."

밀러는 수레를 놓아두고 경사로와 조명과 넓은 스테이션 복도가 있는 곳으로 돌아갔다. 모든 게 흔들리고 있었고, 스테이션 자체는 마치 저체온증에 걸리기 직전의 사람처럼 덜덜 떨었다. 다만 스테이션이 그럴 리 없을 뿐이었다. 떠는 것은 밀러였다. 그 모든 것은 에로스의 목소리에 있었다. 늘 그곳에 있었다. 밀러는 더 일찍 그걸 알아차렸어야 했다.

어쩌면 밀러는 알아차렸을지도 몰랐다.

프로토분자는 태어났을 때 영어나 힌디어나 러시아어나 기타 그 어떤 언어도 알지 못했다. 그 모든 것은 에로스의 시체들의 마음과 소프트웨어에 있던 것이었다. 프로토분자가 먹어치운 뉴런과 문법 프로그램에 저장되어 있던 것이었다. 먹어치운 것이지 파괴한 것이 아니었다. 그것은 그 정보와 언어와 복잡한 인식 구조를 간직했고 로마 군단이 지은 길 위에 아스팔트를 깔듯이 그것들 위로 자신을 건설했다.

에로스의 시체들은 죽은 게 아니었다. 줄리 안드로메다 마오는 살아있었다.

밀러는 너무 심하게 웃어 뺨이 다 아팠다. 밀러는 장갑을 낀 한 손으로 통신을 연결하려 애썼다. 신호가 너무 약했다. 연결할 수 없을 듯했다. 밀러는 표면에 있는 우주선의 송신기에 동력을 끌어올리라고 말했고, 마침내 연결되었다.

채널을 타고 홀던의 목소리가 들려왔다.

"어이, 밀러. 좀 어때?"

그 목소리에는 부드럽고 사과하는 듯한 기운이 담겨 있었다. 죽어가는 이에게 상냥히 대하려는 호스피스 직원의 목소리. 마음 속에서 확 짜증이 일었지만 밀러는 그 마음을 꾹 누르고 담담하게 말했다.

"홀던." 밀러가 말했다. "문제가 생겼어."

53
홀던

"사실, 문제를 풀 방법을 알아낸 듯해." 홀던이 대답했다.

"아니라고 봐. 당신을 내 우주복의 의료 데이터와 연결 중이야." 밀러가 말했다.

몇 초 뒤, 홀던의 콘솔의 작은 창에 숫자 칼럼 4개가 나타났다. 쉐드와 같은 의료요원만이 제대로 해석할 수 있는 미묘한 부분들을 제외하고는 모두가 정상처럼 보였다.

"오케이." 홀던이 말했다. "좋은걸. 약간 피폭을 당했지만 그것 말고는…."

밀러가 말을 잘랐다.

"내가 지금 저산소증을 겪고 있어?" 밀러가 말했다.

밀러의 우주복이 보낸 데이터는 최저 혈압이 87mmHg로 약간 높기는 하지만 문제가 되지는 않는 상태를 가리켰다.

"아니." 홀던이 말했다.

"헛것을 보거나 정신이 나갈 만한 상황은? 알코올, 아편. 뭐 그런 건?"

"내가 보는 한 없어." 홀던은 점차 짜증이 났다. "왜 그래? 뭔가를 보고 있는 거야?"

"그냥 평범한 것들이야." 밀러가 대답했다. "단지 미리 상황을 정리해두려고. 왜냐하면 이제 당신이 무슨 말을 할지 알거든."

밀러는 말을 멈추었고, 홀던의 귀에는 무선 잡음만이 지지직거렸다. 몇 초 뒤 밀러가 다시 입을 열었을 때, 목소리는 달라져 있었다. 애원하는 투는 아니었지만 꽤 비슷하게 들렸기에 홀던은 마음이 불편해지며 의자에서 몸을 뒤척였다.

"그 여자아이가 살아있어."

밀러의 우주에서 '그 여자아이'는 단 한 명뿐이었다. 줄리 마오. "음, 오케이. 그 말에는 뭐라고 반응을 해야 할지 모르겠네."

"내가 신경쇠약이나 정신이상이 아니라는 내 말을 믿어야만 해. 하지만 줄리가 여기에 있어. 그 아이가 에로스를 몰고 있어."

홀던은 우주복의 의료 데이터를 다시 보았지만, 피폭량을 제외한 모든 수치가 정상이었으며, 안전한 녹색이었다. 심지어 혈액분석 데이터를 보면 밀러가 자기 장례식장에 융합 폭탄을 운반하느라 스트레스를 겪고 있다는 표시조차 없었다.

"밀러, 줄리는 죽었어. 우리 둘 다 시체를 보았어. 우리는 그 프로토분자가⋯ 그렇게 한 걸 봤어."

"우리는 줄리의 시체를 봤지. 맞아. 우리는 줄리가 죽었다고 가정했어. 왜냐하면 그 손상 정도가⋯."

"줄리는 심장박동이 없었어." 홀던이 말했다. "뇌 활동도, 신진대사도 없었어. 그게 '사망'의 정의라고."

"프로토분자에게 어떤 게 죽음인지를 우리가 어떻게 아는데?"

"우리는…." 홀던은 입을 열었지만 말을 멈추었다. "우리는 모르겠지. 하지만 심장박동이 없다면 꽤 괜찮은 시작 같은데."

밀러가 소리 내 웃었다.

"우리 둘 다 피드를 보았어, 홀던. 그 손 하나 달린 흉곽들은 자신들을 질질 끌고 다녔어. 그게 심장박동이 있다고 생각해? 이것들은 첫날부터 우리의 규칙대로 움직이지 않았어. 그런데 이제 와서 그 규칙을 따르기 시작할 거라고 믿는 거야?"

홀던은 혼자 싱긋 웃었다. 밀러가 옳았다.

"알았어. 그러면 줄리가 단지 흉곽과 촉수 덩어리가 아니라고 생각하는 이유가 뭔데?"

"그냥 그런 덩어리일 수도 있지. 하지만 지금 내가 말하는 건 그 아이의 몸이 아니야." 밀러가 말했다. '그 아이'가 여기에 있어. 그 아이의 정신이. 이건 마치 그 아이가 옛날에 경주를 하던 보트를 모는 것과 같아. 고래 호 말이야. 그 아이는 지금까지 몇 시간 동안 그에 대해 중얼거렸는데 난 알아듣지를 못했어. 하지만 이제 알고 나니 아주 확실해."

"줄리가 왜 지구로 향하는데?"

"몰라." 밀러가 말했다. 밀러의 목소리는 흥분과 흥미로움으로 가득했다. 홀던이 알던 그 어느 때보다도 더 활기차 있었다. "어쩌면 프로토분자가 거기에 가고 싶어 하는데 그게 줄리와 얽혀버렸을지 몰라. 줄리가 감염된 최초의 인물은 아니지만 어딘가에 갈 수 있을 정도로 오랫동안 살아남은 최초의 인물이잖아. 어쩌면 줄리가 결정 입자이고 프로토분자가 하는 모든 것은 줄리를 바탕으로 하는 걸지도 모르지. 뭔지는 모르지만, 알아낼 수 있어.
줄리를 찾기만 하면 돼. 이야기를 하면 된다고."

"당신은 그 폭탄을 조종 장치가 있는 곳으로 가져가서 폭파해
야 해."

"난 그렇게 할 수 없어." 밀러가 말했다. 물론 정말로 그럴 수
없기 때문이었다.

'상관없어.' 홀던이 생각했어. '30시간도 안 되어 당신과 그 아
이 모두 방사능 먼지가 될 테니까.'

"좋아. 그러면…." 홀던은 로시난테 호에게 미사일이 에로스
에 명중할 때까지의 시간을 다시 계산하게 했다. "27시간 안에 그
아이를 찾을 수 있겠어?"

"왜? 27시간 뒤에 무슨 일이 일어나는데?"

"몇 시간 전 지구는 보유하던 행성 간 핵무기를 전부 에로스로
발사했어. 방금 우리는 에로스 표면에 당신이 세워둔 화물선 다
섯 척의 응답기를 켰어. 미사일들은 그걸 목표로 할 거야. 현재
가속 곡선을 바탕으로 한 로시난테 호의 추측에 따르면 미사일들
은 27시간 뒤에 그곳을 때릴 거야. 화성과 UN 해군은 폭발 뒤 그
지역을 소독하기 위해 그쪽으로 가는 중이고. 그 무엇도 살아남
거나 빠져나오지 못하게 확실히 하려고 말이야."

"맙소사."

"그래." 홀던이 한숨을 쉬며 말했다. "더 일찍 알려주지 못해
미안해. 하지만 할 일이 잔뜩 있어서 깜박했어."

회선 저쪽에서 다시 긴 침묵이 흘렀다.

"당신이 멈출 수 있어." 밀러가 말했다. "응답기를 꺼버려."

홀던은 의자를 돌려 나오미를 보았다. 나오미의 얼굴은 '저자가 지금 무슨 말을 하는 겁니까?'라는 표정을 짓고 있었다. 홀던은 자신도 그런 표정을 짓고 있는 것을 알았다. 나오미는 밀러 우주복의 의료 데이터를 자기 콘솔로 불러오더니 로시난테 호의 의료 전문가 시스템에게 상세 진단을 시키기 시작했다. 의도는 확실했다. 나오미는 자신들이 받은 데이터에서 바로 알 수 없는 무슨 이상이 밀러에게 있다고 생각하는 것이었다. 만약 프로토분자가 밀러를 감염시켰다면, 홀던 일행에게 마지막 순간까지 오판을 내리게 하도록 밀러를 이용하는 거라면….

"그럴 수는 없어, 밀러. 이게 우리 마지막 기회야. 만약 이 기회를 날려버리면 에로스는 지구로 가서 사방에 그 갈색 점액질을 뿌려댈 거야. 그런 위험을 무릅쓸 수는 없어."

"이봐." 밀러가 말했다. 그 목소리에는 아까의 애원과 커져가는 당혹감이 번갈아 나타났다. "'줄리가 여기에 있다고.' 만약 그 아이를 찾을 수 있다면, 그 아이와 이야기할 방법이 있다면, 나는 핵폭탄 없이도 이 사태를 멈출 수 있어."

"어떻게? 프로토분자에게 제발 지구를 감염시키지 말아 달라고 애원이라도 하려고? 원래 그럴 목적으로 만들어진 것에게? 선한 마음에 호소라도 하려고?"

밀러는 다시 말하기 전에 잠시 가만히 있었다.

"있잖아, 홀던. 나는 여기에서 무슨 일이 일어나는지 안다고 생각해. 이 물건은 단분자 유기체를 감염시킬 목적으로 만들어진 거야. 생명의 가장 기초 형태를 말이야. 맞지?"

홀던은 어깨를 으쓱했지만 지금 비디오가 연결되지 않았다는 걸 깨닫고는 말했다. "그렇지."

"그건 성공하지 못했지만, 이건 똑똑한 놈이야. 적응력이 있어. 이건 인간의 몸을 숙주로 삼았어. 다세포 유기체. 호기성. 커다란 두뇌. 이게 만들어질 때는 없던 것들이야. 그 뒤로 이건 즉흥적으로 행동했어. 스텔스 우주선의 그 난장판? 그건 이것이 한 최초의 시도였어. 우리는 에로스의 욕실에서 이게 줄리에게 어떻게 했는지를 봤어. 이건 우리에게 어떻게 작용하면 되는지를 배우고 있었던 거야."

"이걸 가지고 어디로 갈 건데?" 홀던이 말했다. 미사일이 도착하려면 하루 넘게 남았으니 시간이 촉박하지는 않았지만, 홀던은 목소리에서 초조함을 완전히 지울 수는 없었다.

"내가 말할 수 있는 건, 지금 에로스는 프로토분자를 만든 자들이 계획했던 대로가 아니라는 것뿐이야. 그자들의 원래 계획과 달리, 프로토분자는 수십억 년에 걸친 우리의 진화 꼭대기에 덧씌워졌어. 그리고, 즉흥적으로 행동할 때는 있는 것만을 쓸 수밖에 없잖아. 작동하는 걸 쓰는 수밖에 없어. 줄리는 주형이야. 줄리의 두뇌, 감정이 이것을 덮고 있어. 줄리는 이게 지구로 가는 걸 경주로 여기고, 승리를 자랑하고 있어. 당신이 쫓아 올 수 없기 때문에 비웃고 있다고."

"잠깐." 홀던이 말했다.

"줄리는 지구를 공격하는 게 아니라 집으로 가고 있는 거야. 우리가 생각하는 것과 달리, 줄리는 절대로 지구로 가는 게 아니야. 아마도 루나일 거야. 줄리는 그곳에서 자랐어. 프로토분자는 줄리의 구조, 두뇌에 신세를 졌어. 그리고 그래서 그게 줄리를 감염시킨 것과 마찬가지로, 줄리 역시 그것을 감염시킨 거야. 만약 내가 줄리에게 지금 어떤 일이 벌어지고 있는지 이해시킬 수 있다면, 줄리와 협상도 할 수 있을 거야."

"당신이 그걸 어떻게 알지?"

"육감이라고 해두지." 밀러가 말했다. "나는 육감이 좋거든."

홀던은 휘파람을 불었다. 전체 상황이 머릿속에서 뒤죽박죽으로 뒤섞였다. 새로운 관점은 현기증이 날 정도였다.

"하지만 프로토분자는 여전히 자신의 프로그램을 따르고 싶어 해." 홀던이 말했다. "그리고 우리는 그 프로그램이 뭔지 감도 못 잡고 있고."

"그것의 목적이 인류를 쓸어 버리는 게 아니라는 건 확실하게 말해줄 수 있어. 20억 년 전에 포에베를 태양계로 쏜 존재들은 당시에 인류가 뭔지 알지도 못했어. 목적이 뭐가 됐든 간에, 그것들은 생물자원을 원했고, 이제는 목표한 것을 가지고 있어."

홀던은 그 말에 절로 코웃음이 쳐졌다.

"그래서, 뭐? 우리에게 해를 입히지 않을 거다? 정말로 그렇게 생각하는 거야? 당신은 만약 우리가 지구에 가지 않으면 좋겠다고 그것에게 설명하면 그게 동의를 하고 다른 곳에 갈 거라고 생각하는 거야?"

"그것에게 하는 게 아니야." 밀러가 말했다. "그 아이에게 하는 거야."

나오미는 고개를 설레설레 저으며 홀던을 바라보았다. 나오미 역시 밀러에게서 아무런 신체적 이상을 발견하지 못한 것이다.

"나는 이 사건을, 맙소사, 거의 1년 동안 조사해 왔어." 밀러가 말했다. "나는 줄리의 삶 속으로 들어갔고, 편지를 읽었고, 친구들을 만났어. 나는 줄리를 알아. 줄리는 그 누구보다도 더 독립심이 강하고, 또한 우리를 사랑해."

"우리?" 홀던이 물었다.

"사람들. 줄리는 인류를 사랑해. 줄리는 부자 아가씨가 되는 걸 포기하고 OPA에 가입했어. 줄리는 소행성대를 지지했어. 그렇게 하는 게 옳은 일이기 때문에 말이야. 무슨 일이 일어나는지 안다면 줄리는 절대로 사람들을 죽이지 않을 거야. 나는 다만 설명할 방법이 필요해. 난 이걸 할 수 있어. 내게 기회를 줘."

홀던은 머리털을 쓸어올리며 머리에 낀 기름기에 얼굴을 찡그렸다. 높은 g에서 하루 이틀 지내고 나면 일상적인 샤워 스케줄이 별 도움이 되지 않았다.

"그렇게 할 수 없어." 홀던이 말했다. "위험이 너무 커. 우리는 계획대로 할 거야. 미안해."

"줄리는 당신을 이길 거야." 밀러가 말했다.

"뭐?"

"오케이. 어쩌면 그러지 못할 수도 있어. 당신 쪽에는 엄청난 화력이 있으니까. 하지만 프로토분자는 관성을 어떻게 이겨내는지 알아냈어. 그리고 줄리? 그 아이는 전사야, 홀던. 만약 당신이 줄리와 싸운다면 나는 줄리 쪽에 돈을 걸겠어."

홀던은 스텔스 우주선의 적들이 줄리와 싸우는 비디오를 보았다. 줄리는 조직적이고 인정사정없는 방식으로 자기방어를 했다. 줄리는 무자비하게 싸웠다. 홀던은 덫에 갇혀 위협을 받는다고 느꼈을 때 줄리의 두 눈에 서린 맹렬함을 보았다. 줄리를 공격한 자들이 전투용 장갑복을 입고 있지 않았다면 줄리는 훨씬 더 큰 피해를 주고서야 잡혔으리라.

홀던은 에로스가 실제로 싸우는 상상을 하며 목덜미 털이 곤두서는 걸 느꼈다. 에로스는 지금까지는 서투른 공격을 피하는 정도로 만족해 왔다. 하지만 에로스가 '전쟁'에 돌입하게 되면 무슨 일이 일어날까?

"줄리를 찾게 되면," 홀던이 말했다. "폭탄을 써."

"줄리를 설득할 수 없으면 그렇게 할게." 밀러가 말했다. "그게 내 조건이야. 나는 그 아이를 찾아낼 거야. 이야기를 할 거야. 만약 설득할 수 없으면 나는 그 아이를 제거할 거고, 당신은 에로스를 잿더미로 바꾸면 돼. 그건 괜찮아. 하지만 우선 내 방식을 시도할 수 있도록 시간을 줘야만 해."

홀던은 자신을 바라보는 나오미를 바라보았다. 나오미의 얼굴은 창백했다. 홀던은 나오미의 표정에서 답을 얻고 싶었다. 나오미가 생각하는 걸 참고해서 자신이 어찌해야 할지를 알고 싶었다. 하지만 그러지 않았다. 이건 홀던의 임무였다.

"27시간보다 더 필요해?" 마침내 홀던이 물었다.

홀던은 밀러가 크게 한숨을 내쉬는 소리를 들었다. 밀러의 목소리에는 감사의 기운이 배어 있었고, 그건 그 나름대로, 애원하던 때보다 더 나빴다.

"모르겠어. 여기 터널은 수천 킬로미터는 되고, 운송 수단은 전혀 작동하지 않아. 나는 이 무거운 수레를 끌고 사방을 걸어 다녀야만 해. 내가 정말로 뭘 찾는지 모른다는 사실은 말할 필요도 없고 말이야. 하지만 내게 시간을 좀 줘. 방법을 찾을 수 있어."

"그래도 만약 이 방법이 듣지 않으면 그 아이를 죽여야 한다는 거 알지? 당신 자신과 줄리를."

"알아."

홀던은 로시난테 호에게 에로스가 현재 가속률로 가면 지구까지 얼마나 걸릴지를 계산하게 했다. 지구에서 쏜 미사일들은 에로스보다 훨씬 빨랐다. 행성 간 탄도 미사일은 쉽게 말해 핵탄두를 앞에 단 고성능 엡스타인 드라이브였다. 만약 미사일이 도착하지 않으면 에로스가 설사 계속 같은 비율로 가속한다 할지라도 지구에 도착하기까지 거의 일주일이 걸렸다.

약간의 융통성을 발휘할 여유가 있었다.

"잠깐만 기다려. 여기서 뭔가 좀 할 게 있어." 홀던은 밀러에게 말한 뒤 상대방에게 소리가 들리지 않게 했다. "나오미, 미사일은 에로스를 향해 직선으로 날아오고 있고, 로시난테 호의 계산에 따르면 대략 27시간 뒤면 미사일이 에로스에 명중할 거야. 만약 우리가 직선을 곡선으로 바꾸면 얼마나 시간을 벌 수 있지? 미사일이 최대한 곡선을 그리게 하면서 에로스가 지구에 너무 접근하기 전에 에로스에 명중하게 하려면 얼마나 걸려?"

나오미는 고개를 한쪽으로 갸웃하고는 가늘게 뜬 눈에 의심스러운 눈빛을 띠고 홀던을 바라보았다.

"뭘 하시려는 겁니까?" 나오미가 말했다.

"아마도 최초의 종간 전쟁을 피하게 할 기회를 밀러에게 주려는 게 아닐까 싶은데."

"'밀러'를 믿는 겁니까?" 나오미는 놀랄 정도로 격렬히 말했다. "밀러가 미쳤다고 생각하잖습니까. 선장님은 밀러가 사이코패스 또는 살인자라고 생각했기 때문에 우주선에서 내쫓았는데 이제 우리 인류를 갈기갈기 찢어버리려는 외계의 신 같은 존재에게 인류를 대변하게 하려는 겁니까?"

홀던은 웃음을 참아야만 했다. 화난 여성에게, 화내는 모습이 얼마나 매력적으로 보이는지를 말하면 그 아름다움은 금방 사라지고 마는 법. 게다가 그것 말고도, 홀던은 자기 명령을 나오미에게 납득시킬 필요가 있었다. 그래야 홀던은 자신이 올바른 판단을 내렸다는 것을 확인할 수 있었다.

"전에 내가 밀러가 틀렸다고 생각했을 때조차 넌 내게 밀러가 옳았다고 말했어."

"모든 면에서 그렇다는 뜻은 아니었습니다." 나오미는 마치 백치 아이에게 말을 하듯 한 단어씩 끊어가며 천천히 말했다. "제 말은 드레스덴을 쏜 행동이 옳았다는 거였습니다. 하지만 그게 밀러가 '안정된' 인물이라는 뜻은 아닙니다. 밀러는 자살을 향해 가고 있습니다. 그 죽은 여자아이에게 몰두하고 있고요. 저는 지금 밀러가 무슨 생각인 건지 상상도 안 갑니다."

"동의해. 하지만 밀러는 저기에 있어. 현장에 말이야. 그리고 밀러는 사물을 관찰해서 사실을 알아내는 능력이 있어. 밀러는 우리가 고른 우주선 이름을 바탕으로 우리를 쫓아 에로스까지 왔어. 그건 꽤 인상적이야. 밀러는 우리를 만난 적도 없지만 내가 돈키호테의 말 이름을 따 내 우주선 이름을 지으리라는 것을 알 정도로 나에 관해 충분히 조사했어."

나오미가 소리 내 웃었다. "정말로요? 그 이름이 거기에서 나온 겁니까?"

367

"그러니 밀러가 자신은 줄리를 안다고 말하면 나는 그 말을 믿어."

나오미는 뭔가를 말하려다가 말았다.

"선장님은 줄리가 핵폭탄을 무력화시킬 거라고 생각합니까?" 나오미가 좀 더 부드러워진 목소리로 말했다.

"밀러는 줄리가 그럴 수 있다고 생각해. 그리고 우리를 죽이지 말라고 줄리에게 말할 수 있다고 생각해. 나는 밀러에게 기회를 줘야만 해. 나는 그렇게 해야 할 빚이 있어."

"설사 그게 지구를 죽이는 결과를 낳는다 할지라도요?"

"아니." 홀던이 말했다. "그 정도로 빚이 많지는 않아."

나오미가 다시 말을 멈췄다. 그녀의 분노는 사라졌다.

"그러니까 충돌 시간을 늦추자는 거군요, 취소하지는 말고." 나오미가 말했다.

"밀러에게 시간을 좀 벌어주자는 거야. 얼마나 벌어줄 수 있어?"

나오미는 얼굴을 찡그리며 숫자들을 읽었다. 홀던은 나오미의 마음속에서 옵션이 찰칵 하고 켜지는 소리가 들리는 것만 같았다. 나오미는 싱긋 웃었고 이제 격노는 사라졌으며, 자신이 정말로 똑똑하다는 것을 알 때 짓는 짓궂은 표정이 얼굴에 가득했다.

"선장님이 원하는 만큼 얼마든 늦출 수 있습니다."

"뭘 하고 싶다고요?" 프레드가 물었다.

"핵폭탄의 경로를 약간 바꿔서 밀러에게 시간을 벌어주자는 겁니다. 하지만 필요하면 다시 핵폭탄으로 에로스를 파괴해야 하니 경로를 너무 크게 바꾸진 말고요." 홀던이 말했다.

"간단합니다." 나오미가 덧붙였다. "지금 제가 당신에게 자세한 방법을 보내고 있습니다."

"대략적인 설명을 해주십시오." 프레드가 말했다.

"지구는 미사일들에 에로스에 있는 수송선 다섯 대의 응답기를 조준하게 했습니다." 나오미가 계획 파일을 통신 비디오 영상 위에 겹치며 말했다. "당신에게는 소행성대 전역에 우주선과 스테이션이 있습니다. 당신은 전에 우리에게 보내준 응답기 재구성 프로그램을 써서, 미사일이 긴 원호를 그리며 날 수 있도록 그 경로에 있는 우주선과 스테이션들의 응답기 코드를 변환하는 겁니다. 그리고 그 원호는 결국 길게 돈 뒤에 에로스에 닿는 거고요."

프레드는 고개를 저었다.

"먹혀들지 않을 겁니다. 우리가 그렇게 하는 걸 UNN 사령부에서 아는 순간, 그쪽에서는 미사일들이 우리의 그 신호를 따라가는 것을 중지시키고 다른 방법으로 에로스를 조준할 겁니다." 프레드가 말했다. "그리고 우리에게 엄청나게 화를 낼 거고요."

"그렇습니다. 엄청나게 화를 내겠죠." 홀던이 말했다. "하지만 미사일을 되찾지는 못할 겁니다. 당신이 미사일을 다른 방향으로 유도하기 직전, 우리는 여러 곳에서 미사일에 대한 해킹을 집중적으로 시도할 거니까요."

"그럼 그쪽에서는 적들이 자신들을 함정에 빠뜨리려 한다고 생각하고 비행중 재프로그래밍 시스템을 닫겠군요." 프레드가 말했다.

"네." 홀던이 대답했다. "우리는 UNN을 함정에 빠뜨릴 거라고 말할 거고, 그러면 그쪽은 수신을 중단할 거고, 일단 수신을 중단하면, 우리는 UNN을 함정에 빠뜨릴 수 있습니다."

프레드는 다시 고개를 저었다. 프레드는 이번에는 슬그머니 방을 빠져나가고 싶어 하는 사람처럼 어딘가 겁먹은 듯한 표정으로 홀던을 바라보았다.

"전 절대 이 방법을 도울 수 없습니다." 프레드가 말했다. "밀러가 그 외계인들과 마법처럼 합의를 끌어낼 수 있을 리가 없습니다. 우리는 어찌 되었든 에로스에 핵 폭격을 할 거고요. 그런데 뭐하러 시간을 끈단 말입니까?"

"왜냐하면," 홀던이 말했다. "저는 이 방법이 덜 위험하다고 생각하기 시작했기 때문입니다. 만약 우리가 에로스의 사령실… 두뇌… 뭐든 간에 그것을 없애지 않은 채 미사일을 쏜다면… 과연 그 방법이 성공할지는 알 수 없습니다. 그리고 저는 그 방법이 성공할 확률이 무척이나 낮다고 확신합니다. 밀러는 에로스의 사령실을 없앨 수 있는 유일한 인물입니다. 그리고 밀러는 그 조건으로 우리에게 미사일을 지연시켜달라고 했습니다."

프레드는 뭔가 외설스러운 말을 내뱉었다.

"만약 밀러가 그것과 대화를 할 수 없다면 밀러는 그걸 죽일 겁니다. 그러리라는 데 의심의 여지가 없습니다." 홀던이 말했다. "이봐요, 프레드. 당신은 저만큼이나 이 미사일 설계에 대해 잘 알잖습니까. 그 미사일들에는 태양계를 두 번은 돌고도 남을 연료봉이 들어 있습니다. 밀러에게 시간을 좀 준다고 해서 우리가 잃을 건 아무것도 없다고요."

프레드는 세 번째로 고개를 설레설레 저었다. 홀던은 프레드의 표정이 굳어지는 걸 보았다. 프레드는 홀던의 말을 믿으려 하

지 않았다. 프레드가 안 된다고 말하기 전에 홀던이 말했다. "프로
토분자 샘플하고 연구실 기록이 들어 있는 그 상자 기억하십니까?
어떤 가격이면 제가 그것을 넘길지 알고 싶지 않습니까?"

"당신. 미쳐도 단단히 미쳤군요." 프레드가 천천히 말을 끌며
말했다.

"사고 싶은 겁니까, 아닙니까?" 홀던이 대답했다. "협상 테이블
에 앉을 수 있는 마법의 티켓을 원하십니까? 당신은 이제 그 가격
을 알았습니다. 밀러에게 기회를 주십시오. 그러면 그 샘플을 넘
기겠습니다."

"그 사람들을 어떻게 설득했는지 궁금하군." 밀러가 말했다.
"아마도 안 될 거라고 생각했거든."

"상관없어." 홀던이 말했다. "우리는 당신에게 시간을 벌어줬
어. 가서 그 아이를 찾고 인류를 구하도록 해. 우리는 여기서 연락
을 기다리겠어." '그리고 만약 연락이 없으면 핵폭탄으로 당신을
가루로 만들겠어'라는 말은 굳이 하지 않았다. 할 필요가 없었다.

"만약 그 아이와 이야기를 할 수 있다면 어디로 갈지 생각중이
야." 밀러가 말했다. 밀러는 복권 한 장을 쥐고 잔뜩 희망에 부푼
사람 같았다. "내 말은 이 물건을 어디엔가는 주차시켜야 하니까."

'만약 우리가 살아남으면. 만약 내가 그 아이를 구할 수 있으면.
만약 기적이 진실이라면.'

홀던은 아무도 볼 수 없음에도 어깨를 으쓱했다.

"그 아이에게 금성을 줘." 홀던이 말했다. "거긴 아주 무시무
시한 곳이야."

54
밀러

"난 아니야, 난 아니야." 에로스의 목소리가 중얼거렸다. 줄리엣 마오가 잠꼬대를 하고 있었다. "난 아니야, 난 아니야…."

"좀 봐 줘라." 밀러가 말했다. "좀 봐줘라, 이 개새끼야. 제발 '여기'에 좀 있어라."

병동에는 청동과 강철로 된 검은 필라멘트들이 수풀처럼 웃자라 무성했다. 이것들은 나선을 그리며 벽을 기어오르고 검사대를 뒤덮고, 부서진 물품 캐비닛에서 흘러나온 마취제와 스테로이드와 항생제를 먹이로 삼았다. 밀러는 한 손으로 잡동사니를 헤집었고, 우주복이 알람을 울렸다. 우주복의 공기는 재활용을 너무나 많이 해서 시큼한 냄새가 났다. 여전히 자폭 방지 스위치를 누르고 있는 엄지손가락이 욱신거리고 따끔거렸다.

밀러는 아직 깨지지 않은 보관 상자를 뒤덮은 균류를 쓸어버리고 걸쇠를 찾아냈다. 의료 가스 실린더 네 개가 있었다. 빨간색 둘, 녹색 하나, 파란색 하나였다. 밀러는 봉인을 살펴보았다.

프로토분자가 아직 부숴버리지 않은 상태였다. 빨간색은 마취제, 파란색은 질소였다. 밀러는 녹색을 집었다. 전달용 꼭지 끝에 아직 봉인이 달려 있었다. 밀러는 죽어가는 공기의 숨결을 잔뜩 들이마셨다. 이거면 다시 몇 시간을 연장할 수 있었다. 밀러는 핸드터미널을 놓고 (하나… 둘…) 봉인을 뜯고 (셋…) 꼭지를 우주복의 삽입구에 넣고 (넷…) 손가락을 핸드터미널에 댔다. 밀러는 손으로 산소 탱크의 시원함을 느끼며 일어났고, 우주복은 밀러의 생존 시간을 연장했다. 10분, 1시간, 4시간. 의료용 실린더의 압력이 우주복과 동등해지자 밀러는 실린더를 떼냈다. 4시간 더. 밀러는 자기 힘으로 4시간을 더 얻어냈다.

밀러가 홀던과 대화를 한 뒤 응급 재보급을 한 게 이번으로 세 번째였다. 첫 번째는 화재 진압용 스테이션에서였다. 두 번째는 백업용 재활용 유닛에서였다. 만약 항구로 돌아간다면 보급용 창고와 정박한 우주선들에 아마도 충분한 산소가 있을 것이다. 표면까지 돌아간다면, OPA 우주선들에 산소가 충분히 있으리라.

하지만 그럴 시간이 없었다. 밀러는 공기를 찾는 게 아니라 줄리를 찾고 있었다. 그는 기지개를 켰다. 목과 등의 뻣뻣하게 굳은 곳들에선 당장에라도 쥐가 날 것 같았다. 새로운 산소가 섞였지만 우주복의 이산화탄소 레벨은 여전히 위험 수치에 가까웠다. 우주복은 정비를 하고 새 필터를 끼워야만 했다. 하지만 그건 나중 문제였다. 밀러 뒤 수레의 폭탄의 할 일이 먼저였다.

밀러는 줄리를 찾아내야 했다. 복도와 방으로 이루어진 미로 어딘가, 죽어버린 이 도시 어딘가에서 줄리엣 마오가 이곳을 지구로 몰고 있었다. 밀러는 네 곳을 찾아가 보았다. 세 곳은 거대한 핵폭발을 일으키려는 원래 계획을 수행하기에 아주 괜찮은 후보였다. 온갖 선과 이질적인 검은 색 필라멘트들이 거대한 유기체 매듭을 이루며 얽혀 있는 중추 지역들이었다. 네 번째는 노심 용융을 향해 가는 연구실용 싸구려 반응로가 있는 곳이었다. 밀러는 응급 차단을 하느라 15분을 소비했다. 아마도 밀러는 거기서 시간을 낭비하지 말았어야 했다. 하지만 어딜 가도 줄리는 없었다. 심지어 실제 줄리가 살아있는 걸 밀러가 알았으니 유령은 더는 자리가 없다는 듯이, 상상 속의 줄리마저 사라져 버렸다. 설사 환영에 불과했을지라도, 밀러는 줄리가 옆에 있을 때가 그리웠다.

파동이 병동을 관통했고, 외계의 생물체들은 마치 아래쪽으로 자석이 지나갈 때의 쇠줄밥처럼 일어섰다가 가라앉았다. 밀러의 심장박동이 빨라지고 아드레날린이 분비되었지만, 파동이 다시 오지는 않았다.

밀러는 줄리를 찾아야만 했다. 곧 찾아내야만 했다. 밀러는 피곤함이 작은 이빨을 드러내고 조금씩 자신을 갉아먹는 걸 느꼈다. 벌써 평소처럼 맑은 정신으로 생각할 수가 없었다. 세레스에서 밀러는 자기 구멍으로 돌아가 하루를 자고 나면 문제를 다시 거시적으로 볼 수 있었다. 하지만 지금 여기서는 그럴 수가 없었다.

완전한 원. 밀러는 완전한 원을 그렸다. 다른 삶에서 밀러는 줄리를 찾는 임무를 맡았다. 그리고 그 임무에 실패하자, 복수가 뒤따랐다. 그리고 이제 밀러는 다시 줄리를 찾을, 구할 기회를 얻었다. 그리고 만약 밀러가 그럴 수 없다 할지라도, 밀러가 여전히 끌고 있는, 바퀴가 삐걱거리는 싸구려 수레가 복수할 터였다.

밀러는 고개를 설레설레 저었다. 이런 순간, 이런 식으로 자기만의 생각에 빠져 버린 적이 이미 너무 많았다. 밀러는 융합 폭탄으로 가득한 수레 손잡이를 다시 꽉 쥐고 몸을 숙이고 나아갔다. 주위의 스테이션은 마치 상상 속의 낡은 범선처럼 삐걱거렸다. 상상 속 범선의 버팀대들은 바다의 파도 그리고 지구와 달이 벌이는 거대한 조력 다툼으로 휘어져 있었다. 이곳은 돌로 되어 있었고, 그래서 밀러는 대체 그 돌에 어떤 힘들이 작용하는지 짐작도 가지 않았다. 그것들이 자신의 핸드터미널과 짐 사이 신호를 방해하지 않기를 바랄 뿐이었다. 밀러는 자신을 구성하는 원자들을 원하지 않는 순간에 날려버리고 싶지 않았다.

자신이 스테이션 전체를 돌아다닐 수 없다는 사실은 점점 더 명확해졌다. 밀러는 시작부터 그 사실을 알고 있었다. 만약 줄리가 죽어가는 고양이처럼 어딘가에 구석진 곳이나 구멍에 숨어 있다면, 밀러는 그녀를 찾을 수 없었다. 밀러는 도박을 하고 있었다. 가망 없는 상황에서도, 거의 불가능한 일에 모든 희망을 걸었다. 에로스의 목소리가 변해 이제는 다른 목소리들이 되었고, 힌디어로 뭔가를 노래했다. 아이들의 합창. 에로스는 점차 여러 목소리를 더해가며 합창을 하고 있었다. 이제 밀러는 무엇을 들어야 하는지 알았다. 밀러는 다른 목소리들 사이에서 흘러나오는 줄리의 목소리를 들을 수 있었다. 어쩌면 그 목소리는 계속 들려왔을지도 몰랐다. 밀러는 이제 온몸이 고통스러울 정도로 좌절감을 느끼고 있었다. 줄리가 이토록 가까이 있지만, 밀러는 그녀가 어디에 있는지를 알 수가 없었다.

밀러는 다시 복도들이 교차하는 곳으로 돌아왔다. 병동은 줄리가 있을 만한 좋은 후보였다. 가능해 보였다. 하지만 없었다. 상업용 생체실험실 두 곳을 살펴보았다. 없었다. 시체 공시장, 경찰 오수 탱크도 살펴보았다. 심지어 밀러는 증거 보관실로 가 밀매 마약과 압수한 무기들이 담긴 채 거대한 공원의 나뭇잎처럼 바닥에 흩어진 플라스틱 통들까지도 살펴보았다. 모두가 한때는 의미가 있던 것들이었다. 각각은 인간의 작은 드라마를 의미했고, 빛을 기다리며 재판의 일부 또는 적어도 공청회의 일부가 되기를 기다렸다. 최후의 심판의 날을 위한 자그마한 연습이었지만, 이제는 그마저도 영원히 미루어졌다. 모든 사항은 미결이 되었다.

은빛의 무언가가 밀러 위로 날아갔다. 새보다 빨랐다. 그리고 또 하나가 날아갔으며, 이윽고 한 무리가 머리 위로 흘러갔다. 살아있는 금속에 빛이 반사되어 반짝였고, 물고기 비늘처럼 환히 빛났다. 밀러는 외계 분자들이 되는대로 만들어낸 것들이 머리 위로 떠가는 모습을 바라보았다.

'여기서 멈출 수는 없어.' 홀던이 말했다. '무작정 쑤시고 다니는 건 그만두고 있을 만한 곳부터 찾아야 해.'

밀러는 어깨너머를 돌아보았다. 밀러의 내면의 줄리가 있었던 곳에 이제는 실제이자 실제가 아닌 선장이 서 있었다.

'흠, 이거 재밌군.' 밀러가 생각했다.

"알아." 밀러가 말했다. "다만… 줄리가 어디에 있는지 모를 뿐이야. 그리고… 주위를 봐. 넓다는 생각이 안 들어?"

'당신이 줄리를 막지 않으면 내가 하겠어.' 상상의 홀던이 말했다.

"만약 줄리가 어디로 갔는지만 안다면." 밀러가 말했다.

'줄리는 가지 않았어.' 홀던이 말했다. '줄리는 어디로도 가지

않았어.'

밀러는 주위를 둘러보았다. 머리 위에서 은색 무리가 마치 벌레나 엉망으로 조정한 드라이브처럼 시끄럽게 떠들어댔다. 선장은 피곤해 보였다. 밀러의 상상은 그 남자의 입가에 핏자국을 선명하게 그려 넣어 두었다. 그리고 그것은 이제 더는 홀던이 아니었다. 그것은 해브록이었다. 다른 지구인. 밀러의 옛 파트너. 이윽고 그것은 머스가 되었고, 그녀의 두 눈은 밀러의 눈만큼이나 활기가 없었다.

줄리는 어디에도 가지 않았다. 밀러는 줄리를 호텔 방에서 보았다. 당시 밀러는 무덤에서 나오는 것은 지독한 냄새밖에 없다고 믿었다. 그 당시에는 그렇게 믿었다. 그리고 줄리는 시체 가방에 담겨 치워졌다. 그리고 어디론가 갔다. 프로토젠 과학자들은 줄리를 수거해 프로토분자를 채취했고, 마치 꿀벌들이 야생화 벌판에서 수분을 하듯 줄리의 재생된 살을 스테이션에 퍼트렸다. 그자들은 줄리에게 스테이션을 주었지만, 그렇게 하기 전에 자신들이 생각할 때 안전한 어딘가에 줄리를 두었다.

안전한 곳. 그것을 배포할 준비가 될 때까지, 그자들은 그것을 가둬두길 원했을 것이다. 그것이 가둬질 수 있는 척하고 싶었을 것이다. 그리고 그자들이 필요한 것을 얻은 뒤에 그곳을 깨끗이 청소하는 수고를 했을 가능성은 별로 없었다. 다른 사람들이 그 공간을 쓰려고 어슬렁거리지는 않았을 것이며, 따라서 줄리가 아직 그곳에 있을 확률은 꽤 높았다. 그러면 살펴볼 곳이 줄어들었다.

병원에는 격리실이 있겠지만 프로토젠은 자기 소속이 아닌 의사와 간호사들이 무슨 일인지 궁금해할 그런 시설을 쓰지는 않았을 것이다. 괜히 불필요한 위험을 감수할 필요는 없으니까.

좋아.

그자들은 항구 근처의 공장을 썼을 수도 있었다. 그곳에는 순전히 기계팔 작업만 필요한 곳들이 꽤 많았다. 하지만 이번에도 역시, 그런 곳은 덫이 튀어 올라 먹이를 물기 전에 발견되거나 사람들의 의문을 불러일으킬 위험이 있었다.

'마약 제조 공장입니다.' 밀러의 마음속에서 머스가 말했다. '그자들은 비밀유지를, 통제를 원합니다. 죽은 여자아이에게서 벌레를 뽑아내는 것과 양귀비에서 마약을 뽑아내는 것은 전혀 다른 이야기 같아 보이지만 둘 다 범죄라는 점에서는 같습니다.'

"좋은 지적이야." 밀러가 말했다. "그리고 카지노 레벨 근처여야 하고… 아니 그건 옳지 않아. 카지노는 두 번째 단계였어. 첫 번째는 방사능 위협이었지. 놈들은 사람들을 방사능 대피소로 몰아넣고 요리를 해 프로토분자들을 기쁘게 했지. 그리고 카지노 레벨을 감염시켰어."

'그러면 방사능 대피소 근처에 마약 제조소를 설치한다면 어디에 하겠습니까?' 머스가 물었다.

머리 위에서 시끄럽게 날아가는 은색 흐름이 왼쪽으로, 다시 오른쪽으로 방향을 틀며 공기 중으로 쏟아졌다. 금속으로 된 작은 소용돌이가 비처럼 떨어지기 시작했고, 그 뒤로 가느다란 연기가 꼬리처럼 따라왔다.

"만약 내가 접근을 할 수 있다면? 비상용 환경 조절실을 쓸 거야. 그곳은 응급 시설이야. 재고 목록을 조사하는 사람이 아니고서는 접근하지 않는 곳이지. 그곳은 고립에 대비한 시설들이 이미 모두 갖추어진 곳이야. 어렵지 않을 거야."

'그리고 프로토젠은 쓰고 버릴 수 있는 깡패들을 에로스에 두기 전부터 에로스 치안대를 운영하고 있었기 때문에 그렇게 할 시간이 충분했을 겁니다.' 머스가 말하더니 즐겁지 않은 웃음을 지었다. '보셨죠? 저는 선배가 그걸 알아낼 줄 벌써 알고 있었습니다.'

순식간에 머스가 사라졌고 줄리 마오, 그의 줄리가 그 자리를 대신했다. 줄리는 싱긋 웃고 있었으며 아름다웠다. 밝게 빛이 났다. 줄리의 머리털은 마치 무중력에서 수영을 할 때처럼 사방으로 퍼져있었다. 그리고 이윽고 줄리가 사라졌다. 밀러의 우주복 알람이 주위 환경이 점차 산성을 띤다고 경고했다.

"기다리고 있어." 밀러가 타오르는 공기에 대고 말했다. "금방 네게 갈 테니까."

밀러는 비상 봉인을 열고 수레를 끌며 에로스의 비상용 환경조절 설비로 내려갔다. 줄리 안드로메다 마오가 죽지 않았다는 것을 깨닫고 33시간이 조금 안 되어서였다. 웃자란 프로토분자 아래로, 설비 운영자들의 실수를 최소화할 수 있게 설계된 패널들의 간결한 선들이 보였다. 검은 필라멘트 매듭과 앵무조개를 닮은 나선 모양들이 벽의 구석과 바닥과 천장을 부드러운 곡선으로 바꿔놓았다. 천장에는 고리들이 마치 아래로 축축 늘어지는 이끼처럼 걸려 있었다. 이 부드러운 종양들 아래로 눈에 익은 LED 조명이 여전히 빛났지만, 공중에서 여기저기 무리 지어 빛나는 희미한 푸른 점들이 더 실내를 많이 비추었다. 첫걸음을 내디디자 두터운 카펫에 발목까지 푹 빠졌다. 폭탄 수레는 밖에 둘 수밖에 없었다.

밀러의 우주복은 공기 중에 진귀한 가스와 방향성 분자들이 마구 섞여 있다고 알렸지만 밀러 코에는 오로지 자신의 냄새만 났다.

실내는 전부 재구성되어 있었다. 변형되어 있었다. 밀러는 동굴 속 스쿠버 다이버처럼 폐수 처리실을 걸어갔다. 밀러가 걸어가는 동안 푸른 빛들이 주위를 선회했고, 수십 마리가 우주복에 달라붙어 빛을 냈다. 밀러는 헬멧 면갑에 붙은 그것들을 쓸어내면서 혹시라도 죽은 반딧불이처럼 면갑에 달라붙어 번질까 걱정했지만, 그것들은 다시 공기 중으로 돌아가 선회했다. 공기 재생 상황을 알리는 모니터는 여전히 춤을 추며 번쩍였고, 수천 개의 알람과 사고 보고가 화면을 뒤덮은 프로토분자의 격자무늬에 그림자를 드리웠다. 어딘가 가까운 곳에서 물이 흐르고 있었다.

줄리는 오염제거실에 있었다. 줄리의 등뼈에서 흘러나온 검은 섬유질은 주위에 둥둥 떠 있는 머리털과 얽혀 침대 역할을 했고, 그로 인해 줄리는 마치 동화 속 인물처럼 보였다. 줄리의 얼굴과 팔과 가슴에서는 작고 푸른 빛점들이 반짝였다. 살을 뚫고 나왔던 며느리발톱 모양의 뼈들은 더 자라나 곡선을 이루며 휘어졌고, 이제 주위의 우거진 환경과 거의 건축적 연결물처럼 보였다. 줄리의 다리는 사라지고 없었으며 검은색의 낯선 그물 타래가 그 자리를 대신했다. 그 모습을 보자 밀러는 스페이스 스테이션을 얻기 위해 꼬리를 넘긴 인어 같다는 생각이 들었다. 줄리는 눈을 감고 있었지만 두 눈이 눈꺼풀 아래에서 격렬히 움직이는 것이 보였다. 그리고 줄리는 숨을 쉬고 있었다.

밀러는 줄리 옆에 섰다. 줄리는 밀러가 상상했던 얼굴과 꽤 달랐다. 진짜 줄리는 턱이 더 넓었고 코는 기억만큼 곧지 않았다.

밀러는 무심코 눈물을 닦으려다 장갑 낀 손으로 헬멧을 탁탁 치고서야 자신이 흐느낀다는 사실을 깨달았다. 밀러는 제대로 앞을 보기 위해 눈을 열심히 깜박거려야만 했다.

지금까지의 모든 시간. 지금까지의 모든 여행. 그리고 이제 밀러 앞에는 그간 목표로 달려온 줄리가 있었다.

"줄리." 밀러가 자유로운 한 손을 줄리의 어깨에 올리며 말했다. "안녕, 줄리, 일어나. 이제 일어나야 해."

밀러의 우주복에는 의료품이 있었다. 만약 필요하다면 줄리에게 아드레날린이나 암페타민을 주사할 수 있었다. 하지만 그러는 대신, 밀러는 마치 이제는 까마득히 멀게 느껴지는 저 옛날, 어느 일요일 아침에 깊이 잠든 캔디스를 깨우듯이 부드럽게 줄리를 흔들어 깨웠다. 줄리가 얼굴을 찡그리더니 입을 열었다가 닫았다.

"줄리. 지금 깨어나야 해."

줄리는 신음을 토했고 무력한 한쪽 팔을 들어 밀러를 밀어내려 했다.

"정신 차려." 밀러가 말했다. "정신 차려야 해."

줄리가 두 눈을 떴다. 두 눈은 인간의 그것이 아니었다. 흰자위가 있어야 할 곳은 붉은색과 검은색 소용돌이로 물들어 있었고, 홍채는 주위의 반딧불처럼 파란색으로 빛났다. 인간이 아니었지만 여전히 줄리였다. 줄리의 입술이 조용히 움직였다. 이윽고 줄리가 말했다.

"여기가 어디죠?"

"에로스 스테이션이야." 밀러가 말했다. "전과 다른 모습이야. 심지어 전에 있던 곳조차 아니야. 하지만…."

밀러는 필라멘트로 된 침대를 손으로 눌러 단단한지를 확인한 뒤 마치 침대에 앉듯이 줄리 옆에 엉덩이를 걸치고 앉았다. 밀러의 몸은 피곤하다 못해 아팠고, 또한 몸무게는 말도 안 되게 가벼웠다. 낮은 중력 때문이 아니었다. 부자연스러운 부력은 피곤한 몸과는 아무런 상관이 없었다.

줄리는 다시 말하려 애썼지만 뜻대로 되지 않았고, 그래서 입을 다물었다가 다시 말하려 애썼다.

"당신은 누군가요?"

"그래, 우리는 공식적으로 만난 적이 없지? 내 이름은 밀러야. 나는 전에 세레스의 스타 헬릭스 치안대의 형사였어. 네 부모님이 우리에게 일을 맡겼어. 실제로는 명령에 더 가까웠지만 말이야. 난 널 추적해 잡아 우물로 돌려보내기로 되어 있었지."

"납치요?" 줄리가 말했다. 줄리의 목소리는 더 강해졌다. 시선은 더 초점이 맞아 보였다.

"꽤 표준적인 절차지." 밀러가 말하더니 이윽고 어깨를 으쓱했다. "하지만 나는 뭐랄까, 그 일을 제대로 하지 못했어."

줄리는 눈꺼풀을 파르르 떨며 눈을 감았지만 계속해 말을 했다. "제게 무슨 일인가가 일어났어요."

"그래. 그랬어."

"두려워요."

"아니, 아니, 아니. 두려워하지 마. 괜찮아. 뒤죽박죽이기는 하지만, 다 괜찮아. 봐, 지금 이 스테이션 전체는 지구로 향하고 있어. 아주 빠르게 말이야."

"저는 경주를 하는 꿈을 꿨어요. 집으로 가고 있었어요."

"그래. 우리는 그걸 멈춰야 해."

줄리가 다시 두 눈을 떴다. 줄리는 어리둥절하고, 고통에 차고, 외로워 보였다. 줄리의 눈 가장자리를 타고 파랗게 빛나는 눈물이 흘러내렸다.

"네 손을 빌려주렴." 밀러가 말했다. "아니, 정말로, 나는 네가 나를 대신해 뭔가를 잡아줬으면 하는 거야."

줄리는 부드러운 물결에 흔들리는 해초처럼 손을 천천히 들어올렸다. 밀러는 핸드터미널을 들어 줄리의 손바닥에 놓은 뒤 그녀의 엄지손가락을 자폭 방지 스위치에 올려놓았다.

"그대로 잡고 있어. 놓으면 안 돼."

"이게 뭔가요?" 줄리가 물었다.

"이야기하자면 길어. 그냥 그렇게 하고 있어 주렴."

밀러가 헬멧 봉인을 해제했을 때 우주복의 알람이 비명을 질렀다. 밀러는 알람을 껐다. 공기는 이상했다. 아세테이트와 쿠민 열매 냄새, 그리고 진하고 강한 사향 냄새는 동면 중인 동물을 떠올리게 했다. 줄리는 밀러가 장갑을 벗는 모습을 지켜보았다. 이제, 프로토분자는 밀러에게 달라붙었고 피부와 두 눈에서 번식하면서, 에로스의 다른 모든 사람에게 했던 일을 할 준비를 했다. 밀러는 상관하지 않았다. 밀러는 핸드터미널을 다시 받아들었고, 자기 손을 줄리의 손과 깍지꼈다.

"네가 이 버스를 운전하고 있는 거야, 줄리." 밀러가 말했다. "그거 알고 있어? 내 말은, 느낄 수 있어?"

밀러의 손에 있는 줄리의 손가락은 서늘했지만 차갑지는 않았다.

"저는… 뭔가를 느낄 수 있어요." 줄리가 말했다. "배가 고픈 건가? 아니, 배고프지 않아요. 하지만… 저는 뭔가를 원해요. 저는 지구로 돌아가길 원해요."

"우리는 그럴 수 없어. 나는 네가 경로를 바꾸었으면 해." 밀러가 대답했다. 홀던이 뭐라고 했더라? '그 아이에게 금성을 줘.'

"지구 대신 금성으로 향하게 해."

"그게 원하는 건 그런 게 아니에요." 줄리가 말했다.

"이게 우리가 받은 제안이야." 밀러가 말했다. 이윽고 잠시 뒤 다시 말했다. "우리는 집에 갈 수 없어. 금성으로 가야만 해."

줄리는 오랫동안 조용히 있었다.

"너는 전사야, 줄리. 너는 다른 사람이 너를 위해 대신 총을 맞게 한 적이 한 번도 없어. 이제 와서 그런 식으로 살지 말자꾸나. 만약 우리가 지구로 간다면?"

"그게 그 사람들도 먹어버리겠군요. 저를 먹은 것과 같은 방식으로요."

"그래."

줄리는 고개를 들고 밀러를 바라보았다.

"그래." 밀러가 다시 말했다. "그런 식으로."

"금성에는 무슨 일이 일어나게 되나요?"

"우리는 아마도 죽겠지. 모르겠어. 하지만 우리는 수많은 사람을 우리와 같은 길로 끌고 가지 않을 거고, 이 지랄 같은 것을 절대로 그 누구에게도 넘기지 않을 수 있게 되는 거야." 밀러가 주위를 가리키며 말했다. "그리고 만약 우리가 죽지 않으면… 그러면… 흥미롭겠지."

"할 수 있을 것 같지 않아요."

"넌 할 수 있어. 이 모든 것을 한 그거? 넌 그것보다 더 똑똑해. 네가 조종간을 잡고 있는 거야. 우리를 금성으로 데려가 줘."

둘 주위로 반딧불이들이 선회했다. 파란빛이 가볍게 진동했다. 밝아지고 흐려지고 밝아지고 흐려지고. 줄리는 결심을 했고, 밀러는 줄리의 얼굴을 보고 그 사실을 알았다. 둘 주위로 빛들이 밝아졌고, 동굴은 부드러운 파란 빛으로 넘쳤고, 이윽고 다시 전처럼 어두침침해졌다. 밀러는 목감기가 처음 시작될 때처럼 목이 칼칼해지는 것을 느꼈다. 밀러는 자신에게 폭탄을 비활성화시킬 시간이 있을지 궁금했다. 이윽고 밀러는 줄리를 바라보았다. 줄리 안드로메다 마오. OPA 조종사. 마오-크비코프스키 회사 왕좌의 후계자. 밀러가 꿈도 꿔보지 못한 수준의 미래의 결정 입자. 앞으로 밀러에게 시간은 충분했다.

"두려워요." 줄리가 말했다.

"그럴 필요 없어." 밀러가 말했다.

"무슨 일이 일어날지 모르겠어요." 줄리가 말했다.

"그 누구도 몰라. 하지만, 보렴. 넌 이걸 혼자 할 필요가 없어." 밀러가 말했다.

"마음 한구석에서 뭔가가 느껴져요. 그건 제가 이해할 수 없는 뭔가를 원해요. 그건 너무나도 '커요'."

반사적으로, 밀러는 줄리의 손등에 키스를 했다. 뱃속 깊은 곳에서 통증이 일기 시작했다. 병의 감각. 욕지기의 순간. 그가 에로스로 변환되는 최초의 격통.

"걱정하지 마." 밀러가 말했다. "우리는 괜찮을 거야."

55
홀던

홀던은 꿈을 꾸었다.

홀던은 늘 생생한 꿈을 꾸었고, 그래서 어느새 자신이 몬태나에 있는 부모님들의 낡은 집 부엌에 앉아 나오미와 이야기하는 것을 깨닫고는 그게 꿈이라는 것을 알았다. 홀던은 나오미가 무슨 말을 하는지 알아들을 수는 없었지만, 나오미는 쿠키를 오물거리고 차를 마시면서 계속 눈으로 흘러내리는 머리카락을 쓸어 올리고 있었다. 그리고 비록 홀던은 자신은 그 쿠키를 집어 들거나 먹을 수 없다는 사실을 깨달았지만, 그럼에도 쿠키 냄새를 맡을 수 있었고, 엘리제 어머니의 초콜릿 칩 오트밀 쿠키가 아주 맛있었다는 기억이 났다.

기분 좋은 꿈이었다.

부엌이 붉은빛으로 한 번 번쩍이더니 뭔가가 바뀌었다. 홀던은 뭔가 잘못된 것을, 꿈이 따뜻한 기억에서 악몽으로 바뀌는 것을 느꼈다. 나오미에게 뭔가 말하려 했지만, 말이 나오지 않았다.

다시 부엌이 붉은빛으로 번쩍였지만, 나오미는 알아차리지 못한 듯했다. 홀던은 일어나 부엌 창으로 가 밖을 바라보았다. 부엌이 세 번째로 번쩍였을 때, 홀던은 그 이유를 알았다. 하늘에서 유성들이 길게 핏빛 꼬리를 끌며 떨어지고 있었다. 왠지, 홀던은 그게 지구 대기로 들어오면서 부서진 에로스의 파편들이라는 사실을 알았다. 밀러는 실패한 것이다. 핵 공격이 실패한 것이다.

줄리가 집으로 온 것이다.

홀던은 나오미에게 도망치라고 말하기 위해 돌아보았지만, 마루를 뚫고 검은 촉수들이 튀어나오더니 나오미를 감쌌고 온몸을 관통했다. 그 촉수들은 나오미의 입과 눈에서 쏟아져 나왔다.

홀던은 나오미에게 달려가 도우려 했지만 움직일 수가 없었고, 아래를 내려다보니 촉수들이 올라와 자신을 잡고 있었다. 하나는 허리를 단단히 휘감았다. 다른 하나는 입을 짓눌렀다.

홀던은 붉은빛이 번쩍이는 어두운 방에서 비명을 지르며 깨어났다. 뭔가가 그의 허리를 휘감고 있었다. 놀란 홀던은 그것을 쥐어뜯기 시작했고, 왼손의 손톱 하나가 거의 찢어지려는 순간에서야 자신이 어디에 있는지를 깨달았다. 홀던은 무중력 상태인 관제 갑판의 자기 의자에서 안전띠를 하고 있었다.

홀던은 의자 버클에 다친 손가락의 아픔을 달래기 위해 그 손가락을 입으로 집어넣었고, 코로 심호흡을 몇 번 했다. 갑판은 비어 있었다. 나오미는 아래층 자기 선실에서 자고 있었다. 알렉스와 에이모스는 비번이었고, 아마도 역시 자고 있으리라. 그들은 높은 g로 에로스를 추적하느라 거의 이틀을 쉬지 못했다. 홀던은 모두에게 잠자라고 명령했으며 자신이 첫 번째 보초를 서겠노라고 자원했다.

그리고 거의 즉시 잠이 들어버린 것이다. 좋지 않았다.

실내가 다시 붉은빛으로 번쩍였다. 홀던은 마지막 잠기운을 털어버리기 위해 고개를 흔들었고, 자기 콘솔에 주의를 집중했다. 붉은 경고등이 번쩍거렸고, 홀던은 스크린을 가볍게 쳐 메뉴를 열었다. 경고를 보낸 건 위협 감지 시스템이었다. 누군가가 조준 레이저로 로시난테 호를 겨냥하고 있었다.

홀던은 위협 감지 화면을 열고 활성화 센서들을 켰다. 수백만 킬로미터 안쪽에 있는 유일한 우주선은 라비 호뿐이었고, 로시난테 호를 겨냥한 우주선은 바로 라비 호였다. 자동 일지 기록에 따르면, 라비 호는 몇 초 전부터 로시난테 호를 겨냥하고 있었다.

홀던이 손을 뻗어 통신 회선을 열고 라비 호를 호출하려는 순간, 메시지가 도착했다는 빛이 번쩍였다. 홀던은 회선을 연결했고, 잠시 뒤 맥브라이드의 목소리가 말했다. "로시난테 호, 정지하라. 외부 에어록 문을 열고 우리가 승선할 수 있게 준비를 하라."

홀던은 자기 콘솔을 보며 얼굴을 찡그렸다. 이 무슨 괴상한 농담이란 말인가?

"맥브라이드, 여기는 홀던이다. 어, 뭐라고?"

맥브라이드는 군더더기 없는 목소리로 대답했고, 그건 별로 좋은 신호가 아니었다.

"홀던, 외부 에어록을 열고 우리가 승선하게 준비를 하라. 만약 방어 시스템이 단 하나라도 활성화되는 기미가 보이면 발포를 하겠다. 무슨 말인지 이해했나?"

"아니." 홀던이 목소리에서 짜증스러움을 완전히 제거하지 못한 상태로 말했다. "무슨 말인지 이해하지 못했다. 그리고 당신들을 내 우주선에 태우지도 않을 것이다. 대체 무슨 일인가?"

"나는 UNN 사령부로부터 당신 우주선을 확보하라는 명령을 받았다. 당신은 UNN 군사 작전을 방해하고 UNN 군사 소유물을 불법으로 탈취한 혐의 및 내가 지금 여기서 열거할 필요가 없는 기타의 혐의로 기소되었다. 만약 지금 당장 항복하지 않으면 우리는 당신을 향해 발포할 수밖에 없다."

"아하." 홀던이 말했다. UNN은 자신의 미사일들이 방향을 바꾸었으며, 그래서 궤도를 다시 돌리려 했지만 미사일들이 말을 듣지 않는다는 것을 알아차린 것이다.

그리고 화가 난 것이다.

"맥브라이드." 잠시 뒤 홀던이 말했다. "우리 우주선에 승선해봤자 좋을 게 없다. 우리는 당신들에게 미사일을 돌려줄 수가 없다. 그리고 어쨌든 그럴 필요도 없고. 미사일들은 조금 우회하는 것뿐이다."

맥브라이드의 웃음소리는 화난 개가 물기 직전에 날카롭게 짖어대는 소리에 더 가까웠다.

"우회한다고?" 그녀가 말했다. "당신은 3,573개의 고성능 행성간 탄도 미사일을 반역자이자 전범에게 넘겼다."

홀던이 그 말뜻을 알아듣기까지 한참이 걸렸다.

"'프레드'를 말하는 건가? 반역자라는 표현은 좀 심하다고 생각…."

맥브라이드가 말을 가로챘다.

"우리 미사일들을 에로스에서 꾀어내는 가짜 응답기를 끄고 에로스 표면에 있는 응답기를 다시 켜라. 그러지 않으면 당신들을 향해 발포하겠다. 10분의 여유를 주겠다."

짤깍 하며 연결이 끊겼다. 홀던은 불신과 격분이 뒤섞인 눈으로 콘솔을 바라보더니 어깨를 으쓱한 뒤 전투 경보를 내렸다. 우주선의 모든 갑판 조명이 성난 붉은빛으로 켜졌다. 경고 클랙슨이 세 번 울렸다. 2분도 되지 않아 알렉스가 사다리를 타고 조종석으로 갔으며, 다시 30초 뒤에 나오미가 재빨리 자기 자리에 가 앉았다.

알렉스가 맨 처음으로 말했다.

"라비 호는 400킬로미터 떨어져 있습니다." 알렉스가 말했다. "레이저 레이더에 따르면 라비 호의 튜브가 열려 있으며, 우리를 겨냥하고 있습니다."

홀던은 단어 하나하나를 또박또박 말했다. "당장은 절대로, 반복한다, 절대로 우리 튜브를 열거나 라비 호를 겨냥하지 마. 그냥 잘 살펴보면서 만약 발포를 하면 방어할 준비를 해. 라비 호를 자극할 일은 어느 것도 하지 마."

"교란 신호를 보낼까요?" 홀던 뒤에서 나오미가 말했다.

"아니. 그랬다가는 상대를 자극할 거야. 하지만 교란 물질을 금방이라도 발사할 수 있도록 준비를 해 둬." 홀던이 말했다. "에이모스, 엔진실에 있나?"

"네, 선장님. 명령만 하십시오."

"반응로를 100퍼센트까지 끌어올리고 국지 방어 대포 조종권을 네 콘솔로 가져가. 만약 저자들이 이 거리에서 사격한다면 알렉스는 조종하느라 반격할 겨를이 없을 거야. 위협 콘솔에 붉은 점이 보이면 국지 방어 대포로 즉각 발포해, 알았어?"

"네." 에이모스가 말했다.

홀던은 이 사이로 길게 숨을 내쉬고는 라비 호와의 통신 채널을 다시 열었다.

"맥브라이드, 여기는 홀던이다. 우리는 항복하지 않는다. 당신들을 승선시키지도 않을 것이며 당신의 요구를 따르지도 않을 것이다. 이제 어떻게 할 것인가?"

"홀던." 맥브라이드가 말했다. "당신의 반응로가 깨어나고 있다. 우리가 싸울 준비를 하는 건가?"

"아니, 단지 살아남아 보려 하는 것뿐이야. 뭐지, 우리가 지금 싸우고 있는 건가?"

다시 짧고 거친 웃음소리.

"홀던." 맥브라이드가 말했다. "왜 내 말을 진지하게 받아들이지 않는 느낌이 드는 거지?"

"아, 난 완전히 진지하다." 홀던이 대답했다. "나는 당신이 나를 죽이는 걸 원하지 않으며, 믿거나 말거나, 당신을 죽이고 싶은 마음도 없다. 핵폭탄들은 조금 우회하는 것뿐이며, 우리가 서로 포격을 주고받을 그런 중요한 일이 아니다. 나는 당신이 원하는 것을 줄 수가 없으며 또한 앞으로 30년을 영창에서 썩고 싶은 마음도 없다. 당신이 우리에게 포격을 가해서 얻을 수 있는 것은 아무것도 없으며, 만약 당신이 공격하면 나는 반격을 할 것이다."

맥브라이드가 채널을 닫았다.

"선장님." 알렉스가 말했다. "라비 호가 움직이기 시작합니다.

교란 물질을 뿌리고 있습니다. 공격할 준비를 하는 것 같습니다."

'제길.' 홀던은 맥브라이드와 대화를 통해 이런 사태를 피할 수 있으리라고 굳게 믿고 있었다.

"오케이. 방어를 해. 나오미, 교란 물질을 뿌려. 에이모스? 버튼 누를 준비됐나?"

"준비됐습니다." 에이모스가 대답했다.

"미사일이 발사되는 걸 보기 전까지는 발사하지 마. 빌미를 주고 싶지 않아."

갑작스러운 g가 홀던을 후려치며 그를 의자에 처박았다. 알렉스가 우주선을 움직이기 시작한 것이다.

"이 거리에서라면 기동 비행을 할 수 있을 것 같습니다. 공격하지 못하게 할 수 있을 겁니다." 조종사가 말했다.

"그렇게 해. 그리고 튜브를 열어."

"네." 알렉스가 말했다. 직업 조종사의 침착함도 다가올 전투의 흥분을 목소리에서 완전히 지우지는 못했다.

"제가 상대의 조준을 깨뜨렸습니다." 나오미가 말했다. "라비호의 레이저 어레이는 로시난테 호만큼 좋지 않습니다. 방해물들로 조준을 떨쳐버렸습니다."

"하늘 높은 줄 모르고 치솟은 화성 국방비 만세로군." 홀던이 대답했다.

우주선이 갑자기 연속해 거칠게 움직였다.

"젠장." 알렉스가 말했다. 그의 목소리는 갑작스러운 방향전환에 따른 g로 인해 긴장해 있었다. "라비 호가 우리를 향해 국지 방어 대포를 발포했습니다."

홀던은 자신의 위협 감지 화면을 확인했다. 그곳에는 다가오는 탄환들이 꼬리에 꼬리를 물고 이글거리는 진주 가닥들이 되어 나타나 있었다. 포격은 로시난테 호 한참 뒤에 떨어졌다. 로시난테 호는 두 우주선 간 거리가 370킬로미터라고 보고했다. 마구 기동 비행을 하는 우주선이 역시 마구 기동 비행을 하는 우주선을 향해 컴퓨터 조준 시스템을 사용해 포탄을 쏘기에는 꽤 먼 거리였다.

"반격할까요?" 통신 채널에서 에이모스가 소리쳤다.

"안 돼!" 홀던이 소리쳐 대답했다. "만약 우리를 죽이고 싶었다면 어뢰를 발사했을 거야. 우리를 죽이고 싶어 할 이유를 주면 안 돼."

"선장님, 라비 호의 포격을 피했습니다." 알렉스가 말했다. "로시난테 호는 무척 빠릅니다. 1분 안에 저쪽을 포격할 방법을 찾을 수 있습니다."

"알았어." 홀던이 말했다.

"반격할까요?" 알렉스가 물었다. 긴장이 높아져 감에 따라 우스꽝스러운 화성인 카우보이 악센트가 희미해졌다.

"아니."

"상대의 조준 레이저가 막 꺼졌습니다." 나오미가 말했다.

"그건 우리 교란 신호를 돌파하는 걸 포기했다는 뜻이야." 홀던이 대답했다. "그리고 미사일들에게 레이더 추적 장치를 이용하게 했다는 거고."

"꼭 그런 건 아닐 수도 있습니다." 나오미가 희망을 품은 목소리로 말했다.

"저런 코르벳함은 어뢰를 적어도 열두 발은 가지고 있어. 우리를 죽이기 위해서는 하나만 제대로 맞추면 돼. 그리고 이런 거리에서는….”

홀던의 위협 콘솔에서 부드러운 소리가 울리면서 로시난테 호가 라비 호를 향해 발포 방법을 계산했음을 알렸다.

“결과가 나왔습니다!” 알렉스가 외쳤다. “발사할까요?”

“아니!” 홀던이 말했다. 홀던은 로시난테 호가 조준을 함에 따라 라비 호 내부에서 경보가 요란스레 울리리라는 사실을 알았다. ‘멈춰.’ 홀던이 간절히 바랐다. ‘제발 당신들을 죽이게 하지 말라고.’

“어.” 알렉스가 낮은 목소리로 말했다. “흠.”

홀던 뒤에서, 거의 동시에 나오미가 말했다. “짐?”

홀던이 묻기 전에, 알렉스가 전체 회선을 통해 말했다.

“있잖습니까, 선장님. 에로스가 막 돌아왔습니다.”

“뭐?” 홀던이 말했다. 머릿속에서, 만화의 악당이 두 우주선 뒤쪽으로 살금살금 다가오는 모습이 그려졌다.

“네.” 알렉스가 말했다. “에로스입니다. 방금 레이더에 다시 떴습니다. 우리 센서들을 막은 게 뭐였든 간에, 이제 그것은 작동을 멈췄습니다.”

“그게 뭘 하고 있지?” 홀던이 말했다. “경로를 알려줘.”

나오미는 자기 콘솔에 추적 정보를 불러왔고, 그것을 이용해 작업을 시작했다. 하지만 알렉스가 몇 초 더 빨랐다.

“네.” 알렉스가 말했다. “생각하신 게 맞습니다. 경로를 바꿨습니다. 여전히 태양 쪽으로 가지만 지구를 향하는 건 아닙니다.”

“만약 이 경로와 속력을 유지한다면,” 나오미가 알려왔다. “금성으로 향한다고 말할 수 있습니다."

"우와." 홀던이 말했다. "그건 농담이었다고."

"좋은 농담이었죠." 나오미가 말했다.

"음, 누군가가 맥브라이드에게 연락해서 이제 우리에게 발포할 필요가 없다고 알려줘."

"잠깐." 알렉스가 생각에 잠긴 목소리로 말했다. "만약 우리가 그 핵폭탄들에게 신호를 듣지 못하게 막았다면 그 폭탄들을 막을 수 없는 거잖아? 프레드가 그것들을 어디에 떨어뜨릴지 궁금하네."

"내가 알 턱이 있나." 에이모스가 말했다. "하지만 덕분에 지구는 비무장이 되었어. 좆나 당혹스러워하겠군."

"의도치 않은 결과야." 나오미가 한숨을 쉬었다. "언제나 의도치 않은 결과가 따르지."

에로스가 금성에 추락하는 장면은 역사상 가장 널리 방송되고 녹화된 사건이었다. 소행성이 태양의 두 번째 행성에 도달할 무렵, 그곳 궤도에는 수백 대의 우주선들이 있었다. 군함들은 민간 우주선들을 그곳에서 몰아내려 했지만, 소용없었다. 민간 우주선이 압도적으로 많아서 그럴 수가 없었다. 군사용 건카메라, 민간 우주선의 망원경 그리고 두 개의 행성과 다섯 개의 위성에 설치된 천문대들에서 에로스가 추락하는 장면을 녹화했다.

홀던은 자신도 거기에 가 그 모습을 자세히 보고 싶었지만, 에로스는 모습을 드러낸 뒤로 마치 이제 목표가 정해졌으니 한시라도 빨리 여행을 끝내고 싶다는 듯이 계속 속력을 높였다. 홀던과 그의 승무원들은 로시난테 호의 주방에 앉아 방송되는 뉴스피드로 그 모습을 지켜보았다. 에이모스는 어디선가 가짜 테킬라 한 병을 더 가져왔고, 커피잔이 철철 넘치도록 술을 따랐다. 알렉스는 로시난테 호가 타이코를 향해 3분의 1g로 부드럽게 날도록 조종했다. 이제 서두를 필요가 없었다.

남은 건 불꽃놀이뿐이었다.

소행성이 금성의 궤도로 들어가 멈춘 것처럼 보였을 때, 홀던은 손을 뻗어 나오미의 손을 꼭 잡았다. 전 인류가 숨죽이고 그 모습을 지켜보는 모습이 눈앞에 선했다. 이제 에로스, 아니 줄리가 무엇을 할지는 아무도 몰랐다. 홀던이 마지막으로 대화를 나눈 뒤 밀러와 이야기를 한 이는 아무도 없었고, 밀러는 핸드터미널에 응답을 하지 않았다. 그 소행성에서 무슨 일이 일어났는지 제대로 아는 이는 아무도 없었다.

종말은 아름다웠다.

금성 주위 궤도에서, 에로스는 퍼즐 상자처럼 갈라졌다. 거대한 소행성은 수십 개의 조각으로 갈라졌고, 그 조각들은 행성의 적도 주위로 긴 목걸이처럼 이어졌다. 그 수십 개의 조각들은 각각 다시 수십 개로 갈라졌고, 그것들이 또다시 수십 개로 갈라지기를 반복하며 프랙털 구름이 되어 행성의 전 표면을 뒤덮었고, 언제나 금성을 가리고 있는 짙은 구름 속으로 마침내 사라졌다.

"우와." 에이모스가 말했다. 그의 목소리는 거의 경건하기까지 했다.

"멋지군요." 나오미가 말했다. "좀 불안하기는 하지만, 그래도 멋지네요."

"저기에 영원히 머물지는 않을 거야." 홀던이 말했다.

알렉스는 자기 잔에 남아 있던 테킬라를 입에 털어 넣고 잔을 다시 채웠다.

"무슨 뜻입니까, 선장님?" 알렉스가 물었다.

"글쎄, 그냥 추측일 뿐이야. 하지만 프로토분자를 만든 것들이 그걸 저기에 그냥 보관만 하고 싶어 하겠냔 말이지. 이건 더 큰 계획의 일부였어. 우리는 지구, 화성, 소행성대를 구했지. 질문은, 이제 무슨 일이 일어나는가 하는 거야."

나오미와 알렉스는 시선을 교환했다. 에이모스는 입술을 삐죽 내밀었다. 화면에서 금성이 번쩍였고 번개들이 행성을 가로질러 춤을 추었다.

"선장님." 에이모스가 말했다. "선장님은 사람 기분 잡치게 하는 데는 정말 선수급이라니까요."

에필로그: 프레드

프레데릭 루시우스 존슨. 지구 군대의 전직 대령이자 앤더슨 스테이션의 학살자. 또한 이제는 토트 스테이션의 학살자. OPA의 비공식 수상. 프레드는 죽을 뻔한 적이 열 번이 넘었고, 폭력과 정치와 배신으로 친구들을 잃었다. 네 번의 암살 시도에서 살아남았고, 기록으로 남은 것은 그 가운데 오직 두 번뿐이었다. 권총으로 무장한 암살자를 식사용 나이프만으로 죽이기도 했다. 그는 수백 명의 목숨을 앗아간 명령들을 내리기도 했으며, 그러한 자신의 결정을 끝까지 고수했다.

하지만 아직도 대중 연설을 할 때는 굉장히 긴장됐다. 말이 안되었지만, 사실이었다.

'신사 숙녀 여러분, 우리는 지금 갈림길에 서 있습니다….'

"리셉션에 세바스찬 장군이 참석할 겁니다." 프레드의 비서가 말했다. "그분의 남편 안부를 물으면 안 된다는 걸 명심하십시오."

"왜? 내가 그 여자 남편을 죽인 건 아니지?"

"아닙니다. 그 남편은 꽤 요란하게 바람을 피웠고, 장군은 아직 그 일에 좀 민감합니다."

"그러면 그 여자는 내가 그 남자를 죽이길 원할 수도 있군."

"그렇게 제안을 하셔도 됩니다."

'그린룸'은 사실은 붉은색과 황토색으로 장식되어 있었으며, 검은 가죽 소파 하나, 벽 거울 하나, 그리고 수경재배한 딸기와 복잡한 계산을 거쳐 무기질을 첨가한 식수가 놓인 탁자가 하나 있었다. 3시간 전, 샤디드라는 이름의 뚱한 얼굴의 여자가 세레스의 치안 책임자라며 프레드를 회의장소로 안내했다. 그 뒤로 프레드릭은, 고대 선박의 장교용 갑판에 있는 선장처럼, 한쪽으로 세 걸음 걸은 뒤 돌아서서 다시 반대 방향으로 세 걸음을 걸으며 서성였다.

스테이션의 다른 곳에서는 한때 서로 적이었던 분파의 대표들이 각자의 비서들을 동반하고 각자의 방에 있었다. 그들 대부분은 프레드를 싫어했지만 그게 특별한 문제가 되지는 않았다. 그들 대부분은 또한 프레드를 두려워했다. 물론 OPA에서 프레드가 지닌 힘 때문은 아니었다. 프로토분자 때문이었다.

지구와 화성 사이의 정치적 균열은 아마도 치유하기 어려울 듯했다. 프로토젠에 충성을 바쳤던 지구 군부는 배반 행위에 너무나도 깊게 관여했기에 이젠 사과도 할 수 없었고, 또한 전과 같은 평화를 바라기에는 양쪽의 인명 손실이 너무나도 컸다. OPA 내에서도 순진한 자들은 이게 잘된 일이라고 생각했다. 지구와 화성을 서로 대립시킬 기회라 여겼다. 프레드는 그런 멍청이가 아니었다. 세 개의 큰 세력, 즉 지구와 화성과 소행성대 모두가 진정한 평화 상태에 이를 수 없다면, 결국은 진짜 전쟁에 다시 빠져드는 게 당연한 이치였다.

이제 만약 지구나 화성이 소행성대를, 자신들의 진정한 적을 물리친 뒤 짓밟아버려야 하는 귀찮은 존재가 아닌, 더 귀한 존재로 여긴다면…. 하지만 사실을 보자면, 지구의 반(反)화성 감정은 전쟁이 벌어지던 당시보다도 높아졌으며, 화성의 선거는 겨우 넉 달 뒤였다. 화성 정치에 큰 변화가 생기면 긴장이 완화될 수도, 또는 그 반대로 더욱더 심각해질 수도 있었다. 양쪽 모두 큰 그림을 보아야만 했다.

프레드는 거울 앞에 서서 백 번째로 튜닉의 매무새를 다듬고, 인상을 썼다.

"내가 대체 언제부터 결혼 상담사가 된 거야?" 프레드가 말했다.

"세바스찬 장군에 대해 이야기하시는 건 아니겠죠?"

"아냐. 내가 한 말은 잊어. 내가 알아야 할 게 또 뭐가 있지?"

"'푸른 화성'에서 장군님의 연설을 방해하려 할 수도 있습니다. 하지만 그 단체는 야유와 피켓 시위를 할 테지만 무장을 하지는 않았습니다. 샤디드 서장이 '푸른 화성' 회원 몇을 감금했지만 몇 명은 그 여자의 눈을 피했을 수도 있습니다."

"알았어."

"회원제 정치 방송채널 두 곳, 그리고 유로파에 기지를 둔 뉴스 소스 이렇게 총 세 곳과 인터뷰 약속이 있습니다. 유로파의 인터뷰어는 앤더슨 스테이션에 대해 물을 듯합니다."

"알았어. 금성에서 뭔가 소식은?"

"뭔가 일어나고 있습니다." 비서가 말했다.

"그럼 죽은 건 아니로군."

"그런 듯합니다."

"끝내주는군." 프레드가 씁쓸하게 말했다.

'신사 숙녀 여러분. 우리는 지금 갈림길에 서 있습니다. 한쪽은 상호 공멸이 확실히 보장된 길이며 다른 한쪽은…,'

'다른 한쪽은 금성의 악마가 그 중력 우물을 기어 나와 여러분들이 잠든 사이에 여러분을 학살하려 기다리는 길입니다. 저에게는 살아있는 샘플이 있으며, 오로지 그 샘플만이 여러분이 그것의 의도와 가능성을 알아낼 수 있는, 유일한, 또는 최고의 희망입니다. 그리고 저는 여러분이 우리를 마구 짓밟고 와 빼앗아 가지 못하도록 그것을 잘 숨겨두었습니다. 이것이 바로 여러분 모두가 제 말에 귀를 기울여야 하는 이유입니다. 그러니 저희에게 약간의 존경을 보이는 게 어떻겠습니까?'

프레드의 비서가 가진 핸드터미널이 울렸고, 비서는 무슨 일인지 재빨리 핸드터미널을 보았다.

"홀던 선장입니다."

"내가 만나야 하나?"

"그 사람에게 자신의 노력이 인정받았다고 느끼게 하는 게 좋습니다. 홀던은 내키는 대로 방송을 한 전적이 있습니다."

"좋아. 안으로 들여보내."

에로스 스테이션이 금성의 밀도 높은 하늘에서 산산조각이 난 뒤 몇 주 동안 홀던은 몸이 많이 회복되었지만 로시난테 호를 타고 오랜 시간 동안 높은 g로 에로스를 추격한 후유증은 쉽게 가시

지 않았다. 터졌던 흰자위 혈관은 아물었다. 압력으로 생겼던 눈
가와 목덜미의 멍도 가셨다. 걸을 때 약간 절룩거리는 것만이 홀
던이 심한 관절통에 시달리고 있으며, 연골부가 아직 원래 모습
으로 돌아오지 않았음을 말해줬다. 프레드가 지구의 군인이었던
시절, 사람들은 그런 걸음걸이를 '가속 활보'라고 불렀다.

"안녕하십니까?" 홀던이 말했다. "멋져 보이는군요. 금성이 보
내온 마지막 피드를 보았습니까? 높이 2킬로미터짜리 수정탑들
말입니다. 그게 뭐라고 생각하십니까?"

"당신의 잘못된 판단의 결과?" 프레드가 대답했지만, 목소리
는 여전히 다정했다. "밀러에게 그걸 태양으로 몰고 가라고 할 수
도 있었잖습니까."

"네. 왜냐하면 태양에서 높이 2킬로미터짜리 수정 탑들이 솟
아오르는 건 전혀 무섭지 않을 테니까요." 홀던이 말했다. "그거
딸기입니까?"

"좀 드시지요." 프레드가 말했다. 프레드는 아침부터 아무것
도 먹을 수가 없었다.

"그럼 사양 않고." 홀던이 과일을 입안 가득 넣고 씹으며 말했
다. "그쪽에서 정말로 이 일로 저를 고소할까요?"

"당신이 공개적인 무선 채널을 통해 일방적으로 한 행성 전체
의 모든 광물 및 기타 개발권을 날려버린 일로요?"

"네." 홀던이 말했다.

"그 권리를 실제로 소유했던 이들이 아마도 당신에게 소송을
걸겠지요." 프레드가 말했다. "만약 누가 진짜 소유자인지 마침
내 가려진다면 말입니다."

"그 일에 대해 저를 좀 도와주시겠습니까?" 홀던이 청했다.

"저는 당신의 인물 평가 증인으로 서게 될 겁니다." 프레드가 말했다. "저는 실제로 법을 만드는 사람이 아닙니다."

"그러면 대체 거기에서 '뭘' 하고 있는 겁니까? 거기서 사면 같은 걸 얻어낼 수 없습니까? 우리는 프로토분자를 구해냈고, 에로스에서 줄리 마오를 찾아냈고, 프로토젠을 박살냈으며, 지구를 구했습니다."

"'당신들이' 지구를 구했다?"

"우리가 도왔지요." 홀던이 말했지만 목소리는 훨씬 더 심각해졌다. 밀러의 죽음이 여전히 선장을 괴롭혔다. 프레드는 그게 어떤 기분인지 알았다. "그건 공동 노력이었습니다."

프레드의 개인 비서가 목청을 가다듬으며 문을 힐긋 보았다. 이제 곧 가야 할 시간이었다.

"뭘 할 수 있는지 알아보겠습니다." 프레드가 말했다. "이미 할 일이 산더미지만, 그래도 제가 뭘 할 수 있는지 알아보겠습니다."

"그리고 화성은 로시난테 호를 돌려받을 수 없습니다." 홀던이 말했다. "재화구출법에 의하면 그건 이제 제 우주선입니다."

"그쪽은 그런 식으로 생각하지 않겠지만, 제가 뭘 할 수 있는지 알아보지요."

"계속 그 말을 반복하는군요."

"제가 할 수 있는 건 계속해 그거니까요."

"그리고 그 사람에 대해서도 말할 거죠?" 홀던이 말했다. "밀러 말입니다. 그 사람도 칭찬받을 만한 일을 했습니다."

"지구를 구하기 위해 자신의 의지로 에로스에 돌아간 벨트인 말입니까? 맞습니다. 당연히 저는 그 사람에 대해 말을 할 겁니다."

"그냥 '벨트인'이 아닙니다. 조시퍼스 앨로이쉬어스 밀러입니다."

홀던은 공짜 딸기 먹기를 이미 그만두었다. 프레드가 팔짱을 끼었다.

"뉴스피드를 읽기 전에는 당신도 그 이름을 알지 못했잖습니까."

"네. 뭐. 전 밀러를 그렇게 잘 알지 못했지요."

"그 사람을 잘 아는 사람은 아무도 없습니다." 프레드가 말하더니 좀 더 상냥한 목소리로 이어 말했다. "어렵다는 건 압니다. 하지만 우리는 복잡한 삶을 산 진짜 사람이 필요한 게 아닙니다. 우리에게는 소행성대의 심볼이, 아이콘이 필요합니다."

비서가 말했다. "죄송하지만, 이제 우리는 정말로 가야만 합니다."

"그게 우리를 여기까지 끌고 온 겁니다." 홀던이 말했다. "아이콘. 심볼. 이름없는 사람들. 그 프로토젠의 과학자들은 생물자원과 집단에 대해서만 생각했습니다. 보급실에서 일하고 여가 시간에 꽃을 기르는 메리가 아니라 말입니다. 그 사람들 그 누구도 '그 아이'를 죽인 게 아닙니다."

"만약 그 아이 이름을 알았다면 그런 행동을 하지 않았을 거라고 생각하는 겁니까?"

"저는, 어쨌거나 그 사람들이 그렇게 할 거였다면 적어도 그 아이의 이름 정도는 알아야 했다고 생각합니다. 모든 사람의 이름을요. 그리고 당신은 밀러가 원래와 전혀 다른 뭔가가 되지 않도록 할 빚을 밀러에게 졌습니다."

프레드가 소리 내 웃었다. 웃음을 참을 수가 없었다.

"선장." 프레드가 말했다. "만약 당신이 원하는 게 지금 평화 회의장에서 내가 지구를 구한 것은 한 고귀한 벨트인의 희생 덕분이라고 말하는 대신 '마침 그곳에는 자살을 원하던 전직 경찰이 있었습니다'라고 말하는 거라면, 당신은 제가 생각했던 것보다 이 과정에 대해 훨씬 더 모르고 있습니다. 밀러의 희생은 도구였으며, 저는 그걸 이용할 겁니다."

"설사 그게 밀러를 얼굴 없는 이로 만든다 할지라도." 홀던이 말했다. "설사 그게 밀러를 전혀 다른 인물로 만든다 할지라도 말입니까?"

"그게 그 사람을 전혀 다른 인물로 만든다면 더더욱 말입니다." 프레드가 말했다. "밀러가 어떤 사람이었는지 기억합니까?"

홀던이 얼굴을 찡그렸고, 눈에서 뭔가가 반짝하고 지나갔다. 흥미. 기억.

"그 사람은 참 골칫거리였죠. 안 그래요?" 홀던이 말했다.

"밀러는 신이 벌거벗은 천사 서른 명을 데려와 마음껏 섹스하라고 선언해도 그 상황이 왠지 침울해 보이게 만들 수 있는 사람이었습니다."

"그 사람은 선했습니다." 홀던이 말했다.

"그렇지 않습니다." 프레드가 말했다. "하지만 그 사람은 자기 임무를 완수했지요. 그리고 이제 저 역시 제 임무를 수행하러 가야 합니다."

"그 사람들에게 본때를 보여주십시오." 홀던이 말했다. "그리고 사면. 사면에 대해 계속 언급하시고요."

프레드는 구부러진 복도를 걸어갔고, 비서가 그 뒤를 바짝 뒤따랐다. 회의장은 더 작은 일들을 위해 설계되었다. 사소한 일들을 위해. 수경학자들이 자기 남편과 아내들과 아이들을 피해 술에 취하고 콩나물 키우는 법에 관해 이야기하던 곳이었다. 광부들이 모여 쓰레기를 최소화할 방법과 선광 부스러기 처리법에 대해 서로에게 강의하던 곳이었다. 고등학교 악단들이 경연을 벌이던 곳이었다. 하지만 이제 그런 모임 대신, 이곳의 카펫과 우툴두툴하게 처리된 돌담은 역사의 받침점이 되리라. 이 낡고 조그마한 주위를 보고 프레드가 밀러를 떠올리게 된 건 모두가 홀던 탓이었다. 전에는 그러지 않았었다.

대표단들이 통로를 사이에 두고 서로 마주 앉아 있었다. 지구와 화성의 장군, 대사, 사무총장, 두 개의 강대 세력이 프레드의 초청을 받고 세레스에, 소행성대에 와 있었다. 이곳이 중립지대인 것은 단지 지구와 화성 모두가, 소행성대를 중요한 세력이 아니라고 보았기 때문이다.

역사의 모든 것이 지금 이 순간에 그들을 여기에 있게 했고, 이제 몇 분 뒤면 프레드는 그 궤도를 바꿀 터였다. 공포는 사라졌다. 프레드는 싱긋 웃으며 단상으로 올라섰다.

연단에 섰다.

그리고 예의 바른 박수 소리가 산발적으로 들려 왔다. 몇은 웃음 지었고 몇은 얼굴을 찡그렸다. 프레드는 이를 드러내고 씩 웃었다. 프레드는 더는 인간이 아니었다. 그는 심볼이자 아이콘이었다. 태양계를 지배하는 힘과 자신에 관해 이야기하는 화자였다.

그리고 잠시, 그는 마음이 흔들렸다. 숨을 들이켜고 말을 하기까지 짧은 망설임의 순간 동안, 마음 한쪽에서는 만약 자신이 역사의 패턴을 깨고, 인간으로서의 자신에 대해 말을 한다면, 자신이 잠시 알았던 조 밀러에 대해 말을 한다면, 그들이 공유했던 책임감에 대해 말을 하고, 그렇게 해서 모두가 스스로를 가리던 가면을 찢어발기고 그 안의 본질이자 흠결 많고 모순적인 진짜 모습을 드러내게 하면 어떨까 하는 생각이 들었다.

실패를 하는 고귀한 방법이리라.

"신사 숙녀 여러분." 프레드가 말했다. "우리는 지금 갈림길에 서 있습니다. 한쪽은 상호 공멸이 확실히 보장된 길입니다. 다른 한쪽은…."

프레드는 극적 효과를 위해 말을 멈췄다.

"다른 한쪽은, 별입니다."

감사의 글

아이들이 자랄 때와 마찬가지로, 이 책도 나오기까지 많은 이들의 도움을 받았다. 내 에이전트인 쇼나와 대니, 편집자인 동원과 대런에게 깊은 감사를 표하고 싶다. 또한 이 책의 초기 형태를 잡을 때 뉴멕시코 크리티컬 매스 작가 그룹의 멜린다, 에밀리, 테리, 이안, 조지, 스티브, 월터, 빅터, 그리고 초고를 읽어준 캐리에게 많은 도움을 받았다. 수학을 도와준 이안에게 특히 고마움을 표하며, 내가 그 수학을 이해하는 과정에서 저지른 실수들은 이안과는 상관없으며 오롯이 내 책임임을 밝힌다. 또한 나는 톰, 정종을 마시는 마이크, 정종을 마시지 않는 마이크, 포터, 스캇, 라자, 제프, 마크, 댄, 조에게 엄청난 빚을 졌다. 베타 테스트를 해준 것에 대해 고마움을 전한다, 친구들. 그리고 마지막으로, '퓨처라마' 작가들과 내가 글을 쓰는 동안 아이를 돌보아준 벤더 벤딩 로드리게스에게 특별한 감사를 전한다.

스페이스 오페라가 있는 밤

스페이스 오페라, 뉴턴 역학을 다시 품다

1920년대에 싸구려 SF로 시작하여 이후 수십 년간 착취 장르의 대명사로 여겨지던 스페이스 오페라는 1970년대에 이르러 SF계의 거목인 편집자 레스터 델 레이와 〈스타워즈〉의 감독 조지 루카스 덕분에 현대적 의미, 즉 '최신 과학 지식과 외삽법을 이용해 먼 미래의 광대한 우주를 배경으로 영웅들의 활약상을 그리는 SF'로 발전했다. 그리고 1980년대 이후 C. J. 체리, 데이비드 브린, 오슨 스콧 카드, 로이스 맥마스터 부졸드, 댄 시먼스, 버노 빈지 등이 등장하며 미국의 스페이스 오페라는 황금기를 맞이했다. 또한 스페이스 오페라를 저급 SF로 취급하던 뉴웨이브의 탄생지인 영국에서도, 풍부하고 치밀한 등장인물 성격 묘사, 세련된 서술, 박진감을 덕목으로 추구하는 이언 M. 뱅크스, 피터 해밀턴, 켄 매클라우드 등의 주도로 '뉴 스페이스 오페라'라는 새로운 하위 장르가 발전했다.

이러한 과정을 통해 스페이스 오페라는 현재 그 황금기를 누리고 있지만, 오락적인 면에 치중하는 과정에서 과학 기술의 부정적 측면은 무시한 채 과학 만능주의를 지나치게 강조했다는 지적이 끊이지 않았다. 그리고, 광대한 우주를 그 배경으로 하는 특성상, 스페이스 오페라는 그 넓은 공간을 채우기 위해 전쟁을 소재로 선택하는 경우가 많은데, 그 과정에서 파괴와 폭력을 지나치게 강조하고 선악의 이분 논리가 너무나 단순하게 반영된다는 지적도 있다. 또한 스페이스 오페라에서는 광대한 우주 공간을 이동하느라 소비하는 시간을 줄이기 위해 초공간 도약이나 워프처럼 과학으로 설명할 수 없는 소재를 차용하는 경우가 흔하고, 이 때문에 과학 소설이 아니라는 지적을 받기도 한다. 이런 이유로, 일부 독자들은 스페이스 오페라는 그 내용이 폭력적이며 황당하고 유치하며 비과학적이라는 인식을 하게 되었다.

이러한 비판을 극복하기 위해 알레스터 레이놀즈, 스티븐 박스터 등은 하드 SF와 스페이스 오페라를 접목한 하드 스페이스 오페라를 발표하기 시작했다. 또한 하드 SF의 개념을 한층 더 엄밀하게 적용한 뉴터니언 스페이스 오페라, 즉 초광속이나 초공간처럼 현재 과학으로 볼 때 불가능한 개념이나 상대성이론과 같이 일반 독자가 이해하기 어려운 이론의 도움 없이, 뉴턴 역학을 바탕으로 한 스페이스 오페라도 하나둘씩 발표되기 시작했다. 이러한 하드 스페이스 오페라 작품들 가운데 가장 성공한 작품이 바로 본서 《깨어난 괴물》로 시작하는, 제임스 S. A. 코리의 〈익스팬스〉 시리즈이다.

익스팬스 시리즈

〈익스팬스〉 시리즈는 기존의 스페이스 오페라가 자주 다루는 먼 미래의 광대한 우주와 현재의 지구 사이, 즉 인류가 태양계 전체로 팽창해 나가는 시기를 다루고 있다. 이 시리즈에서 인류는 크게 세 가지 세력으로 나뉜다. 폭발적인 인구 증가로 인해 엄격한 산아 제한을 시행 중인 지구, 지구에서 독립해 지구와 협력하는 한편 은근히 경쟁하는 화성, 그리고 지구와 화성에 무시당하며 독립을 꿈꾸는 소행성대 사람들의 단체인 외행성 연합이 그들이다. 본서는 모종의 음모로 인해 태양계 전쟁이라는 극한 대립으로 치닫는 상황에서 우연히 사건에 휘말리는 주인공들이 사건의 진실을 밝혀내고 문제를 해결해가는 과정을 담고 있다. 이러한 스토리는 기존의 스페이스 오페라의 공식을 잘 따르고 있다.

하지만 〈익스팬스〉 시리즈는 기존의 스페이스 오페라와 다른 점이 몇 가지 있다.

우선 본 시리즈는 과학 법칙을 엄격히 적용함과 동시에 과학 소설만의 특징인 외삽법을 그 극한까지 밀어붙였다. 스텔스 기술의 우주선 적용, 대기권에 들어갈 일이 없는 우주선의 구조, 소행성에서 원심력을 중력으로 삼았을 때 중력에 비해 상대적으로 큰 코리올리 힘 속에서의 생활 환경, 자원의 재보급이 제한적인 소행성에서 살아가는 거주민들의 일상, 우주선이 급가속을 할 때 그 안에 탄 승무원들이 받게 되는 신체적 영향과 그 영향을 최소화하기 위한 보호 대책, 미세 중력 아래 우주선 승무원의 생활 등 우주에서 벌어질 수 있는 상황 묘사의 과학적 엄밀함은 하드 SF

의 교과서라 할 수 있는 《라마와의 랑데부》와 비교해도 전혀 뒤지지 않는다.

주인공 역시 독특하다. 전쟁이 주소재가 되는 스페이스 오페라에서는 그 특성상 주인공 역시 군인 또는 정부 소속인 경우가 많다. 그에 반해, 《깨어난 괴물》의 주인공들은 평범한 시민이다. 홀던과 그 동료들은 하급 수송선의 승무원이며, 본서의 또 다른 한 축인 밀러는 소행성의 계약직 형사였다가 해고된 알코올 의존증 환자이다. 그리고 이들은 자신이 감당할 수 있는 것보다 더 큰 상황에 직면하고, 제한된 자원을 최대한 활용하여 그 상황을 빠져나간다. 군인이나 정부 요원의 경우 상부에 도움을 요청할 수 있는 것과는 다른 상황인 것이다.

또 다른 차이점으로는 등장인물의 입체적인 묘사를 들 수 있다. 기존의 스페이스 오페라는 은하계 전반에 걸친 커다란 대립 구조에만 이야기를 집중하는 경우가 많았다. 그 과정에서 등장인물은 자신의 고민을 깊이 있게 풀어나갈 기회를 얻지 못한 채 평면적으로 묘사되고 소모되곤 했다. 그러나 본서의 주인공인 밀러는 그렇지 않다. 우리의 삶이 그러하듯 밀러 역시 복잡하고 고단한 삶을 사는 인물이다. 밀러는 '한때는 유능한' 형사였지만 이제는 실패한 결혼과 외로움, 자괴감으로 알코올에 의존하는 퇴물이고, 작가는 이런 밀러의 상황과 심리를 구체적으로 잘 묘사하고 있다. 그리고 그렇게 삶에 지치고 자포자기하던 밀러가 줄리 사건을 접하고 줄리에게 집착하기 시작하다가 급기야는 줄리를 따라 죽기로 결심하고, 결국은 스스로 프로토분자에게 감염되는 심리적 변화의 과정 역시 역동적이면서도 세밀하게 그려내고 있다. 그리고 이토록 심층적인 밀러의 이야기도 독보적이지만, 밀러를 더욱 돋보이게 하는 것은 밀러와 대조적인 캐릭터인 홀던이다. 홀던은 일반적 스페이스 오페라의 전형적 캐릭터로, 건들거리며 자신의 자유를 소중히 여기지만 한편으로는 정의감으로 가득 차 있다. 그러나 형사로서 오랜 경험을 통해 당장의 행동이 미래에 어떤 영향을 미칠지 고민하고 또한 어떤 일이 옳은지 그른지는 중요하지 않으며 어느 정도의 도덕적 타협이 필요하다고 생각하는 밀러와 달리, 홀던은 선악의 구분이 명확하며 자신이 생각하는 그 정의를 실현하기 위해 깊은 생각 없이 일단 행동부터 하고 보는 가벼운 인물이며, 이 두 사람은 그러한 반대 성향 때문에 같은 문제를 두고도 계속 티격태격하며 독자에게 생각할 거리를 수없이 던져준다. 그리고 이러한 두 인물의 적절한 배치 덕분에 본서는 너무 무겁거나 또는 그 반대로 너무 가볍지 않은, 균형 잡힌 이야기가 되었다.

하지만 위에서 언급했듯 본서에서는 평범한 사람들을 주인공으로 내세웠고, 따라서 힘과 자원이 부족한 개인들이 강력한 단체와 시스템을 상대하는 것이 현실적으로 불가능하다는 한계가 있으며, 그 한계가 소설을 이끌어나가는 데 문제가 된다. 이 부분을 해결하기 위해 작가는 프레드 존슨이라는 OPA의 지도자를 이야기에 집어넣었다. 프레드 존슨은 군인 시절 당연하게 명령에 복종하다가 학살자가 된 처절한 경험을 통해 전향, 외행성 연합으로 들어가 인간을 위한 정치를 주장하며 실천하는 인물이다. 그러나 단순히 밀러와 홀던의 조력자이자, 거대 권력들의 싸움 속에서 정말로 인간을 위한 선택을 해줄 진정한 지도자로 보이던 프레드 존슨은 에필로그에서 연단에 서는 순간 엄청난 권력과 인류역사의 혁명을 이루는 주인공이 될 수 있다는 유혹 앞에 맥없이 무릎을 꿇고 만다. 이 반전으로, 밀러가 프로토젠의 드레스덴을 죽인 이유, 즉 '어쩌면'을 경계한 그 행동은 당위성이 더욱 강조된다. 그리고 정적이고 사고형인 밀러와 동적이고 행동형인 홀던의 이야기가 번갈아 나오며 그 대조 효과가 극대화되다가 마침내 둘의 협력으로 사건이 해결된 뒤 에필로그에서 프레드 존슨이 독자의 허를 찌르는 구조는 반전의 묘미뿐 아니라 잘 짜인 소설 구조가 주는 미학적 즐거움도 함께 선사하고 있다.

스페이스 오페라의 가장 큰 장점은 뛰어난 오락성에 있다. 여기에 이제 하드 SF의 장점인 진지함과 설득력, 그리고 스페이스 오페라에서 자주 간과되던 인간 본성과 심리에 대한 깊이 있는 관찰이 더해져 본 작품은 그 누구도 감히 청소년 오락물로만 비하할 수 없는 걸작이 되었다. 이러한 면면들이 모여 《깨어난 괴물》은 처음 발간된 2011년부터 독자들에게 큰 인기를 얻고 현재까지 13개국어로 번역되었으며 2012년 휴고상과 로커스 상의 후보로 올랐다. 또한 작가의 살아생전 과연 속편이 나올까 의심스러운 모 시리즈와는 달리, 매년 한 권씩 속편이 나와 2016년 6월 현재 총 다섯 권이 나왔고 네 권이 준비 중이며, 같은 우주를 배경으로 한 중/단편도 다수 출간되었다. 그리고 소설의 인기에 힘입어 2015년부터 미국 SF 전문 채널인 Syfy에서 〈The Expanse〉라는 제목으로 드라마화되어 방영되고 있다.

제임스 S. A. 코리, 또는 타이 프랭크와 다니엘 애이브러햄

이 시리즈의 작가인 제임스 S. A. 코리는 타이 프랭크와 다니엘 애이브러햄 두 명의 공동 필명이다. 제임스와 코리는 각자의 중간 이름이며 S. A.는 다니엘 애이브러햄의 딸 이름의 머릿글자이다.

타일러(타이) 코리 프랭크는 소년 시절, 앤서니 보처가 편집한 《위대한 과학 소설 명작집 제2권(A Treasury of Great Science Fiction, Vol Two)》을 선물 받았다. 그 책에는 폴 앤더슨, 주디스 메릴, 아서 C. 클라크, 로버트 하인라인, 그리고 앨프레드 베스터의 글들이 담겨 있었다. 어린 프랭크는 그 책을 수십 번 읽었으며, 그 중 앨프레드 베스터의 《타이거, 타이거(Tiger, Tiger)》에 특히 깊은 감명을 받았다. 《타이거, 타이거》의 태양계의 식민지 묘사는 이후 〈익스팬스〉 시리즈의 세계관 구축에 큰 영향을 주게 된다.

2001년, 성인이 된 타이 프랭크는 직장 생활을 하면서 틈틈이 자신만의 SF 세계를 구상하기 시작했다. 그리고 프랭크가 이렇게 자신만의 SF 세계를 구축해가고 있을 때, 대규모 다중 사용자 온라인 롤플레잉 게임 프로젝트를 진행하는 그의 친구가 도움을 요청했다. 아쉽게도 프로젝트는 중간에 취소되었지만, 이 프로젝트를 돕는 과정에서 그는 그동안 단편적으로만 생각했던 세계관에 대해 상세한 설정을 만들 수 있었다.

이때까지 프랭크의 주 관심 분야는 글쓰기보다 아이디어 구상이었지만, 창작 수업을 듣던 여동생의 글쓰기를 돕다가 자신의 아이디어가 제대로 표현되지 못한 걸 보게 되면서 글쓰기에 대한 흥미가 생겼다. 이후 프랭크는 오슨 스콧 카드가 운영하는 작가 워크숍에 참가하여 글쓰기에 대해 좀 더 전문적으로 배우고, 이때 쓴 단편 〈관객(Audience)〉은 2006년 카드가 발행하는 잡지인 〈인터갤럭틱 메디신 쇼(Intergalactic Medicine Show)〉에 팔리게 된다. 하지만 여전히 글쓰기 보다는 세계관 구성에 더 관심이 있던 프랭크는 온라인 게임 프로젝트에서 구축했던 세계관을 더욱 발전시켜 롤플레잉 게임으로 만들어 주위 사람들과 즐겼고, 개인 포럼에도 올렸다. 그리고 이 게임은 많은 인기를 끌게 된다. 그러던 중, 프랭크는 뉴멕시코의 앨버커크에 사는 친구를 방문하고, 앨버커크의 연례 SF 컨벤션인 부보니콘에서 그 지역에 사는 다니엘 애이브러햄과 처음 만나게 된다.

글쓰기 경험이 많지 않았던 타이 프랭크에 비해, 다니엘 애이브러햄은 1999년부터 단편을 발표해 온 프로 작가였다. 어린 시절 애이브러햄이 처음 읽은 책은 아서 C. 클라크가 쓴 단편집 《하늘의 저편(The Other Side of the Sky)》이었으며, 특히 좋아한 작품은 〈90억 가지 신의 이름(The Nine Billion Names of God)〉이었다. SF의 불같은 세례를 받은 애이브러햄은 아서 C. 클라크, 래리 니븐 등 손에 잡히는 모든 SF를 읽었고, 틈나는 대로 습작을 했다. 대학에서 생물학을 공부한 애이브러햄은 졸업 후 10년 정도 전공과 관련된 일을 했지만, 그동안에도 계속해 글을 쓰고 출판 가능성을 탐색했다. 그리고 1996년과 1998년에 단편 소설 두 개를 팔고, 1998년에는 클라리온 웨스트 작가 워크숍에 참가하여 조지 R. R. 마틴, 가드너 도조와, 코니 윌리스 등에게 6주 동안 글쓰기 교육을 받았고, 이 과정에서 조지 R. R. 마틴과 친해진다. 이 워크숍은 그에게 인생의 분수령이 되었다. 이 워크숍 이후 애이브러햄은 〈아시모프의 과학 소설(Asimov's Science Fiction)〉, 〈판타지와 과학 소설 매거진(The Magazine of Fantasy and Science Fiction)〉과 같은 잡지들을 비롯해 단편 모음선 등에 글을 팔 수 있었다. 타이 프랭크를 만났을 때, 애이브러햄은 이미 장편들을 출간하며 작가로서 입지를 다지는 중이었다.

다니엘 애이브러햄과 타이 프랭크는 곧 친구가 되었고, 아내가 뉴멕시코 대학에 입학해 앨버커크로 이주한 프랭크는 그 지역 SF 작가 모임인 뉴멕시코 크리티컬 매스에 합류한다. 또한 그 모임을 통해 조지 R. R. 마틴을 알게 된 프랭크는 그의 조수로 일하게 된다. 프랭크는 작가 모임에서 우연한 기회에 다른 작가들과 함께 자신이 만든 롤플레잉 게임을 하게 되는데, 바로 그 자리에 다니엘 애이브러햄이 있었다.

자신의 게임을 소설로 출간하는 데 별 관심이 없던 타이 프랭크에 반해, 다니엘 애이브러햄은 게임을 하자마자 그 가능성을 알아보았고, 소설 출간에 관심을 보였다. 특히 다니엘은 타이 프랭크가 준비해놓은 방대한 자료, 그리고 게임의 세계관에 대해 그 어떤 질문을 받든 타이 프랭크가 상세하게 답을 하는 점에 감탄했다. 애이브러햄은 출간된 소설 중에 이 정도로 탄탄한 세계관 설정을 해놓은 작품이 드물다며 타이 프랭크를 설득했고, 마침내 둘은 소설을 쓰기 시작했다.

그 결과는 좋지 못했다. 원래 계획은 타이 프랭크가 아이디어와 자료를 제공하고 다니엘 애이브러햄이 그 이야기를 글로 옮기는 것이었지만, 애이브러햄이 쓴 프롤로그와 첫 챕터를 본 타이 프랭크는 예전 여동생의 글쓰기를 도왔을 때와 마찬가지로, 자신의 아이디어가 글로 제대로 표현되지 못했다는 것을 깨달았고, 결국 자신도 글쓰기에 참가하기로 한다. 그리하여 둘은 각자 등장인물을 정해 한 챕터씩 쓰고, 상대방이 쓴 챕터는 자신이 원하는 대로 고치는 방식을 택했다. 비록 글은 둘이 함께 썼지만, 소설 집필 경력이 더 많은 애이브러햄은 등장인물들의 세부 묘사 등 글 자체에 집중했고, 프랭크는 플롯과 액션, 세계관에 더 큰 기여를 했다.

본서 《깨어난 괴물》을 완성한 둘은 필명으로 제임스 S. A. 코리를 택했으며, 출판사들에 원고를 보내기 시작했다. 그리고 2010년에 영국의 출판사 〈오비트(Orbit)〉가 판권을 획득하여 출간했고, 출간 즉시 큰 호응을 불러일으킨다. 처음에 〈오비트〉는 두 사람과 세 권의 출간 계약을 했지만, 제1권 《깨어난 괴물》의 인기에 고무받아 제2권인 《캘리반의 전쟁(Caliban's War)》이 출간되기도 전에 제4권~제6권까지 세 권을 더 계약한다. 《캘리반의 전쟁》 역시 인기를 끌고 제3권인 《파멸의 문(Abaddon's Gate)》은 뉴욕 타임즈 베스트셀러 목록에 오른다(이 세 권의 성공에 고취된 〈오비트〉는 다른 스페이스 오페라의 출간을 더욱더 적극적으로 고려하고, 그 결과는 그 해의 SF 상을 휩쓴 앤 레키의 《사소한 정의》의 출간으로 이어진다). 이후 이 시리즈는 SF 전문 유선 채널인 Syfy 눈에 띄었고, 2015년부터 드라마화되었다. 이 드라마 역시 큰 인기를 끌고 있으며, Syfy 역대 최고의 드라마인 〈배틀스타 갤럭티카(Battlestar Galactica)〉에 필적하는 드라마라는 평을 듣고 있다.

〈오비트〉는 두 사람과 또 다시 세 권의 추가 계약을 했고, 현재까지 장편 다섯 권과 중단편 다섯 편이 출간되었으며 장편 네 권이 출간 예정이다. 작가의 공식 홈페이지는 http://www.jamessa corey.com이며, 열성팬들의 노력으로 이 시리즈의 모든 정보들을 공유하는 위키페이지(http://expanse.wikia.com)도 운영되고 있다.

2016년 최용준

〈익스팬스 시리즈〉 출간 목록

장편
Novels

1: 깨어난 괴물(Leviathan Wakes) (2011)
2: 캘리반의 전쟁(Caliban's War) (2012)
3: 파멸의 문(Abbadon's Gate) (2013)
4: 시볼라의 소실(Cibola Burn) (2014)
5: 네메시스 게임(Nemesis Games) (2015)
6: 바빌론의 폐허(Babilion's Ashes) (2016 예정)
7, 8, 9: 미정

중편
Novellas

모험의 신들(Gods of Risk) (2012)
혼란(The Churn) (2014)
생사의 심연(The Vital Abyss) (2015)

단편
Short stories

앤더슨 스테이션의 학살자(The Butcher of Anderson Station) (2011)
드라이브(Drive) (2012)

옮긴이 **최용준**

대전에서 태어나 서울대학교 천문학과를 졸업했으며 미국 미시간 대학교에서 이온추진 엔진에 대한 연구로 비(飛)천문학 박사학위를 받았다. 저온 플라스마를 연구한다. 옮긴 책으로는 《히페리온》, 《앰버 연대기》, 《타이거, 타이거》, 《바람의 열두 방향》, 《화재감시원》(공역) 등이 있다. 《이 세상을 다시 만들자》로 제17회 과학기술 도서상 번역 부문을 수상했다. 시공사의 '그리폰 북스', 열린책들의 '경계 소설선', 샘터사의 '외국 소설선'을 기획했다.

익스팬스:깨어난괴물 2

초판 1쇄 인쇄 2016년 7월 10일
초판 1쇄 발행 2016년 7월 15일

지은이 제임스 S. A. 코리
옮긴이 최용준
펴낸이 박은주
기획 김창규, 최세진
디자인 김선예, 장혜지
마케팅 박동준, 정준호

발행처 아작
등록 2015년 9월 9일(제300-2015-140호)
주소 03174 서울시 종로구 사직로 8길 24 1618호
(내수동, 경희궁의 아침 2단지 오피스텔)
대표전화 02.324.3945   **팩스** 02.324.3947
이메일 decomma@gmail.com
홈페이지 www.arzak.co.kr

ISBN 979-11-87206-16-3 04840
979-11-87206-14-9 04840 (세트)

책 값은 표지 뒤쪽에 있습니다.

아작은 디자인콤마의 문학 브랜드입니다.

이 도서의 국립중앙도서관 출판예정도서목록(CIP)은 서지정보유통지원시스템 홈페이지(http://seoji.nl.go.kr)와 국가자료공동목록시스템(http://www.nl.go.kr/kolisnet)에서 이용하실 수 있습니다. (CIP제어번호: CIP2016016196)